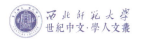

西北师范大学
世纪中文·學人文叢

域外童话在近代中国的
译介与传播

1840—1949

周小娟　著

人民出版社

序

徐志啸

我在西北师大工作期间，文学院曾专门委派周小娟老师负责处理我在校期间的各种事务，同时，名义上她还是我指导的青年教师——她属于比较文学专业。当时的我，对她并不很了解，只觉得她工作很认真负责，业务能力也很强。最近，她的一个教育部人文社科青年基金项目完成结项，拟交付正式出版，她希望我能为她即将出版的这部著作写一篇序，我这才比较全面地了解了她的情况。

周小娟老师是南京大学的比较文学博士、四川大学的比较文学博士后，还曾专门到美国一所大学做过访问学者。如今早已是副教授、硕士生导师的她，由于多年来的刻苦努力，已出版了两部专著，发表了数十篇论文，还分别申请到了国家级、教育部和省、校级多项科研项目，它们中的大多数已顺利结项，还出版了相关的著作，发表了相关的论文，有些项目则正在努力完成中。可嘉的是，她不仅科研突出，教学方面也非常出色，她上的课很受学生们欢迎，也因此，她曾多次获得"优秀指导教师""教学科研之星""优秀研究生导师""优秀教师"等光荣称号。

摆在我面前的这部 20 多万字的书稿——《域外童话在近代中国的译介与传播（1840—1949）》，属于教育部人文社科青年基金项目，是周小娟老师数年辛勤爬梳、耕耘的结果。该书稿截取了 1840 年到 1949 年这个历史断代，以宏观与微观相结合的视野与观察，系统梳理了 20 世纪上半叶近半个世纪中，域外童话在中国引进、译介、传播、影响的轨迹。应该说，至少到目前为止，对这个选题，在此范畴内作系统梳理和阐述的，这还是第一部——尽管之前的各种论述，多少对这个话题有所涉猎，但似乎还未见如此系统和详尽的阐述、总结和归纳。

该书稿特点之一，是作者尽力搜罗了大量的第一手资料，详细介绍和阐述了域外童话引进中国的历程和概貌。这些资料包括中、英文等多种文字，它们翔实、真切而又富有直接的说服力，为书稿的主题"译介与传播"，提供了令人信服的坚实基础——它们既有域外的第一手外文资料，也包括国内20 世纪早期的翻译著作和文章。

该书稿特点之二，是作者并没停留于表面的资料堆砌和罗列，而是通过对历史资料的系统展示和阐述，归纳出了其中的诸多特点，这些特点包括思想内容方面——为人生，语言文字方面——从文言到白话，译介手段方面——直译、意译、编译、译述、节译与引用原文，以及多种形式的"交集"——译者序跋、注释或附记等。

该书稿特点之三，也是尤其值得一说的，是"接受与变异"一章。这一章文字特别能体现作者比较文学和世界文学眼光与辨识力，作者专门以典型作家及其作品为例（包括原作与译作），从比较文学与世界文学的高度，作思想题材、艺术风格、人物形象等的深入解剖与分析。读者从书中文字阐述的字里行间，显然能看出，作者对比较文学有着良好扎实的功底，能从宏观与微观相结合的角度，既谈影响研究的接受理论，也涉及接受者的变异学问题，两者既相反又相成，这在当今一般比较文学学者的论著中，较为少见。同时，作者在以上论述的基础上，又生发出了对影响研究传播理论的深度阐发，特别注意到了童话这一文学样式在中国的文学与文化中所扮演的角色——新的文学样式与文学研究对象的关系，新儿童读物与民间文学运动的关系等，颇给人以启发。

笔者特别赞赏书稿中作者对"异域参照与本土立场"的阐述，以及对创作中国式童话的论述发挥，笔者以为，这是作者努力将引进域外文化和创作具有中国本土特色的文学作品有机结合的结果，是特别富有创造性的见解，值得首肯。

最后，作者的这段概括，很有说服力——"中国现代童话的发生，具有外源性特征，探究域外童话在中国的译介，对于域外童话的异域影响问题和中国现代童话的发展问题都是必要的补充"。这是本课题的主旨，也是作者撰写本书的目的。在这方面，周小娟老师已做出了自己的努力，本书稿的出版，是最有力的证明，据我知道，她还将在这个课题方面继续深入研究，从更宏大更深入的角度，做更透彻的解析，以推出更全面系统的新著。

我热切期待周小娟老师新著的问世！

是为序。

目录

绪　论

说起童话，人们自然会想起那些经典的神奇故事，仿佛它们一直与我们形影相随。民间故事如《灰姑娘》《小红帽》《白雪公主》《睡美人》《青蛙王子》，文学故事有《美人鱼》《海的女儿》《丑小鸭》《快乐王子》等。这些代代传承的童话故事在历史的长河中不断地被传承、变异、再传承，形成一个个经典文本，成为人类社会走向文明的文化桥梁之一。

什么是童话？近年来学者们对"童话"做过诸多定义与描述：

一种以幻想、夸张、拟人为表现特征的儿童文学样式。①

儿童文学的重要体裁。是一种具有浓厚幻想色彩的虚构故事。多采用夸张、拟人、象征等表现手法去编织奇异的情节。②

供少年儿童阅读的幻想性叙事文学。③

童话是一种非写实的以幻想精神作为主体审美手段的叙事性文学。④

童话是指：适合儿童阅读，有仙子、魔法或其他超自然成分的幻想故事；情节较寓言曲折，叙述者对超自然现象，视为理所当然，不用作科学解释，也没有神话的敬畏之情。⑤

童话是儿童文学中一种重要的形式，也是文学中一种特殊的样式。

---

① 洪汛涛：《童话学》，安徽少年儿童出版社 1986 年版，第 26 页。
② 纪光碧等编：《儿童文学辞典》，四川少年儿童出版社 1991 年版，第 563 页。
③ 金燕玉：《中国童话史》，江苏少年儿童出版社 1992 年版，第 3 页。
④ 王泉根主编：《儿童文学名著导读》，东北师范大学出版社 2002 年版，第 18 页。
⑤ 廖卓成：《儿童文学——批评导论》，台北五南图书出版股份有限公司 2011 年版，第 25 页。

它是在现实生活的基础上，用符合儿童的想象力和奇特的情节编织成的一种富有幻想色彩的故事。①

　　童话是最能引起儿童阅读兴趣的文学体裁。它是专为儿童编写，以趣味为主的幻想故事。②

　　回顾中国童话的发展，在先秦两汉时期，童话从神话和寓言中萌生，经过长期酝酿而出现了具有童话因素的故事，如《山海经》中的《夸父逐日》《精卫填海》，《列子》中的《偃师造人》《龙伯国》，《庄子》中的《鲲鹏变化》《河北与海若》，刘向《列女传》中的《珠崖二义》，应劭《风俗演义》中的《李冰斗江神》等；到了魏晋南北朝时期，中国童话走向成型，童话主要记载于魏晋南北朝志怪小说集中，如干宝《搜神记》中的《董永与织女》《河伯招婿》《李寄斩蛇》《女化蚕》等，郭璞《玄中记》中的《姑获鸟与毛衣女》，吴均《续齐谐记》中的《阳羡书生》等；隋唐五代时期，童话繁荣，艺术上也更加成熟，如王度《古镜记》中的《千年老狸》，李朝威的《柳毅传》，李公佐的《南柯太守传》，段成式的《酉阳杂俎》等；宋元时期，文言文记录的童话数量和质量有所下降，文言童话有代表性的如洪迈的《夷坚志》，市民文学中童话兴起，有代表性的如《清平山堂话本》中的《董永遇仙传》《李元吴江救朱蛇》，李好古的《张生煮海》等；明清时期，在文言文和白话文著作中，记载了许多优秀的童话故事，如马中锡《东田文集》中的《中山狼传》，蔡羽的《辽阳海神传》。蒲松龄的《聊斋志异》中的故事大都富于幻想性，"是我国文言文短篇小说集大成的著作，也是我国古代童话集大成的著作"③。另外如冯梦龙《醒世恒言》中的《灌园叟晚逢仙女》《小水湾天狐诒书》等，长篇小说中的《西游记》具有鲜明的童话特性。在《中国古代童话小史》中，陈蒲清将中国古代童话划分为五个发展阶段：酝酿萌芽期（先秦两汉时期）、成型期（魏晋南北朝时期）、繁盛期（隋唐五代时期）、

---

① 蒋风：《新编儿童文学教程》，浙江大学出版社 2013 年版，第 119 页。
② 林文宝等：《儿童文学》，台北五南图书出版股份有限公司 2015 年版，第 310 页。
③ 陈蒲清：《中国古代童话小史》，岳麓书社 2014 年版，第 184 页。

转折期（宋元时期）、总成期（明清时期）。从童话的起源来讲，先秦时期的《列子》《庄子》《山海经》等书中，就保存了中国最古老的童话因子。夏禹治水，到了四海之外许多奇异的国度，见了很多奇特的现象，伯益把这些记载下来，成了《山海经》。《列子·汤问》和《庄子·逍遥游》记载了《鲲鹏变化》这个具有童话色彩的故事，这些记载将中国童话的孕育上溯至虞舜时代。从作家创作童话来讲，唐代的《南柯太守传》《柳毅传》等，情节曲折，想象丰富，显示了很高的艺术水准。《聊斋志异》中的许多篇什，如《罗刹海市》《促织》《阿纤》《黄英》《晚霞》《粉蝶》《崂山道士》《画皮》《阿宝》《陆判》等都是出色的童话故事。童话的发展受到历史文化、地理环境的影响，社会经济条件的改变以及各国各民族文化的交流也成为童话发展的变因。在魏晋南北朝时期，印度文化的传入对中国古代童话的发展起到了积极作用，如吴均受到《梵志吐壶》故事的影响，写成了《阳羡书生》。随着近代西学传入的大潮，中国的童话发展进入一个新的历史时期。1908年孙毓修编译的"童话丛书"问世，其中的大部分故事译自外国童话，此后有大量域外童话译入中国。伴随着童话的译介大潮，中国童话的发展进入独立、开辟、成长的时期。域外童话作为一种异质文学资源，对中国童话的萌蘖、发展和成熟，都起到了重要影响。近代以来域外童话在中国译介的概貌、特征、接受以及传播效应，便成为本书所关注的对象。

从既往研究来看，关于域外童话译介和接受、中外童话关系等问题，学者们从不同角度做出了解读。伍红玉的《格林童话的版本演变及其近代中译》（2006年），杜荣的《〈格林童话〉在中国的传播与接受：纪念格林童话诞生220周年》（2012年），叶隽的《安徒生童话该怎样翻译？——以周作人批评、叶圣陶创作与叶君健翻译为中心》（2016年），张国龙、苏傥君的《安徒生童话的中国阐释问题及对异质文化传播的启示》（2022年），张志平、刘程程的《周作人与安徒生童话在中国的经典化》（2023年）等论文指出格林童话、安徒生童话的汉译对中国现代儿童文学观建立的历史促进作用和异质文化传播问题。部分研究者关注《阿丽思漫游奇境记》（也译作《爱丽斯漫游仙境》等）的文学趣味在中国的本土演绎中的变异，如胡荣的《白话的实验与趣味的变异——论赵元任译〈阿丽思漫游奇境记〉的文学史意义》（2007 年），夏玉玲的《"荒唐"儿童文学在中国的文化误读与接受困境——以〈爱丽丝漫游奇境记〉为例》（2014 年），俄国学者罗季奥诺夫的《老舍对英国作家卡洛尔的接受》（2007 年）。作家作品研究还有林琳的《从美学视角看巴金译〈快乐王子及其他故事〉》（2006 年），宋莉华的《〈新小儿语〉：吉卜林童话的早期方言译本研究》（2013 年），赵净净的《小川未明童话与中国儿童文学：研究与启示》（2012 年），王家平、吴正阳的《鲁迅创作与童话译著对话研究》（2016 年），李莹莹的《民国时期童话翻译中的文类问题——以〈白雪公主〉在民国时期的翻译为例》（2017 年），朱嘉春的《为儿童而译：孙毓修编译〈童话〉系列丛书研究》（2019 年），孙尧天的《自然童话中的动物与人——论鲁迅对爱罗先珂的翻译、接受及其精神交往》（2021 年），李林荣的《〈鸭的喜剧〉与诗化的"爱罗先珂"》（2022 年）。还有一些研究者总结中国在不同历史时期的译介活动，指出域外儿童文学译介对中国儿童文学诞生、繁荣和兴盛的促进作用，包括：清末到五四期间的译介，相关论文有丘铸昌的《20 世纪初中国儿童文学园地里的译作》（2000 年），秦弓的《五四时期的儿童文学翻译》（2004 年），李丽的《清末民初（1898—1919）儿童文学翻译鸟瞰》（2005 年），张建青的《晚清儿童文学翻译与中国儿童文学之诞生》（2008 年）；抗战时期的译介，相关论文有文军的《抗战时期（1931—1945）外国儿童文学的译介及其影响》（2008 年）。马福华的《百年来西方童话在中国的翻译与传播》（2021 年）则探讨了百年来西方童话在中国的译介与传播问题。论著和编著方面，胡从经著《晚清儿童文学钩沉》（1982 年）对格林童话、安徒生童话在晚清的译介情况，对周桂笙、鲁迅和茅盾的早期儿童文学翻译活动进行评析。林文宝著《试论我国近代童话观念的演变——兼论丰子恺的童话》（2000 年），对孙毓修、茅盾、郑振铎、赵景深等译者的译介活动做了具体阐述。王泉根著《现代中国儿童文学主潮》（2000 年）从新的内容与题材、文体革新与观念转变等方面讨论中国现代儿童文学中的外来影响。王泉根编《中国安徒生研究一百年》（2005 年）、李红叶著《安徒生童话的中国阐释》（2005 年）和王蕾著《安徒生童话与中国现代儿童文学》（2009 年）对安徒生童话在中国的译介、影响与接受问题做出总结。付品晶著《格林童话在中国》（2010 年）梳理了格林童话在中国的译介与接受问题。李丽著《生成与接受：中国儿童文学翻译研究 1898—1949》（2010 年）分别谈到了爱罗先珂对巴金、刘易斯·卡洛尔对沈从文和陈伯吹童话创作的影响。宋莉华著《近代来华传教士与儿童文学的译介》（2015 年）专章讨论了近代来华传教士对欧洲民间童话的译介。申利锋的《恒星之光：西方经典童话在中国的接受研究（1903—2013）》（2019 年）则对西方童话自 20 世纪以来在中国的译介与影响进行了纵向梳理。此外，儿童文学研究专家如浦漫汀、蒋风、洪汛涛、金燕玉、吴其南、朱自强、刘绪源、吴翔宇等的论著也均关注到了域外童话对中国现代儿童文学发展的影响问题。

　　以上成果视角多元，资料翔实，论述细致，也反映出以下问题：一是研究所关注的时间段较为集中，主要是清末至五四时期，对 20 世纪三四十年代资料的挖掘还需进一步展开。二是研究对象较为集中，学界对安徒生童话和《阿丽思漫游奇境记》的关注度较高。三是对中外童话关系的具体论述有待深入。这些问题对本书的研究预留了研究空间，将域外童话作为一种外来文学资源，对其在中国的译介与接受问题展开研究，依旧是一个值得继续深入的话题。

　　域外童话的译介与中国特定的历史文化语境紧密相联，它不仅从一开始就与中国的新民运动相结合，而且在后来的发展中，始终与不同时期的历史文化形态相互交织，构成中国童话译介独特性的一面。韦苇在《〈外国童话史〉序》中，指出域外童话研究的重要性：

　　　　首先，外国出现现代童话文学现象比我国要早一个多世纪。一个多世纪前，西方就出现了进入主流文学史的童话作品，而我国整个 20 世纪都很难说有哪怕一篇纯创作童话已在世界上普遍流传。其次，我国最早的、被认为是中国童话起点的《无猫国》（其实是并不合格的童话作品）是从欧洲《泰西五十轶事》取材编撰的；"五四"时期出现的童话《稻草人》是仿照英国著名作家王尔德的《快乐王子》写成的。这已可证实没有西方童话的引入，中国现代童话连现象的发生都是难以设想的。我们所见的事实是，中国先接受了西方童话的影响尔后才有中国现代童话文学现象的发生。再次，从"童话"名词的引入到童话文学美学特征和写作法则的研究，都直接来自西方，或经由日本从西方学来；我国现今提及儿童观、儿童文学观、童话观，言必称周树人、周作人的种种说法，也都是从西方相关言论中取经而得。①

韦苇继而指出，"研究外国童话和外国童话理论，中国童话研究才有正本清源之可能"②。中国现代童话的发生具有外源性特征，探究域外童话在中国的译介，对于域外童话的异域影响问题和中国现代童话的发展问题都是必要的补充。中国现代童话发展史上一个值得关注的事实是，知识界的精英们，如鲁迅、周作人、郑振铎、茅盾、叶圣陶、赵景深、陈伯吹等人皆参与域外童话的编译、研究工作，各类出版机构大力出版童话译作，报章杂志也出现专门的童话研究与讨论，主流文学杂志如《小说月报》在 1925 年第 16 卷第 8 号、第 9 号出版了"安徒生号"……种种现象表明，近代中国知识界对童话的关注已经超出了儿童文学的范畴。童话作为一种文学样式，是儿童文学的一种，但是从文学系统发展过程来看，童话也是文学系统当中的一支。安徒生曾自述，"我的童话不只是写给小孩子们看的，也是写给老头子和中年人看的。小孩子们更多地从童话故事情节本身体味到乐趣，成年人则可以品赏其中的意蕴"③。约翰·托尔金在《论童话故事》中提出，童话应当具备"幻想、恢复、逃避、慰藉"四种因素；童话的本质在于人类愿望的满足性；童话的创作、构思应巧妙地将神话意识想象与童话的小说艺术手段融会贯通，创造出既反映"第一世界"（the primary world）而又异于和超越这一世界的"第二世界"（the secondary world），使文学真正成为人类

---

① 韦苇：《外国童话史》，清华大学出版社 2013 年版，第 I 页。
② 韦苇：《外国童话史》，第 I 页。
③ 韦苇：《世界儿童文学史》，安徽教育出版社 2015 年版，第 12 页。

的诗意栖居地与精神乐园。① 从安徒生到约翰·托尔金，都不是将童话简单化为"幼儿文学"，而是从童话本身的特质出发观照童话，从而说明童话的精神内蕴。

童话自身的演进过程也绝非儿童文学所能涵盖，其间早已被深深地烙上了历史的文化印记，民间童话起源于刀耕火种的农业社会，是农业时代社会生活的结晶，民间童话的思想基础来自古代民众在超自然力面前所焕发起来的想象力，而他们所处时代的社会结构、宗教信仰和风俗习惯是民间童话的现实基础和具体内容。在封建社会向资本主义社会转变的过程中，艺术童话得以发展，不同于民间童话的集体创作与口头传承，艺术童话由于作家的创作而融入了作者及其所属阶层的审美趣味和价值观念。因此艺术童话最初是作为统治阶级内部道德教育，特别是对新兴的资产阶级贵族进行思想教化的材料，宣扬着占统治地位的价值观念。杰克·齐普斯这样总结童话被赋予的意识形态特征："童话作为一种文学类型，起源于成人创造和发展出来的口头讲故事的传统，它首先在成人群体中被接受，至18世纪时，童话才通过出版业传播到了儿童群体。几乎所有研究过欧洲文学童话起源的评论家都认为，那些受过教育的作家们有意地挪用了口头民间故事，并将其转换成一种与习俗、价值和行为相关的文学话语，以便使儿童和成人都能够依据当时的社会礼仪而得以教化。"② 童话作为一种文艺形式，是特定时代表达特定阶层的思想观念和文化意识的特殊载体，其读者对象的范围并不限于儿童，韦苇指出："其实，我们谈论一件艺术作品的'艺术魅力'、'艺术生命力'时，从来是不分作品的读者对象的。对儿童有魅力的作品，对成人也应当是有魅力的。再者，孩子们自己也不能决定一件作品的传播和译介，更不能决定哪件作品该留名青史。传播、译介、记载的工作不可避免要由成人来做。在这一层意义上说，任何一件儿童文学作品都终将由8到80岁的人来评鉴。"③

① 舒伟：《走进童话奇境——中西童话文学新论》，外语教学与研究出版社2011年版，第268页。
② [美]杰克·齐普斯：《童话与儿童文学新探：杰克·齐普斯文集》，张举文编译，中国社会科学出版社2022年版，第31页。
③ 韦苇：《世界儿童文学史》，第13页。

童话属于儿童文学的一种，但是就其诞生和发展的过程，以及读者对象来看，又不仅仅局限于儿童，因此对于域外童话在中国的译介、接受和传播问题的认识与理解也应从更深更广的历史文化层面展开。

爱德华·W.萨义德认为："各种观念和理论也在人与人、境域与境域，以及时代与时代之间旅行。文化和智识生活通常就是由观念的这种流通（circulation）所滋养，往往也是由此得到维系的，而且，无论流通所采用的形式是世所公认的或者是无意识的影响、创造性借用，还是大规模的挪用形式，观念和理论由一地到另一地的运动，既是活生生的事实，又是使智识活动成为可能的一个不无用途的条件。"① 外国文学在近代中国也经历了一次重要的"旅行"，"在中国现代文学史上，翻译文学应当被看作是其不可分割的组成部分，如果从比较文学的角度来看，一部中国现代文学史在某种程度上就可算作是一部翻译文学史，而研究翻译也是文化研究的一个重要方面。也就是说，从文化的角度来看，翻译说到底也是一种文化现象，尤其是涉及文学翻译就更是如此"②。域外童话的翻译是中国文学发展过程中的组成部分，从域外童话在中国的译介问题本身来讲，翻译作为一种文学跨界传播方式，使得文学文本进入异质文化中，而文本在译介过程中，必然会面对语言翻译的变异、接受的变异等问题，会产生文化过滤、误读，甚至发生"他国化"式的变异，从而出现文化符码和文学话语的变更。

童话是一种特殊的文学样式，留存于不同国家、不同民族的文学传统当中，但是又跨越了国家、民族的界限，具备纯真、诗意和荒诞这样一些共有的特征，因此，可将域外童话作为一种外来文学现象进行整体观照。域外童话在近代被译介到中国后，在与中国的文学交流与异质阐发中产生了文学的"他国化"现象，中国立足于本国的现实需求而进行有意转化，即近代中国的文化规则和文学话语对域外童话进行本土化改造，域外童话本身的话语方式被吸收和融化，融入了中国的文化精神，成为中国童话的意义生成方式、

---

① [美] 爱德华·W.萨义德：《世界·文本·批评家》，李自修译，生活·读书·新知三联书店 2009 年版，第 400 页。

② 王宁：《翻译研究的文化转向》，清华大学出版社 2009 年版，第 8 页。

话语解读方式和话语言说方式，实现了域外童话的转化与重建，使之成为中国文化和文学的一个部分，而域外童话在近代中国的流传过程中也焕发出新的活力。采用比较文学的视角，从文化层面上展开对域外童话在近代中国译介的动因、特征、接受和影响等问题的探讨，是本书的研究目的所在。需要特别说明的是，本书保留了不同译者翻译的域外童话作家及作品的译名，因此书中的域外作家及作品的译名并不统一。

第一章 域外童话的发展历程及其译入近代中国的历史动因

童话是从口头讲故事传统转化为文学的类型，作为一种文学样式，其发生发展植根于各国相异的历史文化之中。因此对于域外童话在近代中国的译介、传播与接受问题的探讨，首先应对域外童话的发展历程做一梳理，其次对域外童话译入近代中国的社会历史文化语境加以分析。

第一节 域外童话的发展历程

一、孕育自民间文学的童话

在童话作为一种文体存在之前，神话、民间童话故事早已为先民群体中的孩子所分享了。正是民间童话、神话、传说孕育着后来的童话文学。民间童话中被注入了加工者的思想理念和文学智慧，如儿童文学中常被提及的古希腊神话传说《女妖头》和德意志民间童话《汉默尔斯吹笛人》，就是这类先民幻想文学的典型例子。

从东方说起，在童话探源研究中必须提到古希伯来人的《旧约》，印度的《五卷书》，阿拉伯的《卡里莱和笛木乃》《一千零一夜》等，这些作品不单对童话，而且对西方文学发生过不同程度的影响。印度古代寓言集《五卷书》原始版本早已失传，但是它的其他语种的译本却沿传了下来。6世纪中叶，《五卷书》产生了一个阿拉伯文译本，在翻译过程中加进了一些新的内容，这个译本就是《卡里莱和笛木乃》，通过它，古代印度名著《五卷书》几乎走遍了全世界，在民间流传的同时，也影响了许多欧洲的杰出作品，季羡林指出"德国格林兄弟的童话集，虽然是采自民间；但里面也有不少的《五卷书》里的童话。甚至欧洲各处的民间传说都受了《五卷书》的影响"①。而阿拉伯的《一千零一夜》是融汇了古印度人、波斯人、古埃及人文学智慧的硕果，在《一千零一夜》的故事中，对于童话史有直接意义的故事如《乌木马的故事》《渔翁的故事》《阿拉丁和神灯的故事》《阿里巴巴和四十大盗的故事》《巴格达窃贼的故事》《巴索拉银匠哈桑的故事》《商人和雄人鱼的故事》《三个苹果的故事》《鱼和蟹的故事》《猎人和狮子的故事》《乌鸦的故事》等。

在西方，古希腊神话中的英雄传说是最古老、最优秀的童话读物，比如普罗米修斯盗火的故事、蛇发女妖美杜莎的故事、潘多拉宝盒的故事等，都是历史上代代相传的经典，2世纪阿普列乌斯的《金驴记》中有童话"丘比特和普赛克"。在欧洲中世纪的骑士浪漫故事、英雄叙事和史诗、编年记事、宗教训诫、诗歌以及初级读物中，有关于神奇经历或成人礼一类的故事。12世纪左右法国的《列那狐的故事》也是世界儿童文学的名著。13世纪末，有匿名作者的文集《百篇老故事》包括了奇幻主题、非凡的中世纪事例以及寓言故事。在14世纪，小说家乔万尼·薄伽丘的《十日谈》与杰弗雷·乔叟的《坎特伯雷故事集》中具有民间口头神奇故事的母题与结构。此后有了焦万·斯特拉帕罗拉的《愉快夜晚》和吉姆巴地斯达·巴西耳的《故事中的故事》，杰克·齐普斯在回顾西方艺术童话时，谈到这两部童话"影响了之后的16、17和18世纪的重要作家"②。以上两部是艺术童话，而民间童话如灰姑娘的故事、三头小猪的故事、三只比利山羊的故事、人鱼的故事、杀巨人的杰克的故事、布来梅市乐师的故事、小矮人的故事、拇指仙童的故

---

① 季羡林：《梵文〈五卷书〉：一部征服了世界的寓言童话集》，《文学杂志》1947年第2卷第1期。

② ［美］杰克·齐普斯：《童话与儿童文学新探：杰克·齐普斯文集》，张举文编译，第16页。

事、棕仙的故事、美女和野兽的故事、食童妖的故事等，从 12 世纪到 20 世纪陆续被记录下来，取得了书面形式。有些故事如《灰姑娘》《小红帽》《白雪公主》《睡美人》及《青蛙王子》等，在近十个世纪里被欧洲人多次记录。在 17 世纪，法国以杜诺瓦夫人为代表的女性作家们，与法兰西学院的院士夏尔·贝洛掀起了民间童话故事走进文学沙龙、走向贵族文坛的热潮。夏尔·贝洛取材于民间童话并进行再创作的童话集《鹅妈妈故事集》是继东方的阿拉伯童话故事名著《卡里莱和笛木乃》之后，"在欧洲出现的、受到孩子钟爱的第一部童话集。在一定意义上可以说，它的出现就标志着欧洲儿童文学的真正诞生"①。这部又名《寓含道德教训的往昔故事》的作品集，包括了《小红帽》《穿长靴的猫》《仙女》《灰姑娘》《睡美人》《小拇指》等故事。

　　17 至 18 世纪是世界儿童文学的一个开端期，法国以传统童话寓言故事为依托而进行创造性写作的就有让·德·拉封丹的寓言诗，杜诺瓦夫人的《新童话》，博蒙夫人的《美女与怪兽》。18 世纪末至 19 世纪初的浪漫主义思潮为童话的发展提供了丰厚的土壤，德国有《德意志民间童话故事集》《儿童的奇异号角》。本时期最负盛名的童话作家是格林兄弟，受《儿童的奇异号角》的影响，格林兄弟于 1806 年开始搜集民间故事。1812 年、1815 年出版了两卷《儿童和家庭童话集》，1816 年至 1818 年间又增加了一卷《德国民间传说集》。从第二版开始，格林兄弟不断地对《儿童和家庭童话集》进行补充、编辑和整理，童话故事的数目在不断增长的同时，格林童话的风格和特点也逐步成形。1822 年出版了整整一册的童话故事研究笔记和注释。到 1857 年最后一版，共有 216 篇故事，有《灰姑娘》《白雪公主》《小红帽》和《狼和七只小山羊》等经典故事。格林兄弟的《儿童和家庭童话集》可能是影响最广、阅读最多和翻译最频繁的德国文艺作品。它不仅是当时欧洲最完整的民间童话故事集，而且一度是现代童话故事搜集和研究的典范。虽然格林兄弟采录这些童话故事的方式多种多样，但这些故事所体现

---

① 韦苇：《外国童话史》，第 5 页。

的文艺思想和它们所蕴含的文化力量至今富有科学价值。相比于夏尔·贝洛的收集童话，格林兄弟在收集的基础上进行了一些创造和加工，《牛津儿童文学指南》指出格林兄弟更多的是故事的"重述者而非收集者"①。但不能否认的事实是，由于格林兄弟的成功，同时受到浪漫主义思潮的影响，欧洲许多国家的作家各自在本民族中采录民间童话，如挪威的《挪威民间童话集》，其中名篇有《海底磨盐机》和《小弗雷德和他的小提琴》，丹麦的《至今还流传于民间口头的古丹麦传说》。

在浪漫主义思潮影响下，俄罗斯的作家开始了童话诗的创作，如亚历山大·谢尔盖耶维奇·普希金的童话长诗《沙皇萨尔坦的故事》《渔夫和金鱼的故事》《金鸡的故事》等。在美国，浪漫主义作家纳撒尼尔·霍桑的《奇书》（《神奇的故事》），是深受美国儿童喜爱的幻想文学读物之一。

二、从传统走向现代的童话

在19世纪初期的德国，伴随着童话的收集、整理和加工，一批作家开始了艺术童话的倡导和实践。浪漫主义文学运动的首领之一恩斯特·霍夫曼，有名的作品有《金罐》《谢拉皮翁兄弟》《雄猫穆尔的生活见解》《跳蚤师傅》，童话史中尤其关注的是他的《侏儒查海斯》和《咬核桃小人和老鼠国王》。此外，德国有两位作家利用民间童话中的因素进行着童话创作，分别是阿德贝尔特·冯·夏米索和威廉·豪夫，阿德贝尔特·冯·夏米索的作品有《彼得·施莱密奇遇记》《彼得·施莱密的奇异故事》，威廉·豪夫的童话有《冷酷的心》。

在传统童话走向现代童话的过程中，英国有两位名作家也进行了童话创作，约翰·罗斯金写了《金河王》，威廉·萨克雷有《玫瑰和指环》。尤其是《金河王》，民间描写的内容和文人色彩的表现手法被糅合到了一起，成了一篇既有传统情节，又有现实描写的童话。俄罗斯则有弗·伏·奥陀耶夫斯基和安东尼·波戈列利斯基，弗·伏·奥陀耶夫斯基的童话名篇有《八音盒里

---

① Humphrey Carpenter, Mari Prichard (eds.), *The Oxford Companion to Children's Literature*, Oxford and New York: Oxford University Press,1984,p.231.

的小城市》《严寒老人》。安东尼·波戈列利斯基受到恩斯特·台奥多尔·阿玛第乌斯·霍夫曼影响而写成了中篇童话《黑母鸡》。俄罗斯还有寓言大师依·安·克雷洛夫，他的很多寓言故事都可以被看作小童话或是小型讽刺喜剧。

到了 19 世纪中期，丹麦出现了伟大的童话作家汉斯·克里斯蒂安·安徒生，安徒生童话主要收在以下集子里：《讲给孩子们听的故事》（1835—1842），包括《打火匣》《旅行者》《海的女儿》《小伊达的花》《皇帝的新装》等；《新童话》（1843—1848）；《故事》（1852—1855）；《新童话和新故事》（1868—1872）。安徒生的童话中融贯崇高美好的精神，体现温暖的人道主义，成功运用细节描写，语言丰富，保罗·阿扎尔这样评价安徒生的童话艺术："安徒生是一个国王。因为没有人能像他那样，可以如此轻松自如地走入人和事物的灵魂。"①

受浪漫主义观念的影响，美国作家也写成了一些童话作品，一位是华盛顿·欧文，以民族的题材、民间文学的情节写成了童话性读物《瑞普·凡·温克尔》和《睡谷传奇》，另一位是海·华·朗费罗，作有印第安人的童话汇集《海华沙之歌》。

本时期的芬兰，有一位和安徒生比肩并论的诗人萨查尔·托佩柳斯，他的童话在 19 世纪就被译成多种欧洲语言传播，作品结集为《寓言故事集》和《儿童读物》，名作如《大海主人的礼物》、《冬天的童话》、《萨姆波·拉伯》、《吹魔笛的孩子》（即《音乐家》）、《十一月的阳光》、《夏至之夜的故事》、《云神》、《星星的眼睛》、《睡莲》、《一个名叫拉塞尔的小家伙》等。

三、迈上轻松欢快之路的童话

19 世纪中期，虽然浪漫主义文学的盛潮期已经过去，但是浪漫主义作为一种精神却进入了人们的意识深层，浪漫精神的主观性、理想性和超越性特征依然滋养着童话的创作，为现代童话的发生和发展开辟着道路。传统童

---

① [法]保罗·阿扎尔:《书，儿童与成人》，梅思繁译，湖南少年儿童出版社 2014 年版，第 123 页。

话和艺术童话，尽管有着理想、乐观、欢快、轻松的色调，但即使是安徒生童话，也始终承载着文学思想意义的内涵。童话要更契合儿童的情感和思维特点，还需要注入和营造理想、乐观、欢快、轻松的元素，本时期的童话开始向着这一方向发展。

19 世纪，格林童话、安徒生童话和意大利的《木偶奇遇记》分别于 1812 年、1833 年、1883 年译传进了法国，给法国童话带来了新的活力，出现了继《列那狐的故事》之后的一部精彩动物故事——塞居尔夫人的长篇童话《毛驴回忆录》，另一位女作家乔治·桑晚年为自己的孙辈写过一些童话，如《祖母的故事》《格里布尔奇遇记》等。法国 19 世纪中期的童话中，爱德华·拉布莱依的《蓝色童话》和《新蓝色童话》占有重要地位，他的童话从 19 世纪到 20 世纪一直被作为法国儿童文学的重要图书，其中著名的有《王子恩仇记》《牧人总督》《疯子勃莱昂的故事》《小灰色人》《布奈西》《野蛮的瑞尔朋》等。其他的童话作家作品还有保罗·缪塞的《风先生和雨太太》、阿尔丰斯·都德的《塞根先生的山羊》《三只乌鸦》、亚历山大·仲马的《一个榛子夹的故事》、爱弥尔·左拉的《猫的天堂》、奥·弗耶的《驼背小矮人历险记》以及阿纳托利·法郎士的《蜜蜂》《蜜蜂公主》等。

俄国在 19 世纪有代表性的童话作家有康·德·乌申斯基，他为乡村孩子编写教科书，教科书中有在民间童话基础上加工而成的短小童话，比如《拔萝卜》《金蛋》《狐狸和瓶》《两只山羊》等。在 19 世纪中后期影响较大的作家是列夫·托尔斯泰，他为乡村低龄儿童创作、译编、改写了大量短小童话寓言故事，其中《三只熊》《两个朋友》《狼来了》都是流布很广的作品。俄国在 19 世纪末期的童话代表作家是马克西姆·高尔基，有童话名作《燃烧的心》《小麻雀》《叶夫谢依卡的奇遇》《茶炊》等，尤其是《叶夫谢依卡的奇遇》，描写一个男孩落到海底，整篇童话就以他同鱼的对话构成，在鱼的眼中，人"有两条尾巴"，"没有鳞"就成了令鱼不可思议的事情。

19 世纪中后期值得关注的是意大利和英国。意大利卡洛·科洛狄的《木偶奇遇记》是 19 世纪教育童话、成长童话的杰出典范，这部童话的读者数量众多，在意大利至少销行 260 个版本，英文版至少 115 种。一个削刻得十分粗糙，连耳朵也还来不及刻一双的木偶，"被放到了一部长篇童话的中心位置进行刻画和描写"①，这在童话史上是没有先例的，作品的角色和背景设置都是站在民间视角，正是平民立场和风格使它赢得了读者的喜爱，从艺术风格上看，"《木偶奇遇记》的魅力首先在于童话性、儿童性、欢快的幻想和真切的现实世界四者的融合上，而这个现实世界又是被童话性所严格限定了的"②。

　　自 19 世纪中期起，娱乐性儿童文学首先在英国出现，之后，欧洲以欢快为主流格调的现代童话进入了中兴期。当许多欧洲作家追随安徒生的脚步，从民间童话传说中选择题材和主题时，查尔斯·金斯莱已经脱离民间童话的模式，开始创作民间童话中所未能见到的人和虚拟的事，创作了幻想历险记《水孩子》。刘易斯·卡洛尔的长篇童话《爱丽斯漫游仙境》更是建构了一个纯幻想的文学世界，李利安·H. 史密斯谈道："当我们分析《爱丽斯漫游仙境》的时候，我们会发现，它并不像《天路历程》或者《格列佛游记》那样，仅仅是一个现实的寓言或者讽刺故事，其统一性取决于其他优点。""语言也常常是一种胡言乱语，但同时我们又能觉察到其中所包含的真实的本质。"③ 所以这部童话被公认为是以欢娱儿童为主要阅读效果的幻想文学的开端，"对于儿童来说，走进'爱丽斯'的世界是既简单又轻松的。对他们来说，那是一个颠过来倒过去的世界，一切都有可能发生"。④ 爱丽斯跟着小白兔进了深不可测的兔子洞，于是故事就展开了，她在一个完全不同于现实世界的异质世界经历了一系列奇妙的事情。对于儿童来说，这些奇妙经历本身就足够引人入胜，当爱丽斯在荒诞的异质世界游历时，读者也能看到当时的社会人生，也是儿童文学想象力的一次解放。

　　乔治·麦克唐纳自 1867 年开始出版包括《轻浮的公主》和《巨人的

---

　　① Humphrey Carpenter, Mari Prichard (eds.), *The Oxford Companion to Children's Literature*, p.414.

　　② 韦苇：《世界童话史》，复旦大学出版社 2015 年版，第 62 页。

　　③ [加拿大] 李利安·H. 史密斯：《欢欣岁月》，梅思繁译，湖南少年儿童出版社 2014 年版，第 212 页。

　　④ [加拿大] 李利安·H. 史密斯：《欢欣岁月》，梅思繁译，第 215 页。

心脏》等童话在内的童话集，后来相继出版了《北风后面的王国》《公主与妖魔》《公主与凯里埃》等多部长篇童话，李利安·H.史密斯评价其童话："乔治·麦克唐纳创作的幻想世界是一个奇异、充满魔力、神秘的世界，但又是一个真实的世界。它是一个令人信服的世界，因为作者自己对它的真实存在是毫不怀疑的。"[1]19世纪末，罗伯特·斯蒂文生、奥斯卡·王尔德、约瑟夫·拉·吉卜林等几位在成人文学中享有盛誉的作家开始写作童话，提高了儿童文学的声望。约瑟夫·拉·吉卜林曾分别在印度、英国、美国生活，1892年后在美国留居期间写了《丛林传奇》《丛林传奇续集》《原来如此的故事》《磨缸的秘密》《山精灵普克》《报酬和仙女》。《原来如此的故事》是作家为自己年幼的女儿写的短篇童话，其中《大象的鼻子为什么这样长》（《象娃娃》）是其幼儿文学的代表作。

奥斯卡·王尔德的童话数量不多，1888年出版的《快乐王子及其他故事集》收录短篇童话《快乐王子》《夜莺和蔷薇》《自私的巨人》《忠实的朋友》和《了不起的花炮》，这部童话集赢得了很好的反响，几个月之内重印数次。童话集《石榴之家》出版于1891年，内收《少年国王》《西班牙公主的生日》《星孩》和《渔夫和他的灵魂》，广受关注的作品如《自私的巨人》《快乐王子》《少年国王》《忠实的朋友》《夜莺和蔷薇》等。《牛津儿童文学指南》指出："王尔德的童话深受安徒生的影响，作者对生活的尖锐看法，与安徒生如出一辙。"[2]奥斯卡·王尔德童话与安徒生童话有许多相似之处。奥斯卡·王尔德童话中关注到社会的不公正和不合理，现实生活中的傲慢和偏见、自私和卑鄙、残暴和愚蠢等丑恶现象，并擅长于将深沉的激情，葱茏的诗意散布于轻描淡写中，涉笔成情，擅长于运用对比手法，从而使童话具有一种独异趣味，一种不易模仿的素朴的散文诗风格。奥斯卡·王尔德谈到自己的童话集时曾说，他创作童话是"试图以一种远离现实的方式反映当代生活……"，"写这本书不是为了儿童，而是为了18岁至80岁充满童真

---

[1] ［加拿大］李利安·H.史密斯：《欢欣岁月》，梅思繁译，第219页。

[2] Humphrey Carpenter, Mari Prichard (eds.), *The Oxford Companion to Children's Literature*, p.238.

的人"。① 作家为成人而写的童话大多数能为孩子所接受，赢得读者的喜爱，这需要比写得深奥难解更有艺术功力，韦苇的评价是恰当的，"不为儿童写的童话永远活在儿童中，就正好说明它们不朽的原因已经在童话的字里行间蕴涵"②。

詹姆斯·巴里的《彼得·潘》也是值得大人和孩子共读的好作品。彼得·潘出生的第一天，因为害怕长大而逃离了家，来到了永无岛，这是一个奇异而热闹的地方，彼得·潘和其他被捡到岛上的孩子、仙女、野兽在这里逍遥，在这里冒险。詹姆斯·巴里汲取前人积累的艺术营养，将荒诞故事、惊险故事、幽默讽刺故事、仙人故事等，用现代主义的艺术方法合成一支美好的童年之歌，欢快、温馨、美丽，作品中体现了永恒的生命力和无拘无束的游戏精神，杰奎琳·罗丝评价："这是迄今为止虚构儿童文学史上最支离破碎、最麻烦的作品之一。《彼得·潘》既奇特又不奇特，因为它概括了一部尚未结束的虚构儿童文学的全部历史。"③

19 世纪英国其他出色的童话作家作品还有克丽丝蒂娜·罗赛蒂的童话诗《妖怪市场》，伊狄丝·内斯比特的《五个孩子和沙精灵》《凤凰与地毯》《护身符的故事》等，海伦·班纳曼的《小黑人桑宝》，碧翠克丝·波特的《兔子彼得的故事》《格洛斯特的裁缝》，约瑟夫·雅各布斯的《英国童话故事集》《克尔特人童话故事集》等。

四、成为一种独立文学体式的童话

20 世纪初，童话作为一种口头或民间文学现象，已经存在了许多个世纪；从浪漫主义文学思潮流行，童话的收集、加工、润色、再创作以及创作，也已经有一个世纪了。然而童话作家作为整个作家队伍中的一个方面军，作为儿童文学的主力军，童话作为文学的一个类别，作为文学创作和文

---

① Humphrey Carpenter, Mari Prichard (eds.), *The Oxford Companion to Children's Literature*, p.238.

② 韦苇：《世界儿童文学史》，第 141 页。

③ [英]杰奎琳·罗丝：《〈彼得·潘〉案例研究：论虚构儿童文学的不可能性》，闵锐武、闵月译，明天出版社 2022 年版，第 23 页。

学研究的一个领域，是到了 20 世纪的上半期。

在 20 世纪上半期，1907 年和 1909 年的诺贝尔文学奖授予了从事童话创作的作家，分别是约瑟夫·吉卜林和赛尔玛·拉格勒芙，1911 年诺贝尔文学奖授予了与童话创作有关的作家莫里斯·梅特林克。童话读物走向多样：长篇童话、短篇童话、抒情童话、热闹童话、历险童话、怪诞童话、知识童话、幽默童话、低幼儿童话、中高年级童话……保罗·阿扎尔的《书，儿童与成人》开始在世界流传并建立了自己的理论权威。美国从 1922 年开始颁授以"约翰·纽伯瑞"的名字命名的儿童文学奖，法国、英国也紧随其后，把文学奖授予儿童文学，包括童话。至此，童话作为一种文学样式，宣告了它在文学世界里的崛起。

20 世纪上半期的英语世界，童话臻于成熟，出现了一批成就较高的作家作品。如肯尼斯·格雷厄姆的《柳林风声》，其中流畅而丰富的对自然美的描写备受读者喜爱。这时期约翰·托尔金的长篇童话《霍比特人》是虚幻国型童话的第一个重要文本。亚力山大·亚兰·米尔恩在 1924 年到 1928 年间，为儿童写过四本书，其中两本是长篇童话，即《小熊温尼·菩》和另一本同主角的童话《菩屋拐角的房子》，还有两本幽默童诗集。由于童诗集中有一本叫《温尼·菩的歌儿》，这样三本有关温尼·菩的书构成了"菩书"。《小熊温尼·菩》体现了作家精湛的艺术技巧和简洁的语言风格，关于这部童话的"无为"，英国研究者班杰明·霍夫曾说：《小熊温尼·菩》的生活方式与中国老子、庄子构想的人生准则有某种惊人的相似：崇尚自然，淡泊名利。[①] 瑞典女作家赛尔玛·拉格勒芙的长篇童话《骑鹅旅行记》于 1906年至 1907 年间与读者见面，并于 1909 年获得诺贝尔文学奖，其作品想象丰富，风格平易优美。

20 世纪初期，童话剧成为一种时尚。名作除了《彼得·潘》，还有比利时象征主义戏剧的代表莫里斯·梅特林克出版于 1908 年的《青鸟》，梅特林克采用童话剧来表现他的哲学思想、富丽想象和诗情画意。后来，梅特林克

---

① 韦苇：《外国童话史》，第 86 页。

的妻子乔·莱勃伦克将剧本改写成散文故事，普及了这一名剧，也获得相当的成功。

20 世纪初法国的儿童文学中，有马塞尔·埃梅于 1934 年出版的《捉猫猫游戏故事集》，以及圣-埃克絮佩利在 1943 年出版的《小王子》。奥地利作家费利克斯·萨尔登在 1923 年发表《小鹿班比》后名声大振，蜚声欧洲，1939 年发表了《班比之子》。1936 年，俄罗斯作家阿·托尔斯泰根据《木偶奇遇记》的思路和框架写成了《金钥匙》。日本自从 19 世纪末在借鉴西方童话的基础上开始有自己的童话创作，其标志是岩谷小波的《小狗阿黄》，到 20 世纪二三十年代出现了几位出色的童话作家，小川未明的《红船》于 1910 年问世，标志着日本现代儿童文学的起步，其代表作是 1921 年发表的《红蜡烛和人鱼》。小川未明的童话是对苦难人生的诗性提炼，营造出富有诗意的童话境界，这种弥漫着爱、美和忧伤的境界无论是作为童话、小说还是散文都极富魅力。宫泽贤治的代表作有 1924 年出版的《生意兴隆的饭店》，1927 年出版的《银河铁道之夜》等，这些童话具有哲理性和新颖性。新美南吉把民间童话文学的精髓同现代观念融合而为一体，代表作如《小狐狸阿权》《小狐狸买手套》《盗贼来到花木村》。20 世纪初的美国作家作品有休·洛夫廷的"杜里特大夫"童话系列，第一部是 1920 年出版的《杜里特大夫的非洲之行》，其他作品分别出版于 1922 年至 1928 年，包括《杜里特大夫航海记》《杜里特大夫的动物邮局》《杜里特大夫的马戏团》《杜里特大夫的动物园》《杜里特大夫的篷车》《杜里特大夫的花园》《杜里特大夫上月球》等。还有理查德·阿特沃特与妻子芙洛伦丝·阿特沃特合写的童话《波珀先生的企鹅》，本书出版于 1938 年，很受读者欢迎，被译介至许多国家。20 世纪初的童话，有了童话人物系列，如肯尼斯·格雷厄姆和亚力山大·亚兰·米尔恩创造的动物形象，休·洛夫廷创造的"好心大夫杜里特"形象等。

从童话史的发展来看，到二战之前，各国童话取得了丰硕的成果，童话也完全成为一种独立的文学体式，就本书的研究范围来讲，探讨的是二战之前出现的域外童话作品在中国的译介与传播问题。

第二节 域外童话译入近代中国的历史动因

从鸦片战争至五四运动的中国近代西学翻译，继自东汉到北宋的佛经翻译、明末清初的西学翻译之后，成为翻译史上第三次重要的译事。与佛经翻译相比，明末清初和近代的两次西学翻译，是相对先进的西方文化与相对落后的中华文化之间的对话，对中国社会产生了深刻影响。"中国近代是中西文化交流的重要时期，翻译的西书是中西文化交流的重要载体。近代西学翻译的历程大体先是自然科学翻译，继而出现社会科学翻译，最后才出现了文学翻译。"① 近代域外童话的翻译源自清末民初的思想推动，适应于市民社会的文化需求，受动于传统儿童观的转变，潜流于这一时期的文学翻译之中。

一、清末民初的思想推动

从思想层面而言，域外童话与其他外国文学作品一起，作为文化维新和新民运动的重要文化资源，是近代中国知识界经历了复杂的思想历程之后，从历史经验中逐步认识到的。1840 年鸦片战争以后，帝国主义列强的军舰大炮打开了清王朝闭关自守的国界，也打开了本时期中国社会故步自封的封建主义文化壁垒，部分先行的中国知识分子开始"睁眼看世界"，发现古老的中国已远远落后于世界潮流，于是西学翻译作为一种强邦固本的手段成为当时的一股进步潮流。有识之士们开始认识到本国的不足和向西方学习的必要，他们不仅自己动手翻译外籍，还有意识地组织人员翻译各种西方典籍，翻译之风由此开始兴盛。当时，举国上下急于富国强兵，在经世致用思潮的影响下，译书的目光首先放在军工、制造、天文、历算等自然科学，以及地理、教育、政治等社会科学方面，再加上文学翻译较难，知识界对西方各国文学作品的关注度还不高。从 1840 年起至 1898 年，在将近半个世纪的时间里，尽管翻译著述出版了不少，但正式刊印发表的翻译文学作品却寥若晨星，仅有 1840 年的《意拾喻言》（现通译《伊索寓言》）、1853 年翻

---

① 郭延礼：《中国近代翻译文学概论》，湖北教育出版社 2005 年版，第 6 页。

译约翰·班扬的《天路历程》、1868 年翻译亨利·朗费罗的《人生颂》，以及 1871 年翻译的法国国歌《马赛曲》和德国的《祖国颂》等屈指可数的几篇译作。除《马赛曲》和《祖国颂》由王韬与张芝轩合译外，其他均系外国人所译。1872 年 4 月 15 日至 4 月 18 日，《申报》连载了乔纳森·斯威夫特《格列佛游记》的第一部分译文《谈瀛小录》，1872 年 4 月 22 日华盛顿·欧文的短篇小说《瑞普·凡·温克尔》的译文《一睡七十年》也被刊登，表明外国小说的翻译开始进入了中国译者的视野。中国近代翻译文学史上第一部外国长篇小说译作《昕夕闲谈》在近代第一个文艺杂志《瀛寰琐记》的第 3 卷至第 28 卷连载，之后另有《安乐家》（1882 年画图新报馆译印）、《海国妙喻》（张赤山编选，1888 年天津时报馆代印）和《百年一觉》（另译为《回头看》，李提摩太节译，1894 年上海广学会出版）等译作问世。这一阶段的翻译文学作品，无论是数量还是其对社会的影响，明显有限。

甲午战争的惨败，以及之后遭遇的一系列挫折，使中国知识分子彻底从晚清帝国的残梦中惊醒，意识到中西之间的差距不只是器物层面的，更是文化根源上的。中国要想摆脱任人宰割的命运和实现富国强兵之梦，不仅要引进西方先进的科学技术，更要引入西方进步的思想文化，西学翻译的浪潮逐渐转向精神文化层面。于是，从官府到民间，从传教士到国内的知识分子，加入到了翻译活动的队伍当中，或编译外文资讯，或成立翻译社所，或组织译书公会，各地还纷纷设立翻译机构，翻译出版西学著作。其中官府创办的有北京的同文馆、上海的广方言馆和上海的江南制造局翻译馆等。由教会和传教士创办的有墨海书馆、美华会馆、益智书会和广学会等。民办的翻译出版机构有译书交通公会、商务印书馆、南洋公学译书院、广智书局、中华书局和世界书局等。当时主要的译印机构尽其所能推动西方文化在中国的传播，形成了中国翻译文化史上的一次新高潮。正是在这场蔚为壮观的译介西方文化的风潮中，文化维新和新民运动的思潮随之而起，希望借助社会改良达到救国救民目标的知识分子们，主张引入西方文化来改造中国文化，引入西方思想来改造中国国民性，他们尤其重视文艺的社会改良作用，认为那些富有特色的西方文艺是传播西方思想文化的重要载体。在西方文学的影响下，近代文化知识界开始改变轻视小说、戏曲的观念，鲁迅曾说："在中国，小说是向来不算文学的。"[①] "小说和戏曲，中国向来是看作邪宗的。"[②] 到了近代，文论家如梁启超、夏曾佑、狄楚卿、陶祐曾和徐念慈等人，他们大多以欧美重视小说为论据，把小说与社会进步、开启民智结合起来，从而肯定小说的社会作用和文学地位。梁启超等人提倡以"小说界革命"为口号的系列文化革新主张，认为小说是重要的新民工具之一，希望通过小说改造社会，开发人心。1898 年梁启超在《清议报》上发表了《译印政治小说序》，谈到"英名士某君曰：'小说为国民之魂'[③]"，赋予了小说以巨大的文化影响力。

本尼迪克·安德森认为，一个新的民族国家在兴起之前有一个想象的过程，这是一种公开化、社群化的过程，依靠两种媒体，一是小说，一是报纸，"因为这两种形式为重视'民族'这种想象的共同体，提供了技术上的手段"[④]。梁启超在《译印政治小说序》中说："在昔欧洲各国变革之始，其魁儒硕学，仁人志士，往往以其身之所经历，及胸中所怀，政治之议论，一寄之于小说。于是彼中缀学之子，黉塾之暇，手之口之，下而兵丁、而市侩、而农氓、而工匠、而车夫马卒、而妇女、而童孺，靡不手之口之。往往每一书出，而全国之议论为之一变。彼美、英、德、法、奥、意、日本各国政界之日进，则政治小说，为功最高焉。"并宣称，"今特采外国名儒所撰述，而有关切于今日中国时局者，次第译之"[⑤]。尽管梁启超译印政治小说的本意是为寻求政治变革的目的服务，但经梁启超的大力提倡后，不仅政治小说的翻译蔚然成风，文艺小说的译介也同样渐成气候。知识分子们积极投身于西方文艺的翻译事业，将那些最能蕴含西方思想特质的文艺形式译入中国，成为开民智、新民德、鼓民力的重要文化资源。从翻译文学作品数量、题材和

---

① 鲁迅：《〈草鞋脚〉小引》，《鲁迅全集》第六卷，人民文学出版社 2005 年版，第 21 页。
② 鲁迅：《徐懋庸作〈打杂集〉序》，《鲁迅全集》第六卷，第 301 页。
③ 任公：《译印政治小说序》，陈平原、夏晓虹编：《二十世纪中国小说理论资料》第一卷，北京大学出版社 1997 年版，第 38 页。
④ [美] 本尼迪克·安德森：《想象的共同体：民族主义的起源与散布》，吴叡人译，上海人民出版社 2011 年版，第 23 页。
⑤ 任公：《译印政治小说序》，陈平原、夏晓虹编：《二十世纪中国小说理论资料》第一卷，第 37 页。

体裁的变化便可见出文学翻译逐渐步入鼎盛期。从数量上看，翻译文学呈现出上升的发展趋势，1896 年张坤德译柯南·道尔的四篇侦探小说，刊登在《时务报》上。1898 年曾广铨译亨利·哈葛德的《长生术》，发表于《昌言报》。1898 年梁启超翻译日本柴四郎的政治小说《佳人奇遇》，刊登在《清议报》上。1898 年林纾与王寿昌开始翻译《巴黎茶花女遗事》，1899 年出版。1900 年，薛绍徽翻译的科幻小说《八十日环游记》由经世文社刊出。1903 年翻译的作品中，便有周桂笙翻译的《新庵谐译初编》（其中选译了《一千零一夜》、格林童话和《伊索寓言》中的部分故事）。唐弢提到："据统计，晚清小说刊行的在一千五百种以上，而翻译小说又占全数的三分之二。"[①] 晚清小说翻译之盛况由此可见一斑。从题材上看，梁启超翻译了政治小说《佳人奇遇》，此后又出现虚无党小说，并形成了以陈景翰（笔名冷血）为首的虚无党小说译介热，柯南·道尔的侦探小说、科幻小说《八十日环游记》也已经被译介至中国，20 世纪初翻译小说类型包括政治小说、科幻小说、侦探小说、教育小说、冒险小说、法律小说、历史小说及爱情小说等。至 1906 年，"各种类型的翻译小说大体齐备，据统计，其数量已超过 500 种"[②]。从体裁上看，之前译者们选译的多为中长篇小说，1907 年以后，短篇小说的翻译数量逐渐增多，1909 年鲁迅、周作人兄弟编选、翻译的《域外小说集》一集和二集便是代表，集子中对奥斯卡·王尔德、爱伦·坡、安徒生等名家做了译介，特别注重介绍东北欧被压迫民族的作家作品。此后，外国诗歌、戏剧作品也进入译者们的视野当中，如 1908 年苏曼殊译出《拜伦诗选》，1908 年李石曾翻译剧本《夜未央》。

1902 年，梁启超在日本横滨创办《新小说》杂志，并发表了著名的《论小说与群治之关系》一文，强调小说之于救国的重要性，"欲新一国之民，不可不先新一国之小说。故欲新道德，必新小说；欲新宗教，必新小说；欲新政治，必新小说；欲新风俗，必新小说；欲新学艺，必新小说；乃至欲新人心、欲新人格，必新小说。何以故？小说有不可思议之力支配人道

① 唐弢主编：《中国现代文学史》1，人民文学出版社 2005 年版，第 5 页。
② 郭延礼：《中国近代翻译文学概论》，第 25 页。

故"[1]。这使得小说也成为参与公共领域的一种手段，加入民族国家的建构之中，用以"新民""新道德""新政治""新风俗"……总而言之，是借助于小说这一技术手段，建立民族国家想象的空间。域外童话也正是在这样的背景下译入中国的，周桂笙在《新庵谐译初编》的《序》中阐发了借翻译为桥梁输入西方文明以拯救祖国的愿望："迩者朝廷既下变法之诏，国民尤切自强之望，而有志之士，眷怀时局，深考其故，以为非求输入文明之术断难变化固执之性。于是而翻西文，译东籍尚矣。日新月异，层出不穷。要皆觉世牖民之作堪备，开智启慧之助洋洋乎盛矣哉。不可谓非翻译者之与有其功也。"[2] 可见，周桂笙将爱国之心和开启民智的愿望都付诸翻译西学。域外童话作为具有"开智启慧"功能的"觉世牖民之作"被介绍给中国民众，1900年，周桂笙在上海的《采风报》上发表了据英文节译的《国王山鲁亚尔及兄弟的故事》和《渔夫》，这是《一千零一夜》的第一次中译。1902年又在《寓言报》上陆续发表了选自《伊索寓言》《格林童话》《豪夫童话》中的15篇译文，如《公主》《乡女人》《猫鼠成亲》等，这些译作之后分别收入1903年由上海清华书局出版的《新庵谐译初编》。1907年《月月小说》上发表的署名紫英的文章《新庵谐译》写道：

> 即以小说而论，各种体裁，各有别名，不得仅以形容字别之也。譬如"短篇小说"，吾国第于"小说"之上，增"短篇"二字以形容之，而西人则各类皆有专名。如 Romance，Novelette，Story，Tale，Fable 等皆是也。吾友上海周子桂笙，所译之《新庵谐译》，第二卷中，则皆能兼而有之。[3]

与其他被引介的西方文艺类型一样，域外童话也成为近代知识分子致力于救国救民运动的一种文化选择。李欧梵认为"我们甚至可以说晚清时期中

① 饮冰：《论小说与群治之关系》，陈平原、夏晓虹编：《二十世纪中国小说理论资料》第一卷，第50页。
② 《吴趼人全集·点评集》，北方文艺出版社2019年版，第288页。
③ 紫英：《新庵谐译》，陈平原、夏晓虹编：《二十世纪中国小说理论资料》第一卷，第273页。

国知识分子同时在缔造两样东西：公共领域和民族国家"①。通过对域外童话有选择性地引入和富有创造性的翻译，域外童话及理论的译本成为近代进步知识分子革新文艺形式、改良国民素质和引介童话理论的重要载体，成为他们在新的历史条件下建构新的民族国家想象和公共空间领域的新式话语。

二、市民社会的文化需求

从社会层面而言，近代中国社会结构的变迁为域外童话翻译提供了所需的现实条件，特别是近代中国城市发展所形成的市民文化空间的变化相应地刺激了童话的翻译。换句话说，童话译介风潮之所以兴起，一个重要的因素便是近代中国市民社会文化空间的改变。

上海是近代西学中译的重镇，19 世纪中期至民国初年，译印的西学著作大部分在上海出版。上海还有众多译介西学的报纸杂志，大量刊发西学翻译文章。上海自然也是近代中国译介域外童话的中心，汇集了一批童话翻译出版机构，如商务印书馆、中华书局、开明书店和儿童书局等；创办了一些登载童话和童话评论的期刊杂志，如《东方杂志》《小说月报》《少年》《妇女杂志》《学生杂志》《儿童世界》和《小朋友》等。近代上海出版的童话是全国最多的，其中格林童话、安徒生童话、奥斯卡·王尔德童话、威廉·豪夫童话、列夫·托尔斯泰童话、爱罗先珂童话，以及其他儿童故事如《伊索寓言》、《一千零一夜》、莱辛寓言等大多首先在上海的出版物中被部分翻译出来，然后又在上海被结集出版。之所以取得上述成就，与近代上海市民文化空间的建构等因素密切相关。

1843 年开埠后，上海的发展进入新的格局，"上海开放后，所出现的国际性商业贸易和大规模的轮船运输不仅使上海城市迅速发展，而且也使它处于中国社会巨大的结构性转换的首位，它率先冲出农业时代进入工业时代，其现代工业在就业和产出上迅速上升。特别是由于 20 世纪的工业化和世界经济一体化的形成，使上海在 1840 年还是一个相对默默无闻的中等城市能

---

① 李欧梵：《中国现代文学与现代性十讲》，复旦大学出版社 2002 年版，第 10 页。

够上升为具有世界地位的特大城市，到 1936 年前已与伦敦、巴黎、纽约、柏林具有同等地位"①。上海成为西方世界进入中国的桥头堡，也成了近代西学翻译的重镇和近代童话译介的中心。上海不仅翻译出版了大量的域外童话故事，掀起了近代中国童话翻译的风潮，而且最先将童话作为一种启蒙话语引入中国，给中国近代文化发展带来了重要影响。这种上海式的文化发展模式背后存在着复杂的因素，有历史因素，有地理环境因素，有商业贸易发展的因素，也有文化进步的因素。其中，一个基础性的因素是近代上海城市发展所带来的社会文化空间的变化。也就是说，近代上海市民社会文化空间的兴起，有力地推动了上海在近代西学翻译大潮中成为近代童话译介的中心。

那么，这是怎样的市民文化空间呢？这是一种契合近代城市化、商业化和市民化浪潮的独特的社会文化空间，它是市民阶层的兴起所带来的市民文化的萌芽和市民社会公共文化领域的形成，而童话作为一种新的文化类型正适应了这种城市文化发展的需要。

首先，市民阶层的阅读需求是童话译介的主要动力。近代城市的形成与近代市民文化的兴起是同步的。随着上海对外贸易和工商业的飞速发展，城市人口迅速增长，墨菲评论道，"直到 1895 年为止，上海几乎仍旧是个纯粹经商的城市，因此人口从未超过 50 万"，而"第一次世界大战期间中国与东南亚市场海外竞争的消除，对上海市内现代工业制造的发展，起了强大的推动作用，从而使上海人口增加 300 万左右"。② 都市城镇人口的组成部分比较复杂，他们中有些人来自农村或小城镇，虽然没有受过正规的文化教育，但整体上比农村人文化水准高，多数人能识字，且相当一部分人具有一定的阅读能力，随着这一部分市民阶层人口的增多，更加需要一个精神释放的空间。城市社会学理论也认为，城市人口的异质度高，它比农村有着更为密集度高的人口存在，而这造成了城市空间距离缩小，心理距离拉大，导致城里

① 何一民主编：《近代中国城市发展与社会变迁：1840—1949 年》，科学出版社 2004 年版，第 134—135 页。
② [美]罗兹·墨菲：《上海——现代中国的钥匙》，上海社会科学院历史研究所编译，上海人民出版社 1986 年版，第 24 页。

人寻找彼此共同关心、共同感兴趣的话题，也就是对大众文化的渴求。同时人们已逐渐远离古代农耕社会里靠口头传承的文娱形式，阅读文学作品便成为文化生活中的重要组成部分，尤其是小说的购买量自然也日渐加大。在这样一个新旧文化交替的时代，旧的封建文化日趋衰落，新的市民文化日益兴起，带来一个新兴的阅读市场。如何为市民提供消遣、娱乐、有趣的大众读物，不仅关系到出版商的文化取向，而且关系到出版物的销路和出版机构的生存问题。上海的早期书商们很快就意识到了这种文化需求，应势出版了一系列市民通俗读物，林培瑞在《论一、二十年代传统风格的都市通俗小说》一文中描述，"20世纪初，上海作为中国第一个'现代都市化'的城市，也涌现出大量娱乐性的小说。起初，是从日文转译的西方作品，接着是完全出自中国传统故事的创作"①。域外童话故事作为通俗读物也得以大量翻译出版。

其次，新兴的传播媒介加速了域外童话的翻译和传播。上海是近代中国的文化中心地，各种新式学校、报刊、出版机构、文化团体等，多发轫于此，这彰显出上海的文化中心优势，最具有时代特征的是近代报刊的创办。刊物类既有面向特定群体发行的专业杂志，也有登载大量通俗读物的文艺刊物。报纸类既有严肃的综合性大报，也有商业气息浓厚的消闲小报。姚公鹤的《上海闲话》中谈到上海的报业："全国报纸以上海为最先发达，故即在今日，亦以上海报纸为最有声光。"②上海报纸还具有舆论宣传上的权威性："凡事非经上海报纸登载者，不得作为征实，此上海报纸足以自负者也。"③晚清以降，上海媒体的发展一直居于全国首位。

新兴的传播媒介是上海城市文化发展的必然要求，虽然之前也有为封建统治服务的《邸报》和为朝廷抄录新闻的报纸，但与前者不同，近代报纸杂志是面向社会各阶层，以全体市民为阅读对象的媒体形式，也是反映社会生活，表达市民观念的公共领域。因此，近代报纸杂志需要刊载大量普通民

---

① 范伯群：《对鸳鸯蝴蝶——"礼拜六"派评价之反思》，中国现代文学研究会编：《在东西古今的碰撞中——对"五四"新文学的文化反思》，中国城市经济社会出版社1989年版，第270页。

② 姚公鹤：《上海闲话》，上海古籍出版社1989年版，第128页。

③ 姚公鹤：《上海闲话》，第128页。

众喜欢阅读、也能够理解的大众读物。在祝均宙的《晚清民国年间期刊源流特点探究》中，指出清末民初近百种文艺杂志，其内容可以概括出四大特点，其中之一便是"文艺期刊大量刊载外国文学译作"，"这种情况乃是中国翻译文学的源头，它掀起了近代翻译史上第一次的浪潮。清末民初大多数文艺期刊几乎都设有翻译文学的栏目。……脍炙人口的《伊索寓言》、《格列佛游记》、《鲁宾逊漂流记》、《新天方夜谭》、《格林童话》、《福尔摩斯》更是此时期文艺报刊上的热门译作，致使清末民初的翻译作品在数量上远多于创作作品"。[①] 童话或具有童话特质的文学作品作为一种通俗读物，在当时的新兴媒介颇受欢迎，前文已提及，1900 年，周桂笙在上海的《采风报》上发表了据英文节译的《国王山鲁亚尔及兄弟的故事》和《渔夫》，1902 年又在《寓言报》上陆续发表了选自《伊索寓言》《格林童话》等的 15 篇译文，在 1907 年紫英的文章《新庵谐译》谈到，《新庵谐译初编》"至第二卷中所载诸篇，大抵为《寓言报》而译者"[②]。除《采风报》《寓言报》，经常刊载童话故事的报纸副刊有《时事新报·学灯》《民国日报·觉悟》等，喜欢刊登童话故事的杂志有《妇女杂志》《教育杂志》《学生杂志》《新青年》《东方杂志》等，刊登翻译童话作品的文艺刊物有《小说月报》《文学周报》《中华小说界》等。特别是随着市民社会儿童教育观念的萌芽，大批儿童刊物应运而生。这些宣扬科学培育观念的儿童刊物在大量刊登各种儿童文艺，如儿歌、寓言、儿童小说和科幻小说的同时，也纷纷登载西方翻译过来的童话故事，如经常刊登童话故事的《小孩月报》《蒙学报》《童子世界》《儿童世界》《小朋友》等。

再次，近代上海出版业的繁荣促进了童话的翻译出版。19 世纪中叶以前，苏州是江南出版业的重要地点。上海开埠后，陆续有书商迁来沪上，特别是太平天国运动促使大批书商富贾带着大量的资金和技术来到上海。同

---

① 祝均宙：《晚清民国年间期刊源流特点探究》，台湾华艺学术出版社 2012 年版，第 59—60 页。

② 紫英：《新庵谐译》，陈平原、夏晓虹编：《二十世纪中国小说理论资料》第一卷，第 274 页。

时，为了更好地为宣传西方宗教文化和科技知识服务，西方传教士也纷纷在
上海成立出版机构，或将设在外地的出版机构迁来上海，从而促进了上海出
版业的飞速发展。据史春风统计，19世纪40年代到90年代之间，有17家
基督教出版机构先后在全国各地成立，其中在上海的有：上海土山湾印书
馆、上海卫理公会出版社、上海格致书院、上海益智书会、上海同文书会
（后改名广学会）等五家。[①]从出版机构的出版目标看，教会设立的出版机构
主要是为了实现其殖民统治和宣扬宗教教义，官方设立的出版机构是为了巩
固封建王朝统治，普通民众的阅读需求自然难被重视。民营出版机构在上海
的崛起改变了这种状态，与那些由教会和官方设立的出版机构相比，这些民
营或小社团经营的出版机构在出版物的选择上有了更大的自由，他们与图书
市场的关系更加紧密，紧随着读者的阅读需求，紧贴读者的阅读兴趣，出版
面向市场，面向读者的热销读物。到19世纪末，"广州、上海逐步成为全国
最有影响力的出版中心，以及现代印刷技术的发源地"[②]。上海作为全国出版
业的中心之一，其中一个巨大的推动力是民营出版机构的崛起，这些民营出
版机构正是近代上海童话译介的核心力量，也是全国童话翻译出版的主要机
构。如商务印书馆出版过"世界儿童文学丛书""小学生文库"，中华书局出
版过"世界童话丛书"，泰东图书局出版过"世界儿童文学选集"，开明书店
出版过"世界少年文学丛刊"，世界书局出版过"世界少年文库"，大东书局
有"新儿童基本文库"。随着出版市场日趋成熟，出版机构之间存在着竞争，
这种竞争也促进了上海童话出版的繁荣和童话版本的多元化。以商务印书馆
和中华书局为例，两者在包括童话在内的儿童文学作品及理论书籍的出版上
相互竞争，又相互制衡。商务印书馆出版了"世界儿童文学丛书"，中华书
局有"世界童话丛书"。商务印书馆在1923年出版了魏寿镛、周侯予的《儿
童文学概论》，这是中国第一部儿童文学基础理论专著与教材用书，中华书
局于1924年出版了朱鼎元的《儿童文学概论》。商务印书馆在1928年出版
张圣瑜编《儿童文学研究》，中华书局于1933年出版赵侣青、徐迥千的《儿

---

① 史春风：《商务印书馆与中国近代文化》，北京大学出版社2006年版，第11页。
② 祝均宙：《晚清民国年间期刊源流特点探究》，第21页。

童文学研究》。商务印书馆有刊登童话的《小说月报》，中华书局有发表童话的《中华小说界》。商务印书馆创办儿童杂志《儿童世界》，中华书局有儿童刊物《小朋友》。商务印书馆有《儿童教育画》以及《少年》《学生杂志》，中华书局有《中华教育界》《中华童子界》《中华学生界》。虽然这种商业竞争难免出现不良后果，但在一定程度上推动了童话的译介及推广的进程，也使得商务印书馆和中华书局成为近代中国童话翻译出版的重要阵地。报刊界也开始关注儿童读物，比如发行《小孩月报》《蒙学报》和《童子世界》等报刊，《中国白话报》为儿童读者开辟"歌谣"专栏，《杭州白话报》有"新童谣"专栏，还刊登有关儿童文学的论文及作品。

　　此外，翻译出版机制的变化也推动了童话翻译的繁荣。随着科举制度在1905年的终结，知识分子已经无法在科举入仕之途中获得满足，大多开始参与办报撰文，从事翻译工作，"从事报刊、图书出版业，这是当时不得志的读书人迫不得已的选择"。[①] 这些知识分子大多数由于在科举场上屡试不第，或只有较低的功名，或无缘参加科举考试，往往在经济上依赖教会和政府团体，翻译上也由于口译笔述的关系，很难有翻译上的自由。因此他们的翻译大都局限于宗教和科技领域，很少有人去翻译西方的文艺小说，更别说童话故事了，如李善兰、王韬等就是如此。但是，由于民营出版机构和新兴文化传媒的涌现，特别是新的翻译出版机制的出现，如稿酬制的推行，致使新的知识分子们关注到文艺作品的翻译，他们有的在新式学堂研习过外语，有的是从国外留学回来的，大都精通外语，在翻译上有很大的选择自由，如徐念慈、曾朴、周桂笙、包天笑、孙毓修、茅盾、郑振铎、刘半农、周作人、鲁迅、郭沫若、张闻天、伍光健、赵景深、顾均正、徐调孚、严既澄、夏丏尊等。这批新的知识分子走在了时代变革的前沿，较早地脱离了传统的束缚，摆脱了经济上对官府和教会的依赖，成为相对独立和自由的翻译创作者。通过翻译面向市民阶层的通俗读物和文艺小说，不仅可以挣到稿酬，满足经济上的需求，而且译文可以被广泛阅读，在公共文化领域产生影响力。童话作

---

① 史春风：《商务印书馆与中国近代文化》，第16页。

为市民阶层能够阅读和喜欢阅读的文艺形式，自然进入了翻译家和作家的视线。因此有了周桂笙、孙毓修、赵景深等人翻译格林童话，鲁迅翻译爱罗先珂童话，刘半农、周作人、周瘦鹃等翻译安徒生童话等。

三、近代儿童启蒙思想的推进

清末的文学改良运动强调了文学的社会功能，启蒙思想家们译介西方文学，并开始将少年儿童作为启蒙的对象，因此在 19 世纪后期的中国，儿童启蒙问题被提上议程。较早将小说同儿童联系起来的是黄遵宪，他在 1887 年写成的《日本国志》中说：

> 语言与文字离，则通文者少，语言与文字合，则通文者多，其势然也。……若小说家言，更有直用方言以笔之于书者，则语言文字几乎复合矣。余又乌知夫他日者不变更一文体为适用于今、通行于俗者乎？嗟夫！欲令天下之农工商贾妇女幼稚皆能通文字之用，其不得不于此求一简易之法哉！①

在中国古代，口语与文字不统一，也不够普及，因此"通文者少"，这会影响到文学的传播，黄遵宪认为小说的语言和文字相对统一，因此"天下之农工商贾妇女幼稚皆能通文字之用"，这种提法颇有远见，对文学尤其是小说功能的重视，也在一定程度上影响了对儿童文学的重视。继黄遵宪之后，康有为和梁启超进一步关注到儿童以及儿童文学问题。康有为是最早提出儿童启蒙思想的近代启蒙思想家之一，他从政治、国家出发关注教育，提出青少年一代的启蒙问题。1891 年，康有为在广州创办"万木草堂"，在《幼学》（新儿童教科书）的编辑体例中，认为新教科书内容的安排应该是：一、名物；二、幼歌；三、幼学南音；四、幼学小说……十、幼学津逮。在"幼学小说"部分提到，"吾问上海点石者曰：'何书宜售也？'曰：'书'、'经'不如八股，八股不如小说。'宋开此体，通于俚俗，故天下读小

说者最多也。启蒙童之知识，引之以正道，俾其欢欣乐读，莫小说若也"①。康有为指出了"幼学小说"是儿童教育的好材料，为了实现改良教育的理想，康有为主张采用"通于俚俗"的文学材料来充实幼学课本，这是近代文化观念的改变在儿童教育领域的表现，预示了儿童文学的初步发展。继康有为之后，梁启超从"制造"新民的角度出发，提出了他的儿童启蒙观。1896年，梁启超在《变法通议·论幼学》中主张把"说部书"与"识字书""文法书""歌诀书""问答书""门径书"等列为儿童教育的内容，肯定了小说的地位。梁启超重视儿童，体现出"儿童胜于成人"的儿童启蒙思想，把建造新世界的希望寄托在新一代身上。在《少年中国说》中，梁启超满腔热情地歌颂少年儿童："老年人如夕照，少年人如朝阳。老年人如瘠牛，少年人如乳虎。老年人如僧，少年人如侠。老年人如字典，少年人如戏文；老年人如鸦片烟，少年人如泼兰地酒；老年人如别行星之陨石，少年人如大洋海之珊瑚岛"②，进而提出"故今日之责任，不在他人，而全在我少年。少年智则国智，少年富则国富，少年强则国强，少年独立则国独立，少年自由则国自由，少年进步则国进步，少年胜于欧洲，则国胜于欧洲，少年雄于地球，则国雄于地球"③。梁启超赞美少年儿童的朝气与希望，以此肯定中华民族的前途与力量，认为少年儿童应该成为智慧、富足、强壮、独立、自由、进步的一代，梁启超的儿童启蒙思想，是他以启蒙者的身份表达振兴中华愿望的表现。在儿童文学的实践上，梁启超创作了《爱国歌》四章、《黄帝歌》四章以及《终业式》四章等，诗中浸透着爱国深情，以此激发少年儿童的爱国思想。方卫平认为"而以康梁等人在当时的显赫声名和文化影响力，他们的呼吁和倡导无疑会有助于酝酿、形成一种新的文化气氛"④。在康有为和梁启超儿童观念的影响下，知识分子们逐渐重视儿童教育，关心儿童的生存境遇、身心特征和精神需求。

---

① 方卫平：《中国儿童文学理论发展史》，第84页。
② 梁启超：《少年中国说》，《梁启超诗文选译》，马金科译注，巴蜀书社1997年版，第37页。
③ 梁启超：《少年中国说》，《梁启超诗文选译》，第46页。
④ 方卫平：《中国儿童文学理论发展史》，第90页。

随着知识界对儿童问题的关注，文学在儿童教育中的特殊作用得到重视，强调的是文学的社会功利价值，这对儿童文学的发展和普及起到了推动作用。1901年，《杭州白话报》刊登的文章《文明钟》写道："端赖少年兴国家，国民教育须普及……少年乃为国之宝，儿童教育休草草。"[1]文中不但提出要普及国民教育，还认为少年是"国之宝"，因此"儿童教育休草草"。1902年，《杭州白话报》上发表署名"黄海锋郎"的专论《儿童教育》，文章这样描述儿童教育的重要性："儿童就譬如花木，儿童智识初开的时候，就譬如花木萌芽初发的时候。花儿匠栽培花木，就譬如训蒙师教导儿童。儿童将来能够成人，或是不能够成人，要看那训蒙师教导得法不得法……所以儿童教育，是成人的始基。始基一坏，将来的弊病，月久日深，就是有医人的高手，也是束手无策的了。"[2]作者立足于中国的前途，谈到加强儿童教育，以及影响儿童成长的儿童读物的重要性，文章的内容主要是儿童教育问题，但已关涉儿童文学。文中明确指出："现在所读的《三字经》《百家姓》《千字文》，究有何用？"[3]反对传统的儿童读物的同时，提出"教师最好拿些爱国的故事，为人的箴言，替儿童演说，才可以养成儿童爱国心，陶铸儿童天良性"[4]。文章批判了旧的教育方式压制儿童个性的弊端，提出要像"花儿匠栽培花木"一样教育儿童，这是对长期以来轻视儿童，束缚儿童个性发展的封建思想的声讨，作者对儿童的重视，与对国家命运的关切相联系，并通过教育改良得以实现，本文是最早的一篇关涉到儿童文学的教育作用与社会功利价值的理论性文章。

1904年，曾志忞在为其编辑出版的《教育唱歌集》一书所作的序言中也由儿童教育谈到了儿童文学的建设问题。1905年废除科举后，新式学堂纷纷建立，学校教育中开始引入音乐、体育、美术等课程，学校开设的音乐课时称"乐歌"科，"学堂乐歌"便是各地新式学校中音乐课广为传唱的原

---

① 方卫平：《中国儿童文学理论发展史》，第82页。
② 黄海锋郎：《儿童教育》，王泉根编著：《民国儿童文学文论辑评》上，希望出版社2015年版，第3页。
③ 黄海锋郎：《儿童教育》，王泉根编著：《民国儿童文学文论辑评》上，第6页。
④ 黄海锋郎：《儿童教育》，王泉根编著：《民国儿童文学文论辑评》上，第6页。

创歌曲。在20世纪初叶的中国，学校的"学堂乐歌"音乐教育处于初创、探索时期。曾志忞是音乐教育家和音乐启蒙运动的先行者，毕生注重儿童音乐的研究与创作，在《〈教育唱歌集〉序》中提到学校的一些儿童歌曲"词意深曲，不宜小学"，"今吾国之所谓学校唱歌，其文之高深，十倍于读本；甚有一字一句，即用数十行讲义，而幼稚仍不知者"。①曾志忞针对当时学校音乐教育的现状，结合自己的教学与创作实践，认为中国应借鉴欧美、日本的学校唱歌中通俗浅易这一特点，以他国为范本，"然后以最浅之文字，存以深意，发为文章。与其文也宁俗，与其曲也宁直，与其填砌也宁自然，与其高古也宁流利"②。明确了儿童歌词的创作要摈弃"文""曲""填砌""高古"，而应"俗""直""自然""流利"，从而达到"童稚习之，浅而有味"。③这篇文章虽然主要讨论的是儿童歌词的创作问题，但从客观上讲，也是对儿童诗歌的探讨，因此对儿童文学的建设具有指导意义，表现了向国外先进文化学习的开放意识。1907年，《中外小说林》刊载了署名为"耀"的文章《学校教育当以小说为钥智之利导》，作者指出当时中国的教育："嫉视一切小说，不以为引坏心思，则以为旷碍功课，更何望其能牺牲脑力，从事于小说部中，为学生篏顽而觉悟也哉！"④相比而言，西方国家自18世纪以来重视小说，文中点明了小说的艺术感染力："小说之能钥人智犹是也，则教育开通之电力，又孰有妙于此者乎！"⑤"以小说为钥智之利导"，应将小说纳入教育教学当中，"倘自今而后，学校教育，群知小说之资益，编其有密切关系于人心世道者，列为教科，使人人引进于小说之觉路，而脑海将由此而日富"。⑥"著小说者，形容其笔墨，以启发人群；阅小说者，曲体其心思，以

---

① 曾志忞：《〈教育唱歌集〉序》，王泉根编著：《民国儿童文学文论辑评》上，第9页。
② 曾志忞：《〈教育唱歌集〉序》，王泉根编著：《民国儿童文学文论辑评》上，第9页。
③ 曾志忞：《〈教育唱歌集〉序》，王泉根编著：《民国儿童文学文论辑评》上，第9页。
④ 耀：《学校教育当以小说为钥智之利导》，陈平原、夏晓虹编：《二十世纪中国小说理论资料》第一卷，第232页。
⑤ 耀：《学校教育当以小说为钥智之利导》，陈平原、夏晓虹编：《二十世纪中国小说理论资料》第一卷，第231页。
⑥ 耀：《学校教育当以小说为钥智之利导》，陈平原、夏晓虹编：《二十世纪中国小说理论资料》第一卷，第232页。

宏恢志愿。于学校植其基础，即举国受其陶镕。"① 这篇文章体现了 20 世纪初重视小说社会功能的文学观念，同时呼吁将小说作为学校教育教学的内容。《中外小说林》还刊登了老棣的文章《学堂宜推广以小说为教书》（1907年），耀公的文章《普及乡间教化宜倡办演讲小说会》（1908 年），文章倡导了应以小说为学堂教科书："国民不欲求进步则已，国民而欲求进步，势不得不研攻小说；学堂而不求进步则已，学堂而欲求进步，又势不能不课习小说。总而言之，则觇人群进化程度之迟速，须视崇尚小说风气进步之迟速。学生少年就傅，使之增其知识，开其心胸，底于速成，则于智慧竞争时代，小说诚大关系于人群者也。故曰：学堂宜推广以小说为教科书。"② 以上文章将小说与学校教育相联系，但作为教科书的小说应具有怎样的特征还并不明晰，徐念慈则提出了具体设想。1908 年，徐念慈在《小说林》发表了《余之小说观》一文，在"小说今后之改良"一节中，倡导要专为小学生出一种小说：

> 今之学生，鲜有能看小说者（指高等小学以下言）。而所出小说，实亦无一足供学生之观览。余谓今后著译家所当留意，宜专出一种小说，足备学生之观摩。其形式，则华而近朴，冠以木刻套印之花面，面积较寻常者稍小。其体裁，则若笔记，或短篇小说，或记一事，或兼数事。其文字，则用浅近之官话；倘有难字，则加音释；偶有艰语，则加意释；全体不逾万字，辅之以木刻之图画。其旨趣，则取积极的，毋取消极的，以足鼓舞儿童之兴趣，启发儿童之智识，培养儿童之德性为主。其价值，则极廉，数不逾角。如是则足辅教育之不及，而学校中购之，平时可为讲谈用，大考可为奖赏用。想明于教育原理，而执学校之教鞭者，必乐有此小说，而赞成其此举。试合数省学校折半计之，销行之数，必将倍于今也。③

① 耀：《学校教育当以小说为钥智之利导》，陈平原、夏晓虹编：《二十世纪中国小说理论资料》第一卷，第 233 页。
② 老棣：《学堂宜推广以小说为教书》，《中外小说林》1907 年第 18 期。
③ 觉我：《余之小说观》，《小说林》1908 年第 10 期。

之前的学者们指出了小说对于儿童教育的重要性，意识到了少年儿童需要被纳入大众的阅读体系当中，但对于究竟给予少年儿童怎样的读物还未明确，徐念慈提出"宜专出一种小说，足备学生之观摩"，还从读物的体裁、文字、旨趣、价格、印刷、装帧等不同方面论述了这种小说的特点，充分地重视到作为接受群体的儿童的特征，并且提出小说的目的"以足鼓舞儿童之兴趣，启发儿童之智识，培养儿童之德性为主"。徐念慈的观念，对于儿童文学的创作与理论发展有着更为具体的参考价值。

从以上早期儿童启蒙观的演进中可以看出，19世纪末20世纪初的儿童启蒙思想基本上与开发民智，改良社会，振兴中华，推翻帝制的资产阶级民主革命思潮相联系，通过知识分子们的呼吁、倡导以及创作实践，为近代文化注入了新鲜的内涵，这是对儿童特征及儿童文学价值的重新观照。在普遍重视和提倡小说的社会语境之下，与儿童相关的文学样式也开始被关心和倡导了，孙毓修主编的"童话丛书"在1908年应运而生，这部中国近现代出版史上最早的一套大型的专门性的儿童文学丛书，代表了早期儿童启蒙观念演进之下儿童文学的初步成就。

第二章　域外童话在近代中国译介的概貌

在清末民初的思想推动、市民社会的文化需求和近代儿童启蒙思想的推进这三种因素的合力之下，域外童话被引介至中国，并对中国童话的独立和发展产生了直接的影响。可以说，在近代以来中国童话走向独立的过程中，起最直接作用的是域外童话的翻译，这一过程离不开一批文化先驱的引导，离不开出版机构以及大众传媒的参与，这些个人和团体成为域外童话进入中国的重要媒介，形成了童话译介的繁荣局面。

第一节　域外童话在近代中国译介的参与者和推动者

西方文化的引入是中国现代儿童文学萌蘖的诱因和异质文化资源，近代以来，一批文化先驱积极参与和引导了域外童话在中国的译介活动，以上海为中心，一批出版机构和期刊杂志通过儿童文学系列丛书、单篇童话故事的翻译、域外童话理论的介绍等形式，使得域外童话译介呈现出一片繁荣局面。这些文化先驱和出版机构、期刊杂志作为个人媒介和团体媒介，推动着域外童话中译历程的演进。

一、域外童话的译介先驱

自清末起，以传教士为主导力量的翻译者不仅译介了大量西方童话，编纂各类儿童文学图书和期刊，将世界各国的童话介绍给中国的读者，同时也把西方现代儿童观带入中国。在域外童话译介方面，1907 年，英国驻华外交官禧在明在其编纂的汉语教科书《华英文义津逮》中，将英国民间童话《杰克与豆茎》改写为话本小说《神豆传》，将夏尔·贝洛童话《仙女》改编为《善恶报应传》。1912 年，协和书局出版了由美国长老会的费启鸿师母用上海土白翻译的英国作家约瑟夫·吉卜林的童话故事集《原来如此》，译本题为《新小儿语》，原书共 12 篇，《新小儿语》选译了三篇：《古时小象》《豹与黑人变种之原因》和《蝴蝶顿足》。此外，1916 年在广学会出版的《女铎报》上有三部改编的童话剧，分别为美国传教士亮乐月改写的德国童话《吹笛人》，郑申华根据《小红帽》改编的《小红冠》，另有一篇未注作者，是根据英国童话《三只熊》改编的《三熊》。从译介时间上看，传教士的译介之前已有周桂笙、周作人等的译介活动，但比起中国学人来，传教士们已进行了更多样的尝试，语体用白话文翻译，费启鸿师母还用了上海土白翻译《原来如此》，在体裁上大胆尝试用话本小说、童话剧等形式进行改编。尽管其中难免注入宗教色彩，然而毕竟开风气之先，提到域外童话在中国的译介问题，传教士的贡献不能忽略。

在近代中国对域外童话的翻译过程中，有一批文化人走在时代前列，较早地投入到了翻译工作当中，孙毓修、鲁迅、周作人、赵景深、赵元任、夏丏尊、穆木天、梁实秋、巴金等现代文学名家都大力倡导并热心于儿童文学翻译，茅盾、郑振铎等人由翻译儿童文学而步入文坛，在他们的努力之下，形成了五四时期域外童话翻译的高潮。

周桂笙以翻译侦探小说最为著名，也是儿童文学的译家之一。1903 年出版《新庵谐译初编》，据胡从经在《晚清儿童文学钩沉》中的介绍，本著作是线装，"封面由余溥题签，扉页则由周桂笙以小篆自书'新庵谐译初编'，下署'新庵主人题'，版权页上印有'癸卯孟夏上海清华书局铅印'等字样"[1]。卷一有《一千零一夜》和《渔者》二篇，译自阿拉伯民间故事集《一千零一夜》；卷二共 15 篇，其中译自《格林童话》的有《猫鼠成亲》《狼羊复仇》《乐师》《蛤蟆太子》《林中三人》《十二兄弟》《狐受鹅愚》《某

---

[1] 胡从经：《晚清儿童文学钩沉》，少年儿童出版社 1982 年版，第 149 页。

翁》《猫与狐狸》《熊皮》《乡人女》《公主》，译自《伊索寓言》的有《狼负鹤德》《击鼎问答》，另外一篇《一斤肉》译自威廉·莎士比亚的喜剧《威尼斯商人》。其中《狼羊复仇》"可说是外国童话作品最早的中译"[①]。在近代西学东渐的过程中，周桂笙通过翻译活动，为输入异域文化、开拓国人眼界而做出了贡献，而他投入相当一部分精力进行域外童话作品的译介，实属可贵。

1907年，孙毓修进入商务印书馆担任编辑，陆续编纂或编译了"世界读本""童话丛书""少年丛书""常识谈话"等读物，并任商务印书馆《少年》杂志主编。

茅盾评价孙毓修是"中国有童话的开山祖师"[②]，孙毓修自1908年开始主编"童话丛书"，宣告了儿童文学读物的诞生，也是中国第一次出现"童话"一词。"童话丛书"最早的两种《无猫国》《三问答》初版于1908年11月至12月，最后一种《飞行鞋》出版于1920年10月，共出版了三集计102种作品。第一、二集主要由孙毓修编纂，共98种，其中孙毓修编纂77种，茅盾17种，高真常2种，谢寿长1种，张继凯1种。第三集由郑振铎编纂，共4种。孙毓修编纂的两集"童话丛书"，第一集每册约24页，字数五千字左右，定价五分，读者对象为七八岁儿童。第二集字数稍有增多，每册约42页至46页，字数约一万字左右，定价一角，读者对象为10至11岁儿童。但对童话的幻想特征和美学规范尚未能明确界定，因此"童话丛书"中并不全是童话，包括童话、神话、寓言、历史人物故事、小说等。在1924年排印的《无猫国》（第15版）封底刊载了"童话丛书"系列全部102种书目，将目录抄录如下：

第一集

无猫国　三问答　大拇指　绝岛漂流　小王子　夜光璧　红线领　哑口会　人外之友　女军人　义狗传　非力子　驴史　玻璃鞋　笨哥哥　狮子报恩　有眼与无眼　风箱狗　秘密儿　木马兵　十年归　俄国寓言（上）　俄国

---

① 胡从经：《晚清儿童文学钩沉》，第156页。
② 茅盾：《我走过的道路》上，人民文学出版社1997年版，第130页。

寓言（下）　中山狼　怪石洞　鹦鹉螺　鸡黍约　赛皋陶　气英布　湛卢剑
好少年　快乐种子　火牛阵　铜柱劫　点金术　三王子　教子杯　风尘三达　兰
亭会　马上谈　云雪争竞　鹰雀认母　麻雀劝和　献西施　能言鸟　橄榄案
山中人　何梁怨　三姊妹　勇王子　睡王　救季布　风波亭　万年龟　红帽儿
海公主　丈人女婿　睡公主　哥哥弟弟　如意灯（上）　如意灯（下）　傻
男爵游记　皮匠奇遇　小铅兵　扶余王　西藏寓言（上）　西藏寓言（下）
姊弟捉妖　大槐国　千匹绢　负骨报恩　我知道　伯牙琴　狮螺访猪　平和会
议　寻快乐　除三害　河伯娶妇　骡大哥　蛙公主　兔娶妇　怪花园　书呆子
一段麻　树中饿　牧羊郎官　海斯交运　金龟　飞行鞋

第二集

大人国　风雪英雄　梦游地球（上）　梦游地球（下）　巨人岛　小人国
审狐狸　无瑕璧　芦中人

第三集

猴儿的故事　白发小儿　鸟兽赛球　长鼻矮子

　　孙毓修所编童话的题材来源，据赵景深的《孙毓修童话的来源》一
文，"在这七十七种童话中有二十九种是中国历史故事"①。主要取材于《史
记》（12种）、《前后汉书》（3种）、唐人小说（2种），取材于乐府诗、《今
古奇观》等的5种，另有7种取材于晋朝、宋朝及明朝的故事。另外48种
取材于西方名著和童话，故事读本的来源包括：（1）Chamber's Narrative
Readers；（2）"A.L." Bright Story Readers；（3）Books for the
Bairns。赵景深将48种西方名著和童话进行了分类：

　　1.希腊神话：《三问答》（A）、《勇王子》、《木马兵》、《十年归》、
《点金术》。

　　2.《泰西五十轶事》：《无猫国》、《三问答》（B）、《狮子报恩》。

　　3.《天方夜谭》：《能言鸟》《如意灯》（二册）。

① 赵景深：《孙毓修童话的来源》，《大江月刊》1928年11月号。

4. 格林童话：《大拇指》《三王子》《姊弟捉妖》《皮匠奇遇》《三姊妹》。

5. 培罗脱童话：《红帽儿》《玻璃鞋》《睡公主》。

6. 第福小说：《绝岛漂流》。

7. 史维夫特小说：《小人国》《大人国》。

8. 史诗：《审狐狸》。

9. 安徒生童话：《小铅兵》《海公主》。

10. 名著：《有眼与无眼》《鹦鹉螺》《驴史》《傻男爵游记》《小王子》。（《小王子》原名 The Lions Education，俄国克鲁洛夫所著。）

11. 寓言：《人外之友》、《义狗传》（此二书原题 Friends and Helps）、《鹰雀认母》、《麻雀劝和》、《云雪争竞》、《俄国寓言》（二册）、《西藏寓言》（二册）、《哑口会》。

12. 其他：《快乐种子》《睡王》《好少年》《万年灶》《风箱狗》《我知道》《非力子》《梦游地球》（二册）。①

《无猫国》封面及"童话丛书"书目

---

① 赵景深：《孙毓修童话的来源》。

关于孙毓修编纂"童话丛书"参照的原文，除了赵景深的归纳分类，另一种说法来自曾与孙毓修在商务印书馆共事的谢菊曾，"后来见他的案头有许多西文杂志，特别是伦敦出版的《少年百科全书》，这是分期发行的一种刊物，每月一册，赓续了二三年之久，等到全书出齐，改出《儿童杂志》，仍由原编辑人阿瑟米氏主编，照旧按月一期，一齐堆满孙老案头，我随手翻阅了一下，才明白孙老前后编写的许多作品，凡关于欧美的故事、史话、古典文学、科学常识等一类的东西，几乎完全取材于这些刊物，那本《欧美小说丛谭》亦不例外"①。此处提到的《少年百科全书》英文名为 Children's Encyclopedia，"主要用英文刊登世界各国经典儿童故事数百篇"②，日本研究者樽本照雄也推测，"童话丛书"的材料"大多取自在伦敦出版的月刊《儿童百科全书》（*Children's Encyclopedia*）和《儿童杂志》"③。由以上论述可见，这些资料应对孙毓修编纂"童话丛书"产生了比较大的影响。

从"童话丛书"选材上看，夏尔·贝洛童话中的《红帽儿》《玻璃鞋》《睡公主》，格林童话中的《大拇指》《三王子》《姊弟捉妖》《皮匠奇遇》《三姊妹》，安徒生童话中的《小铅兵》《海公主》等名作均在其中，足以见出孙毓修眼光的独到。其中《无猫国》是中国第一篇被冠以"童话"名称的作品。

在《〈童话〉初集广告》中，对本丛书作了说明："故东西各国特编小说为童子之用，欲以启发智识，含养德性，意至善也，是书以浅明之文字，叙奇诡之情节，并多附图画，以助兴趣；虽语多滑稽，然寓意所在必轨于正，童子阅之足以增长德智，妇女之识字者亦可藉为谈助。"④说明童话的阅读对象是儿童，童话有小说的特点，用特别的语言和幻想的情节，具有增长德智的功能。孙毓修对童话的理解基本正确，只是未能将童话与小说区别开来。在《〈童话〉序》中，孙毓修宣布了这套丛书的宗旨、内容和目标："吾国之

① 谢菊曾：《十里洋场的侧影——虹居随笔》，花城出版社 1983 年版，第 26 页。
② 朱嘉春：《为儿童而译：孙毓修编译〈童话〉系列丛书研究》，《外语与外语教学》2019 年第 6 期。
③ 朱自强：《中国儿童文学与现代化进程》，浙江少年儿童出版社 2000 年版，第 133 页。
④ 《〈童话〉初集广告》，《少年》1911 年第 1 册。

旧小说，既不足为学问之助，乃刺取旧事，与欧美诸国之所流行者，成童话若干集，集分若干编。意欲假此以为群学之先导，后生之良友，不仅小道，可观而已。"① 指出童话与中国旧小说不同，它将成为孩子的良友，成为教育的辅助，它的内容主要包括对中国故事的改编和域外童话的译述。《〈童话〉初集广告》和《〈童话〉序》宣告了童话独立于其他文学体裁之外，宣告童话为儿童而作。在编辑出版形式方面，"童话丛书"也充分考虑到了儿童读者的要求，第一、二集都是 32 开本，19 厘米乘 13 厘米铅印平装，便于翻阅。"每册插图很多，图文并茂，这样的装帧在清末很少见。"② 朱自强评价道，"作为中国最早的儿童文学读物，《童话丛书》的起点是很高的"③。

金燕玉在《中国童话史》中，这样概括"童话丛书"的价值：

> 在叶圣陶的划时代的现代创作童话出现之前，从辛亥革命到"五四"运动这一段历史时期内，一百零二册的《童话》几乎就是中国儿童文学的全部了，它填补了这段历史时期的儿童文学的空白，成为当时儿童的主要精神食粮，被誉为"中国儿童的唯一恩物和好伴侣"。《童话》在移植外国优秀的儿童文学作品和发掘中国古籍中可供儿童阅读的材料方面，很有成效，为现代儿童文学创作提供了有价值的借鉴。
>
> ……
>
> 同时，《童话》也开了一种编译改写的风气，把外国文学作品和中国古代作品编写成适合少年儿童阅读的故事，从此以后成为出版界的传统，类似《童话》的读物一直不断出现。④

尽管树起了童话的旗帜，但从内容上看，孙毓修编纂的"童话丛书"更像儿童文学丛书，作品内容或者经过译写，或者经过改编，没有创作。更确切地说，它是中国第一部包括大量童话的现代儿童文学的读物，正如茅盾所

---

① 孙毓修：《〈童话〉序》，《教育杂志》1909 年第 1 卷第 2 期。
② 柳和城：《孙毓修评传》，上海人民出版社 2011 年版，第 69 页。
③ 朱自强：《中国儿童文学与现代化进程》，第 133 页。
④ 金燕玉：《中国童话史》，第 181 页。

言，孙毓修是"中国编辑儿童读物的第一人"①。"童话丛书"尚处在发掘中国古代典籍、编译域外儿童文学作品的阶段，但是已用白话写作，拥有广泛的儿童读者，它的集中性、连续性、系统性，规模之大，持续之久，篇目之多，都是前所未有的。孙毓修对继承中国童话，特别是民间童话方面相对比较疏忽，更重要的贡献在于较有系统地介绍了域外经典童话，这些富于想象的、大胆夸张的外国作品，给了中国儿童文学很大的启发，朱自强因此指出"晚清时期中国儿童文学的发蒙是受动性的，依靠的是西方儿童文学的催生"②。作为儿童读物来讲，"童话丛书"的影响是巨大的，在1909年《教育杂志》创刊号上的"绍介批评"专栏这样介绍"童话丛书"："我国儿童功课之外，无书可读，非为不规则之嬉戏，即溺于神鬼淫盗之小说。……孙氏此书，为我国校外读物之嚆矢。"③柳和城谈道："《童话丛书》曾滋养过几代人。老一辈儿童文学作家、研究家无一不受到过孙毓修《无猫国》等的熏陶和影响。"④的确如此，冰心回忆道："我接触到当时为儿童写的文学作品，是在我十岁左右。我的舅舅从上海买到的几本小书，如《无猫国》《大拇指》等。"⑤赵景深指出"我在儿时也是一个孙毓修派呢"⑥。张天翼在《我的幼年生活》中回忆自己在初小时参加全城小学运动会得第二名，奖品是"十几册商务印书馆的童话，孙毓修先生编的"⑦。

"童话丛书"的另一位编译者茅盾是紧随孙毓修的另一位现代童话的开拓者，1916年茅盾从北京大学预科毕业，进入商务印书馆编译所工作，成为孙毓修的助手一起编"童话丛书"，于是开始了编译生涯。1917年开始到1920年，茅盾作为孙毓修的合作者参与了"童话丛书"的编写工作，茅盾共编写了17册童话，计27篇，再加上1923年根据捷克斯洛伐克民间童

①　江：《关于"儿童文学"》，《文学》1935年第4卷第2号。
②　朱自强：《中国儿童文学与现代化进程》，第136页。
③　《绍介批评》，《教育杂志》1909年第1卷第1期。
④　柳和城：《孙毓修评传》，第70页。
⑤　冰心：《我是怎样被推进儿童文学作家队伍里去的》，叶圣陶等编：《我和儿童文学》，少年儿童出版社1980年版，第16页。
⑥　赵景深：《孙毓修童话的来源》。
⑦　张天翼：《我的幼年生活》，《文学杂志》1933年第1卷第2号。

话写的《十二个月》（收入郑振铎编的"童话丛书"三集中的《鸟兽赛球》编），共 28 篇。从体裁上看，这些作品分童话和故事两类。从题材上看可以分为三类：一类是根据域外童话、寓言或民间故事加以改写，比如《驴大哥》译自格林童话《布来梅市的乐师》，《蛙公主》译自格林童话《青蛙王子或名铁胸亨利》，《汉斯交运》译自格林童话《汉斯交好运》，《飞行鞋》译自夏尔·贝洛童话《小拇指》，《怪花园》则译自法国博蒙夫人的《美女与怪兽》，《十二个月》译自捷克斯洛伐克民间童话《十二个月》。一类改编自中国古典读物，如《大槐国》改编自《唐人传奇·南柯太守传》，《千匹绢》改编自《太平广记》第 166 卷，《牧羊郎倌》出自《史记·平准书》。一类属于茅盾的创作，即《书呆子》。这些作品的特点为：第一，绝大多数是童话；第二，取材广泛；第三，对外国作品的编译具有再创作的特点。茅盾的编译工作，采用了新的形式和新的内容，使"童话丛书"大为增色，呈现出向创作童话发展的趋势。在对域外童话的编译中，注入了富有时代精神的教育意义。比如《驴大哥》中突出了驴、狗、猫、鸡在自力更生的道路上共同努力和互帮互助的含义；《青蛙王子或名铁胸亨利》的最后，青蛙变成了王子，茅盾编译的《蛙公主》中，青蛙则变成了一个小女孩，公主便得到了一个好伙伴，译作意在教育儿童尊重他人；《飞行鞋》中，小王瓜儿用飞行鞋来替人送信，改变了原作《小拇指》中用飞行鞋骗取钱财的情节。可见，茅盾将童话编译看作指导儿童认识人生和体察社会的手段，使童话译作更富有时代和社会意义。

　　关于茅盾在"童话丛书"中的创作，有一个问题或需商榷。赵景深在《孙毓修童话的来源》一文中说"《书呆子》和《寻快乐》似乎是沈德鸿的创作"[①]。之后的研究者们基本上都认同这一观点，金燕玉的《中国童话史》中谈道："特别要提到的是《书呆子》和《寻快乐》这两篇作品，一般被认为是茅盾创作的。"[②]林文宝则认为"我国现代第一篇创作的童话，就是沈德鸿

---

① 赵景深：《孙毓修童话的来源》。
② 金燕玉：《中国童话史》，第 187 页。

的《寻快乐》（1918）"①。而在蒋风主编的《中国现代儿童文学史》中，认为"童话丛书"中茅盾的个人创作有五篇，"有《书呆子》、《一段麻》、《寻快乐》、《风雪云》、《学由瓜得》等五篇"②。《寻快乐》中赋予了钱财、玩耍、经验和勤俭这些抽象的概念以人的性格与行动，写的是一个十四五岁的少年先后与钱财、玩耍、经验和勤俭交朋友的幻想故事。主人公为了求得快乐，先听信"钱财"的谗言，只和"玩耍"厮混，结果身心交瘁，并没有得到快乐；后来，听了"经验"的忠告，和"勤俭"交了朋友，才真正获得了快乐。从写法上看，有约翰·班扬的小说《天路历程》的特征，用抽象的概念象征人。此处之所以提出《寻快乐》是编译还是创作的问题，原因有二：一是在樽本照雄编的《新编增补清末民初小说目录》中，列出《寻快乐》为沈德鸿（雁冰）编译，出版时间为 1918 年 11 月。③ 二是孔海珠在《茅盾对儿童文学事业的贡献》一文中专门论述过。孔海珠在 1980 年 11 月请教过茅盾，但事隔久远，茅盾回忆《寻快乐》的故事："'好像是有根据的。'沉吟了一下，又说：'是编的吧，没有创作过。'"④ 经过查阅，孔海珠发现在《学生杂志》1918 年第 5 卷第 10 期、第 11 期上，有一个内容与童话《寻快乐》雷同的剧本，题为《求幸福》，署名雁冰，全剧英汉对照，剧中人物有老年、经验、财、声色、邪心、死、真理、幸福，真理和幸福没有出场，大致剧情为：一个老年要找回分别已久的老朋友"幸福"，请"经验"帮助，"经验"说找到"真理"后才能找到"幸福"，但老年上了"财"的当，到"声色"家里去找"幸福"，结果遇上了"邪"，于是老年准备跟"邪"去找"幸福"，直至受到"死"的警告才回心转意去找"真理"。剧本《求幸福》和童话《寻快乐》在人物和情节上十分相似，孔海珠认为童话改编自剧本，并提到《寻快乐》的版权页上注有"编译"二字，这与樽本照雄的说法相互印

---

① 林文宝：《试论我国近代童话观念的演变——兼论丰子恺的童话》，台北万卷楼图书公司 2000 年版，第 49 页。

② 蒋风主编：《中国现代儿童文学史》，河北少年儿童出版社 1986 年版，第 50 页。

③ 参见 [日] 樽本照雄编：《新编增补清末民初小说目录》，贺伟译，齐鲁书社 2002 年版，第 840 页。

④ 孔海珠编：《茅盾和儿童文学》，少年儿童出版社 1984 年版，第 537 页。

证。由于目前尚未发现剧本《求幸福》的来源，因此还无法确定《寻快乐》译自何处，但可以肯定的一点是，《寻快乐》不应是茅盾的创作。另一篇故事《书呆子》，孔海珠则认为创作的成分颇多。由此可见，赵景深提出的《寻快乐》和《书呆子》均为茅盾创作的观点并不准确，《寻快乐》有域外童话的渊源，而《书呆子》是茅盾的创作。

自编译"童话丛书"开始，茅盾一直关注域外童话的译介，在《小说月报》发表了《神仙故事集汇总——捷克斯拉夫、波兰、印度、爱尔兰等处的神话》（1921年），《最近的儿童文学》（1924年）介绍国外的民间童话集和童话作品。翻译了格奥尔格·勃兰兑斯《安徒生论》中的一节，题为《文艺的新生命》（1925年），发表在《文学周报》上。在《文学》发表了翻译的安徒生童话《雪球花》（1935年），还在《世界文学》发表了引用格奥尔格·勃兰兑斯的观点评介安徒生童话的文章《读安德生》（1935年）。茅盾的童话创作，以及对域外童话的翻译和评介，为中国现代童话起了开创作用。

郑振铎，又名西谛，他初露锋芒显示才能便是在儿童文学方面。由于茅盾的推荐，1922年郑振铎接手编辑"童话丛书"第三集，共四册：《猴儿的故事》《白发小儿》《鸟兽赛球》《长鼻矮子》，都是根据外国故事转译改写的，除茅盾译写的《十二个月》外，主要译写者是耿济之、赵景深等人。

1922年1月，郑振铎主编商务印书馆编译所的《儿童世界》，这是"我国第一个纯文学的儿童周刊"[1]，在他主编期间，童话成了该刊最重要的文体，郑振铎为《儿童世界》创作的图画故事中许多带有童话性质，叶圣陶的《小白船》《一粒种子》《地球》等也发表于此。1925年，郑振铎与夫人高君箴合作译述出版了童话集《天鹅》，为"文学研究会丛书"之一，《天鹅》包括澳大利亚童话《柯伊》，日本神仙故事《竹公主》《八十一王子》，英国约翰·罗斯金的童话《金河王》，格林童话《白雪公主》（本书译为《魔镜》），奥斯卡·王尔德童话《自私的巨人》《安乐王子》《少年国王》，安徒生童

---

① 蒋风主编：《中国现代儿童文学史》，第51页。

话《缝针》《天鹅》《一个母亲的故事》，俄国弗·库·梭罗古勃的《独立之树叶》《锁钥》《平等》等34篇各国的童话、寓言、传说和神仙故事。1923年后郑振铎主编《小说月报》期间，许多外国著名童话作家都被介绍至中国，尤其是1925年第16卷第8号、第9号的"安徒生号"上对安徒生童话做了较为细致的译介，由他撰写介绍安徒生的文章发表于《小说月报》的《〈安徒生号（上）〉卷头语》（1925年）、《〈安徒生号（下）〉卷头语》（1925年）和《安徒生的作品及关于安徒生的参考书籍》（1925年），郑振铎在童话集《天鹅》的《缝针》译文之后，也对安徒生的生平及创作做了简介，是继孙毓修、周作人之后安徒生童话的重要传播者。除了对域外童话的翻译及评介工作，郑振铎还为赵景深的童话翻译工作提供了帮助，据赵景深回忆，他在1925年从长沙到上海，郑振铎介绍他与徐调孚、顾均正认识，此后三人译出8本安徒生童话，分别为：赵景深译《月的话》《皇帝的新衣》和《柳下》，徐调孚译《母亲的故事》，顾均正译《小松树》《夜莺》《水莲花》和《沼泽王的女儿》。1927年郑振铎去了英国和法国，赵景深向他借了麦克劳德·耶阿斯莱的一本书，节译为《童话学ABC》，又借了《小说的童年》，由赵景深翻译并刊载于《文艺创作讲座》和民俗刊物上。① 郑振铎的这些活动，为域外童话在中国的传播起到了重要的媒介作用。

在童话译介方面，鲁迅与周作人的成就是突出的。他们对童话译介的努力首先体现在1909年出版的《域外小说集》中，这本外国文学翻译集中收入周作人翻译的奥斯卡·王尔德童话《安乐王子》。1921年由群益书社出版的《域外小说集》增订本中，增加了安徒生童话《皇帝之新衣》。鲁迅在域外童话翻译和评介方面做了开拓性的贡献。从1921年开始着手翻译爱罗先珂童话，共译13篇，其中前9篇收入1922年出版的《爱罗先珂童话集》，内收《狭的笼》《鱼的悲哀》《池边》《雕的心》《春夜的梦》《古怪的猫》《两个小小的死》《为人类》《虹之国》《世界的火灾》《为跌下而造的塔》等11篇童话故事，其中《虹之国》为汪馥泉译，《为跌下而造的塔》由胡愈之译，

---

① 赵景深：《郑振铎与童话》，《儿童文学研究》1961年12月。

其余均为鲁迅译，是文学研究会丛书之一；后四篇《爱字的疮》《小鸡的悲剧》《红的花》《时光老人》收入 1931 年由巴金所编，开明书店出版的《幸福的船》。鲁迅在 1922 年翻译了爱罗先珂童话剧《桃色的云》，1923 年由新潮社出版，1924 年翻译出版了爱罗先珂童话集《世界的火灾》。鲁迅在 1927 年翻译了荷兰望·霭覃的童话《小约翰》，1928 年由未名社出版，为未名丛刊之一。1929 年许霞译，鲁迅校对了奥地利作家至尔·妙伦的童话《小彼得》，由春潮书局出版。鲁迅翻译的多部童话在抗战期间被印行，如 1933 年商务印书馆出版《爱罗先珂童话集》，生活书店在 1934 年出版《小约翰》，1939 年联华书局出版《小彼得》。在这些童话的"序"和"引言"中，鲁迅对所译作品的艺术特征和思想内涵做出精辟的概括，如《〈爱罗先珂童话集〉序》《〈桃色的云〉序》《〈小约翰〉引言》《〈小彼得〉序言》等。在鲁迅的努力下，由他领导或支持的文学社团对童话译介也有所重视，由他赞助和支持的新潮社文艺丛书中，有鲁迅翻译的爱罗先珂童话《桃色的云》（1923 年），林兰、CF（即张近芳）翻译的安徒生童话集《旅伴》（1924 年），鲁迅还为丛书的一种——1925 年出版的丹麦作家卡尔·爱华耳特的科学童话《两条腿》的译本做了校订，本书由李小峰转译自英译本，由鲁迅据德译本校订。鲁迅看稿和校阅的《京报》副刊之一《民众文艺周刊》，发表了由荆有麟翻译的安徒生童话《王的新衣》（1925 年）。以鲁迅为主干的周刊《语丝》发表了周作人的《〈两条腿〉序》（1925 年），杂志在 1929 年至 1930 年间刊载晴暗翻译的至尔·妙伦童话，包括《桥》《帚》《夜的幻》《怪壁》《三个朋友》等。

　　周作人早年就开始致力于童话的翻译和介绍。周作人在《新青年》发表了童话译作，有弗·库·梭罗古勃的《童子 Lin 之奇迹》（1918 年）、《铁圈》（1919 年），霭夫达利·阿谛斯的《扬尼思老爹和他驴子的故事》（1918 年），列夫·托尔斯泰的《空大鼓》（1918 年），安徒生的《卖火柴的女儿》（1919 年）等，1922 年收入开明书店出版的周作人译文集《空大鼓》。1920 年，周作人辑录的小说集《点滴》由北京大学出版部出版，内收《卖火柴的女儿》（附记），该文介绍了安徒生，并对《卖火柴的女儿》进行评析。周作人还在《晨报副刊》发表了其他一些童话译文，如格林童话《稻草与煤与蚕豆》（1923 年）、《大萝葡》（1923 年），坪内逍遥的剧本《老鼠的会议》（1924 年）等。1932 年上海儿童书局出版了周作人翻译的《儿童剧》，包括六篇童话剧：《老鼠会议》《乡间的老鼠和京城的老鼠》（译自《伊索寓言》，刊于 1923 年 7 月 28 日《晨报副刊》）、《卖纱帽的与猴子》（坪内逍遥原著）、《乡鼠和城鼠》（译自美国《小人们的小剧本》）、《青蛙教授的讲演》（译自美国《儿童剧》）、《公鸡与母鸡》（译自美国《儿童剧》）。周作人对域外童话进行评论的文章包括：在《域外小说集》的卷末，对王尔德的生平及创作做了简介。《童话研究》（1913 年）一文中介绍了安徒生："如丹麦安兑尔然（Hans C. Andersen）所著，或葺补旧闻，或抽发新绪，凡经陶冶，皆各浑成，而个性自在见于行间，盖以童话而接于醇诗者，故可贵也。"[1] 在《丹麦诗人安兑尔然传》（1913 年）中介绍了安徒生的生平，并解读了其作品。评介安徒生童话的文章还有《安兑尔然》（1917 年）、《安徒生的四篇童话》（1936 年）。此外，《外国之童话》（1917 年）提到了荷马史诗、《水孩子》《阿丽思漫游奇境记》、安徒生童话和奥斯卡·王尔德童话等，并做了中西童话的比较，返归"国民性"批判问题。《随感录（二四）》（1918 年）则对陈家麟、陈大镫用文言翻译的安徒生童话《十之九》进行了批评，并对儿童文学资源的翻译问题提出了自己的看法。《王尔德童话》（1922 年）是对穆木天翻译奥斯卡·王尔德童话译本的评论，阐发了奥斯卡·王尔德童话的特点，以及与安徒生童话的不同。《自己的园地：〈阿丽思漫游奇境记〉》（1922 年）对赵元任翻译的《阿丽思漫游奇境记》进行评论，赞扬了译本的语言风格。在对域外童话的评论中，周作人积极提倡用白话翻译和写作童话，引导读者正确认识和理解域外童话的艺术成就，对中国现代童话创作起到了指导作用。周作人还为其他童话译本作序，包括 1925 年为李小峰译《两条腿》作序，1930 年为尤炳圻翻译的《杨柳风》作序，1931 年为刘小蕙译《朝鲜童话集》作序。通过对域外童话的翻译、评论和译本介绍，周氏

---

[1]　周作人：《童话研究》，《教育部编纂处月刊》1913 年第 1 卷第 7 册。

兄弟成为域外童话传入中国重要的个体媒介。

　　另外三位重要的域外童话翻译、介绍者分别为赵景深、顾均正和陈伯吹。赵景深在童话研究和童话翻译方面成果突出。在童话研究方面，1922年《晨报副刊》刊载了赵景深和周作人以通信形式展开的"童话的讨论"，发表关于童话的见解。同年在《晨报副刊》发表了域外童话作家的介绍，比如《教育童话家格林弟兄传略》《童话家之王尔德》。1922年，赵景深在《益世报》发表过《论安徒生和王尔德童话的异同》《论安徒生童话所表现的人生观》等文章，对安徒生和奥斯卡·王尔德的童话展开分析。在1925年第16卷第8号、第9号的《小说月报》的"安徒生号"上，分别刊登了赵景深翻译安徒生的《我作童话的来源和经过》，翻译格奥尔格·勃兰兑斯的《安徒生童话的艺术》，以及赵景深的评介文章《安徒生逸事》。赵景深讨论域外童话的文章还刊登在《文学周报》上，包括《安徒生童话里的思想》（1925年）、《童话的分系》（1925年）、《童话的印度来源说》（1926年）、《中西童话的比较——〈广东民间文艺集〉付印题记》（1928年）、《柴霍甫与安徒生》（1928年）、《安徒生的玻璃鞋》（1929年）等。1925年，赵景深应郑振铎之荐去上海大学教授童话，赵景深上课的七篇讲义结集为《童话概要》（1927年），由北新书局出版，在书中分别阐释了童话的意义、童话的转变、童话的来源、童话研究的派别、童话的人类学解释、童话的分系和童话的分类等问题。1927年开明书店出版了《童话论集》，凡16篇，收入的域外童话研究文章包括《安徒生评传》《安徒生童话思想》《安徒生童话艺术》《安徒生作童话的来源和经过》《童话家之王尔德》《童话家格林弟兄传略》等，对格林兄弟、安徒生和奥斯卡·王尔德的生平与创作做了介绍。1929年，世界书局出版赵景深的《童话学 ABC》，在《例言》中谈道："本书以意尔斯莱（Macleod Yearsley）的《童话的民俗》（*The Folklore of Fairy Tales*）为根据，并参酌麦苟劳克的《小说的童年》和哈特兰德的《童话学》而成，间亦参以己见。"[①] 以人类学派的观点和方法研究民间童话，还

---

① 赵景深：《童话学 ABC》，世界书局 1929 年版，第 1 页。

将不同国家的同一类型的各种样式的童话进行比较研究，以比较文学的眼光研究童话，在童话理论建设方面提供了参考意义。赵景深也翻译了不少童话作品，发表在杂志上的译作有：在《小说月报》发表了安徒生童话的译作《豌豆上的公主》（1925年）、《牧羊女郎和打扫烟囱者》（1925年）、《锁眼阿来》（1925年）、《烛》（1925年）、童话剧《天鹅》（1925年）等。在《妇女杂志》发表了翻译的安徒生童话《苧麻小传》（1921年）、《鹳》（1921年）、《一荚五颗豆》（1921年）、《恶魔和商人》（1921年）、《安琪儿》（1922年）、《祖母》（1922年）、《老屋》（1923年）和《柳下》（1924年）等，还有意大利童话《黑山魔王》（1930年）。在《晨报副刊》发表的童话译作，比如奥斯卡·王尔德的《驰名的起花》（1922年），安徒生童话《坚定的锡兵》（1922年）、《老人做事不会错》（1923年）、《钢笔和墨水瓶》（1923年）等。《儿童世界》刊登有赵景深译爱尔兰童话《农夫和小仙》（1923年），意大利童话《谁娶公主呢》（1931年）等。在《上海儿童》刊有由西洋童话改编的《三只猪》（1938年）。《教育杂志》上发表过赵景深翻译的意大利童话《星的预言》（1927年）、《能言树》（1930年）和《频珈琶娜》（1930年）等。赵景深出版的翻译童话集有安徒生童话《无画的画帖》（1923年）、《安徒生童话集》（1924年）、《月的话》（1929年）、《安徒生童话新集》（1929年）、《皇帝的新衣》（1930年）、《柳下》（1931年），以及译自格林童话的《格列姆童话集》（1922年）、《金雨》（1930年）、《白蛇》（1933年）等。

顾均正是作家、翻译家，他的域外童话译介工作首先体现在对安徒生童话的译介方面，1928年出版的《安徒生传》介绍安徒生的生平及其童话的特色，是比较全面介绍安徒生的传记。评介安徒生的有关文章有分别发表于《小说月报》1925年第16卷第8号、第9号"安徒生号"上的《安徒生传》、与徐调孚合写的《安徒生年谱》，刊于《文学周报》的《安徒生的恋爱故事》（1925年），还有发表在《中学生》的《安徒生的童话的生活——为安徒生一百二十五年纪念而作》（1930年）等。顾均正翻译的安徒生童话刊登在《小说月报》的有《蝴蝶》（与徐名骥合译，1923年）、《凶恶的国王》

（1924 年）、《飞箱》（1925 年）、《老人做的总不错》（1925 年）、《乐园》（1925 年）、《七曜日》（1925 年）、《一个大悲哀》（1925 年）等；在《妇女杂志》发表的《小克劳斯和大克劳斯》（1925 年）、《夜莺》（1925 年）等；发表于《学生杂志》的有《曾祖父》（1925 年）、《沼泽王的女儿》（1926 年）、《年的故事》（1926 年）、《老橡树的最后一梦》（1926 年）等；发表在《文学旬刊》的有《女人鱼》（与徐名骥合译，1924 年）；《文学周报》刊登过《荷马墓里的一朵玫瑰花》（1925 年）。顾均正出版的安徒生童话译作有《夜莺》（1929 年）、《小杉树》（1930 年）和《水莲花》（1932 年）等。

除了对安徒生童话的翻译与研究，顾均正对德国 B. 柏吉尔的科学童话《乌拉波拉故事集》做了不少译介工作。《科学趣味》杂志刊载了顾均正翻译的《乌拉波拉的故事》（1940 年），并发表了文章《乌拉波拉故事集》（1941 年）介绍顾均正译本的内容。《中学生》陆续刊登了顾均正翻译的《玻璃棺材：乌拉波拉故事之一》（1940 年）、《老树：乌拉波拉故事之一》（1940 年）和《太阳请假的时候：乌拉波拉故事之一》（1941 年）等。《学生杂志》也在 1940 年刊有顾均正翻译的《撒针：乌拉波拉故事之一》《冰山：乌拉波拉故事之一》等。《学生月刊》刊发了顾均正翻译的《小水点：乌拉波拉故事之一》（1940 年）、《被埋葬了的城市：乌拉波拉故事之一》（1941 年）、《潜水夫杜兰德：乌拉波拉故事之一》（1941 年）等，1941 年开明书店出版顾均正翻译的《乌拉波拉故事集》。

顾均正出版的童话译作有保罗·缪塞的《风先生和雨太太》（1927 年），挪威民间故事集《三公主》（1929 年），古代印度童话故事《公平的裁判》（1930 年），萨克莱（今译威廉·萨克雷）的《玫瑰与指环》（1930 年）等。顾均正还选译了童话集《白猫》，1930 年由开明书店出版，书中收入毕德派的《两只鸽子》《不安分的猫》《人与毒蛇》、贝洛尔（今译夏尔·贝洛）的《蓝胡髭》、陀尔诺夫人的《白猫》、格林兄弟的《聪明的裁缝》《三个纺麻的仙女》、霍夫（今译威廉·豪夫）的《教主变成鹳鸟的故事》、安徒生的《曾祖父》、盖底夫人的《一课信仰的教训》、阿斯皮尔孙的《使女》《不肯回家吃夜饭的南尼》、列夫·托尔斯泰的《一颗鸡蛋那么大的麦子》《工作死亡与疾病》、安特留兰的《龙和他的祖母》、赫黎斯的《煤胶童子》、奥斯卡·王尔德的《夜莺与玫瑰》等 17 篇童话。在卷首的《付印题记》中谈到"就这书的形式论，它是一部童话集，但就这书的内容论，它却是一部具体而微的世界童话概要"①。在卷末附录中对所有本书收录的作家作品、中译本情况进行了介绍，这对读者了解域外童话作家具有参考意义。1948 年万叶书店出版顾均正译述的童话故事集《飞行箱》，收入贝洛尔（今译夏尔·贝洛）的《蓝胡髭》、陀尔诺夫人的《白猫》、格林兄弟的《聪明的小裁缝》《三个纺麻的仙女》、霍夫（今译威廉·豪夫）的《教主变成鹳鸟的故事》、安徒生的《小克劳斯和大克劳斯》《飞行箱》、列夫·托尔斯泰的《一颗鸡蛋那么大的麦子》、安特留兰的《龙和他的祖母》、赫黎斯的《煤膏童子》等 10 篇童话。

顾均正也翻译了一些域外民间故事，比如《文学周报》在 1928 年陆续刊登了顾均正所译挪威民间故事《自己的子女最美丽》《狐狸做牧童》《反常的妇人》《富农的妻子》等。另外还有发表在《少年》杂志的印度民间故事《龙宫采宝》（1928 年），刊于《教育杂志》的挪威民间故事《无畏鸟》（1930 年），发表于《儿童杂志》的挪威童话《灰哥儿和巨人》（1931年）等。

在域外童话介绍方面，顾均正为《小说月报》写"世界童话名著介绍"并在 1926 年第 17 卷分九期连载，介绍了世界童话作家的 12 部作品，这是中国第一次有计划有系统地介绍域外童话作家作品。其他介绍文章有发表在《开明》的《陶立德博士》（1931 年），在《文学周报》发表有《译了〈三公主〉以后——相同故事的转变与各自发生说》（1928 年），《托尔斯泰童话论》（1929 年）。顾均正对童话作家和作品的介绍适时推进了域外童话的译介工作。

陈伯吹是儿童文学家和儿童文学理论家，除了在儿童文学创作和理论方面的贡献，在 20 世纪 40 年代的童话译介方面，陈伯吹是一位辛勤的耕耘者。在《蹩脚的"自画像"》一文中，陈伯吹自述："待到一九四一年十二

---

① 顾均正译：《白猫》，开明书店 1930 年版，第 1 页。

月八日，太平洋战争爆发前后，日军占领了整个上海，形势更加紧张，发表杂文，已经'不合时宜'，而且存在不可预测的危机，我乃转而从事翻译。"①中华书局出版了陈伯吹的一系列译作，包括爱丽丝·德瑞士的《一家人都飞去了》（1944 年）、约瑟夫·吉卜林的《神童伏象记》（1944 年）、N. 帕特南和 N. 雅各布森的《三儿奇遇记》（1944 年）、斯提泼涅克的《一文奇怪的钱》（1944 年）、柏涅特夫人（今译 F.H. 伯内特）的《蓝花国》（1944 年）、J. 尼司蓓蒂的《出卖心的人》（1944 年）、罗芙汀（今译休·洛夫廷）的《兽医历险记》（1949 年）等。据陈伯吹自述，在 20 世纪 40 年代，他在报刊上陆续发表文章，讨论的话题为"作家和儿童文学"，发表了"《格林兄弟和他们的童话》、《大作家与小孩子》（狄更斯）、《老人的心》（列夫·托尔斯泰）、《斯蒂文生和他的金银岛》、《马克·吐温与儿童文学》、《王尔德和他的童话》、《从戏剧节谈〈彼得·潘〉》（巴蕾）、《吉卜林的故事与童话》、《科学想象小说大作家》（儒勒·凡尔纳）、《伊林的黑和白》等"②。

　　除以上译介者，作为团体媒介的文学研究会在域外童话译介方面也做出重要贡献。20 世纪 20 年代文学研究会发起了"儿童文学运动"，集中体现在以下活动中：一是 1922 年《儿童世界》创刊；二是 1921 年经过革新的《小说月报》，关注儿童文学并刊载了一系列童话译作；三是 1925 年《小说月报》第 16 卷第 8 号、第 9 号连续刊出"安徒生号"，文学研究会成员在安徒生童话的译介方面成果丰硕，"据郑振铎在 1925 年统计，截至《安徒生号》出版之前，当时全国共翻译了安徒生童话 43 种共 68 篇，其中文学研究会成员的译作有 25 种 48 篇；全国共有评介安徒生生平与作品的论文 15 篇，全部刊登在文学研究会的刊物上"③。此外，文学研究会的机关刊物《文学旬刊》于 1921 年 5 月在上海创刊，后改为《文学周报》。《文学周报》比较集中地刊登了童话理论文章，如顾均正的《童话与想象》（1928 年）、《童话的起源》（1928 年）、《译了〈三公主〉以后——相同故事的转变与各自发

①　陈伯吹：《蹩脚的"自画像"》，叶圣陶等编：《我和儿童文学》，第 37 页。
②　陈伯吹：《蹩脚的"自画像"》，叶圣陶等编：《我和儿童文学》，第 37 页。
③　王泉根：《现代中国儿童文学主潮》，重庆出版社 2000 年版，第 47 页。

生说》（1928 年）、《童话与短篇小说——就小说的观点论童话》（1928 年）
和《托尔斯泰童话论》（1929 年）等；赵景深的《童话的分系》（1925 年）、
《童话的印度来源说》（1926 年）、《夏芝的民间故事的分类法》（1926 年）、
翻译麦苟劳克的《民间故事的探讨》（1928 年）、《中西童话的比较——〈广
东民间文艺集〉付印题记》（1928 年）、《柴霍甫与安徒生》（1928 年）、《俄
国民间故事研究》（1929 年）和《中西民间故事的进化》（1929 年）等。
1925 年，为纪念安徒生诞辰 120 周年和逝世 50 周年，《文学周报》第
186 期刊出了系列纪念安徒生的文章，包括：徐调孚的《"哥哥，安徒生是
谁？"》《安徒生的处女作》、顾均正的《安徒生的恋爱故事》、赵景深的《安
徒生童话里的思想》，以及茅盾的《文艺的新生命——译布兰特斯〈安徒生
论〉第一节的大意》。《文学旬刊》刊载的其他童话译作还有胡愈之译爱罗
先珂的《春日小品》（1923 年），余祥森译安徒生的《无画的画帖》（1923
年），徐名骥、顾均正合译安徒生的《女人鱼》（1924 年），岑麒祥译安徒生
的《快乐的家庭》（1924 年），冯省三译亚历山大·谢尔盖耶维奇·普希金
的《毒皇后》（1924 年），徐调孚译安徒生的《雏菊》（1924 年）等。刊名
改为《文学周报》后刊登的译作如顾均正翻译安徒生的《荷马墓里的一朵玫
瑰花》（1925 年），姜景苔译小川未明的《花与少年》（1925 年）等。1928
年《文学周报》陆续刊登了一些域外民间童话，比如徐调孚译喜马拉雅民间
故事《白璧尔的儿子》，顾均正译挪威民间故事《反常的妇人》《狐狸做牧
童》《自己的子女最美丽》《富农的妻子》，何小旭译荷兰民间故事《伤风的
狐》，郑振铎译高加索民间故事《巴古奇汗》《先生与他的学生》，徐蔚南译
塞尔维亚民间故事《神奇的头发》、法国南部民间故事《青鸟》，黎烈文译俄
国民间故事《狐医生》，赵景深译意大利民间故事《盖留梭》，唐锡光译阿拉
伯民间故事《鞋匠变成星命家》和姜书丹译丹麦童话《奇罐》等。

　　除了在期刊杂志上发表童话译作，"文学研究会丛书"也包括一些域外
童话，如鲁迅译《爱罗先珂童话集》（1922 年）、傅东华翻译莫里斯·梅特
林克的《青鸟》（1923 年）、郑振铎、高君箴译述的《天鹅》（1925 年）以
及赵景深改编自安徒生童话的《天鹅歌剧》（1928 年）等。

二、域外童话的出版力量

文学的传播离不开媒体，媒体的性质和特点，也会对文学的跨国传播产生重大的影响，报纸和期刊在域外童话的传播中扮演了重要角色。知识分子们一方面翻译域外童话，另一方面致力于创办或利用期刊杂志大力推进域外童话的译介工作。中国近代最早的少年儿童期刊是 1874 年由美国传教士创办的《小孩月报》，除宣扬基督教教义外，注重传播西方的民主思想和科学文化知识，以及译介西方儿童文学作品，"该刊刊登了大量伊索、拉封丹、莱辛等名家的寓言作品，其中有《狮熊争食》、《鼠蛙相争》、《蚕蛾寓言》、《小鱼之喻》、《农人救蛇》、《狐鹤赴宴》、《蛙牛寓言》等"[①]。1897 年维新派人士叶瀚、汪康年、曾广铨等组织的蒙学公会主办有儿童刊物《蒙学报》，这是中国人自办的第一份少年儿童期刊，内容分文学类、数学类、智学类、史事类、舆地类等，其中文学类中"翻译介绍了大量国外的童话、寓言作品，其中有《蚁与螟蛉》、《狐猫斗技》、《狐鹤交筵请》、《鹰风藏势飞》等"[②]。最早的少年儿童报纸是 1903 年由蔡元培、章太炎等人组织的爱国学社主办的《童子世界》，旨在向儿童传授知识、宣传革命，该报刊载过《俄皇宫中之人鬼》《陆治斯南极探险记》《鱼丽水冒险记》等中外小说。随着近代出版业、印刷业的发展，专供少年儿童阅读欣赏的报刊丛书不断涌现，其中尤以商务印书馆与中华书局的出版物影响最大。

商务印书馆于 1897 年创办，当时是一个编辑、印刷、发行三者联合的规模最大的文化出版企业，"是中国历史最悠久的现代出版机构，也是中国童书出版的发祥地"[③]。商务印书馆在域外童话译介方面的贡献主要有两个方面，一是出版童话译作，二是在主办的杂志上刊发域外童话作品。商务印书馆出版的童话译作有赵元任译刘易斯·卡洛尔的《阿丽思漫游奇境记》（1922 年），徐志摩译福沟（今译莫特·福凯）的《涡堤孩》（1923 年），唐小圃编译的《俄国童话集》（1924 年），鲁迅等翻译的《爱罗先珂童话集》

---

① 简平：《上海少年儿童报刊简史》，少年儿童出版社 2010 年版，第 13 页。
② 简平：《上海少年儿童报刊简史》，第 16 页。
③ 简平：《上海少年儿童报刊简史》，第 19 页。

（1922 年）、《世界的火灾》（1924 年），东方杂志社编爱罗先珂的《枯叶杂记及其他》（1924 年），李宗法翻译的《格兰姆童话》（1933 年），魏以新翻译的《格林童话全集》（1934 年），甘棠翻译的《安徒生童话》（1934 年），方安译沙尔顿（今译费利克斯·萨尔腾）的《斑麂》（1943 年），严既澄译金斯黎（今译查尔斯·金斯莱）的《水孩子》（1947 年），任稚羽译俄维尔（今译乔治·奥威尔）的《动物农庄》（1948 年）等。商务印书馆出版的"世界儿童文学丛书"中，翻译的童话作品如徐应昶重述巴莱（今译詹姆斯·巴里）的《彼得潘》（1931 年），王焕章翻译的《巴西童话》（1932 年），徐应昶译述刘易斯·卡洛尔的《阿丽思的奇梦》（1933 年），张逸父译《日本新童话》（1937 年）等。

除了出版童话译作，商务印书馆在主办的《东方杂志》《小说月报》《妇女杂志》等刊物上发表了大量域外童话作品。

《东方杂志》由商务印书馆主办发行，"是我国历史上寿命最长的期刊之一"[1]。于 1904 年创刊，1949 年终刊，经历了中国社会从封建专制到民主共和政治、从皇权解体到现代文化建立的近半个世纪历史，在现代文化思想史上具有重要意义。《东方杂志》创刊之初，属朝廷御报，官办色彩浓厚，杜亚泉于 1911 年担任《东方杂志》主编，"对《东方》实行重大改革，扩大篇幅，增加插图，并从东西文报刊取材，详备译述世界最新政治经济社会变象和学术思潮，从而使《东方》面目一新，销量激增，成为民初国内影响最大的学术政论综合刊物"[2]。在域外童话译介方面，《东方杂志》在 1909 年至 1910 年连载了系列童话故事，译者及故事来源并未标明，只注出"时谐"，将童话归入"小说"类，刊登了 56 篇域外童话故事。杂志刊登的其他童话译文包括：安徒生童话有胡愈之译《堡砦上的风景》（1920 年）、钱歌川译《母亲》（1931 年）；奥斯卡·王尔德童话有胡愈之译《莺和蔷薇》（1920 年），朱朴译《巨汉与小孩》（1921 年）；爱罗先珂童话有鲁迅译《雕的心》

① 方汉奇：《中国近代报刊史》上，山西教育出版社 2012 年版，第 264 页。
② 高力克：《杜亚泉学术年谱简编》，许纪霖、田建业编：《一溪集：杜亚泉的生平与思想》，生活·读书·新知三联书店 1999 年版，第 252 页。

（1921 年）、《两个小小的死》（1922 年）、《为人类》（1922 年），胡愈之译《为跌下而造的塔》（1922 年）、《失望的心》（1922 年），夏丏尊译《幸福的船》（1922 年）、《恩宠的滥费》（1922 年）等。《东方杂志》还刊登了孙毓修的《〈童话〉序》（1908 年）和郑振铎的《〈儿童世界〉宣言》（1921 年）。《东方杂志》作为综合刊物，刊登大量域外童话译作，实属难得。

　　《小说月报》是由商务印书馆印行的文艺杂志，1921 年茅盾出任杂志主编，《小说月报》的三任主编：茅盾、郑振铎和叶圣陶都是中国儿童文学的奠基人，因此杂志也成了儿童文学的重要阵地。《小说月报》对域外童话的译介主要分为两个部分：一是对童话作品或作家的介绍，二是对童话作品的翻译。前者属于总括性的介绍，如沈泽民的《王尔德评传》（1921 年）、夏丏尊译自日本西川勉的《俄国底童话文学》（1921 年）、傅东华的《梅脱灵与青鸟——〈青鸟〉的译序》（1923 年）、刘莽稻和赵保光的两篇同名文章《爱罗先珂君的〈"爱"字的疮〉》（1923 年）、徐调孚翻译安徒生的《童话全集》（1927 年）、魏以新翻译的《格列姆兄弟传——论童话及童话之研究》（1931 年）等。1928 年后，对詹姆斯·巴里的关注日益增多，杂志于 1931 年连载了熊式式翻译的《潘彼得——又名〈不肯长大的孩子〉》，还有一系列介绍性文章，如赵景深的《巴蕾家乡的访问》（1928 年）、《再谈芭蕾》（1929 年），熊式式译巴蕾的《给那五位先生——一篇〈潘彼得〉的献词》（1931 年）。这样的介绍，有助于读者更加深入地了解域外童话作家。《小说月报》还刊登了很多域外童话译作：如鲁迅译爱罗先珂童话，包括《世界的火灾》（1922 年）、《时光老人》（1923 年）、《"爱"字的疮》（1923 年）等。1924 年至 1925 年刊登了张晓天翻译的小川未明童话，包括《蜘蛛与草花》《种种的花》《懒惰老人的来世》《教师与儿童》《小的红花》《鱼与天鹅》等，1924 年刊登了张晓天译秋田雨雀童话《佛陀的战争》、童话剧《牧神与羊群》等。对安徒生童话的译介除 1925 年的两期"安徒生号"外，还有高君箴译《缝针》（1923 年）、《天鹅》（1924 年），CE 女士译《拇指林娜》（1923 年），顾均正与徐名骥译《蝴蝶》（1923 年），顾均正译《凶恶的国王》（1924 年）、《飞箱》（1925 年），桂裕译《蜗牛与蔷薇丛》（1925 年），樊仲云译《玫瑰与麻雀》（1926 年）等。

从内容的编排上来看，《小说月报》对于域外童话的介绍是有系统、有计划的，主要表现为：第一，自 1924 年第 15 卷第 1 号起开辟"儿童文学"专栏，以译介各国儿童文学作品为主。在此之前，也几乎保证了每期有一至两篇的儿童文学译作。第二，以连载的形式，刊登域外童话译作或介绍性的文章，除连载了熊式式翻译的《潘彼得——又名〈不肯长大的孩子〉》外，还在 1927 年连载了徐调孚译《木偶的奇遇》。在域外童话介绍方面，1926年第 17 卷分九期连载顾均正的"世界童话名著介绍"，介绍作品如下：

1926 年第 17 卷第 1 号"世界童话名著介绍"：《莽丛集》（英国吉卜林著）、《镜里世界》（英国加乐尔著）

1926 年第 17 卷第 2 号"世界童话名著介绍（二）"：《彼得班恩》（英国巴莱著）、《猿儿及其他》（英国伊温夫人著）

1926 年第 17 卷第 3 号"世界童话名著介绍（三）"：《钟为什么响》（英国阿尔登著）、《匹诺契奥的奇遇》（意大利科罗狄著）

1926 年第 17 卷第 5 号"世界童话名著介绍（四）"：《空想的故事》（美国托斯克顿著）

1926 年第 17 卷第 6 号"世界童话名著介绍（五）"：《仙女莫泊萨》（英国印泽萝著）

1926 年第 17 卷第 7 号"世界童话名著介绍（六）"：《自然的喻言》（英国盖替夫人著）

1926 年第 17 卷第 8 号"世界童话名著介绍（七）"：《鹅母亲故事》（法国贝洛尔著）

1926 年第 17 卷第 9 号"世界童话名著介绍（八）"：《美人与野兽》（法国微拉绥夫人著）

1926 年第 17 卷第 11 号"世界童话名著介绍（九）"：《挪威民间故事》（挪威阿斯皮尔孙、摩伊合著）

第三，为纪念安徒生诞辰 120 周年，逝世 50 周年，在 1925 年第 16 卷第8号、第9号发行了两期"安徒生号"，目录如下：

安徒生号（上）：《卷头语》（西谛）、《安徒生传》（顾均正）、《我作童话的来源和经过》（安徒生著，赵景深译）、《安徒生逸事》（四则）（赵景深）、《安徒生评传》（博益生著，张友松译）、《火绒箱》（安徒生著，徐调孚译）、《幸福的套鞋》（安徒生著，傅东华译）、《豌豆上的公主》（安徒生著，赵景深译）、《牧猪人》（安徒生著，徐调孚译）、《牧羊女郎和打扫烟囱者》（安徒生著，赵景深译）、《锁眼阿来》（安徒生著，赵景深译）、《孩子们的闲谈》（安徒生著，西谛译）、《小绿虫》（安徒生著，岑麒祥译）、《老人做的总不错》（安徒生著，顾均正译）、《烛》（安徒生著，赵景深译）、《安徒生的作品介绍》（西谛）、《天鹅》（童话剧）（赵景深）

安徒生号（下）：《卷头语》（西谛）、《安徒生及其生地奥顿瑟》（丹麦 C. M. R. Petersen 著，后觉译）、《安徒生的童年》（安徒生著，焦菊隐译）、《安徒生童话的艺术》（丹麦勃兰特著，赵景深译）、《即兴诗人》（顾均正）、《安徒生童话的来源和系统》（安徒生著，张友松译）、《践踏在面包上的女孩子》（安徒生著，胡愈之译）、《茶壶》（安徒生著，樊仲云译）、《乐园》（安徒生著，顾均正译）、《扑满》（安徒生著，西谛译）、《千年之后》（安徒生著，西谛译）、《七曜日》（安徒生著，顾均正译）、《一个大悲哀》（安徒生著，顾均正译）、《雪人》（安徒生著，沈志坚译）、《红鞋》（安徒生著，梁指南译）、《妖山》（安徒生著，季赞育译）、《安徒生年谱》（顾均正、徐调孚）、《凤鸟》（安徒生著，西谛译）

《小说月报》为外国作家发行专号，除了安徒生以外，还在1923年第14卷第9号、第10号为印度诗人泰戈尔发行过专号。对于《小说月报》此举的意义，王泉根在《与200岁的安徒生相遇》一文中说："以文学研究会特殊规格，大规模地介绍一位外国儿童文学作家，这在中国文化史、文学史、报刊史上都是史无前例的。"① 当然，这也是儿童文学之于新文学发展中重要地位的凸显。

《妇女杂志》于 1915 年在上海创刊，由商务印书馆发售。王蕴章是首任主编，叶圣陶也曾担任杂志主编。杂志关注儿童文学译介及儿童文学理论方面的内容，刊登了不少域外童话作品，其中有安徒生童话：1921 年刊登了学勘译《玫瑰花妖》《顽童》，红霞译《母亲的故事》，还陆续刊登有赵景深译《苎麻小传》（1921 年）、《鹳》（1921 年）、《一荚五颗豆》（1921 年）、《恶魔和商人》（1921 年）、《安琪儿》（1922 年）、《祖母》（1922 年）、《老屋》（1923 年）、《柳下》（1924 年），伯恳译《老街灯》（1921 年），仲持译《她不是好人》（1922 年），天赐生译《一对恋人》（1924 年），顾均正译《小克劳斯和大克劳斯》（1925 年）、《夜莺》（1925 年），汪延高译《飞尘老人》（1925 年）等。值得一提的是，在 1930 年为纪念安徒生诞辰 125 周年，杂志第 16 卷第 11 号刊发了《介绍安徒生童话集》，为读者列出了世界少年文学丛刊社已出版的安徒生童话集，包括：赵景深译《月的话》、谢颂羔译《雪后》、顾均正译《夜莺》（外六篇）、顾均正译《小杉树》（外六篇）、赵景深译《皇帝的新衣》（外九篇）、徐调孚译《母亲的故事》（外七篇）。《妇女杂志》还刊登其他国家童话，以 1921 年为例，刊登有封熙卿译格林童话《虾蟆王子》，公劲译日本童话《公主和小狐狸》，英国童话有封熙卿译《仙牛》、徐虑群译《艾获莎遇盗》，美国童话有其善译《月亮的故事》。此外在 1922 年，《妇女杂志》的第 8 卷第 1 号（新年号）刊登了鲁迅翻译俄国爱罗先珂的童话《鱼的悲哀》，胡愈之译爱罗先珂的散文诗《世界平和日》以及《童话作家爱罗先珂先生》一文，在文中谈到杂志的新年号有一件光荣的事情，因为爱罗先珂特意为杂志创作散文诗《世界平和日》，并与童话《鱼的悲哀》一同刊登在新年号上，文章表达了对爱罗先珂的谢意，并对其生平也做了介绍，从《妇女杂志》与域外童话作家爱罗先珂的良好互动关系中，也可见出杂志对童话译介的重视。

---

① 王泉根主编：《中国安徒生研究一百年》，中国和平出版社 2005 年版，第 4 页。

　　除以上期刊杂志，商务印书馆在张元济的主持下，一方面编辑发行中小学堂的教科书，另一方面也一直有出版儿童读物的传统，编印了"童话丛书""幼童文库""小学生文库""少年丛书"等丛书和《儿童教育画》《儿童世界》《少年》《学生杂志》等刊物，是儿童读物领域的开拓者。

　　1911 年商务印书馆刊印的《少年》杂志创刊，首任主编为孙毓修。在域外童话译介方面，《少年》刊登过的安徒生童话有佩斯译《甲虫》（1925年）、《雪女王》（1926 年）、《这是十分真确的》（1926 年）等。还刊载了其他国家的童话，比如 1930 年刊登了召南译波斯童话《躁急的害处》、半醒译印度童话《哑巴大师》、徐炎译日本童话《木碗》，1931 年刊登了辉森译西班牙童话《大蒜头的教训》、朗述译意大利童话《三个指环》《丑公主》、陈济川译格林童话《金鸟》等。

　　就影响较大的儿童读物而言，孙毓修等编译的"童话丛书"之外，便是《儿童世界》。郑振铎主编的《儿童世界》于 1922 年创刊，设有童话、儿童诗、图画故事、儿童剧本、寓言、漫画、歌曲等栏目，有许多有趣的插图，形式新颖，内容生动丰富，深得儿童读者喜爱。该刊第一卷多为童话故事，后几卷增添了劳作、游戏、戏剧；长篇作品减少，图画故事增多，图文并茂，相映成辉。郑振铎在《东方杂志》发表了《〈儿童世界〉宣言》，文中谈道："然而小学校里的教育仍旧不能十分吸引儿童的兴趣；而且这种教育仍旧是被动的，不是自动的；板刻庄严的教科书，就是儿童唯一的读物。教师教一课，他们就读一课。儿童自动的读物，实在极少。我们出版这个《儿童世界》，宗旨就在于弥补这个缺憾。"①郑振铎在刊登于《晨报副刊》上的《〈儿童世界〉宣言》列出《儿童世界》所常采用的外国作品来源有：

A. Mackenzie—Indian Myth and Legend，

Teutonic Myth and Legend，etc.

Williston—Japanese Fairy Tales.

Merriam—The Dawn of the World.

---

① 郑振铎：《〈儿童世界〉宣言》，《东方杂志》1921 年第 18 卷第 23 号。

C. Baker—Stories From Northern Myths.

W. B. Yeats—Irish Fairy Tales and Folk Tales.

Tales From the Field.

The Ingoldsby. Legend.

Grimms—Fairy Tales.

Andersen—Fairy Tales.

Wilde—Fairy Tales.

"My Magazin""The Youth's Companion"及日本的童话等也多有采用。[1]

由郑振铎列举的作品来源可以见出《儿童世界》译介的域外儿童文学内容比较广泛。郑振铎在《〈儿童世界〉宣言》中说明："又因为这是儿童杂志的原故，原著的书名及原著里的姓名也都不大注出。"[2] 在《儿童世界》出版之初，杂志刊登的域外童话并未标明出处，标明出处的域外童话包括以下作品：格林童话的主要译者有甘棠、宗法和魏以新，译作发表时间比较集中，比如 1929 年甘棠翻译的有《长鼻树》《三个纺织神》《贼新郎》《袋中人》《灰须王》《熊皮》《三个幸运的儿子》等。1931 年宗法翻译的有《皮威》《如意桌金驴与短棍》《无手的女郎》《狐尾巴》《金鹅》《白蛇》《渔夫和他的妻》《猜谜》《老鼠、雀与腊肠》《罗兰》和《睡美人》等。1934 年魏以新翻译的有《狐与猫》《寿命》《聪明的小裁缝》《到了天堂的小农夫》《乐工的奇遇》《猫头鹰》《老祖父与孙子》等。杂志刊登的安徒生童话有 1924 年第 11 卷第 8 期刊出的《丑怪的小鸭》《野天鹅》《鹰巢》（均未标明译者），由编者重述的《卖火柴的女孩》（1929 年），徐调孚翻译的《绿色小东西》（1931 年）等。英国童话有甘棠翻译的《山慈菇花坛》（1929 年）、《妖怪的赃物》（1929 年）、《小狗多比》（1930 年），编者译迭更司（今译查尔斯·狄更斯）的《有魔术的鱼骨》（1932 年），章倬汉翻译的《傻大》（1935 年），严既

---

① 郑振铎：《〈儿童世界〉宣言》，《晨报副刊》1921 年 12 月 30 日。

② 郑振铎：《〈儿童世界〉宣言》。

澄重述金斯黎（今译查尔斯·金斯莱）的《水孩子》（1935 年），严既澄在《小序》中介绍了这部童话的作者，并指出："他做这部《水孩子》的用意，是要引起小朋友亲爱自然的感情和敬重自然界的思想。"[1]1929 年杂志刊登了一些由绍南翻译的俄国童话，有《狼的命运》《人，兔，狐，熊》《为什么狗不容猫猫不容鼠》《病狮、失望的熊》《罗勒树》《公鸡与母鸡》等。

《儿童世界》刊载的日本童话有克之译《蜘蛛怪》（1925 年），碧真译《春与秋》（1927 年）、《黑碗》（1927 年）、《苏萨的故事》（1927 年）、《奇怪的茶壶》（1930 年），轶译《竹篦太郎》（1927 年），纯明译《奇怪的三足锅》（1927 年），子敬译《海龙王的宝贝》（1928 年）、《水母的旅行》（1931 年）等。《儿童世界》在 1936 年到 1937 年间刊载的日本童话作品均为中日双语对照的版本，1936 年刊出张逸父翻译的《赛刀》《和尚和鹿》《不知足的猎人》《小和尚和大小姐》《问答大家》等，以及徐学文翻译小川未明的《母犬》《梧桐树》《儿童理发店》《无花果树》《雁》《天空和太阳》《官官和弟弟》等，1937 年发表了徐学文的一些译作，如木村小舟的《蜗牛访问记》，平泽克己的《一只红手套》，高山昌子的《河边的趣剧》等。

在《儿童世界》刊登的域外童话中，还有一些译者翻译了不同国家的童话。如 1930 年刊出守一翻译的拉维亚童话《金斧》《宝库》，爱斯呑尼亚童话《唱歌的剑》《银河上的女郎》，拉伯兰童话《顽皮的蜘蛛》，芬兰童话《五弦琴》等。1933 年发表张诚翻译的德国童话《鸟类之王》《三个好朋友》，法国童话《玫瑰冠与狐狸》，印度童话《象和鹡鸰》等。1934 年至 1935 年陆续刊登了章倬汉翻译的不同国家童话，有法国童话《猴子的失败》《兽类选王》《金钱和歌曲》《相争的结果》《狮子选王》，俄国童话《宝袋》《聪明的女郎》《张威将军》《强项农夫》《长舌婆》《青年的急智》，英国童话《傻大》，德国童话《万事通医生》，南欧童话《弹琴女》《小人国》《白鸟湖》《百相镜》，北欧童话《荞麦》，美国童话《正直翁》等。茅盾评价过《儿童世界》的内容："在《儿童世界》里，属于儿童文学的一部门还是翻译的西

---

① ［英］金斯黎：《水孩子》，严既澄译，《儿童世界》1935 年第 34 卷第 1 期。

洋'童话'居于主要地位。"① 从《儿童世界》翻译的域外童话来看，翻译的童话作品来源广泛，译者相对比较固定。

中华书局于 1912 年由陆费逵、戴克敦、陈寅等人创办，是中国近代文化史上最重要的出版机构之一。1913 年编辑出版由徐傅霖译，但标明著者不详的 10 种世界童话，分别为：《二王子》《魔博士》《法螺君》《驴公主》《铁王子》《梦三郎》《指环魔》《卜人子》《惊人谈》《大洪水》，后增补为 50 种，分别为：

> 《二王子》《魔博士》《法螺君》《驴公主》《铁王子》《梦三郎》
> 《指环魔》《卜人子》《惊人谈》《大洪水》《幸福花》《三大刀》
> 《黄金船》《梨伯爵》《黑足童》《大食童》《三难题》《雪中牙》
> 《龙宫使》《林中女》《巨人塔》《小人鼻》《夜光剑》《小猎狮》
> 《断舌雀》《摇动笛》《金色鸟》《吃炭男》《怪洋灯》《恶戏术》
> 《木马谈》《极乐草》《魔卵缘》《三驼背》《硬壳王》《豆藤梯》
> 《犬王子》《少年国》《牧羊童》《羊形男》《白马将》《黑学校》
> 《尸报恩》《蔷薇姬》《九傀儡》《金发姬》《三王冠》《马尾案》
> 《桶七儿》《金苹果》

自徐傅霖的翻译工作起，中华书局开始了域外童话的译介，如 1917 年周瘦鹃所译的"欧美名家短篇小说丛刊"中，"丹麦之部"收入亨司盎特逊（今译汉斯·克里斯蒂安·安徒生）的《断坟残碣》，1918 年出版由陈家麟、陈大镫用文言文译出的安徒生童话集《十之九》。中华书局还出版了"世界童话丛书"系列：包括《法国童话集》（日本永桥卓介著，许达年、许亦非合译，1933 年），《土耳其童话集》（日本永桥卓介著，许达年译，1933 年），《印度童话集》（日本丰岛二郎著，许达年译，1933 年），《荷兰童话集》（美国威廉·格里菲斯著，康同衍译，1934 年），《丹麦童话集》（日本大户喜一郎著，许达年译，1934 年），《西班牙童话集》（日本丰岛次郎著，

---

① 子渔：《几本儿童杂志》，《文学》1935 年第 4 卷第 3 号。

许达年译，1934年），《意大利童话集》（日本马场睦夫著，康同衍译，1934年），《朝鲜现代童话集》（邵霖生编译，1936年），《埃及童话集》（日本永桥卓介著，许达年译，1937年），《伊朗童话集》（日本永桥卓介著，许达年译，1937年），《德国童话集》（日本甲田正夫著，许达年译，1940年），《日本童话选集》（日本甲田正夫著，许达年译，1940年）等，由这一丛书的刊行可以见出中华书局对域外童话译介的重视。

在儿童刊物方面，有1922年由中华书局出版，黎锦晖主编的儿童文学刊物——《小朋友》，《小朋友》比商务印书馆的《儿童世界》稍后出版，面貌有别于《儿童世界》，黎锦晖强调刊物的民族化个性，特别注重刊登民间故事、传说，主要刊登童话、小说、诗歌、故事、剧本、寓言、笑话和游记等文学作品。在1924年刊登了《德国来的礼物》一文，为读者介绍了格林童话，连载了《百晓博士》《勇敢的裁缝》等格林童话。杂志刊登了遗士翻译的科洛迪（今译卡洛·科洛狄）的童话《顽皮的木偶》（1926年），如一翻译奥斯卡·王尔德的童话《安乐王子》（1928年）、陈伯吹译奥斯卡·王尔德的《忠实的朋友》（1947年）等。《小朋友》登载的日本童话数量较多，翻译的小川未明童话有康同衍译《高原上的故事》（1932年），亦非译《星儿们的谈话》（1932年），独逸译《风》（1933年）、《水仙花和太阳》（1934年）、《幼小的树苗》（1934年）等。译者亦非翻译的作品数量较多，翻译过横田桃水的《蜘蛛的性命》（1932年），大木雄三的《寂寞的柿子叶》（1932年），松原至大的《树上跌下来的小鸟》（1932年），芦谷芦村的《小石块的故事》（1932年）、《百舌鸟和炸弹》（1933年），小野浩的《自大的火鸡》（1934年）等。杂志还刊有未标明作者的民间童话译作，如许景明译印度童话《两个残废乞丐》（1933年），仲江译荷兰童话《快把开水拿来》（1936年），重子译西班牙童话《鸭子的诡计》（1937年）、《到底谁最聪明》（1937年）等。对于《小朋友》与《儿童世界》的区别，可引用陈伯吹的描述："（《小朋友》）只是文学性稍差些，不如比她早四个月出世的姊妹刊物《儿童世界》，能经常介绍著名的世界儿童文学作品：《汤姆叔叔的小屋》、《瑞士家庭鲁滨逊》、《阿丽思漫游奇境记》和《潘彼得》，等等。不过《小朋友》

有它自己的优点，就是刊载了较多的民间故事，比较的民族化、大众化、儿童化，这是重要的一着。当然两者各有它们自己的个性和特色，因而各有千秋。"① 由此可见，在当时的儿童刊物中，《儿童世界》与《小朋友》各有特色，形成互补。

世界书局于 1917 年由沈知方在上海创办，出版的"世界少年文库"系列中大部分为域外童话，如杨镇华译查尔斯·金斯莱的《水婴孩》(1931年)，丁同力译约翰·罗斯金的《金河王》(1931 年)，由宝龙译《王尔德童话集》(1932 年)，冯亨嘉译述藤川淡水选辑的《童话世界》(1932 年)，徐蔚南编译的《印度童话集》(1932 年)，陈骏译《都娜童话集》(1932 年)，席涤尘译《安徒生童话集》(1933 年)，杨镇华译约瑟夫·吉卜林的《原来如此》(1932 年)，陈徵麟译赛克来（今译威廉·萨克雷）的《玫瑰与指环》(1933 年)，钱公侠、钱天培译科落地（今译卡洛·科洛狄）的《木偶历险记》(1933 年)，张匡译巴雷（今译詹姆斯·巴里）的《仙童潘彼得》(1933年)，由稚吾译 G. 勒白仑的《青鸟》(1933 年)，过昆源译安徒生的《小杉树》(1933 年)、《雪人》(1933 年)，江曼如译安徒生的《牧猪奴》(1933 年) 等。

开明书店于 1926 年由章锡琛、章锡珊等人创办，在 1929 年至 1946 年出版过"世界少年文学丛刊"60 多种，丛书由丰子恺绘插图。丛刊中翻译的域外童话有顾均正译保罗·缪塞的《风先生和雨太太》(1927 年)，徐调孚译科洛迪（今译卡洛·科洛狄）的《木偶奇遇记》(1928 年)，谢颂羔译约翰·罗斯金的《金河王》(1928 年)，戴望舒译贝洛尔（今译夏尔·贝洛）的《鹅妈妈的故事》(1928 年)，赵景深译安徒生的《月的话》(1929 年)，顾均正译安徒生的《夜莺》(1929 年)，顾均正译挪威民间故事集《三公主》(1929 年)，谢颂义译安徒生的《雪后》(1929 年)，张友松译约瑟夫·吉卜林的《如此如此》(1930 年)，顾均正译萨克莱（今译威廉·萨克雷）的《玫瑰与指环》(1930 年)，顾均正译安徒生的《小杉树》(1930 年)，赵景深译安徒生的《皇帝的新衣》(1930 年)，徐调孚译安徒生的《母亲的故事》

---

① 《小朋友》编辑部编：《长长的列车——〈小朋友〉七十年》，少年儿童出版社 1992 年版，第 444—445 页。

（1930 年），赵景深译安徒生的《柳下》（1931 年），蒋学楷译罗夫丁（今译休·洛夫廷）的《陶立德博士》（1931 年），张昌祈译陀尔诺夫人的《绵羊王》（1931 年），章肇钧译格林童话《三羽毛》（1931 年），赖恒信、萧潞峰合译金斯莱（今译查尔斯·金斯莱）的《水孩》（1932 年），孙百刚辑译日本童话《先生的坟》（1932 年），顾均正译安徒生的《水莲花》（1932 年），张昌祈译格林童话《雪婆婆》（1932 年），鲁彦译俄国童话《给海兰的童话》（1933 年），戴望舒译陀尔诺夫人的《青色鸟》（1933 年），张志渊译亚历山大·仲马的《圣人和鞋匠》（1934 年），朱瑞广译 C. 苏格的《驴的自传》（1934 年），尤炳圻译格莱亨（今译肯尼斯·格雷厄姆）的《杨柳风》（1936 年），顾均正译 B. 柏吉尔的《乌拉波拉故事集》（1941 年），王易今译阿·托尔斯泰的《金钥匙》（1946 年）等。在刊物方面，开明书店的《开明》杂志在"短评"栏目中，刊登了一些对域外童话进行评介的短文，比如杜春葆、杨锡光评《木偶奇遇记》（1928 年），周传勤、刘庆丰评《木偶奇遇记》（1929 年），陈宪章、温步颐和俞少堂评《三公主》（1929 年），冒维城评《风先生和雨太太》（1929 年），陈定闳、梁惜芳评《月的话》（1929 年）等。《开明》也有不少对于童话译作的评述性文章，如赵景深的《〈月的话〉序》（1929 年）、《木偶奇遇记》（1929 年），失名的《对于〈木偶奇遇记〉的批评》（1929 年），一切的《读〈木偶奇遇记〉》（1929 年），贺玉波的《关于〈风先生和雨太太〉》（1929 年），晓天的《介绍小川未明：关于他的童话》（1929 年）、《小川未明童话文学论》（1929 年），许永年的《读了〈风先生和雨太太〉之后》（1929 年），唐锡光的《读〈夜莺〉后》（1930 年），沈百英的《〈木偶奇遇记〉之优点》（1931 年）等，这些评介文章的刊发对域外童话的推广起到了积极作用。

儿童书局于 1930 年由张一渠、石芝坤等人创办，出版的译作有徐培仁翻译的三卷本《安徒生童话全集》（1930 年至 1931 年），清野编译的《日本童话》（1931 年），王清溪译查尔斯·金斯莱的《水孩》（1931 年），徐亚倩译安吉洛·帕特里的《续木偶奇遇记》（1932 年）等。

除了上述出版机构的译作、丛书和刊物，在 20 世纪二三十年代，以上海为中心，众多儿童文学报纸杂志繁荣起来。"至抗日战争爆发前，据粗略统计，上海仅青少年和儿童报刊就达近二百种。"① 茅盾在《几本儿童杂志》一文中谈到，"据上海杂志公司的'杂志月报'（附在《读书生活》后边）第一号的调查，儿童读物有（1）《新儿童报》，（2）《小朋友》，（3）《儿童世界》，（4）《儿童科学杂志》，（5）《我的画报》，（6）《儿童画报》，（7）《小朋友画报》，（8）《小学生》，（9）《高级儿童杂志》，（10）《中级儿童杂志》，（11）《低级儿童杂志》，（12）《儿童良友》——共十二种。这个目录，大概算不得完备。因为上举的十二种儿童定期刊都是在上海出版的"②。这些杂志中，除前文已提到的《小朋友》《儿童世界》，《新儿童报》刊登过汤明贵翻译的希腊童话《怪物的谜》（1947 年），胡叔异翻译的法国童话《放债的鸭》（1948年）。《小学生》杂志刊登过泰伦翻译的格林童话《银蛇》（1931 年），李建新翻译的美国童话《宴会中的一幕趣剧》（1931 年），严大椿翻译的格林童话《大拇指旅行记》（1935 年），钱小柏翻译的奥斯卡·王尔德童话《自私的巨人》（1935 年）等。

在 20 世纪 30 年代以后，一些新创办的儿童文学报纸杂志也陆续刊登童话译作，如创办于 1934 年的《童年月刊》，在 1934 年刊登过陆子霁译格林童话《十二个猎人》《狼和狐狸之争》《聪明的裁缝》等。1935 年 9 月在上海诞生了《儿童日报》，据何公超在《写到老》一文中回忆，《儿童日报》设有栏目《儿童公园》，"专登小说、杂文、童话、歌曲，以及从英国、日本等国儿童读物翻译的童话、故事等等"③。1945 年在上海复刊的《儿童世界》刊登过思齐翻译的格鲁金童话《懒家伙——何超》（1946 年），乌克兰童话《风》（1947 年）、《顽童和地主》（1947 年），塔塔尔童话《三样宝贝》（1948 年）等。另外，圣野在《追求和探索》一文中提到"一九四六年暑假，鲁兵和《中国儿童时报》建立了联系，给它翻译介绍外国儿童小说和童

---

① 简平：《上海少年儿童报刊简史》，第 38 页。
② 子渔：《几本儿童杂志》。
③ 何公超：《写到老》，叶圣陶等编：《我和儿童文学》，第 148 页。

话，给它写诗，写童话，写剧本"①。但《儿童日报》《中国儿童时报》的具体译作情况已难以查考。

第二节　域外童话在近代中国的翻译历程

1903 年周桂笙出版《新庵谐译初编》，开始了域外童话翻译的历程，这些译介作品为中国文坛打开了一个新奇绚丽的儿童文学天地，一方面吸引了儿童以及成人读者从中汲取精神营养，另一方面诸多作家也由此获得了儿童文学创作的范型和艺术上的灵感。

一、格林童话的译介

1902 年，周桂笙在《寓言报》翻译并发表了 15 篇童话，其中《猫鼠成亲》《狼羊复仇》《乐师》《蛤蟆太子》《林中三人》《十二兄弟》《狐受鹅愚》《某翁》《猫与狐狸》《熊皮》《乡人女》《公主》等 12 篇译自格林童话，在1903 年收入《新庵谐译初编》。《东方杂志》于 1909 年至 1910 年连载的 56篇"时谐"故事中，据付品晶分析，有 48 个故事来源于格林童话。②

"童话丛书"中也有格林童话，其中孙毓修编译的有《大拇指》《三王子》《姊弟捉妖》《皮匠奇遇》和《三姊妹》等，茅盾编译的有《驴大哥》《海斯交运》和《蛙公主》等。1922 年，赵景深编译的《格列姆童话集》由崇文书局出版，封面注有"儿童文学"第二种，施竣波绘插图，书中收入《水神》《乌鸦》《秘密室》《十二弟兄》《熊皮》《妖怪和白熊》等六篇。卷首有赵景深写的《格列姆童话集序》，介绍了格林兄弟的生平，并指出这本童话集的来源："此书系从人民丛书'Everyman's Library'里的《家庭琐话》'Household Tales'中译出。"③1925 年，河南教育厅编译处出版王少明译《格尔木童话集》，收入《六个仆人》《苦儿》《铁韩斯》《兄弟三人》

---

① 圣野：《追求和探索》，叶圣陶等编：《我和儿童文学》，第 284 页。
② 付品晶：《格林童话在中国》，四川文艺出版社 2010 年版，第 24 页。
③ [德] 格列姆兄弟：《格列姆童话集》，赵景深译，崇文书局 1922 年版，第 2 页。

《大萝卜》《裁缝游天宫》《雪姑娘》《小死衣》《鬼的使者》《月亮》等 10 篇，卷首有译者所写的《格氏兄弟小史》和《译者短言》。在《译者短言》中指出，"本书系译自原文——德文。对于他的内容，自觉着也未加以增删"①。可见这个译本是从德语直译的格林童话集。

1928 年，文化学社编译所出版刘海蓬、杨钟健译《德国童话集》，内收《白雪娃》《金山王》《慈惠太太》《十二猎夫》《一个妖怪和他的祖母》《一个犹太人在荆棘中》《三纺妇》《少年巨人》《聪明的葛利特》《小红帽》等 10 篇童话。1929 年，春泥书店刊行俞艺香由英译本转译的《灰娘》，收录了《灰娘》《雪白和玫瑰红》《神怪的胡琴》《青灯》《蜜蜂女王》《怪名》《牛皮鞋》《金鸟》《冬母》《勇敢的小裁缝》《贪心的铁匠》等 11 篇童话。

1930 年，文华美术图书印刷公司出版由谢颂羔由英文转译的《跳舞的公主》（格列姆童话集），收入了《跳舞的公主》《金鹅》《和尔妈妈》《忠诚的约翰》《牧童与王》《三种职业》《音乐妙手》等 7 篇童话。1930 年，北新书局出版赵景深翻译的《金雨》，内有《麦穗》《懒惰与勤谨》《从云端里拿来的打禾棒》《金雨》《女巫》《光明的太阳照在头上》《小羊和小鱼》《老麻雀和它的小麻雀》《十二懒人》《鸟王》《富人之墓》《三种工作》《盗穴》等 13 篇童话，赵景深在《后记》中说明了本书所收童话都是第一次译成中文的，其来源为："《女巫》《小羊和小鱼》《光明的太阳照在头上》《从云端里拿来的打禾棒》以及《麦穗》这五篇是从科林斯（Collins）《绘图儿童文学丛书》（*Illustrated Children's Classics*）本里译出来的；《老麻雀和它的小麻雀》《懒惰与勤谨》《金雨》《富人之墓》《十二懒人》《三种工作》《鸟王》以及《盗穴》这八篇是从宝儿（H.B.Paull）夫人新译的《格林童话集》译出来的。"②1931 年开明书店出版由章肇钧翻译的《三羽毛》，是"世界少年文学丛刊"故事 5，内收《三羽毛》《恶作剧》《金鹅》《金雨》《祖父的碗》《河里的女巫》《渔夫和他的妻子》《蛙王子》《林中老妇》《六只天鹅》《七个呆子》《野兔和刺猬》《奇异的旅行者》《林中三小人》《鸟王》《仙人的两

---

① ［德］格尔木兄弟：《格尔木童话集》，王少明译，河南教育厅编译处 1925 年版，第 1 页。
② ［德］格林：《金雨》，赵景深译，北新书局 1933 年版，第 99 页。

件礼物》《三个幸运的小孩》《骄傲的狼》《十二个猎人》《鹅姑娘》等 20 篇童话，卷首有顾均正的《格林故事集序》，介绍了出版格林童话的计划，并说明"计已编好的《格林故事集》，有《三羽毛》《雪婆婆》《跛老人》等三种"①。1932 年开明书店出版张昌祈译《雪婆婆》，为"世界少年文学丛刊"故事 7，内收《勇敢的小裁缝》《黄金鸟》《灰姑娘》《贪心的铁匠》《睡美人》《牛皮靴》《狼与七只小山羊》《跳舞鞋》《雪婆婆》《独眼、双眼、三眼》等 10 篇童话，卷首有顾均正的《格林故事集序》。同年开明书店出版了陈骏译《跛老人》，为"世界少年文学丛刊"故事 8，收入《四位音乐家》《白玫瑰与红玫瑰》《蓝光灯》《宝琴》《林中怪屋》《拇指儿》《红斗篷姑娘》《三根金发》《蜂王》《跛老人》等 10 篇童话，卷首同样有顾均正的《格林故事集序》。1933 年，商务印书馆出版李宗法译《格兰姆童话》四册，属于"小学生文库"系列，第一册包括《乌鸦》《佛来慈和他的朋友》《妖林》《熊皮》《产替拉和派提勒的遭遇》《无手的女郎》；第二册包括《矮树丛中的犹太人》《强盗新郎》《和尔妈妈》《加鲁加栖》《聂潘齐鲁》《聪明的爱丽斯》《罗兰和他的妻》《兄和妹》；第三册包括《勇敢的缝工》《生命水》《白蛇》《青光》《水神》《汉斯和他的妻几利图尔》；第四册包括《皮威》《金须巨人》《不会发抖的少年》《黎丽与狮》《猜谜》《跳舞鞋》等。1933 年，赵景深翻译的《白蛇》由北新书局出版，内收《狐狸和他教子的母亲》《狼与人》《兔新娘》《狼与狐》《小人的礼物》《三羽毛》《十二猎人》《秘密室》《白蛇》《赛捧雪》《无手女郎》《妖怪和白熊》等 12 篇童话，卷末有赵景深写的《后记》，说明了书中所选童话的来源，"这一集里的十二篇，除了《秘密室》和《妖怪和白熊》是就一九二一年的旧译加以润饰以外，其余都是从科林斯本译下来的"②。在本书的卷末，介绍了北新书局陆续出版的赵景深与李小峰合译的格林童话全集系列，有《金雨》《金孩》《银斧》《铁箱》《猛鹰》《鹅女》《兄妹》《熊皮》《蓝光》《铜鼓》《乌鸦》《月亮》《白蛇》《海兔》共 14 册。1934 年商务印书馆出版由魏以新翻译的《格林童话全集》（上、下

① ［德］格林：《三羽毛》，章肇钧译，开明书店 1931 年版，第 vi 页。
② ［德］格林兄弟：《白蛇》，赵景深译，北新书局 1937 年版，第 97 页。

册），是直接译自德文的第一个全译本，共收入210篇，包括200篇"儿童和家庭童话"与10篇"儿童的宗教传说"。卷首有魏以新写的《译者的话》、威廉·格林所写《致阿尔宁夫人柏提那的献纳词》，以及倭尔加斯特著《格林兄弟传——论童话及童话之研究》，本文曾发表于《小说月报》1931年第22卷第6号上，对格林兄弟的生平及其《儿童和家庭童话》做了详尽的介绍，有利于读者较为全面地了解格林童话。1936年正中书局推出王少明译"德国格利姆童话集"系列，卷首有《译者短言》，介绍"本书系从德文原书译出，对于它的内容，自信未曾加以增删"①。其后还有《格氏兄弟小史》，介绍了格林兄弟生平，并评价其童话："措辞巧妙，言情有致，全是小说家的真正精神和体意，兴味津津，能使读者不忍释手。"②第一册为《雪姑娘》，包括《六个仆人》《苦儿》《铁韩斯》《兄弟三人》《大萝卜》《裁缝游天宫》《雪姑娘》《鬼的使者》《月亮》《十二个猎人》《寿命》《侯太太》《破鞋》《鬼同他的老奶奶》《三个纺棉的》；第二册为《三根小鸡毛》，包括《光亮的太阳把他弄明》《三根小鸡毛》《林屋》《聪明的农家女》《聪明的小裁缝》《忠诚的约翰乃士》《长命水》《蛙王》《玛耳印小孩》《一个学习害怕的人》《狼和七个小羊》《三片蛇叶》《谜语》；第三册为《小红帽》，包括《小红帽》《没有手的姑娘》《匪瑁》《阎王父》《六只鸽》《鸡胡子王》《小蹄子》《二兄弟》《叫跳的小云雀》；第四册为《草驴》，包括《鹅婢》《小怪人》《飞茄儿鸟》《穷磨面的人同小猫》《二友人》《荆棘里的犹太人》《聪明的葛尔特》《草驴》《玻璃棺》《穷孩子》《金山王》。1939年，上海广学会出版了谢颂羔选编的《格列姆童话选》，收入《跳舞的公主》《白雪公主》《十二兄弟》等9篇。

　　1940年昆明中华书局出版许达年译《德国童话集》，卷首有《译者小序》，收入《裁缝老公公》《长鼻子小孩》《太阳马》《白蛇》《奇妙的兵士》《狐的审判》《魔法笛》等7篇童话，其中大部分选自格林童话。1940年北新书局出版李小峰译《兄妹》，内收《幸运的亨斯》《游行乐队》《狐狸的尾巴》《渔夫与其妻》《熊和鹪鹩》《十二个跳舞的公主》《兄妹》《蛙王子》

---

① ［德］格林：《雪姑娘》，王少明译，正中书局1936年版，第 I 页。
② ［德］格林：《雪姑娘》，第2页。

等 8 篇童话。1940 年，晓光书局出版林俊千自英文转译的《格林姆童话》，
1941 年鸿文书局再次出版这一版本，内收《偷儿之王》《三件宝贝》《禁室》
《一只眼两只眼三只眼》《蛙王子》《魔笛》《水神》《聪明的农女》《巨人的
三根金发》《裁缝的儿子》《汉司的幸福》《白雪公主》《忠心的约翰》《双生
子》《鼓手》等 15 篇童话，卷首的《序言》中说明了译文转译自"英美的文
学杂志，有哥林斯版的英译本，也有美国史特立女士的译本，和约翰生的格
林姆故事百篇等许多种。所以有几篇情节，和国内出版的格林姆童话，未免
稍有出入"①。1948 年永祥印书馆出版了范泉据英译本缩写的《格林童话集》，
为"少年文学故事丛书"之一种，内收《大拇指》《金鸟》《汉萨和葛兰姗》
《抬子·驴子·棍子》《白雪和红玫瑰》《老雾母》等 6 篇童话。卷末有范泉
写的《附记》，指出："这个改写本，是根据英国伦敦哈拉泼书局出版的英译
本《格林童话集》选辑译写而成。"②1949 年，张亦朋的《格林童话全集》译
出 99 篇童话，由启明书局出版，封面标有"世界文学名著"，在卷首的译者
《小引》中，对格林兄弟的生平做了介绍，并说明了本书的来源，"本译本一
共译了九十九个童话，系根据柯林司版的《格林兄弟童话集》的英译本译出
的"③，包括《金鹅》《蛙王子》《穷磨坊主人的徒弟与小猫》《三位纺纱仙子》
《十二兄弟》《白莱孟市的音乐家》《小红帽》《猫鼠结伴》《樵夫的孩子》《忠
约翰》《白蛇》《谜》等。

二、安徒生童话的译介

从相关资料来看，对安徒生童话的翻译是域外童话翻译成果极为丰硕的
一部分。

1918 年，中华书局出版陈家麟、陈大镫译《十之九》，收入《火绒匣》
《飞箱》《大小克劳势》《翰思之良伴》《国王之新服》《牧童》等 6 篇童话。
1923 年，新文化书社出版赵景深译《无画的画帖》。1924 年新文化书社出

---

① [德]格林姆：《格林姆童话》，林俊千译，鸿文书局 1941 年版，第 4 页。
② [德]格林兄弟：《格林童话集》，范泉译，永祥印书馆 1948 年版，第 110 页。
③ [德]格林：《格林童话全集》，张亦朋译，启明书局 1949 年版，第 2 页。

版赵景深译《安徒生童话集》，是"绿波社丛书"第一种，卷首有赵景深写的《短序》，指出所选篇目中，《坚定的锡兵》由周作人"校阅过一遍"[①]。还有文章《安徒生的人生观》和《安徒生评传》，对所选童话作品分别做了评析。书中收入《小伊达的花》《豌豆上的公主》《柳花》《坚定的锡兵》《松树》《世界上最可爱的玫瑰》《自满的苹果树枝》《钢笔和墨水瓶》《跳的比赛》《雏菊》《陀螺和皮球》《火绒匣》《国王的新衣》《白鹄》等 14 篇童话。1924 年，新潮社出版林兰、CF（即张近芳）翻译的《旅伴》，收入《旅伴》《丑小鸭》《牧猪郎》《小人鱼》《打火匣》《幸福家庭》《缝针》《小尼雪》《雏菊》《拇指林娜》《真公主》等 11 篇童话，其中前五篇为林兰译，后六篇为 CF 译。1925 年，北新书局印行林兰译《旅伴及其他》，收入《旅伴》《丑小鸭》《牧猪郎》《小人鱼》《打火匣》《幸福家庭》《缝针》《小尼雪》《雏菊》《拇指林娜》《真公主》《克鲁特霍潘》等 12 篇童话。1928 年，开明书店出版顾均正著《安徒生传》，内容包括：第一章"引言"，第二章"幼年时代"，第三章"奋斗时代"，第四章"成名时代"，第五章"老年时代及其死"，第六章"独身生活"，第七章"品性"，第八章"童话的风格"，第九章"童话的艺术"，第十章"改编童话的实例"，附录"安徒生童话的来源和系统""安徒生的年谱"，本书对安徒生的生平和童话特征详尽的描述和分析，对于研究安徒生童话具有参考价值。1929 年，开明书店出版赵景深译《月的话》，为"世界少年文学丛刊"童话 4，本书在 1923 年出版时题名《无画的画帖》，在卷首《译者的话》中，赵景深指出这一版本对之前的译文做了修正。同年开明书店还出版了顾均正译《夜莺》，为"世界少年文学丛刊"童话 5，内收《夜莺》《领圈》《玫瑰花妖》《小克劳斯和大克劳斯》《情人》《拇指丽娜》《飞箱》等 7 篇，卷首有徐调孚写的《付印题记》，介绍了本书所收童话的来源。1929 年，亚细亚书局出版赵景深译《安徒生童话新集》，赵景深在序言中对所选篇目进行了说明："这里八篇安徒生的童话是新文化书社出版的《安徒生童话集》里面所没有的，只是《豌豆上的公主》

另外根据牛津大学 Cragie 夫妇的全集本重译了一遍，与新文化书社本完全不同。"①书中收入《牧羊女郎和打扫烟囱者》《锁眼阿来》《豌豆上的公主》《烛》《鹳》《恶魔和商人》《一荚五颗豆》《苧麻小传》。1929 年开明书店出版谢颂义译《雪后》，为"世界少年文学丛刊"童话 8，收入《一个男孩和一个女孩》《女巫的花园》《王子与王女》《小女盗》《雪地的两主妇》《雪后的宫中和以后情形》等 6 篇童话。

1930 年开明书店出版顾均正译《小杉树》，为"世界少年文学丛刊"童话 9，卷首有丛刊编者写的《付印题记》，对作品集中收入的童话来源分别做了介绍，共收入《小杉树》《旅伴》《荷马墓上的一朵玫瑰花》《乐园》《好人做的总不错》《那是的确的》《一个大悲哀》等 7 篇童话。

赵景深译《皇帝的新衣》也在 1930 年由开明书店出版，卷首有徐调孚所写的《付印题记》，徐调孚对本书出版的缘由做了解释，并介绍了所收童话的来源。徐调孚指出，赵景深是最早出版安徒生童话中译本的译者之一，"不过他以前出版的几集，都是没有插图，且又校勘不精，印刷恶劣，太不适于作儿童读物了"②。因此赵景深对所译安徒生童话做了重新整理出版，包括《豌豆上的公主》《小伊达的花》《皇帝的新衣》《坚定的锡兵》《鹳》《锁眼阿来》《接骨木女神》《天使》《祖母》《跳蛙》等 10 篇童话。开明书店在 1930 年还出版了徐调孚译《母亲的故事》，为"世界少年文学丛刊"童话 11，卷首有译者所写《付印题记》，介绍了书中所收童话出版的年份和故事来源，内收《火绒匣》《顽童》《雏菊》《牧猪人》《荞麦》《丑小鸭》《一个母亲的故事》《国王王后和兵士》等 8 篇童话。1932 年北新书局出版赵景深编《初级中学北新混合国语》教科书第 1 册第 7 版，收入了周作人译《卖火柴的女儿》。1930 年到 1931 年，儿童书局出版了徐培仁翻译的《安徒生童话全集》，共有三卷，第一卷包括：《银先令》《蜗牛和玫瑰花树》《小阿达的花》《取火匣》《大克劳斯和小克劳斯》《拇指丽娜》；第二卷包括：《幸运的木屐》《坚定的锡兵》《一个母亲的故事》《雏菊》《最大的悲哀》《衬衫领》；

① ［丹麦］安徒生：《安徒生童话新集》，赵景深译，亚细亚书局 1929 年版，第 I 页。
② ［丹麦］安徒生：《皇帝的新衣》，赵景深译，开明书店 1930 年版，第 vii 页。

第三卷包括:《奥鲁奥》《甲虫》《老人所做的是常常对的》《乐观者》《孩子们的闲谈》《飞箱》《鹳鸟》《祖母》《世界上最美丽的玫瑰》, 每篇童话前有译者写的内容提要。1931 年, 开明书店出版赵景深译《柳下》, 为"世界少年文学丛刊"童话 14, 卷首有徐调孚所写的《付印题记》, 介绍了书中所收童话的来源, 收入《牧羊女郎和打扫烟囱者》《邻家》《老屋》《世界上最可爱的玫瑰》《小鬼和商人》《柳下》《有等级呢》《钢笔和墨水瓶》《烛》等 9 篇童话。1932 年开明书店出版顾均正翻译的长篇童话《水莲花》, 为"世界少年文学丛刊"童话 21, 童话原名《沼泽王的女儿》, 在卷首《付印题记》中, 顾均正抄录了《沼泽王的女儿》相关的注解, 便于读者理解。1933 年, 世界书局出版席涤尘译《安徒生童话集》(上、下册), 为"世界少年文库"22, 上册收入《火绒匣》《小克劳斯和大克劳斯》《豌豆公主》《汤姆梨沙》《皇帝的新衣》, 下册收入《坚定的锡兵》《天鹅》《夜莺》《丑小鸭》《蠢汉》。1933 年世界书局印行过昆源翻译的《小杉树》, 为"世界少年文库"45, 收入《小杉树》《小德克》《小伊大的花》《绣花针》《跳高比赛》《快乐的家庭》《蚜虫》《积钱瓶》《接骨木的母亲》《自大的苹果树株》等 10 篇童话。1933 年, 世界书局出版江曼如翻译的《牧猪奴》, 为"世界少年文库"46, 内收《蝴蝶》《牧猪奴》《玫瑰花妖》《牧羊女郎与扫烟囱人》《旅伴》《人鱼姑娘》等 6 篇。同年世界书局出版过昆源译《雪人》, 为"世界少年文库"47, 收入《雏菊》《豌豆花》《鹳》《葡萄牙鸭》《雪人》《农场鸡和风信鸡》《荞麦》《茶壶》《旧路灯》《铜猪》《妖怪和小贩》等 11 篇。1934 年, 商务印书馆出版甘棠翻译的《安徒生童话》, 为"小学生文库"第一集(童话类), 收入《雏菊》《飞箱》《鹳》《拇指丽娜》4 篇童话。1939 年, 上海启明书局出版《安徒生童话全集》(上、下册), 由张家凤译述, 卷首有译者写的《小引》, 对安徒生的生平和童话做了介绍, 指出"他的童话一部分是根据古代传说改作; 一部分是创作的"①。上册共收入《乐园》《鹳鸟》《丑小鸭》《镇定的锡兵》《牧羊女郎和扫烟囱人》《天鹅》《夜莺》等 23 篇; 下

---

① [丹麦] 安徒生:《安徒生童话全集》上册, 张家凤译, 启明书局 1939 年版, 第 2 页。

册收入《鬼山》《皇帝的新衣》《牧猪奴》《飞箱》《玫瑰花妖》等 37 篇，共收 60 篇童话。

1948 年，上海骆驼书店出版陈敬容据英译本翻译的《丑小鸭》《天鹅》和《雪女王》，卷首有《译者序》，阐述了翻译童话的初衷是为中国的儿童提供更多的读物。其中《丑小鸭》内收《丑小鸭》《天国的花园》《小丁妮》《小枞树》《鹳鸟》和《小伊达的花儿们》；《天鹅》收入《天鹅》《丹麦人何尔吉》《皇帝的新衣》《坚定的洋铁兵》《接骨树妈妈》《公主和豌豆》和《夜莺》；《雪女王》收入《红鞋》《踏着面包走路的女孩》《瓶颈》和《雪女王》等童话。1948 年永祥印书馆出版了范泉据英译本缩写的《安徒生童话集》，收入《夜莺》《丑小鸭》《大克劳斯和小克劳斯》《皇帝的新衣》《卖火柴的女儿》《小丁妮》等 6 篇童话。

三、英国童话的译介

1912 年约瑟夫·吉卜林的《新小儿语》被译为上海土白，由协和书局发行，本书选译了 3 篇童话：《古时小象》《豹与黑人变种之原因》和《蝴蝶顿足》。此后约瑟夫·吉卜林童话的译本有 1930 年开明书店出版的张友松译《如此如此》，为"世界少年文学丛刊"童话 6，丛刊编者在卷首的《付印题记》中简单介绍了作家的创作，并对其童话做出评价，本书原有 12 篇，书中选了《鲸鱼的喉咙是怎么长成的》《骆驼的驼背是怎么长成的》《犀牛的皮是怎么长成的》《豹子皮上的斑纹是怎么来的》《象儿子》《犰狳是什么东西变成的》《最初的一封信是怎么写成的》《拿海作游戏的盘蟹》《独自行走的猫》《蝴蝶顿脚的故事》等 10 篇，另外 2 篇《袋鼠老人的歪诗》《字母是怎么造成的》未被翻译，原因是前者在音调上太过取巧，后者讲述英文字母的起源，不适宜中国的儿童读者阅读。1932 年世界书局出版杨镇华译《原来如此》，为"世界少年文库"26，卷首的《作者传略》中，译者对作家的生平做了简介，本书收入《鲸鱼怎样才会有喉咙的》《骆驼怎样才会有驼背的》《犀牛怎样才会有皮的》《豹子皮上怎样才会有斑纹的》《象底孩子》《犰狳底来历》《最早的一封信是怎样写成的》《拿海来做游戏的蟹》《独自行走的猫》

《蝴蝶顿脚》等10篇。1944年重庆中华书局刊印陈伯吹译《神童伏象记》，1946年三民图书公司出版陈伯吹翻译的《象童》。

奥斯卡·王尔德是受到中国译介者关注的域外童话作家之一。1922年，穆木天选译的《王尔德童话集》由泰东图书局出版，被列为"世界儿童文学选集"第1种，收入《渔夫和他的魂》《莺儿与玫瑰》《幸福王子》《利己的巨人》《星孩儿》等5篇，卷首有译者的《王尔德童话小说序》，介绍了本书所收童话的来源。1932年由宝龙译述的《王尔德童话集》由世界书局印行，是"世界少年文库"11，收入《幸福王子》《夜莺和玫瑰》《自私的巨人》《忠实的朋友》《驰名的火箭》《少年王》《星孩儿》等7篇。1933年穆木天翻译的《王尔德童话集》由世界书局出版，据《石榴之家》和《幸福王子及其他的故事》编译而成，《石榴之家》有4篇：《少年王》《王女的生日》《星孩儿》《鱼夫及其魂》，《幸福王子及其他的故事》有5篇：《幸福王子》《莺儿与玫瑰》《利己的巨人》《忠实的朋友》《驰名的起花》，这个版本在1947年由天下书店再版。1948年巴金翻译了《快乐王子集》，由文化生活出版社出版，收《少年国王》《西班牙公主的生日》《渔人和他的灵魂》《星孩》《快乐王子》《夜莺与蔷薇》《自私的巨人》《忠实的朋友》《了不起的火箭》等9篇童话和《艺术家》《行善者》《弟子》《先生》《裁判所》《智慧的教师》《讲故事的人》等7篇散文诗，扉页有王尔德像，卷末有译者《后记》，对翻译王尔德童话的缘起，以及王尔德童话的特征做了评介："单从这一册童话和散文诗集看来我们也可以知道王尔德一生所爱的东西只有两样：美与人类。"①

刘易斯·卡洛尔的《阿丽思漫游奇境记》由赵元任翻译，1922年商务印书馆出版，书前有《译者序》《凡例》及《特别词汇》等，在《译者序》中简介了卡洛尔的生平，对本书的特征做了评析，还对译文进行说明。

其他译本有1933年商务印书馆出版，徐应昶译述的《阿丽斯的奇梦》，为"小学生文库"第1集；何君莲节译的《爱丽思漫游奇境记》在1936年由启明书局出版，封面注有"世界文学名著"，书中有译者作《小引》，评价本

---

① ［英］奥斯卡·王尔德：《快乐王子集》，巴金译，文化生活出版社1948年版，第246页。

书为："作者在这里写出儿童脑筋中，飘忽错乱，若有理若无理的梦想。里面诙谐百出，性情流露，实在是重温童心的绝好资料。"① 范泉缩写的《爱丽思梦游奇境记》在 1948 年由永祥印书馆出版，属于"少年文学故事丛书"，书后有范泉写的《附记》，在《附记》中说明"这个缩写本的长度约占原著的五分之一，参考的中译本是由赵元任译，一九二二年印行，商务版"②。1948年正风出版社出版了刘之根译注的英汉对照本《阿丽思漫游记》，书前有《译者序》。其姊妹书《镜中世界》在 1929 年由程鹤西译出，北新书局出版。

自 20 世纪 20 年代起，其他的英国童话也得到了译介。约翰·罗斯金的《金河王》在 1928 年由开明书店出版，译者为谢颂羔，为"世界少年文学丛刊"童话 3。1931 年世界书局出版丁同力译《金河王》，为"世界少年文库"8。1936 年启明书局印行由王慎之翻译的《金河王》，封面注有"世界文学名著"，在译者所写《小引》中，介绍本书"里面充满着温柔的感情和高尚的理想，实在是很好的儿童读物"③。1947 年大东书局出版严大椿译《金河王》，封面注有"世界童话名著"。

查尔斯·金斯莱的《水孩子》也得到了译介，1931 年儿童书局出版王清溪翻译的《水孩》，卷首有本书《原序》，介绍了本书的创作缘起。

1931 年世界书局出版杨镇华译《水婴孩》，为"世界少年文库"6。1932 年由生海社出版了赖恒信、萧潞峰根据节略本翻译的《水孩》，为"世界少年文学丛刊"童话 18。1935 年中华书局出版中英文对照《水孩子》，由王实味译注，在《序》中，译者指出"本书的译注，即是用的是 Amy Steedman 氏的改本"④。1936 年启明书局出版应瑛译《水婴孩》，卷首《小引》对作者做了简单介绍，并评价本书"虽然含有教训的寓意，然而不像一个说教者的口吻。而且情节曲折有趣，把水里的动物都活泼泼地表现在儿童们的想象里，处处流露活泼的气息。这也是作者抓住少年男女心灵的原因，

---

① ［英］刘易斯·卡洛尔：《爱丽思漫游奇境记》，何君莲译，启明书局 1936 年版，第 1 页。
② ［英］L·加乐尔：《爱丽思梦游奇境记》，范泉译，永祥印书馆 1948 年版，第 84 页。
③ ［英］路斯金：《金河王》，王慎之译，启明书局 1936 年版，第 1 页。
④ ［英］查尔斯·金斯莱：《水孩子》，王实味译注，中华书局 1935 年版，第 1 页。

是许多童话中有数的名作"①。《译序》中介绍本书是根据 J.H. 施底奈的编订本翻译。1947 年商务印书馆出版严既澄翻译的《水孩子》，分为上下两册，为"儿童世界丛刊"，在《小序》中，译者回顾了作者的生平及创作，并评价作家写作本书的用意"是要引起小朋友亲爱自然的感情和敬重自然界的思想"②。

1929 年，新月书店出版梁实秋翻译巴利（今译詹姆斯·巴里）的《潘彼得》，在《序》中，梁实秋介绍了作者创作这部童话剧的过程，并评价："虽然本书是故事的格式，但与原剧中之事实与精神无异。我相信看完了本书的人，都不免盼望有看原戏的机会，同时，看过原戏的人也应当一读这本故事，使得先前的印象更加深刻一层。"③1931 年，商务印书馆刊行徐应昶重述的《彼得潘》，属于"世界儿童文学丛书"，1933 年世界书局出版张匡译《仙童潘彼得》，为"世界少年文库"32，在《序言》中，译者说明了译本的来源："亚康南得著者之同意，将原本中精彩而有趣味处，节成六章，作为小学里的文学读物。本书即根据亚康南之节本，译成中文，供小学三四年的小学生做补充用书。"④1934 年大东书局印行《巴利童话集》，由天澍编译，其中包括了巴里的 6 篇童话：《花园大旅行》《潘·彼得》《画眉巢》《闭门时》《小屋子》《彼得的山羊》。1938 年启明书局出版夏莱蒂译《潘彼得》，封面注有"世界文学名著"，在卷首的《小引》中，译者概括其特征为"这是一部通透了孩子的心的书"⑤，并对潘彼得、温黛的人物原型做了介绍。

四、其他国家童话的译介

在法国童话译介方面，1924 年北新书局出版 C. 孟代的《纺轮的故事》，为 CF（即张近芬）从英译本转译，属于"新潮社文艺丛书"，包括《睡美人》《三个播种者》《公主化鸟》《镜》《冰心》《致命的愿望》《可怜的食品》《钱匣》《可惊的吸引力》《跛天使》《两枝雏菊》《亲爱的死者》《罗冷将军之

---

① ［英］金斯莱：《水婴孩》，应瑛译，启明书局 1936 年版，第 1 页。
② ［英］金斯黎：《水孩子》上，严既澄译，商务印书馆 1947 年版，第 2 页。
③ ［英］巴利：《潘彼得》，梁实秋译，新月书店 1929 年版，第 4 页。
④ ［英］巴雷：《仙童潘彼得》，张匡译，世界书局 1933 年版，第 2 页。
⑤ ［英］勃蕾：《潘彼得》，夏莱蒂译，启明书局 1938 年版，第 1 页。

悲哀》《最后的一个仙女》等 14 篇童话，卷首的《译者序》中概括本书的特点为：充满爱的空气，想象的精美，并说明"本书所译各篇，已于《觉悟》《妇女评论》及《晨报副镌》上陆续发表过。……这本童话集的英译本，承周作人先生借我，使我有翻译的机会，是应该道谢的"①。卷末附录一为 C. 孟代的《失却的爱字》，附录二是格林兄弟的《睡美人》，附录三是周作人的《读〈纺轮的故事〉》。1924 年泰东图书局出版穆木天翻译阿纳托利·法郎士的童话《蜜蜂》，为"世界儿童文学选集"第三种。1927 年开明书店出版顾均正译保罗·缪塞的《风先生和雨太太》，为"世界少年文学丛刊"童话 1，卷首的《译者序》中，说明童话的来源"本书原本出版于一八六〇年，Emily Makepeace 有英文译本，名 *Mr. Wind and Madam Rain*，我就根据这个译本重译的"②。夏尔·贝洛童话《鹅妈妈的故事》的译本在 1928 年由开明书店出版，为"世界少年文学丛刊"故事 3，包括《林中睡美人》《小红帽》《蓝须》《穿靴的猫》《仙女》《灰姑娘》《生角的吕盖》《小拇指》等 8 篇童话，译者戴望舒在卷首的《序引》中详细介绍了作者的生平，以及之所以将书名起作《鹅妈妈的故事》的原因。1931 年至 1932 年，神州国光社出版成绍宗编译的三册《法国童话集》，为"少年时代丛书"，第一册包括《小亨利》《美人与兽》《金发美人》；第二册包括《绿蒂公主》《青鸟》；第三册包括《驴皮》《钟爱王子》《蔷姑》。1931 年开明书店出版张昌祈译陀尔诺夫人的《绵羊王》，为"世界少年文学丛刊"童话 16，收入 4 篇童话，分别为《绵羊王》《三公主》《露丝与潘生》《蜜蜂和橘树》，卷首的《付印题记》为顾均正所写，介绍了陀尔诺夫人的生平和童话的特征，她的童话的长处在于技巧的组织和文雅的风格，缺点是以宫廷为背景，显得浮华奢侈。1932 年开明书店出版了陀尔诺夫人的《黄矮人》，为"世界少年文学丛刊"故事 17，收入《黄矮人》《金枝》《和善的小鼠》，接着在 1933 年开明书店出版陀尔诺夫人的《青色鸟》，收入《青色鸟》《金发美人》。

　　1933 年中华书局出版日本永桥卓介著，由许达年、许亦非合译的《法

①　[法]孟代：《纺轮的故事》，CF 女士译，北新书局 1924 年版，第 13 页。
②　[法]保罗·缪塞：《风先生和雨太太》，顾均正译，开明书店 1927 年版，第 xi 页。

国童话集》，为"世界童话丛书"，收入《青鸟》《犹里和亚倍由》《穿鞋子的小猫》《盛谎话的袋》《宝石和青蛙》《烟盒》《狡猾的坏孩子》《灰色的矮人》《魔法指环》《睡公主》《一只奇妙的羊》《大拇指弟弟》《没有尾巴的马》《不幸的使者》等14篇童话。许达年在《译者小序》中回顾了法国建国的历史，概括了法国童话发展的历程。1933年世界书局出版G.勒白仑根据梅特林克的童话剧《青鸟》改写的长篇童话《青鸟》，译者为由稚吾，1937年启明书局出版叶炽强翻译的《青鸟》，1944年昆明的黎明社出版了罗塞翻译的《青鸟》。1934年开明书店出版C.苏格著，朱瑞广翻译的长篇童话《驴的自传》，为"世界少年文学丛刊"童话30。1934年开明书店出版张志渊译大仲马（今译亚历山大·仲马）的《圣人和鞋匠》，收入《山羊裁缝同他的三个儿子》《勒波米圣人和鞋匠》《伯爵夫人毕尔特的粥》《出人头地的小裁缝》等4篇童话。1935年龙虎书店出版了彼柴编，张道南翻译的长篇童话《狐狸的故事》。1944年青年书店出版谢康翻译的《佛朗士童话集》，收入19篇：《芳松》《化妆的跳舞会》《小学校的故事》《玛丽姑娘》《杂货贩子》《马厩》《勇敢》《嘉德玲的招待会》《海上的小狼》《病后》《落叶》《散步》《阅兵》《舒散娜与博物馆》《钓鱼》《强者的厄运》《艺术家》《雅吉姈和米胡》和《小晚餐》等。卷首有译者所写《佛朗士与法国童话——佛朗士童话集译本自序》及《译者赘言》，介绍了法国童话的发展、本书的特点及译介情况，卷末附有译者的文章《略谈文学作品底翻译》。1948年济东印书社出版罗玉君翻译的柏乐尔（今译夏尔·贝洛）童话《青鸟》，由丰子恺绘插图，译者在卷首的《小引》中，专门对这一童话做了介绍，本书与比利时作家莫里斯·梅特林克所作的《青鸟》完全不同，"两篇《青鸟》虽然同为童话，同为世界名作，但内容则迥然不同。而且柏乐尔是十七世纪的作家，梅特林克是十九世纪的作家，时代也相差了二百多年。特此赘叙数语，以供读者参考"①。

　　欧洲童话中，译介成果较多的还有意大利童话。1933年商务印书馆出版徐秉鲁翻译的《意大利童话》，为"小学生文库"第一集，收入《意大利

---

① ［法］柏乐尔：《青鸟》，罗玉君译，济东印书社1948年版，第1页。

的谷》《笨渔人》《三只山羊》《鹰和猫头鹰》《奇哥和豆》《雪莱斐纳和四乘风》《自私自利的蚂蚁》《一块乳酪》《一个没有小孩子的女人》《泰尼夫人》《甘勃朱和熊》《蛇头和蛇尾》《小水桶》《丁香》《罗马勒斯和丽墨丝》《信任和诚实》等 16 篇童话。1934 年中华书局出版日本马场睦夫原著，康同衍译《意大利童话集》，收入《审判官的鼻子》《一批笨人》《石田老公公》《面和米兹启》《长鼻公主》《公主和三兄弟》《贝露拉特露孟特公主》《媲雅娜和尼禄罗》《石店老板皮威多洛》《聪明的女孩子》《无耳公主》《傻孩子》《衣衫褴褛的人》《魔法的戒指》《狮王的三根胸毛》《珠子和老鼠国》《小小的老太婆》等 17 篇。

意大利卡洛·科洛狄的长篇童话《木偶奇遇记》的译本也不少，1928 年徐调孚译《木偶奇遇记》由开明书店出版，属于"世界少年文学丛刊"童话 2，在卷首的《译者的话》中交代译本来源为"我根据了翻译的是两种英译本：一是万人丛书本，一是昔日丛书本。后者译文比较浅显，但间有删节；译时我大致都依据前者，不过辞句间亦参考了后者而加以变通"①。其他译本有 1933 年世界书局出版的钱公侠、钱天培译《木偶历险记》，为"世界少年文库"30。1936 年启明书局出版的傅一明译《木偶奇遇记》，封面注有"世界文学名著"，卷首的《小引》中对作者及作品做了简介。1944 年林之孝译《木偶奇遇记》由经纬书局出版，1947 年大东书局出版石碚译《木偶历险记》，属于大东书局出版的"新儿童基本文库"系列中的"高年级童话"。1947 年教育书店出版林星垣翻译的《木偶奇遇记》，1948 年永祥印书馆印行范泉缩写的《木偶奇遇记》，为"少年文学故事丛书"，范泉译本将 36 章缩写为 14 章，在卷末的《附记》中说明了本书的来源："这个缩写本比原著的篇幅，大约少了四分之三。参考的版本，除了万人丛书的英译本外，主要的是徐调孚的中译本，民国十七年刊，开明版。"②

在俄苏童话的译介方面，1924 年商务印书馆出版唐小圃编译的六册《俄国童话集》，收童话 24 篇。第一册有《猎夫》《兄弟告状》，第二册有

---

① ［意］科罗狄：《木偶奇遇记》，徐调孚译，开明书店 1930 年版，第 vii 页。

② ［意］C·戈洛笛：《木偶奇遇记》，范泉译，永祥印书馆 1948 年版，第 114 页。

《傻伊汪》《鸟语》《糊涂人》《铜国银国金国》《农人》《穷神》《深山的妖女》，第三册有《贴门和帖脱》《聪明的小孩儿》《白狐》，第四册包括《奇妙的戒指》《伊瓦诺威赤》《金翅鸟》《钱口袋》，第五册包括《金钱罐》《牧师和仆人》《正直人和狡诈人》《老夫妇》《变形法》，第六册有《王子诛蛇》《盐》《独手琴》等。卷首有潘麟昌所写《俄国童话集》序，介绍译者"唐小圃先生，研究童话，已经多年了。作的童话，不计其数，近又编译《俄国童话集》两卷"①。1932 年良友图书印刷公司出版适夷翻译的《苏联童话集》，包括 8 篇童话：《阳光底下的房子》《稻田》《猴子园》《骆驼鹦鹉玻丽和小猫》《屋顶上发生的事》《有鹊琴的鹊子》《一场吵架》《第一次飞行》。1933 年大东书局出版吴承均翻译的《托尔斯泰童话集》，收入 8 篇童话：《黄瓜梦》《布包的小儿》《幸福的人的衬衣》《大火炉》《兄弟和黄金》《三隐士》《空大鼓》《谁是罪人》。1933 年开明书店出版鲁彦由世界语本译出的马明·西皮尔雅克所著《给海兰的童话》，为"世界少年文学丛刊"童话 24，收入《长耳朵，斜视眼，短尾巴的大胆的兔子》《小蚊子》《最后的苍蝇》《牛乳儿，麦粥儿，和灰色的猫满尔克》《是睡觉的时候了》等。1934 年大华书局出版阿达·邱马先坷原作，康白珊重译的《苏俄童话》，原名《当太阳的家——一个公共住宅的八个故事》，封面标有"学生课外读物"，本书分上下两册，内收《当太阳的家》《田圃》《猴子的乐园》《骆驼和鹦鹉玻丽和小猫》《阁楼上的把戏》《会响的风筝》等 8 篇童话。

　　1943 年新少年出版社印行傅东华译苏联中篇童话《筑堤》。1944 年建国书店出版徐昌霖编，由 M. 筛特林所著的童话《兔和狼的故事》，为"建国儿童文艺丛书"，书末的《译者记》中，对作者做了简要介绍，并在《编者志》中说明："本文是根据雨田先生的译本增删过的，改动的地方相当多，不过这种改编的动机除了使小朋友们看了更容易懂，更有兴趣外并无其他意思。"②1944 年重庆中华书局出版陈伯吹译述的斯提泼涅克的童话《一文奇怪的钱》，在卷首《译序》中，对作家做了简要介绍，并说明译本来源："这篇

---

① 唐小圃编译：《俄国童话集》第一册，商务印书馆 1924 年版，第 3 页。
② [俄]M. 筛特林：《兔和狼的故事》，徐昌霖编，建国书店 1944 年版，第 21 页。

童话，是廿九年春应美国一位容美丽女士坚嘱在她创办的一所保婴师范学校里担任‘儿童文学’这一门功课，因此译述出来，当作教材用，作为研究与讨论童话的一个举例。给孩子们看，固然可以使他们自然而然地同情于主人公农人的遭遇与奋斗；如果给大人看了，当能有更进一步的理解与认识——何况在这个年头，对此急切应有澈底的感悟呢！"①1946 年开明书店出版阿·托尔斯泰根据意大利童话《木偶奇遇记》改编的《金钥匙》，译者为王易今，属于"世界少年文学丛刊"系列。1947 年时代书报出版社出版帕郭列尔斯基（今译安东尼·波戈列利斯基）著，磊然译《黑母鸡》，卷首有宋庆龄写的《〈黑母鸡〉序》，评价"这部童话包含着丰富的教育启发性，它从一个神话故事中，告诉孩子们不要倚靠所谓生来就有的‘天才’，而要脚踏实地的勤奋努力"②。1947 年光华书店出版 M. 布黎士汶著，刘辽逸翻译的《太阳的宝库》。1949 年惠民书店出版适夷翻译的《苏联著名童话集》，包括《阳光底下的房子》《稻田》《猴子园》《骆驼鹦鹉波丽和小猫》《屋顶上发生的事》《有鹍琴的鹍子》《一场吵架》等 7 篇童话。1949 年新儿童社出版由郭启卜翻译的《苏联童话集》，为"新少年读物"，包括 6 篇童话：《蓝地毯》《石头孩子》《银碟和红熟苹果的故事》《妖婆》《伊瓦施卡和巫婆》《急急如勒令》。1949 年现代出版社出版了穆木天翻译的阿·托尔斯泰所著童话《弓手安德烈》，为"苏联少年读物丛书"系列。

　　爱罗先珂童话是俄苏童话译介的一个重要部分。1921 年 10 月 22 日的《晨报副刊》为"爱罗先珂号"，刊出风声所写的《盲诗人最近时的踪迹》，以及鲁迅翻译的《春夜的梦》。1922 年商务印书馆出版《爱罗先珂童话集》，为"文学研究会丛书"，包括《狭的笼》《鱼的悲哀》《池边》《雕的心》《春夜的梦》《古怪的猫》《两个小小的死》《为人类》《虹之国》《世界的火灾》《为跌下而造的塔》等 11 篇童话，其中《虹之国》《为跌下而造的塔》分别由汪馥泉和胡愈之翻译，其他篇目由鲁迅译出。卷首有鲁迅写的《序》及作者所写、胡愈之翻译的《我的学校生活的一断片——自叙传》。1923 年新

---

① ［苏］斯提泼涅克：《一文奇怪的钱》，陈伯吹译，中华书局 1944 年版，第 3 页。
② ［苏］帕郭列尔斯基：《黑母鸡》，磊然译，时代书报出版社 1947 年版，第Ⅱ页。

潮社出版鲁迅翻译的童话剧《桃色的云》。1924 年，商务印书馆出版由东方
杂志社编《枯叶杂记及其他》，为"东方文库"第八十一种，收入胡愈之译
《枯叶杂记——上海生活的寓言小品》、夏丏尊译《恩宠的滥费》和《幸福的
船》。同年商务印书馆出版鲁迅所译《世界的火灾》，为"小说月报丛刊"第
二种，收入《世界的火灾》《"爱"字的疮》《红的花》《时光老人》等 4 篇童
话。1931 年开明书店出版《幸福的船》，为"世界少年文学丛刊"童话 12，
收入 16 篇童话：夏丏尊译《幸福的船》《恩宠的滥费》，鲁迅译《爱字的疮》
《小鸡的悲剧》《红的花》《时光老人》，希可译《学者的头》《金丝鸟之死》
《一棵梨树》《无宗教者的殉死》，觉农译《松孩》，惠林译《海公主与渔人》，
巴金译《木星的神》，胡愈之译《枯叶杂记》《世界和平日》《春日小品》等。
卷首巴金所写的《序》中，交代了译文的来源："本书内所收的十六篇中，
《幸福的船》，《恩宠的滥费》，《学者的头》，《金丝鸟之死》，《一棵梨树》，
《无宗教者的殉死》，《松孩》，《木星的神》，八篇是译自爱氏第一童话集《夜
明前之歌》；《海公主与渔人》译自第二童话集《最后的之叹息》；鲁迅君所
译四篇是从日文原稿翻译的；愈之君所译三篇是从世界语原稿译出的。"①
    日本童话的译介数量也不少，1931 年许达年译《日本童话集》由中华
书局出版，属于"学生文学丛书"，收入了 25 篇童话，包括《桃太郎》《咨
啬汉拔牙》《猴蟹交战》《窃贼受骗》《胜胜山》《牧场之争》《黑石的故事》
《割瘤》《毒饼》《金太郎》《罗生门》《蛇和青蛙》《幸运的猎人》《断舌雀》
《狡猾的小和尚》《最怕金银的伶人》《赌饼》《水母使者》《拾栗子》《鼠女
婿》《浦岛太郎》《捣粉的方法》《顶钵姑娘》《老人诱马》《断腰雀》等。卷
首的译者《序》中说明了本书的童话来源，"本集所搜的几篇，完全译自东
京世界童话大系刊行会所出版的《世界童话大系》中的《日本童话集》。这
几篇，在日本传布得很普遍，几乎是日本孩子人人所知道的，例如《桃太
郎》《金太郎》……等，不单是有趣的童话而已，实在还寄存着若干的民族
性表现。这是我们应当留意看的地方"②。1932 年开明书店出版孙百刚辑译

---

① ［俄］爱罗先珂：《幸福的船》，鲁迅等译，开明书店 1931 年版，第 v 页。
② 许达年译：《日本童话集》，中华书局 1931 年版，第 2 页。

的童话集《先生的坟》，为"世界少年文学丛刊"童话20，包括宇野浩二的《告春鸟》，芥川龙之介的《蜘蛛的丝》，秋田雨雀的《先生的坟》《佛陀的战争》《白鸟的国》，小川未明的《某夜的星话》《野蔷薇》，佐藤春夫的《美丽的住宅区》，附录为秋田雨雀的《牧神与羊群》等。1932年世界书局印行藤川淡水原选，冯亨嘉译述的《童话世界》，为"世界少年文库"13，选辑日本童话家的21篇作品：长尾一星的《奇妙的玩具》《红箱子》《风袋和雨袋》《窗帘与脚炉》，原田紫山的《福神寓言》《地下眼镜》《天上星马》《钱袋里的金》，须崎草人的《翼》，藤川淡水的《飞行椅子》《牛的大事》《魔法的小石》，松田雨城的《橙子寓言》《奇异的岛》《松树和汽车》，竹贯佳水的《二弦琴的泪》《生翅的犬》，高森春月的《狐狸、羊和牧羊童》，小川春彦的《愚蠢的纸鸢君》和芦谷芦村的《黄金斧》等。1933年现代书局印行许亦非辑译的《现代日本童话集》，包括小川未明的《往光明的世界去》《水仙与太阳》《风》《某一夜群星的谈话》《下雪前高原上的故事》，芦谷芦村的《小石块的故事》《伯劳与炸弹》，秋田雨雀的《佛陀的战争》《三个孩子》《先生的坟》，冲野岩三郎的《被遗弃了的本家》，相马泰三的《放假日的算术数字》，野边地天马的《公共渡船》，内山宪堂的《长生太子》，大木雄三的《敌人》《寂寞的柿子叶》，北村寿夫的《点着了的灯》，小野浩的《自大的火鸡》，横田桃水的《蜘蛛的性命》，细川武子的《鸽子医生》，松原至大的《从树梢上跌下来的小鸟》，丰岛与志雄的《高加索的老鹰》等22篇童话。

　　1934年儿童书局印行钱子衿编译的童话选集《日本少年文学集》，收入了10篇童话，包括：南山正雄的《裸体的国王》，宇野浩二的《摇篮歌的追忆》，小川未明的《两个幸福的人》《国王的饭碗》，秋田雨雀的《狐的同情》《佛陀的战争》《酒与瘦马》，古屋信子的《光的使者》《蕈的家》《剩下的羊和小孩》等。在卷首的《译者序》中，谈到翻译本书的动机和经过："当时觉得国内出版的儿童读物虽多，然都是些低年级孩子们的神话故事，很少——不是没有——高年级儿童和小学毕业生可读的书籍。从此，我就有了编译本书的意思。"①1937 年商务印书馆出版张逸父选译《日本新童话》，本书有上下两册，为"世界儿童文学丛书"，包括《穷汉与富翁》《乡下客》《吃灰贼》《乌鸦和麻雀》《和尚和鹿》《禁鱼国》等 26 篇童话。

　　1940 年许达年翻译的《日本童话选集》由中华书局出版，为"世界童话丛书"，内收《大国主命的传说》《驱逐兄猯》《到龙宫里去过的浦岛太郎》《阿苏史和强盗》《射箭的名手》《葛叶狐》等 17 篇。1942 年新民印书馆出版张我军编《日本童话集》，本书分上下两卷，为中日双语，在扉页注明是"对译详注"，卷首有《编者序》和《译注例言》，《编者序》中介绍童话分为散见于古代典籍中的古典童话，口碑相传流布于民间的口碑童话，以及文艺家创作的文艺童话，本书为第二种即口碑童话，所收童话来源为："本书上下两卷计收童话十篇，完全是依据东京培风馆出版，森林太郎（鸥外），松村武雄，铃木三重吉，马渊冷佑共撰的日本童话。"②上卷包括《桃太郎》《开花老》《猴子和螃蟹》《断舌雀》《咔咔山》等 5 篇，下卷有《摘瘤子》《老鼠聘闺女》《海蜇办差》《猫的故事》《文福茶锅》等 5 篇。

　　小川未明是较受中国知识界关注的日本童话作家，1925 年商务印书馆出版小说月报社编辑的《牧羊儿》，收录小川未明童话《蜘蛛与草花》《种种的花》《懒惰老人的来世》。1932 年，新中国书局出版了张晓天翻译的小川未明童话集，包括《红雀》《鱼与天鹅》和《雪上老人》，《红雀》中收入《红雀》《月夜与眼镜》《星·花·小鸟》《捉了的铃虫》《嫩芽》《从海来的天使》《赤船与燕》《轻气球的故事》《黑影》《大地回春》等 17 篇；《鱼与天鹅》包括《鱼与天鹅》《翅膀破了的乌鸦》《村里的兄弟》《妈妈是太阳》等 15 篇；《雪上老人》包括《雪上老人》《小草与太阳》《载盐的船》《南岛日暮》《老婆婆与黑猫》等 15 篇。1932 年北新书局出版的赵景深编《初级中学北新混合国语》教科书第 1 册第 7 版中，收录了姜景苔所译小川未明童话《花与少年》。

　　童话翻译取得的显著的成绩，从结集出版的情况也可见一斑。有些文学作品集兼收创作与翻译，如 1925 年商务印书馆出版的《牧羊儿》，收有张

①　钱子衿编译：《日本少年文学集》，儿童书局 1934 年版，第 3 页。
②　张我军编：《日本童话集》上卷，新民印书馆 1942 年版，第 2 页。

晓天译小川未明童话《蜘蛛与草花》《种种的花》《懒惰老人的来世》，顾均正译安徒生童话《凶恶的国王》，CF译《拇指林娜》，徐调孚译《蝴蝶》等6篇域外童话。1929年世界书局出版的《现代文学类选》收有爱罗先珂的《世界的火灾》、列夫·托尔斯泰的《三问题》、小川未明的《懒惰老人的来世》等3篇域外童话。有些译文集所收作品包括了童话，如新潮社1920年出版周作人辑译的《点滴》，收列夫·托尔斯泰的《空大鼓》，弗·库·梭罗古勃的《童子林的奇迹》《铁圈》，安兑尔然（今译安徒生）的《卖火柴的女儿》。1924年商务印书馆出版由东方杂志社编印的《近代英美小说集》，收奥斯卡·王尔德的《莺和蔷薇》《巨汉与小孩》。还有一些域外童话集，如中学生丛书社1931年出版的"中学生丛书"系列中有一集为《中学生童话》，编著者叶作舟，其中收入《找可怕的东西去》《金口公主》《可怜的奴隶》《幸运的孩子》《吃人鬼的被捕》《太阳、月亮、南风》《夜的女王》等7篇，作品基本上是对域外童话故事、中国民间童话故事传说的再创作。

五、域外童话理论的译介

近代中国知识界大量译介域外童话的同时，童话理论也得以译介，比较重要的是日本的《世界童话研究》和《童话与儿童的研究》。

1929年，日本作家、儿童文学理论家芦谷重常的《世界童话研究》由留日回国的黄源译出，1930年由华通书局发行。1932年第7卷第5期的《中华图书馆协会会报》的"新书介绍"栏目介绍道："是书萃世界著名童话于一炉而冶之，内分古典童话，口述童话，艺术童话三大篇，于作家之身世，作风及其影响于世界文坛，皆有极准确深切之叙述，儿童最良之读物也。"[①] 日本用"童话"来指称广义的儿童文学，因此这是中国翻译的第一本全面介绍域外儿童文学的理论著作。赵景深为本书作序：

> 这一本书涉及的范围很广，题名虽是《世界童话研究》，其实就连神话和传说以及寓言等类，也都在这本书里有扼要的叙述。只在叙述的

---

① 《新书介绍》，《中华图书馆协会会报》1932年第7卷第5期。

简洁，条理的清楚上，这本书已经很足使我们称赞。一切重要的神话传说故事寓言，都会恰如其分的论到。作者芦谷重常在先本是一个诗人，同时又曾任各种儿童与少年读物的编辑，且著有《童话十讲》,《童话及传说中所表现的空想之研究》一类的书，所以在文学，教育学以及民俗学三种观点的童话研究上，都无缺欠。对于要想知道童话的宝库中有些什么珍珠宝石的人，我谨介绍这本书作为他入门的阶石。我与读者们同样的感谢译者黄源先生为灌输童话常识起见的移译之劳。①

《世界童话研究》一书从童话发生学的角度，将研究对象分为古典童话、口述童话和艺术童话，研究范围为童话的起源论、童话的形式论、童话的内容论、童话的应用法、童话的讲法、童话的历史。全书分三个部分论述：第一编论述古典童话，主要包括印度故事、希腊神话、北欧神话、犹太神话、基督教神话、天方夜谭、伊索寓言。第二编是口述童话，包括格林童话、阿斯皮尔孙的童话、英格兰童话、克勒特族的童话、法国童话、意大利童话、俄国童话。第三编是艺术童话，包括夏尔·贝洛童话、威廉·豪夫童话、安徒生童话、伊万·安德烈耶维奇·克雷洛夫寓言、列夫·托尔斯泰童话、奥斯卡·王尔德童话。

《世界童话研究》一方面从宏阔的视野对童话的发生、发展和成熟的历程做出梳理，另一方面对具体作家作品进行了细致深入的研究和评价，处处渗透着"比较"的眼光。如概括格林童话的价值在于"世界上最杰出的典型的口述童话集"②。相较而言，安徒生在艺术童话的地位则无可比拟，其特征"一是独创的。二是雄大壮丽，奔放自由的空想。三有优美而透彻的情绪。四是卓越的文章与轻妙的幽默。五是宗教的思想"③。芦谷重常对童话作品的见解精妙而独到，从基督教的观念出发，认为安徒生童话中最杰出的是《小女人鱼》和《雪女王》,《雪女王》是"表现安徒生的基督教思想最露骨而

---

① ［日］芦谷重常：《世界童话研究》, 黄源译, 华通书局 1930 年版, 第 1 页。
② ［日］芦谷重常：《世界童话研究》, 黄源译, 第 85 页。
③ ［日］芦谷重常：《世界童话研究》, 黄源译, 第 151—155 页。

排斥理智至上，科学万能的思想，主张信仰的胜利，爱的支配权的作品"①。
而《小女人鱼》"在那感情的紧张而纯一的这一点是更胜于前者"②。同是取
材于人鱼的童话，《小女人鱼》和奥斯卡·王尔德的《渔夫与他的魂》不同，
奥斯卡·王尔德笔下的渔夫"是为了他的恋爱而抛弃自己的魂灵"，安徒生
笔下的小女人鱼"弃却了恋爱而得永生"③，认为奥斯卡·王尔德的童话"虽
说是大人的童话，但是又可以说是儿童的童话"④。奥斯卡·王尔德的《青年
国王》，"比之于安徒生的《雪女王》，是有更明显的近代的深刻"⑤。而奥斯
卡·王尔德的《幸福王子》"在充满着暖意爱情与童话意匠的巧妙之点，便
是在安徒生也是难得之作"⑥。芦谷重常的文本分析极有见地，遗憾的是，在
20 世纪 30 年代的中国，对于安徒生的评价已经集中于对其思想性的批判
上，芦谷重常的观点并未得到回应。1933 年，赵景深在务本女学师范科作
了题为《儿童文学女作家》的讲演，介绍了西方自 18 世纪到 20 世纪的儿童
文学女作家。讲演稿在 1933 年第 3 卷第 3 期的《青年界》刊出，其中介绍都
娜夫人和乔治·桑时引用了芦谷重常的这部专著，可见该著作对中国知识界
了解域外儿童文学起到了重要参考作用。

　　近代日本儿童文学的另一部中文译著是钟子岩译日本神话学者松村武雄
的《童话与儿童的研究》，1935 年由开明书店出版。1936 年第 6 期的《图
书展望》杂志介绍："作者松村武雄，为日本文学界巨子，本书乃从下列三
方面作深入之研究：（一）儿童的心理与生活的研究；（二）童话的民族心
理的、民俗学的、史的研究；（三）未开化民族的心理的研究。观此则作者
文学智识之丰富渊博，可以想见。"⑦ 著作分 12 个部分：绪论；童话的哲学；
儿童的本能和创造的反应；童话剧的研究；童话的种类和意义；当作文艺的
童话的内容及形式论；儿童的生活及心理和童话的关系；儿童的心的发达阶

---

① ［日］芦谷重常：《世界童话研究》，黄源译，第 164 页。
② ［日］芦谷重常：《世界童话研究》，黄源译，第 174 页。
③ ［日］芦谷重常：《世界童话研究》，黄源译，第 224 页。
④ ［日］芦谷重常：《世界童话研究》，黄源译，第 216 页。
⑤ ［日］芦谷重常：《世界童话研究》，黄源译，第 217 页。
⑥ ［日］芦谷重常：《世界童话研究》，黄源译，第 222 页。
⑦ 《童话与儿童的研究》，《图书展望》1936 年第 6 期。

段和童话；童话的制作改作选作的原则和方法论；童话的教育的价值与发挥价值的方法；故事讲述术的研究；故事讲述的成败的诸因子的考察。值得一提的是，在"关于童话的选择的原则和方法论"部分，该著作列举了日本、中国、印度和欧洲的相关作品作为可选择的童话材料，在"汉文书"部分提到以下读物：《史记》《三国志》《水浒》《吴越军谈》《聊斋志异》《搜神记》《搜神后记》《述异记》《博异记》《三国演义》《酉阳杂俎》《大藏经》等，对世界各国尤其是中国古代童话因子的介绍，足以见出作者深厚的学术功底。

事实上，该著作在有中译本之前就已受到关注，书中将"童话"分为9类：幼稚园故事、滑稽谈、寓言、神仙故事、传说、神话、历史谈、自然界故事、实事谈。1926 年徐如泰发表在《中华教育界》的文章《童话之研究》，将童话分为神话、故事、滑稽话、寓言、传说、历史谈、实事谈、自然童话等 8 种，此处的"童话"延续了日本的童话概念，即广义的儿童文学，在分类上除幼稚园故事未出现，其余与松村武雄的分法基本一致。1931 年，朱文印的文章《童话作法之研究》与松村武雄专著中"关于童话的制作的原则和方法论"论述观点相近。[①] 可见，在该书译介之前，中国儿童文学界已有意识地借鉴了日本的相关理论。

《童话与儿童的研究》对童话的教育价值做了阐述，本书第十章为"童话的教育的价值与发挥价值的方法"，分析了童话与道德的关系、童话与地理学的关系、童话与历史的关系、童话与自然科学的关系、童话与文学的关系。认为"今日的所谓'教育'（Education），是以（A）诉诸知力，（B）缺乏有机的统一，（C）缺乏趣味为其特征的。所以，儿童虽然晓得了许多事实，但它们并不完全成为他们的心的粮食。并且各种知识，不是以浑然的统一去涵养他们的心性的。结果，儿童仅为知识的重荷的压迫所苦，而没有用了愉快的心情，来加以享乐的心的余裕"[②]。因此，如何使儿童从对知识的学习中感到快乐，如何使知识成为儿童的心的粮食，是教育需要关心的问题，这一观点对于儿童教育富有启发意义，并得到了中国知识界的回应。

---

① 朱文印：《童话作法之研究》，《妇女杂志》1931 年第 17 卷第 10 号。
② ［日］松村武雄：《童话与儿童的研究》，钟子岩译，开明书店 1935 年版，第 229 页。

1937 年在《读书之友》杂志上刊发文章《童话与儿童的研究》，作者署名为"蘅"，文中由《童话与儿童的研究》讲到儿童文学的教育价值，对中国的儿童教育现状做了反思，认为中国当时正在反对神仙故事，儿童读物注重科学常识，成人往往站在主观立场上向儿童灌注成人认为对儿童有益的书，"至于故事童话等，是一般地被排斥了，在儿童读物的作者看来，故事，童话，仅仅是用来消遣的东西，是没有实在的教育价值的"[1]。作者认为《童话与儿童的研究》对于教育具有启发意义，"假如科学的真理能随了儿童的心性发展，以富于趣味和生动的方式来引导他们入胜。收效将比只诉诸儿童的知力与记忆要来得大，情绪掀动是能比任何方法都深入的。给儿童的药饵需要糖衣，给儿童的知识也需要有糖衣，怎样把糖衣包裹在知识的外面呢？《童话与儿童的研究》一书也许能给与儿童的教育者一点帮助"[2]。

1937 年，在槇本楠郎的文章《日本童话界之现状》中谈起日本的儿童文学理论，"可以称为儿童文学的专门批评家的，一个人也没有"[3]。虽然有两位研究者芦谷重常和松村武雄，但"想从他们的研究中学取'童话'的'文学理论'不是容易的事"[4]。槇本楠郎站在建设日本新儿童文学的立场，对从事传统儿童文学研究的学者作出如此评价。但从中国儿童文学理论发展的角度，自 20 世纪 20 年代到 30 年代中期，张圣瑜、赵侣青、徐迥千、王人路、陈伯吹、陈济成等先后出版理论著作，另有大量儿童文学批评文章问世，这与欧美的影响，以及对日本儿童文学理论的借鉴有着密切的关联，因此《世界童话研究》和《童话与儿童的研究》对中国儿童文学理论发展的影响不应被忽视。

---

① 蘅：《童话与儿童的研究》，《读书之友》1937 年第 1 卷第 4 期。
② 蘅：《童话与儿童的研究》。
③ ［日］槇本楠郎：《日本童话界之现状》，胡明树译，《文艺科学》1937 年第 1 期。
④ ［日］槇本楠郎：《日本童话界之现状》。

第三章　域外童话在近代中国译介的特点

罗贝尔·埃斯卡皮认为翻译是一种"创造性的背叛"，因为"说翻译是背叛，那是因为它把作品置于一个完全没有预料到的参照体系里（指语言）；说翻译是创造性的，那是因为它赋予作品一个崭新的面貌，使之能与更广泛的读者进行一次崭新的文学交流；还因为它不仅延长了作品的生命，而且又赋予它第二次生命"①。翻译是经过翻译者们再创作之后的产物，对于翻译的关注，要从不同语言文字转换的技术层面转移到翻译所处的译入语语境以及相关的制约翻译活动的文化因素上，也就是说，不仅要思考"怎么译"，还要关注"为什么这么译"，"这么译呈现出怎样的特点"等问题。由于文化背景、审美情趣与意识形态的差异，会出现翻译的变异现象。翻译过程中的文化异质性，促使域外童话文本在翻译过程中产生了话语层面上的变异，由此而形成了其独到的特征。

第一节　"为人生"的译介目标——域外童话译介的时代底色

作家在写作时，使用的是特定的语言，但翻译改变了作品的语言外壳，也改变了作品的读者对象与接受环境，这一改变使作品进入了新的接受空间，作品由此而获得新的生命。研究翻译问题，需要考察翻译者的选择和译

---

① ［法］罗贝尔·埃斯卡皮：《文学社会学》，王美华、于沛译，安徽文艺出版社 1987 年版，第 137—138 页。

介这两方面的内容，不同语言、不同文化背景的文学作品，首先要经过翻译者的选择，因而翻译者的意识形态背景和文学鉴赏力都在翻译中起到重要作用。回顾域外童话在近代中国的翻译，知识界对童话的关注超越了儿童文学的范畴，译介者们运用了童话这一文学样式，以其特有的姿态参与建构社会意识形态。因此本时期的译介目的也极富时代特色，这影响到了一些作家作品在中国经典化的过程。

施蛰存在总结五四运动以前三十年间外国文学输入的情况时谈到，"大量外国文学的译本，在中国读者中间广泛地传布了西方的新思想、新观念，使他们获得新知识，改变世界观。使他们相信，应当取鉴于西方文化，来挽救、改造封建落后的中国文化"①。最初的域外童话译介也是伴随着启蒙的浪潮而来，翻译是为了"译书救国"，借翻译作桥梁输入西方文明以拯救祖国于贫弱。周桂笙的文学翻译工作目的便是为中国输入新思想和新知识，他在1906年发起组织"译书交通公会"，在《译书交通公会试办简章》中指出："方今人类，日益进化，全球各国，交通利便，大抵竞争愈烈，则智慧愈出，而国亦日强，彰彰不可掩也。吾国开化虽早，而闭塞已久，当今之世，苟非取人之长，何足补我之短。然而环球诸国，文字不同，语言互异，欲利用其长，非广译其书不为功。顾先识之士，不新之是图，而惟旧之是保，抑独何也？夫旧者有尽，而新者无穷，与其保守，毋宁进取。而况新之于旧，相反而适相成。苟能以新思想新学术源源输入，俾跻吾国于强盛之域，则旧学亦必因之昌大，卒收互相发明之效，此非译书者所当有之事欤。"②从这段文字中可以见出周桂笙的爱国情怀以及翻译目的。周桂笙的域外童话翻译实践体现了他的翻译思想，《新庵谐译初编》为读者展示了一个奇幻的异域世界，但译介目的是"为中国"而非"为儿童"，"迩者朝廷既下变法之诏，国民尤切自强之望，而有志之士，眷怀时局，深考其故，以为非求输入文明之术断难变化固执之性。于是而翻西文，译东籍尚矣。日新月异，层出不穷。要皆

---

① 施蛰存：《中国近代文学大系（1840—1919）》第11集·第26卷·翻译文学集一，上海书店1990年版，第26页。
② 周桂笙：《译书交通公会试办简章》，《月月小说》1906年第1卷第1号。

觉世牗民之作堪备，开智启慧之助洋洋乎盛矣哉。不可谓非翻译者之与有其功也"。① 本书翻译的选材便寄托了译者对社会现实的思考，胡从经评论周桂笙翻译的《狼羊复仇》时指出："周译的《狼羊复仇》，可说是外国童话作品最早的中译。这篇童话表现了弱者智胜强者的主题，可见译者选择它是寓有深意的，表露了他希望抵御与战胜列强的爱国主义情愫。"② 因此翻译域外童话的目的，不只是为了引进一种文学样式，更是为了满足新民运动的需要。这种新民思想影响下的翻译理念一方面推进了当时的童话翻译，另一方面也对以后的译介活动产生了影响。1918 年中华书局出版由陈家麟、陈大镫翻译的《十之九》就是受到新民思想影响的产物，《十之九》是第一次较大规模地编译安徒生童话，周作人在《随感录（二四）》中指出本书误将丹麦诗人安徒生介绍为"著作者英国安得森"，批评陈家麟、陈大镫用文言的翻译"把小儿的言语，变了大家的古文，Andersen 的特色，就'不幸'因此完全抹杀。"还指出"如今被中国把他杰作，译成一种没意思的巴德文丛书"③。

在五四运动之后，传播新民思想的理念与新的启蒙思想合流，继续发挥一定的影响力。郭沫若在《儿童文学之管见》一文中强调：

> 人类社会底根本改造总当从人底改造做起，而人底根本改造更当从儿童底感情教育，美的教育做起。要有优美醇洁的个人然后才有优美醇洁的社会。……文学于人性之熏陶，本有非常宏伟之效力，而儿童文学尤能于不识不知之间，导引儿童入于醇美的地域，更能启发其良知良能。④

郭沫若指出由儿童文学启发儿童来改造人，从而改造社会，因此儿童文学担负着重要的教育功能，童话文体的特殊性不一定需要穷尽笔墨展示时代风貌和人生百态，却可以用一种温婉的方式使读者感受"含泪的笑"，因

---

① 《吴趼人全集·点评集》，第 288 页。
② 胡从经：《晚清儿童文学钩沉》，第 156 页。
③ 作人：《随感录（二四）》，《新青年》1918 年第 5 卷第 3 号。
④ 郭沫若：《儿童文学之管见》，《民铎杂志》1921 年第 2 卷第 4 号。

此译介者们对于域外童话作品有意的选择和评价影响着域外童话在中国的接受。安徒生作为世界童话发展史上一个标志性的人物，他的童话标志着艺术童话的成熟，因而在五四时期的童话译介热潮中，安徒生是备受关注的重要作家。周作人谈到安徒生童话"独一无二的特色，就止在小儿一样的文章，同野蛮一般的思想上。……所以他能用诗人的观察，小儿的言语，写出原人——文明国的小儿，便是系统发生上的小野蛮——的思想"[①]。评论者们对于安徒生童话的理解大致沿此而来。赵景深在《安徒生评传》一文中认为安徒生童话有两样特点："和儿童的心相近"，"和自然的美相接"。[②] 郑振铎在《小说月报》"安徒生号（上）"的《卷头语》中评价安徒生的伟大"就在于以他的童心与诗才开辟一个童话的天地，给文学以一个新的式样与新的珠宝"[③]。在五四时期"为人生的文学"的思想主潮中，译介者们又难以回避时代的苦痛，赵景深在文章《安徒生童话里的思想》中，又指出安徒生童话的思想特征："我们试翻阅一下他的童话，你看呵，这里尽是和生命搏战的创伤和血痕呢！"[④] 安徒生的成功之处在于："他对于以前受人侮蔑的报复，就是和大自然抗争，就是和人生搏斗！"[⑤] 安徒生的一类童话如《海的女儿》《柳树下的梦》和《坚定的锡兵》表达了爱的主题，另一类如《卖火柴的小女孩》《影子》《一滴水》《母亲的故事》《柳树下的梦》等童话，描绘了底层民众的悲苦命运，但作品并没有被阴冷和愤激的情绪所淹没，安徒生让主人公在梦境和幻觉中得到满足，用美好而卑微的梦幻反衬生活中的苦难。

相比于安徒生童话，对于奥斯卡·王尔德童话的翻译和评介更体现了近代中国的时代特色。奥斯卡·王尔德童话以优美的文笔表达对于美丽的精神境界与生活理想的不懈追求，在西方童话中自成一格。巴金引用 R.H. 谢拉尔德的话，"它们读起来（或讲起来）叫小孩和成人都感到兴趣，而同时它们中间贯穿着一种微妙的哲学，一种对社会的控诉，一种为着无产者的呼

---

① 作人：《随感录（二四）》。
② 赵景深：《安徒生评传》，赵景深：《童话评论》，新文化书社 1924 年版，第 231 页。
③ 西谛：《卷头语》，《小说月报》1925 年第 16 卷第 8 号。
④ 赵景深：《安徒生童话里的思想》，《文学周报》1925 年第 186 期。
⑤ 赵景深：《安徒生童话里的思想》。

吁，这使得《快乐王子》和《石榴之家》成了控告现社会制度的两张真正的公诉状"[1]。奥斯卡·王尔德童话之所以能够引起中国知识界的注意，这当是不能忽略的重要原因。周作人将两位作家的童话做了比较，认为"所以安特生童话的特点倘若是在'小儿说话一样的文体'，那么奥斯卡·王尔德的特点可以说是在'非小儿说话一样的文体'了。因此他的童话是诗人的，而非是儿童的文学"[2]。赵景深也认为"其实他内容所表现的并不是儿童的说话，而含有成人的对社会的哀怜。并且他的文字，多丰丽的词藻，我们只能把它当作散文诗去鉴赏"[3]。奥斯卡·王尔德作品中有对现实的反映、对苦难的怜悯精神，体现了童话不单为儿童而作，在某些情况下对成人读者的关注似乎更甚。还有一个例子是对日本童话作家秋田雨雀的作品翻译，1924 年《小说月报》刊登了张晓天翻译秋田雨雀的童话《佛陀的战争》，叙写古代印度甲乙两国为争一座小山，战争连绵不断，死伤不计其数，几千年的大树化为灰烬，郁郁葱葱的青山变成不毛之地，两国田野全部荒芜，伤残孤寡，贫弱不堪，而小山仍是归属不定。直到一位僧人到两国苦口婆心陈说利害，两国才化干戈为玉帛，若干年后，山复泛青，邻邦如兄弟一般和睦相处。作者借僧人之口，控诉了战争的危害性："但是，王呀！你一面口里说愿望国民的幸福，而一面又实陷国民于最不幸的状态里头，你想领有那国境的焦秃小山，而演这长久的战争；可是，国民没得着一点儿幸福，却反有许多的国民为它不知受了多少的苦痛呀！"[4] 这篇作品表达了反对战争，争取和平的主题，具有明显的社会批判色彩，相比于儿童，成人读者更能体味其中深意。

　　从关注童话的成人读者这一角度来讲，鲁迅的译介活动更能凸显译介目的的时代性。鲁迅与俄国盲诗人爱罗先珂的亲密交往是中俄文学关系史上的一段佳话。1921 年，鲁迅从日本《读卖新闻》的一则文章中，了解到俄国盲诗人爱罗先珂因同情社会主义而在日本受辱与被驱逐的遭遇，开始关注这

---

①　[英] 王尔德：《快乐王子集》，巴金译，第 245 页。
②　周作人：《王尔德童话》，赵景深：《童话评论》，第 208 页。
③　赵景深：《童话家之王尔德》，《晨报副刊》1922 年 7 月 16 日。
④　[日] 秋田雨雀：《佛陀的战争》，晓天译，《小说月报》1924 年第 15 卷第 7 号。

位作家。鲁迅同爱罗先珂的博爱之心与抗争精神产生了深深的共鸣。1921
年鲁迅在《东方杂志》发表了译自爱罗先珂的《雕的心》。1922年商务印书
馆出版了鲁迅、胡愈之和汪馥泉翻译的《爱罗先珂童话集》，接着鲁迅翻译
了童话剧《桃色的云》，1923年由新潮社出版。鲁迅还译过爱罗先珂的其他
童话，先是发表在《小说月报》上，如《世界的火灾》（1922年）、《"爱"
字的疮》（1923年）、《红的花》（1923年）、《时光老人》（1923年）等，后
结集为《世界的火灾》由商务印书馆于1924年出版。爱罗先珂童话在中国
较受关注，商务印书馆分别于1933年和1935年出版了鲁迅等翻译的《爱
罗先珂童话集》国难后第一版、第二版。

　　爱罗先珂童话凝重、朴实和严肃，充溢着社会责任感与使命感，带有俄
罗斯的色彩：粗犷、雄浑、沉实、厚重，包蕴着俄罗斯现实主义文学"为人
生"的痛苦而忧郁的情绪、悲壮抗争的精神力量。他的童话有着儿童读者无
法领悟的沉重题材和深远寓意，《狭的笼》写笼中的羊、笼中的金丝雀渴望
走出笼子，"但无论是梦是真，可再没有别的东西比笼更可厌"①。《雕的心》
写对自由的向往，"爱太阳，上太阳！不要往下走，不要向下看"②。《春夜的
梦》包含人生的哲理："凡有美的东西，无论是什么东西，倘起了一种要归
于自己，夺自别人的心情，好好的记着罢，这心情，便已经不纯粹了。"③爱
罗先珂童话的理想读者并非儿童，赵景深做了这样的评价："文学的童话现
在变迁得愈加利害，安徒生以后有王尔德，王尔德以后又有爱罗先珂，就文
学的眼光看来，艺术是渐渐的进步，思想也渐渐进步了！但就儿童的眼光去
看，总要觉得一个不如一个。……不过文学的童话不单是供给儿童看，不失
赤子之心的成人，也未始不可看的，所以童话作品，虽有些在儿童难得确当
的鉴赏，在小儿般的成人方面，或者可以引起同情咧！但对于儿童又觉得
远了！"④在《〈桃色的云〉序》中，鲁迅介绍爱罗先珂的创作目的为："然而

---

① ［俄］爱罗先珂：《爱罗先珂童话集》，鲁迅等译，商务印书馆1922年版，第29页。
② ［俄］爱罗先珂：《爱罗先珂童话集》，鲁迅等译，第93页。
③ ［俄］爱罗先珂：《爱罗先珂童话集》，鲁迅等译，第127页。
④ 赵景深、周作人：《童话的讨论四》，《晨报副刊》1922年4月9日。

著者的意思却愿意我早译《桃色的云》，因为他自己也觉得这一篇更胜于先前的作品，而且想从速赠与中国的青年。"① 爱罗先珂童话意在让成人读者阅读，鲁迅在《翻译童话的目的》一文中说，翻译爱罗先珂童话，"不过要传播被虐待者的苦痛的呼声和激发国人对于强权者的憎恶和愤怒而已，并不是从什么'艺术之宫'里伸出手来，拔了海外的奇花瑶草，来移植在华国的艺苑"②。在对爱罗先珂作品的译介中，鲁迅找到了自己和对方的契合之处，他不止一次提到了"梦"：

> 因此，我觉得作者所要叫彻人间的是无所不爱，然而不得所爱的悲哀，而我所展开他来的是童心的，美的，然而有真实性的梦。这梦，或者是作者的悲哀的面纱罢？那么，我也过于梦梦了，但是我愿意作者不要出离了这童心的美的梦，而且还要招呼人们进向这梦中，看定了真实的虹，我们不至于是梦游者（Somnambulist）。③

> 因为无论何人，在风雪的呼号中，花卉的议论中，虫鸟的歌舞中，谅必都能够更洪亮的听得自然母的言辞，更锋利的看见土拨鼠和春子的运命。世间本没有别的言说，能比诗人以语言文字画出自己的心和梦，更为明白晓畅的了。④

这里的"梦"，或许就是心存希望，通过童话得以超越现实的悲哀。为了以梦改写现实，鲁迅借助了爱罗先珂的"童心的，美的，然而有真实性的梦"。爱罗先珂的梦融入了鲁迅自身的经历，最后成了带有民族性的集体意识，而集体中的某些成员也的确与爱罗先珂产生了共鸣。1922 年 12 月 14 日至 17 日的《晨报副刊》上连载齐天授的《读爱罗先珂的童话》，文中写道："假如中国人尚有泪，我想这几篇童话，不能不引起青年人们之同情的泪。……我是一个青年——我读了诗人的作品，他的泪引起我的泪，而且我

---

① ［俄］爱罗先珂：《桃色的云》，鲁迅译，新潮社 1923 年版，第 I 页。
② 鲁迅：《翻译童话的目的》，王泉根编著：《民国儿童文学文论辑评》下，希望出版社 2005 年版，第 1009 页。
③ ［俄］爱罗先珂：《爱罗先珂童话集》，鲁迅等译，第 1 页。
④ ［俄］爱罗先珂：《桃色的云》，鲁迅译，第 II 页。

的生命之园里的花之叶，受了泪珠之光之照耀，有些活泼地样子。并且使我知道'泪之文学'，是何等伟大呀！他引着我找了另一个世界，这个世界，不是现实，不是精神，是超出这二个的另一的世界呵！青年们！假如你们有泪，而且读了诗人之作品泪更多，那么我希望着你们潜藏着：大家起来，聚泪成海，澎湃着，流泻着，浇可怜的民众呵！诗人，泪之诗人！在你眼里少流些，流在你底作品里；燃着灰色的青年们的泪之泉罢！点燃着青年人们心光之花，去引导着民众出迷途之海呵！"① 汉斯在《读〈世界的火灾〉》一文中谈道："我希望我们不但是把自己的屋子烧起来，而且，还要像他所说的要抱着大火把，一家一家的点起火来，使中国处处得到这个火灾，黑暗的中国，一变就成了一个光明的中国。青年学生呀，负着放光的责任罢！"② 十洲在《读了〈时光老人〉的感想》中做了反思："我能自信不是'醉在自由的欢喜里'的一个么，我能自信不是跪在'做那将人献做古的诸神的仪式的梦的人'面前的一个么？"③ 杨忆的《读〈爱罗先珂童话集〉》一文中引用了鲁迅在《爱罗先珂童话集》的序言中"梦游者"的观点，说"感谢爱罗先珂先生的招唤，今天，这梦已经完全变为真实，睁着眼睛的人都大步走进这梦中，而确乎再没有一个是'梦游者'了"。④ 读者从爱罗先珂童话中汲取到了精神力量，而爱罗先珂的"狭的笼"似乎成为一个富有象征意味的标语，1924 年《文学周报》在第 110 期、第 111 期和第 122 期连载了王任叔的诗作《从狭的笼中逃出来的囚人》，1927 年《狂飙》杂志的第 9 期、第 11 期和第 14 期连载沐鸿的诗《狭的囚笼》。在巴金的小说《家》中，主人公觉慧曾言："家，什么家，只是一个狭的笼！……我要出去，我一定要出去，看他们把我怎样。"⑤ 觉慧还在日记中提道："寂寞呵！这家庭好像是一个沙漠，又像是一个狭的笼。"⑥

---

① 齐天授：《读爱罗先珂的童话（一）》，《晨报副刊》1922 年 12 月 14 日。
② 汉斯：《读〈世界的火灾〉》，《暨南周刊》1925 年第 12 期。
③ 十洲：《读了〈时光老人〉的感想》，《晨报副刊》1922 年 12 月 8 日。
④ 杨忆：《读〈爱罗先珂童话集〉》，《益世报》1948 年 9 月 24 日。
⑤ 巴金：《家》，开明书店 1933 年版，第 115 页。
⑥ 巴金：《家》，第 146 页。

　　鲁迅的不做"梦游者"，希望以梦改写现实的理想一直存在于其童话译介活动中。除爱罗先珂的童话作品，鲁迅在 1928 年翻译过望·蔼覃的长篇童话《小约翰》，1929 年为至尔·妙伦的短篇童话集《小彼得》作序，1935年翻译高尔基的《俄罗斯的童话》。鲁迅翻译的价值取向是明显的，《小约翰》"是一篇'象征写实底童话诗'。无韵的诗，成人的童话。因为作者的博识和敏感，或者竟已超过了一般成人的童话了。其中如金虫的生平，菌类的言行，火萤的理想，蚂蚁的平和论，都是实际和幻想的混合。我有些怕，倘不甚留心于生物界现象的，会因此减少若干兴趣。但我预觉也有人爱，只要不失赤子之心，而感到什么地方有着'人性和他们的悲痛之所在的大都市'的人们"①。《小约翰》中有奇幻的情节：小约翰遇见身材娇小的旋儿，自己也变得小而轻，小约翰让萤火虫带路，去野兔的洞里参加慈善事业的典礼，旋儿蓝色的小氅衣能够盖住它自己与约翰，野兔主动让他们枕着它睡觉。野兔会把长耳朵当手巾，用右前爪将它从头上拉过来，拭干一滴泪……故事中也包含着成人世界的诸多意蕴，小约翰与旋儿、荣儿、穿凿等的相识，是人从童年到青年再到中老年的生命历程。穿凿如同歌德诗剧《浮士德》中的魔鬼形象，揭示了人间真实的丑恶：貌似可爱的微笑背后，可能潜藏着虚浮、嫉妒、无聊、诓骗和作伪，他告诉小约翰："一个人应该永远醒着，并且思想着。"②童话还对人类的价值体系提出质疑，人类是一种"大的，无用而有害的动物，是站在进化的很低的阶级上的"③。"他们常常狂躁和胡闹，凡有美丽和华贵的，便毁灭它。他们砍倒树木，在他们的地方造起笨重的四角的房子来。他们任性踏坏花朵们，还为了他们的高兴，杀戮那凡有在他们的范围之内的各动物。他们一同盘踞着的城市里，是全都污秽和乌黑，空气是浑浊的，且被尘埃和烟气毒掉了。他们是太疏远了天然和他们的同类，所以一回到天然这里，他们便做出这样的疯癫和凄惨的模样来"④。这些描写是作者对

---

① ［荷］望·蔼覃：《小约翰》，鲁迅译，未名社 1929 年版，第 4 页。
② ［荷］望·蔼覃：《小约翰》，鲁迅译，第 157 页。
③ ［荷］望·蔼覃：《小约翰》，鲁迅译，第 42 页。
④ ［荷］望·蔼覃：《小约翰》，鲁迅译，第 88 页。

现代文明社会弊端的揭示。"在人类里忍受着你的无穷的悲哀，烦恼，艰窘和忧愁。每天每天，你将使你苦辛，而且在生活的重担底下叹息。"[①] 对自然的哀怜之中其实也隐含着对人类自身境况的悲悯。鲁迅翻译《小约翰》，不仅是喜爱它的童心童趣，更是源于与作品深层意蕴的强烈共鸣。鲁迅在为《小彼得》所写的序言中，同样强调了童话的现实主义精神，"有主张大家的生存权（第二篇），主张一切应该由战斗得到（第六篇之末）等处，可以看出，但披上童话的花衣，而就遮掉些斑斓的血汗了"[②]。鲁迅认为中国儿童不能理解这部童话的背景及所讲述的事物，因此原作一经搬家，并不适于中国儿童阅读，"也许可以供成人而不失赤子之心的，或并未劳动而不忘勤劳大众的人们的一览，或者给留心世界文学的人们，报告现代劳动者文学界中，有这样的一位作家，这样的一种作品罢了"[③]。可见鲁迅关注并译介域外童话的目的，也是为了"不失赤子之心"的成人读者。

　　以上例子也证明了童话在新文学中的地位，作为一种外来文学资源，域外童话进入中国知识界的视野后，一方面影响到儿童文学的发展，"儿童"作为一个与"成人"截然不同的观念被区隔出来，儿童的身上被赋予了某些成人世界所失落的特质；另一方面，童话也被视为负载了黑暗世界以外的童心力量，为知识分子提供了一个与社会现实相对立的想象空间，并与当时流行的启蒙话语、个人与国族的进化想象产生了复杂的关系。成人成了这些童话的理想读者，在为《俄罗斯的童话》写的《小引》中，鲁迅明确指出"虽说'童话'，其实是从各方面描写俄罗斯国民性的种种相，并非写给孩子们看的"[④]。

　　"为人生"的译介目标使得译介者们在为域外童话作家代言时，他们自己的声音也以富有时代特色的方式被转述。在这一译介目标的影响下，极富儿童情趣的19世纪欧洲教育童话、成长童话的经典——《木偶奇遇记》到

---

① ［荷］望·蔼覃：《小约翰》，鲁迅译，第89页。
② ［奥］至尔·妙伦：《小彼得》，许霞译，春潮书局1929年版，第Ⅲ页。
③ ［奥］至尔·妙伦：《小彼得》，许霞译，第Ⅴ页。
④ ［苏］高尔基：《俄罗斯的童话》，鲁迅译，文化生活出版社1935年版，第1页。

1928 年才由开明书店出版，比王尔德童话问世更早的"荒唐"童话的代表《阿丽思漫游奇境记》在 1922 年由赵元任译入中国，译本出版时间比周作人在 1909 年《域外小说集》中翻译奥斯卡·王尔德的《安乐王子》晚了 13 年之久。译者翻译的隐含读者未必是童话的理想读者——儿童，或许更多的是鲁迅所说的"成人而不失赤子之心的"成人读者。因此，译介者们的翻译目标直接影响了域外童话在中国的接受格局。

第二节 语体特征——从文言到白话口语体的演进

语言是文化传播的一个重要媒介，也是翻译研究的首要切入点，在语体特征方面，域外童话在近代中国的翻译经历了从文言到白话口语体的演进过程。

一、从文言文到白话文的翻译语体

域外童话作为一种外来文学样式，在"中体西用"思想的指导下进入了中国文化系统，成为改良中国文化的一种工具。因此，早期的童话翻译主要以文言进行，周桂笙的《新庵谐译初编》就是受这种翻译思想影响的成果，如《狼羊复仇》的翻译：

> 昔有一老山羊产小羊七头，爱之若掌上珍。一日，因欲赴林间觅食，故集而嘱之曰："子将入林中矣，尔等其固守门户，切勿受奸狼之绐，令其诳入，入则尔等休矣。奸狼发声甚巨，其足大而且黑，辨别亦甚易易。记之记之，不可忘也。"诸羊齐声应之曰："谨受教，母请行，不必忧也。"老羊去。①

《格林童话》的时谐译本采用的也是文言文：

> 夏日，熊与狼共游林间。闻鹊噪声殊清脆，熊曰："狼兄，是何鸟

---

① 《吴趼人全集·点评集》，第 316 页。

也？其声胡清脆乃尔。"狼曰："噫，是乃众鸟之王，吾党见之，当为敬礼。"熊曰："果尔，吾欲一瞻其宫阙，子能导我往乎？"狼曰："吾友，少安毋躁，此时不宜往，须待其后返。"①

随着民族文化危机日益加深，新文化运动的潮流日渐高涨，发端于"文化维新"和"新民"思潮的童话译介之风逐渐与新文化运动的大潮合流，童话翻译不再局限于政治启蒙领域，而是进入更深更广的文化和知识传播范畴。特别是五四时期白话文的兴盛和"儿童本位"思想的传入，童话的思想和艺术价值被充分肯定，童话翻译开始回到外国文学和儿童文学发展的轨道，步入白话文的世界，并逐步注意到儿童语言的特点。如"童话丛书"采用的文体正如其宣传广告文中所言："纯用白话最便阅看"②，虽然间或夹杂着文言，有显生硬之处，但总体上已是讲故事的口语体，如孙毓修编译的《海公主》：

> 大海之中，有执掌海权的海王，择定波涛最深之处，筑起一座王宫，役使天龙夜叉，虾兵蟹将，不计其数，约莫十年之久，方得完工。
>
> 那座海王宫，千门万户，杰阁重楼，不输秦始皇阿房宫的广大，汉高祖未央宫的坚固。它的材料，尽是海中所有的珊瑚明珠，宝气涵波，精光夺目。世界上的王宫，不过些砖泥木石罢了，此又秦皇汉武，所及不来的。③

许多现代性的童话翻译思想和方法很早就开始萌芽了。周桂笙的翻译"虽然采用的也是文言，但终究是比较平易活泼的"④。如前文中周桂笙和时谐同为对话的描写，相比于时谐译本，周桂笙的译笔读来更显生动。孙毓修在"童话丛书"的编译过程中，在适应儿童需求上做过努力，"每成一编，辄质

---

① ［德］格列姆：《鹊与熊战》，时谐译，施蛰存：《中国近代文学大系（1840—1919）》第11集·第28卷·翻译文学集三，上海书店1991年版，第273—274页。

② 孙毓修：《万年龟》，商务印书馆1922年版，封底页。

③ 孙毓修：《海公主》，商务印书馆1922年版，第1—2页。

④ 胡从经：《晚清儿童文学钩沉》，第151页。

诸长乐高子，高子持归，召诸儿而语之，诸儿听之皆乐，则复使之自读之。其事之不为儿童所喜，或句调之晦涩者，则更改之"，以期使儿童"甘之如寝食，秘之为鸿宝也耶"。[1] 此后关于儿童文学的翻译，语言成为必然关注的问题，魏寿镛和周侯予在《儿童文学概论》中指出"翻译的方法当然用白话，因为外国文字译白话稍微比文言接近些"[2]。茅盾在《关于"儿童文学"》一文中也谈道："我们知道翻译'儿童文学'真不容易。译文既须简洁平易，又得生动活泼；还得'美'，而这所谓'美'决不是夹用了'美丽的词句'（那是文言的成份极浓厚的）就可获得；这所谓'美'，是要从'简洁平易'中映射出来。我们的苛刻的要求是：'儿童文学'的译本不但要能给儿童认识人生，（儿童是喜欢那些故事中的英雄的，他从这些英雄的事迹去认识人生，并且构成了他将来做一个怎样的人的观念，）不但要能启发儿童的想象力，并且要能给儿童学到运用文字的技术。"[3] 因此适合儿童的，浅显易懂的白话逐步成为译介者们的自觉追求。

对白话文与文言文的性质，周作人有一个形象的比喻："白话如同一条口袋，装入那种形体的东西，就变成那种样子。古文如同一个木匣，它是方圆三角形，仅能置放方圆三角形的东西。从此看来，就知道哪种死哪种活了。"[4] 在周作人看来白话文是活文学，文言文成了死文学，童话这种非方圆三角形的文学样式，无法装进文言文这个"木匣"里。周作人也通过翻译实践了他的理论，他翻译俄国弗·库·梭罗古勃的童话《童子 Lin 之奇迹》讲述了一个勇敢小儿 Lin 的故事。面对一群讨伐"叛党"的骑兵，Lin 因愤怒地喊出了"凶手"两字而惨遭杀害，死后的 Lin 一直追随着罗马骑兵，表达着他的诅咒，直到恐慌的骑兵全部被海水淹没。周作人用白话译文显示了"活文学"的特质："这一日是溽暑天气。时值下午，又是一日中最热时光。空中绝无一点云翳，非常明亮。天上火龙像是发怒颤抖，向空中和地上，喷

---

① 孙毓修：《〈童话〉序》。
② 魏寿镛、周侯予：《儿童文学概论》，商务印书馆 1923 年版，第 34 页。
③ 江：《关于"儿童文学"》。
④ 周作人：《周作人讲演：死文学与活文学》，《大公报》1927 年 4 月 16 日。

出凶猛的热气来，干枯的草，贴着焦渴的地面，同它在一处愁苦；又卧在热尘埃底下，透不出气，几乎闷死。"①白话文更好地彰显出童话的艺术色彩。

但又有特例出现，在白话文运动的背景下，陈家麟和陈大镫采用文言文翻译了安徒生童话，如：

> 英伦有一富商，坐拥雄资，论其财力，彼所住屋门外之大马路一段，约三百方丈，可以泻银代砖，并可成深巷一条。然啬于服御，视公益若仇，如欲彼出一先令，彼必赚利一克朗方肯撒手，唯利是图，至老弥笃。卒以守财而死，身死之后，产归其子。②

周作人说这类翻译的弊病，"就止在'有自己无别人'，抱定老本领旧思想，丝毫不肯融通；所以把外国异教的著作，都变作班马文章，孔孟道德"③。陈家麟、陈大镫的译作，从用词到语体都带着旧式翻译的痕迹，用译语文化"吞并"原著文化，具有个性化翻译的特征，如《火绒匣》首段的译文：

> 一退伍之兵，在大道上经过。步法整齐，背负行李，腰挂短刀，战事已息，资遣归家。于道侧邂逅一老巫，面目可怖，未易形容，下唇既厚且长，直拖至颔下。见兵至，乃谀之曰："汝真英武，汝之刀何其利，汝之行李何其重，吾授汝一诀，可以立地化为富豪，取携其便。"④

周作人批评这段译文："误译与否，是别一问题，姑且不论；但Brandes 所最佩服，最合儿童心理的'一二一二'，却不见了。把小儿的言语，变了大家的古文，Andersen 的特色，就'不幸'因此完全抹杀。"⑤周作人复原其"小儿的言语"的译文：

---

① [俄]梭罗古勃：《童子 Lin 之奇迹》，周作人译，《新青年》1918 年第 4 卷第 3 号。
② [丹麦]安德森：《飞箱》，陈家麟、陈大镫译，施蛰存：《中国近代文学大系（1840—1919）》第 11 集·第 28 卷·翻译文学集三，第 296 页。
③ 周作人：《随感录（二四）》。
④ 周作人：《随感录（二四）》。
⑤ 周作人：《随感录（二四）》。

一个兵沿着大路走来——一，二！一，二！他背上有个背包，腰边有把腰刀；他从前出征，现在要回家去了。他在路上遇见一个老巫；她很是丑恶，她的下唇一直挂到胸前。她说，"兵啊，晚上好！你有真好刀，真大背包！你真是个好兵！你现在可来挈钱，随你要多少"①。

儿童文学较之一般的成人文学，往往多一点拟声词、拟态词，翻译中应尽量予以呈现。周作人的语体影响了以后的安徒生童话翻译，比如徐调孚翻译的《火绒箱》，第一段如下：

一个兵正沿着大路走来——一，二！一，二！他背上有个背包，腰边有把腰刀，他从前出征，现在要回家去了。在路上，他遇见一个老女巫：她生得很丑陋，下唇一直挂到胸前。她说："兵士啊，晚上好，你有这么好的剑，和这么大的背包！你真是一个兵士啊！现在你可以挈钱，随你要多少。"②

陈家麟、陈大镫的译文与后二者相比较，不仅有文言白话之别，而且后者的语态、语调更能见出儿童文学特色。在谈到童话的变迁问题时，周作人意识到了传统儿童文学资源必须要经过淘洗和变革才能适应当下儿童的需要，因为"顾时代既遥，亦因自然，生诸变化，如放逸之思想，怪恶之习俗，或凶残丑恶之事实，与当代人心相抵触者，自就删汰，以成新式"，因而现代人要做的就是"删繁去秽，期合于用，即本此意，贤于率意造作者远矣"③。对于文学语言问题，鲁迅认为，中国文化的痼疾不仅来自其思想，还根植于传统的语言和文体规范，"中国虽然有文字，现在却已经和大家不相干，用的是难懂的古文，讲的是陈旧的古意思，所有的声音，都是过去的，都就是只等于零的"④。翻译童话的语言同样面临着传统向现代的转化。

---

① 周作人：《随感录（二四）》。
② [丹麦]安徒生：《火绒箱》，徐调孚译，《小说月报》1925年第16卷第8号。
③ 周作人：《童话略论》，《教育部编纂处月刊》1913年第1卷第8册。
④ 鲁迅：《无声的中国》，载《鲁迅全集》第四卷，人民文学出版社2005年版，第12页。

周作人翻译的安徒生童话《卖火柴的女儿》，以清新流畅的白话文传达出了原作中的儿童视角与诗性文笔，以及凄美的故事情境：

　　她的小手，几乎冻僵了。倘从柴束里抽出一支火柴，墙上擦着，温温手，该有好处。她便抽了一支。霎的一声，火柴便爆发烧着了。这是一个温暖光明的火。她两手拢在上面，正像一支小蜡烛，而且也是一个神异的小火光！女儿此时觉得仿佛坐在一个大火炉的前面，带着亮明的铜炉脚和铜盖。这火烧得何等好！而且何等安适！但小火光熄了，火炉也不见了，只有烧剩的火柴头留在手中。[①]

这段译文用语质朴而生动，表达出安徒生笔下小女孩的生存困境，天真的想象与悲惨的命运。

周作人的翻译是白话文运动的突出成果，白话文运动推动了学校教育变文言（国文）为白话（语体文）。在 19 世纪 90 年代，国语运动已经开始，经过拼音文字先驱们的提倡和努力，1920 年 1 月教育部训令全国各国民学校将一二年级国文改为语体文，又以教育部令修正《国民学校令》，将条文中的"国文"改为"国语"，再以教育部令修正《国民学校令施行细则》，规定国语要旨："在使儿童学习普通语言文字，养成发表思想之能力，兼以启发其智德。"[②] 至 1922 年冬季止，之前用文言所编教科书——国文、修身、算术、唱歌等一律废止，改用语体文教材，学校的白话教学培养了儿童的读书能力。从儿童文学翻译来讲，周作人所开创的翻译模式很快成为译介者们共同的艺术追求，试举几例 20 世纪 20 年代前期的域外童话译文：

　　有一年的春天，这池塘曾经有过格外好看的事。黄的睡莲，红的白的莲花，在平静的水面上，仿佛是展开了不动的梦似的，开得极美的浮着。莲花的妖女也因为再没有捉拿伊嘲笑伊的人类在这里了，便放心

---

① [丹麦]H.C.Andersen：《卖火柴的女儿》，周作人译，《新青年》1919 年第 6 卷第 1 号。

② 李杏保、顾黄初：《中国现代语文教育史》，四川教育出版社 2004 年版，第 67 页。

的出现，在透明的水里和金鱼游嬉，在花朵上和胡蝶休息，给寻蜜的蜜蜂去帮忙。便是深夜中，妖精也在无所不照的月光底下，或者舞着欢喜的舞蹈，或者和火萤竞走着游戏。这样的美的东西们都在一处，所以火萤，蛙，胡蝶，禽鸟，都给这美所陶醉了，而做着春夜的梦。①

国王的儿子将要结婚，所以百姓们都非常快乐。他等了他的未婚妻一年，到底她来了。她是一个俄国公主，坐在六匹鹿拉着的雪车里，从芬兰赶来。雪车的形好似一只大金鹄，鹄翼的中间卧着小公主她自己。她的鼬鼠皮的长袍盖着她的足，她头上戴着银锦的小冠，她白得好似她常住的雪宫一样。她长得非常白，以至于街上的百姓奇怪起来。他们喊道，"她像一朵白玫瑰。"于是他们从露台上抛花到她身上。②

堇花每早从太阳一出以至夕落时候常听着那美丽小鸟的啼声。"是什么鸟儿呢？很愿瞻仰瞻仰它的风采呀！"堇花这样想着。但是堇花终久没有见过那鸟的样儿，不几天凋落之日到来了，当这时候，恰恰地旁边长着的木瓜花正在开放。木瓜花把那堇花独自呻吟着寂寥地凋落去底影儿看在眼里了。③

再来看《格林童话》的翻译从文言到白话的转变，青蛙王子的故事讲述的是被施了魔法的王子"青蛙"和小公主的爱情故事，以周桂笙、时谐译本和魏以新翻译的开头为例：

上古之世人有所欲，求之即得，吾有证焉。尝有一国王，生公主数人，皆国色也。而少者尤妍丽无俦、光艳独绝，置于日光之下，日光亦似怜其艳而自掩其曜，古所谓闭月羞花、沈鱼落雁者，不足专美于前矣。王宫左侧有茂林焉，古木森森，幽深邃密，中有曲水回环左右，水清冽，涟漪有若醴泉。时际炎夏，溽暑方盛，少公主因翩然入林，就泉畔作遣暑计。觉风静鸟寂、万籁无声，一人独坐，意殊无聊，因探囊出

---

① [俄] 爱罗先珂：《春夜的梦》，鲁迅译，《晨报副刊》1921年10月22日。
② [英] 王尔德：《驰名的起花》，赵景深译，《晨报副刊》1922年7月9日。
③ [日] 小川未明：《种种的花》，晓天译，《小说月报》1924年第15卷第6号。

金弹丸，频频向空际抛掷以自遣。①

　　夕阳将下，暮景苍茫，一幼稚之公主，闲步入林，坐凉泉之侧，手中执一金球，投空而上，复张手承之下，以是为娱。此金球固公主所心爱者。②

　　在希望尚可成为事实的古代，有个国王，他的女儿们都美丽，可是最小的尤其美丽，即以太阳而论，它看见过的东西可算极多了，然而一见了她也要惊讶。在王宫附近有一座广大而黑暗的森林，森林内一株老菩提树下有一口井。到了天气很热的时候，小公主便走到林里，坐在清凉的井边。若是她无聊时，就拿一个金球抛到空中，再用手接着，这是她最喜欢的玩意儿。③

　　时谐译本删去了许多描述性的语言，转变了作品风格，周桂笙尽管同为文言，却比时谐译本多了一些清新活泼，魏以新译本则用通俗的白话文表达了原著的风貌。

二、翻译语体走向通俗浅显的儿童式语言

　　域外童话的翻译语体从文言文转向白话文的同时，译介者们从儿童读者的接受角度，对译文本身进行改造，给予儿童读者更好的阅读体验。郑振铎在《天鹅》的《序》中说："又本书不过是给可爱的儿童们看的，所以文字力求其浅近，自知不足以供有文学嗜好的大人们的阅看。"④顾均正概括《风先生和雨太太》的翻译，"本书译文，于信达外，力求浅显，文法务合于儿童语言的自然顺序"⑤。赵景深翻译《安徒生童话新集》时指出"《一荚五颗豆》和《苧麻小传》，是根据节译本译出来的。但儿童看来，或者更容易了

---

① 胡从经：《晚清儿童文学钩沉》，第 156 页。
② ［德］格列姆：《蛙》，时谐译，施蛰存：《中国近代文学大系（1840—1919）》第 11 集·第 28 卷·翻译文学集三，第 287—288 页。
③ ［德］格林：《格林童话全集》，魏以新译，商务印书馆 1934 年版，第 1 页。
④ 郑振铎、高君箴：《天鹅》，商务印书馆 1925 年版，第 2 页。
⑤ ［法］保罗·缪塞：《风先生和雨太太》，顾均正译，第 xii 页。

解一些"①。董枢在他翻译的《风先生和雨太太》的《译者赘话》中谈到，"本书译文，悉照法文原本的意思，竭力地想毫无挂漏地译出来。文字更求浅显，以合儿童学力的程度；句法务求简洁，不取冗长，以免儿童厌倦"②。尤炳圻在译述《杨柳风》的《译例》中，对译文做了说明："译书难，谁都知道了。而译儿童文学较译纯文学尤难，或非经验过者不能深信。本书有若干地方，不得不废译为述。……太忠实的翻译，我们的小读者也许就读不明白。因之，译者不得不稍稍妄加改动，或易以稍具体的字句。"③

与域外童话的译介实践相呼应，知识界从理论层面总结了儿童读物的翻译语体问题。魏寿镛、周侯予认为儿童读物将文言文译成白话文时，应当"取他的内容，用我的形式，尽可把他的组织重新改造，做成'笔墨如生'的文学，方才有价值。那个原本文言作品，譬如一个骷髅，儿童看了毫无意味。用白话意译之后，便'有声有色'，像一个'活龙活现'的石膏像了"④。田汉谈到"我们不论著译，文字总要通俗。好比新文学的不普遍，最大的原因还是文字不通俗。文字的通俗浅显是使他们懂的重要条件"⑤。王人路则针对如何翻译儿童文学作品提出其观点："翻译最忌拘守字句的直译。一定要只取了原书的大意，而用一种合乎儿童心理、语调的文字去描写出来。当然是要文学化，才可以免去生硬结拗的毛病。"⑥由此可见，译介者和理论家们意识到儿童更加亲近口语化的白话文，因此要努力剔除语言带给儿童阅读的障碍。徐调孚对《木偶奇遇记》的翻译，显示出对儿童视角、儿童语言的重视：

> 从前有……
>
> "一个国王！"我的小读者们将要立刻说。
>
> 不是的，孩子们，你们错了。从前有一段木头。这段木头并不怎样

① ［丹麦］安徒生：《安徒生童话新集》，赵景深译，第 I 页。
② ［法］保罗·缪塞：《风先生和雨太太》，董枢译，世界书局 1932 年版，第 3 页。
③ ［英］格莱亨：《杨柳风》，尤炳圻译，开明书店 1936 年版，第 1 页。
④ 魏寿镛、周侯予：《儿童文学概论》，第 34 页。
⑤ 《〈大众文艺〉第二次座谈会》，《大众文艺》1930 年第 2 卷第 4 期。
⑥ 王人路：《儿童读物的研究》，中华书局 1933 年版，第 85 页。

值钱，只是木场上一段普通的木头罢了——我们在冬天常把它放在房间内的火炉里和灶里生火取暖用的。

我也不晓得这件事情是怎样发生的，不过事实是这样，有一天，天气非常晴朗，这段木头躺在一个老木匠的店里，这个老木匠的名字是叫安东尼，但是人家为了他的鼻尖的缘故，都唤他樱桃先生，原来他的鼻尖常常红赤而光亮，好像一粒熟透的樱桃。①

任溶溶翻译的《木偶奇遇记》是这样开头的：

> 从前有……
>
> "有一个国王……"我的小读者马上要说了。
>
> 不对，小朋友，你们错了。从前有一段木头。
>
> 这段木头并不是什么贵重木头，就是柴堆里那种普通木头，扔进炉子和壁炉生火和取暖用的。
>
> 我也不知道是怎么回事，总之有一天，这段木头碰巧到了一位老木匠的铺子里。这位老木匠名叫安东尼奥，大伙儿却管他叫樱桃师傅。叫他樱桃师傅，因为他的鼻尖红得发紫，再加上亮光光的，活像一个熟透了的樱桃。②

在《木偶奇遇记》的《译者的话》中，徐调孚提到丰子恺将译文讲给孩子们听，孩子们被这本书迷人的情节吸引住，连饭都不要吃，在译文方面"为使适宜于儿童阅读的缘故，我并未完全直译，尽我所有的能力，总想使它浅显流利"③。文中叙述者设置的回答"不是的，孩子们，你们错了"，"我们在冬天常把它放在房间内的火炉里和灶里生火取暖用的"，比起任溶溶译本的"不对，小朋友，你们错了"，"扔进炉子和壁炉生火和取暖用的"，更拉近了叙述者与儿童读者的距离，似乎真的有一个慈祥的长者坐在身边娓娓

---

① ［意］科罗狄：《木偶奇遇记》，徐调孚译，第1—2页。

② ［意］卡洛·科洛迪：《木偶奇遇记》，任溶溶译，浙江少年儿童出版社2011年版，第1页。

③ ［意］科罗狄：《木偶奇遇记》，徐调孚译，第vii页。

道来，在给孩子们讲述一个古老的故事。

巴金在对奥斯卡·王尔德童话的翻译中也体现出对翻译语体的重视，奥斯卡·王尔德的语言风格较为清新生动，巴金引用 L.C. 英列格比对奥斯卡·王尔德语言的评价："作者有着驾驭文字的能力，每一句话都是经过熟思后写出来的，但同时却有着自发的动人力量。"[1]巴金很好地注意到这一点，所用的语言也大都清新平易，同时带有儿童的活泼生动，译笔准确流畅，试举《快乐王子集》中的三段译文：

> 那天的确是一个很好的晴天。高高的有条纹的郁金香挺直地立在花茎上，像是长列的士兵，它们傲慢地望过草丛，看着蔷薇花，一面说："我们现在完全跟你们一样漂亮了。"紫色蝴蝶带着两翅金粉在各处翻飞，轮流拜访群花；小蜥蜴从墙壁缝隙中爬出来，晒太阳；石榴受了热裂开，露出它们带血的红心。连缕花的棚架上，沿着阴暗的拱廊，悬垂着的累累的淡黄色柠檬，也似乎从这特别好的日光里，得到一种更鲜明的颜色。玉兰树也打开了它们那些闭着的象牙的球形花苞，给空气中充满了浓郁的甜香。[2]

> "燕子，燕子，小燕子。"王子说，"你不肯陪我再过一夜么？"

> "朋友们在埃及等着我，"燕子回答道。"明天他们便要飞往尼罗河上游到第二瀑布去，在那里河马睡在大灯心草中间，门浪神坐在花岗岩的宝座上面。他整夜都守着星星，到晓星发光的时候，他发出一声欢乐的叫喊，便从此沉默。正午时分，成群的黄狮走下河边来饮水。他们有着和绿柱玉一样的眼睛，他们的叫吼比瀑布的吼声还要响亮。"[3]

> "我自己的花园就是我自己的花园，"巨人说："这是随便什么人都懂得的，除了我自己以外，我不准一个人在里面玩。"所以他便在花园的四周筑了一道高墙，挂起一块布告牌来：

---

① ［英］王尔德：《快乐王子集》，巴金译，第246页。
② ［英］王尔德：《快乐王子集》，巴金译，第27页。
③ ［英］王尔德：《快乐王子集》，巴金译，第146页。

> 不准擅入
>
> 违者重惩

他是一个非常自私的巨人。①

　　语言为精神之相，翻译语体直接影响着域外童话在中国的接受，关于语体在童话译介中的重要性，朱自强认为："五四文学运动确立白话文在文学中的正宗地位，对中国儿童文学意义极为重大。但是，白话文运动之于中国儿童文学的意义，在历来的研究中或遭到忽视，或被仅仅说成白话文为儿童文学找到了一种通俗浅显，易为儿童接受的语言工具，使儿童文学在语言形式上向儿童读者接近了一大步。其实，五四新文学倡导白话文，对于中国儿童文学的确立和发展具有本体意义，白话文与'儿童本位'的儿童观成为中国儿童文学走向现代化进程的双轨。"② 从这个角度看，域外童话译本的价值不在于译本与源文本的对等程度，而在于译本在近代中国的接受度，以及对近代中国的儿童文学带来的启发，可以说，白话文造就了域外童话在中国的真正读者。

第三节　多样化的翻译策略——直译、编译、译述与改编

　　在文学文本的翻译过程中会发生语言层面的变异，出现文本内容选择、增删、改编等，因此，翻译后的文本在语言上会有所变动，文本信息和意义也有可能发生变动。在这个过程中出现不同文化的交流、碰撞和变异现象，使译本富有文化内涵。

一、"信而兼达的直译"

　　清末的翻译方法以意译为主，译者在翻译过程中对译文文本的生成干

---

① ［英］王尔德：《快乐王子集》，巴金译，第169页。
② 朱自强：《中国儿童文学与现代化进程》，第171页。

预较多，任意增删改编的情况很普遍，有时甚至改头换面，加入译者自己的创作。周桂笙的《新庵谐译初编》，时谐本的格林童话具有这一特征。大致与时谐译格林童话的时间相当，周作人在《域外小说集》中开始了直译的实践，以下为奥斯卡·王尔德《安乐王子》的一段译文：

　　一夜，有小燕翻飞入城。四十日前，其伴已往埃及，彼爱一苇，独留不去。一日春时，方逐黄色巨蛾，飞经水次，与苇邂逅，爱其纤腰，止与问讯。便曰："吾爱君可乎。"苇无语，惟一折腰。燕随绕苇而飞，以翼击水，涟起作银色，以相温存，尽此长夏。

　　他燕唧晰相语曰："是良可笑，女绝无资，且亲属众也。"燕言殊当，川中固皆苇也。未几秋至，众各飞去。

　　燕失伴，渐觉孤寂，且倦于爱，曰："女不能言，且吾惧彼佻巧，恒与风酬对也。"是诚然，每当风起，苇辄宛转顶礼。燕又曰："女或宜家，第吾喜行旅，则吾妻亦必喜此乃可耳。"遂问之曰："汝能偕吾行乎？"苇摇首，殊爱其故园也。燕曰："汝负我矣。今吾行趣埃及古塔，别矣。"遂飞而去。[①]

胡适在《五十年来中国之文学》一文中谈到了这段译文，认为"这种文字，以译书论，以文章论，都可算是好作品"[②]。现将王尔德英文原文引出：

One night there flew over the city a little Swallow. His friends had gone away to Egypt six weeks before, but he had stayed behind, for he was in love with the most beautiful Reed. He had met her early in the spring as he was flying down the river after a big yellow moth, and had been so attracted by her slender waist that he had stopped to talk to her.

"Shall I love you?" said the Swallow, who liked to come to the point

① 周作人：《域外小说集》，群益书社1921年版，第2—3页。
② 胡适：《五十年来中国之文学》，《胡适文存二集》卷二，亚东图书馆1924年版，第123页。

at once, and the Reed made him a low bow. So he flew round and round her, touching the water with his wings, and making silver ripples. This was his courtship, and it lasted all through the summer.

"It is a ridiculous attachment," twittered the other Swallows; "she has no money, and far too many relations"; and indeed the river was quite full of Reeds. Then, when the autumn came they all flew away.

After they had gone he felt lonely, and began to tire of his lady- love. "She has no conversation," he said, "and I am afraid that she is a coquette, for she is always flirting with the wind." And certainly, whenever the wind blew, the Reed made the most graceful curtseys. "I admit that she is domestic," he continued, "but I love travelling, and my wife, consequently, should love travelling also."

"Will you come away with me?" he said finally to her, but the Reed shook her head, she was so attached to her home.

"You have been trifling with me," he cried. "I am off to the Pyramids. Good-bye!" and he flew away.[①]

中英对照，会发现周作人译文的一些误译或漏译现象，如周作人将 "six weeks before" 译成 "四十日前"，在燕子问芦苇 "吾爱君可乎？" 之后，漏译了 "who liked to come to the point at once"，巴金将这句话译为 "他素来有着即刻谈到本题的脾气"[②]。与巴金的翻译相比，周作人译文有明显的误译和漏译，但整体来说，周作人译文称得是准确的直译，行文典雅。针对翻译中的 "直译"，周作人也做了说明，在《文学改良与孔教》一文中，周作人针对翻译的 "融化" 观点作了批驳，他认为：

> 至于 "融化" 之说，大约是将他改作中国事情的意思：但改作以后，便不是译本；如非改作，则风气习惯，如何 "重新铸过"？我以为

---

① Oscar Wilde, *The Happy Prince and other Tales*, Auckland: The Floating Press, 2008, p.6.
② ［英］王尔德:《快乐王子集》，巴金译，第 140 页。

此后译本，仍当杂入原文，要使中国文中有容得别国文的度量，不必多造怪字。又当竭力保存原作的"风气习惯，语言条理"；最好是逐字译，不得已也应逐句译，宁可"中不像中，西不像西"，不必改头换面。①

周作人不但反对"融化"，而且主张最好"逐字译""逐句译"，宁可"中不像中，西不像西"。钱玄同评价周作人的直译方法，"周启明君翻译外国小说，照原文直译，不敢稍以己意变更。他既不愿用那'达旨'的办法，强外国人学中国人说话的调子；尤不屑像那'清室举人'的办法，叫外国文人都变成蒲松龄的不通徒弟。我以为他在中国近来的翻译界中，却是开新纪元的"②。随着清末传统文化的衰落，以资产阶级改良派为代表的知识分子意识到国民性改造的紧迫性，把域外童话作为一种西方进步文化类型，以借此"开明智、新民德"，达到"新民"的效果，从而刺激国人的觉醒和中国传统文化的更生。但由于童话文体的特殊性，对直译的过分强调有时反而忽略了易于为儿童所接受的语体风格，周作人在与赵景深的有关童话讨论的通信中，强调在童话翻译上应追求"信而兼达的直译"：

　　我本来是赞成直译的，因为觉得以前林畏庐先生派的意译实在太"随意言之，随意书之"了。但是直译也有条件，便是必须达意，尽中国语的能力所及的范围以内，保存原文的风格，表现原语的意义，换一句话就是信与达。现在不免有人误会了直译的意思，以为只要一字一字的把原文换为汉字，就是直译，譬如英文的 Lying on his back 一句，不译作"仰卧着"而译作"卧着在他的背上"，那便是欲求信而反不词了。据我的意见，"仰卧着"是直译，将他删去不译或译作"坦腹高卧"以至"卧北窗下自以为羲皇上人"是意译，"卧着在他的背上"这一派乃是字译了。……所以我所主张的翻译法是信而兼达的直译，这其实也可以叫作意译……童话的翻译或者比直译还可以自由一点，因为儿童虽然

---

① 张寿朋、周作人等：《文学改良与孔教》，《新青年》1918 年第 5 卷第 6 号。
② 潘公展、钱玄同：《关于新文学的三件要事》，《新青年》1919 年第 6 卷第 6 号。

一面很好新奇，一面却也有点守旧的。①

以周作人的译介为代表，"信而兼达的直译"成为域外童话译介的主要策略，正如茅盾所言："'五四'时代的'儿童文学运动'，大体说来，就是把从前孙毓修先生（他是中国编辑儿童读物的第一人）所已经'改编'（Retold）过的或者他未曾用过的西洋的现成'童话'再来一次所谓'直译'。"②到20世纪40年代巴金译王尔德童话时，也采用直译的方法，巴金在为《秋天里的春天》所写的《译者序》中谈到，"我的翻译以直译为主，有时候也把那些译出来便成了累赘的形容词删去一两个"③。这句话也可解释《快乐王子集》的翻译，译文中采用注释的方式，注明了删去的词语，以《夜莺与蔷薇》为例：

She sang first of the birth of love in the heart of a boy and a girl. And on the top-most spray of the Rose-tree there blossomed a marvellous rose, petal following petal, as song followed song. ④

巴金译为："她起初唱着一对小儿女心里的爱情。在蔷薇树最高的枝上开出了一朵奇异的蔷薇，跟着歌一首一首地唱下去，花瓣一片一片地开放了。"⑤在文中注释："原文'爱情的产生'，现将'产生'一辞略去。"⑥另有一处原文为：

So the Nightingale pressed closer against the thorn, and louder and louder grew her song, for she sang of the birth of passion in the soul of a man and a maid. ⑦

① 周作人：《童话的讨论三》，《晨报副刊》1922年3月29日。
② 江：《关于"儿童文学"》。
③ ［匈］尤利·巴基：《秋天里的春天》，巴金译，浙江文艺出版社2019年版，第166页。
④ Oscar Wilde, *The Happy Prince and other Tales*, p.28.
⑤ ［英］王尔德：《快乐王子集》，巴金译，第163页。
⑥ ［英］王尔德：《快乐王子集》，巴金译，第163页。
⑦ Oscar Wilde, *The Happy Prince and other Tales*, p.29.

巴金的译文为："夜莺便把蔷薇刺抵得更紧，她的歌声也越来越响亮了，因为她正唱着一对成年男女心灵中的激情。"①并作注："原文是'激情的产生'，现将'产生'一辞略去。"②除去个别略去的词汇，巴金以直译的方式较为准确地传达了原文的风貌。

二、意识型创造性叛逆——编译、译述与节译

对于优秀的译者来说，原文精神和风格上的忠实要胜于字面和句法上的忠实，因此除直译外，童话翻译常用的策略还有编译、译述与节译，这与近代中国的社会历史背景、读者的审美趣味及接受程度等因素相关。"童话丛书"多用编译，孙毓修的译文往往从故事中抽取教训，这样反而损害了原作的内容，赵景深对此做过批评："因为儿童对于儿童文学，只觉他的情节有趣，若加以教训，或是玄美的盛装，反易引起儿童的厌恶。我幼时看孙毓修的童话，第一二页总是不看的，他那些圣经贤传的大道理，不但看不懂，就是懂也不愿去看。"③如孙毓修的《海公主》是根据安徒生童话编译而来，讲述了人鱼公主的故事，故事开头是译者的议论：

> 我们人类，住在地球面上，上看天空的灿烂，下看地上的繁华。清风明月，不用钱买，名花好鸟，到处即逢，真是造化。诸位看了这篇《海公主》，把自己与他略一比较，便知人类的幸福，出于万物之上，断不可自暴自弃，辜负了天地生成之德。④

在译文中还有译者的插话，海公主渴望看到外面的世界，叙述者说："诸位当知海中鳞介的奇怪，花草的新鲜。仅有好看的，倘然我们能像小公主住在海王宫，不畏波涛之险，不怕鱼龟之凶，把海底里的东西，看一个饱，岂不畅快。然小公主早已看厌了。"⑤在故事结尾，译者做了一番评价：

---

① [英]王尔德：《快乐王子集》，巴金译，第163页。
② [英]王尔德：《快乐王子集》，巴金译，第163页。
③ 赵景深：《童话的讨论三》，《晨报副刊》1922年3月28日。
④ 孙毓修：《海公主》，第1页。
⑤ 孙毓修：《海公主》，第4页。

　　这段故事，在下是从外国书上翻译下来的。到底有这起事没有这起事，在下也不能说定，但从这段故事看来，我们倒得了一种教训。人生境地，有可变换的，有不可变换的，人能由不善而至于善，由不学而至于学，那种变换，是必不可少的。

　　品行学问，立志要变换好它，也要依了次第，逐渐做去，方有成就。如说着风就是风，说着雨就是雨，做得越认真，越是害事。

　　必不可为之事，必不可成之志，断不要去尝试，若是见异思迁，到头来不但枉费精神，一无所得，反致误尽终身，如海公主的往事，便是前车之鉴。①

　　茅盾翻译的"童话丛书"中的故事也以编译为主。比如《飞行鞋》是由夏尔·贝洛童话《小拇指》编译而来，茅盾将主人公"小拇指"的名字换作富有中国特色的"小王瓜儿"，对故事情节做了较大改动。《小拇指》中，小拇指和哥哥们被吃人的妖精捉住后，小拇指将妖精的七个女儿头上的花冠取下，戴到自己和哥哥们的头上，妖精酒醉后半夜醒来把失去了花冠的七个女儿错认作小拇指兄弟，杀死了自己的女儿，小拇指兄弟逃出了妖精的家，故事最后小拇指穿上妖精的飞行鞋，到妖精家中向妖精的妻子骗取了钱财，小拇指和家人靠钱财过上了无忧无虑的生活。茅盾编译的《飞行鞋》中，将妖精改为巨人，并删去了妖精杀死七个女儿的情节，在故事最后，小王瓜儿打算穿上巨人的飞行鞋，替人送信来赚钱，从而将夏尔·贝洛童话中小拇指夺取妖精钱财的故事变为小王瓜儿自食其力的故事。茅盾的《海斯交运》是对格林童话《汉斯交好运》的编译，在故事结尾，译者评论：

　　海斯这段故事，编书人讲完了。编书人却有几分感触，不晓得看官们有否，姑且说来与诸位一听：第一，编书人不怪海斯愚笨，只怪他贪心不足，见异思迁。第二，天下的事，终没有十全十美的。只要自己有见识，有耐心，无事不可做到。这两层意思，不知看官们以为怎样？②

---

　　① 孙毓修：《海公主》，第 22 页。
　　② 茅盾：《海斯交运》，孔海珠编：《茅盾和儿童文学》，第 150 页。

从《海斯交运》结尾译者的评论可以看出，《汉斯交好运》中，汉斯重视自己的生活感觉，不为实利所囿，故事传达出一种幽默、乐观的生活态度，在茅盾笔下却成了被嘲讽的对象，故事被赋予了教育色彩，表现出中国文化传统中的功利主义思想。这样的编译，是为了改善由于文化差异造成的想象变异，而加入了中国的视角，将缺席的、沉默的他者变为主动的在场言说者。正如茅盾总结五四时期的童话译介情况时所言，"我们翻译了不少的西洋的'童话'来。在尚有现成的西洋'童话'可供翻译时，我们是曾经老老实实翻译了来的，虽然翻译的时候不免稍稍改头换面，因为我们那时候很记得应该'中学为体'的"①。《布来梅市的乐师》是格林童话中的一个机智、幽默小故事，经茅盾改写成《驴大哥》，茅盾对故事结尾做了修改，《布来梅市的乐师》中，驴、狗、猫和鸡在赶走强盗后，快乐地住在了强盗的房子里。而《驴大哥》中，驴、狗、猫和鸡赶走强盗，安稳住下后开始商量生路，驴被大家推为主席，它说道："诸位朋友，我们初出来时，原打算从死路里开条生路，吃苦是不怕的，今赖上天保佑，虽然不费力气，得了这个住所，我们感谢之余，仍要大家努力，去寻生路，万不可懈惰了当初的志气。再者我们四个须要相亲相爱，同心合意，方能将生活问题，维持到底。"②之后四位伙伴一同出门赚钱，驴子和猫做把戏，雄鸡唱曲子，狗收钱。通过编译，为故事赋予了自力更生、共同努力和相互帮助的含意，并通过心理、语言和行动描写塑造出一个头脑清醒、足智多谋的"驴大哥"形象。《蛙公主》是对格林童话《青蛙王子或名铁胸亨利》的编译，在《青蛙王子或名铁胸亨利》的结尾，青蛙变回了王子，并做了公主亲密的伴侣和丈夫，茅盾把结尾改为青蛙变回一个十一二岁的小女孩，与公主成为姊妹，公主因此得到了一个好伙伴，以国王对公主的教训结束了故事："你从此以后，记住了此番之事，我尚有几句话，要教训你：第一，不可胡乱答应他人做什么事；第二，答应了必欲做；第三，不可使性，伤虫儿鸟儿的性命；第四，做错了一件事，大家就疑心你十件都错。你不见鸟儿蝶儿，都疑你么？这四件事牢牢记

① 江：《关于"儿童文学"》。
② 茅盾：《驴大哥》，孔海珠编：《茅盾和儿童文学》，第101页。

住，若一时忘了，只要看这金蛙儿，便可想起了。"①《蛙公主》的情节建立在
纠正公主自私自利的坏毛病之上，告诉读者应谨守信用，尊重别人，使作品
具有教育价值。

除编译外，郑振铎在《〈儿童世界〉宣言》中提出了译述的方法，"但
我们的采用是重述，不是翻译，所以有时不免与原文稍有出入。这是因为求
合于乡土的兴趣的原故，读者当不会有所误会"②。同时也考虑到了儿童的接
受能力，郑振铎在《天鹅》的《序》中重申了译述，书中的童话"都是从英
文的各种书本里翻译而来的，不过有的是'翻译'的，有的'重述'的。我
们以为'童话'为求于儿童的易于阅读计，不妨用'重述'的方法来移植世
界重要的作品到我们中国来。……我们对于'童话'的兴趣都很高，但在现
在的工作环境里，创作的欲望是任怎样也引不起，所以只好向译述这条路走
去"③。所谓译述，事实上是融合了翻译、创作的创造性工作。1922 年，《儿
童世界》刊登过一篇根据安徒生童话《钟渊》译述而来的作品，译者为赵光
荣。在安徒生的《钟渊》中，在古老的女修道院对面的地方，人们把它叫作
"钟渊"，钟声悠扬，"把钟讲的话再讲一遍，恐怕需要许多许多年和许多许
多天的时间，因为它是在年复一年地讲着同样的故事，有时讲得长，有时讲
得短，完全看它的兴致而定。它讲着关于远古时代的事情，关于那些艰苦、
黑暗时代的事情"④。钟控诉了教堂的敲钟人爱斯基尔德，他贪污了用于铸钟
的银两，钟声实际上是空气震荡所形成的，安徒生由钟声告诉人们：心灵和
生活上的隐秘是不可能永远保密的，"空气知道所有的事情！它围绕着我们，
它在我们的身体里面，它谈论着我们的思想和我们的行动"⑤。赵光荣译述的
《钟渊》在内容上还原了原作"钟"的意象，但又赋予其神秘的力量，村民
热衷奢华，用黄金装饰了寺庙，又嫌旧钟太小，用黄金造了新的钟，可是黄

① 茅盾：《蛙公主》，孔海珠编：《茅盾和儿童文学》，第 108 页。
② 郑振铎：《〈儿童世界〉宣言》，《晨报副刊》1921 年 12 月 30 日。
③ 郑振铎、高君箴：《天鹅》，第 1 页。
④ ［丹麦］安徒生：《安徒生童话全集》卷三，叶君健译，清华大学出版社 2010 年版，第 1022 页。
⑤ ［丹麦］安徒生：《安徒生童话全集》卷三，叶君健译，第 1025 页。

金钟没有声音，正当村民们打算把不能发出响声的钟投进湖里的时候，钟自己发出了巨声，一阵风吹来，村民和钟都被卷入湖中，村民们死了，"那沉没在湖里的钟，还是不绝的响，直到现在夜深的时候，要是有人在湖边上走着，还可以听到这可哀的声音，在湖底里响。听到这声音的人，没一个不是这样想：'奢华是不可以的，懒惰也是不可以的'"。① 译者用"钟"的意象贯穿故事，意在说明人不应追求奢华、变得懒惰的生活道理，教育意义彰显其中。

再如郑振铎对孙毓修编译的《无猫国》进行了译述，孙毓修的《无猫国》译自《泰西五十轶事》中的童话《威廷顿和他的猫》，郑振铎开篇仅用两段话概括了《威廷顿和他的猫》的前三部分：

> 某村有一童子，名叫大男，父母早死，家中贫穷。因为在本乡没有饭吃，就上京城，在一个富人家里做工。他工作极勤，但还常受老仆妇的打骂。他住的房子，老鼠又多，夜间总成群成阵的跑出来打扰他。新年时，主人的女儿给他一百个钱，当押岁钱。他拿这钱，买了一只猫来，养在房中。从此老鼠不敢再来。
>
> 主人有几只船，常到外国做生意。仆人们也常买些土货，托船主带去，趁些钱回来。有一次，主人问大男有什么东西要带去卖没有。大男只有这只猫，又舍不得卖。主人说，猫也可以卖。大男便把猫托了船主带去。②

郑振铎的译述是对孙毓修编译《无猫国》的高度概括。他将故事背景设为"某村"，文末写道："船回家了。主人家里的人都喜喜欢欢的来领取卖货的钱。大男的猫独独卖得了许多的金珠宝石。从此大男成富翁了。他不做苦工了。他入学读书，十分用功，后来成了一个很有学问的人。"③ 作品中大量删除了景物描写，与人物和结构不太相关的语句也被删去，仅保留了故事梗

---

① 赵光荣：《钟渊》，《儿童世界》1922 年第 1 卷第 13 期。
② 郑振铎：《无猫国》，《儿童世界》1922 年第 3 卷第 1 期。
③ 郑振铎：《无猫国》。

概。郑振铎对这样的译述作过说明："在一方面，可算是一篇短故事，别一方面又可以使儿童们看了，引起他们想去看原书的兴趣。——换一句话，就是想要用这个方法，去增进儿童看书的欲望。"①

在郑振铎与高君箴编译的《天鹅》中，《牧师和他的书记》《金河王》《魔镜》等都采用译述的方法。郑振铎看重童话的接受者是儿童，他认为并非所有的童话都适合于小读者阅读，"童话有专为儿童而写的，也有不专为儿童而写的。最有名的童话作家安徒生之所作，便有一部分不适合儿童的"。②因此译述的一个重要功能便是将不适于儿童阅读的情节、语言删去。如《天鹅》中的《魔镜》是根据格林童话《白雪公主》译述的，《白雪公主》中有一些不适宜儿童阅读的情节，比如由于嫉妒白雪公主的美丽，恶毒的王后命令猎人把白雪公主带到森林里杀掉，并在返回时拿她的肺和肝作为证据，但是猎人放走了白雪公主，拿了小野猪的肺和肝交给王后，王后把这肺和肝煮熟吃了。在结尾恶毒的王后去参加白雪公主的婚礼，她被迫穿着被火烧红的铁鞋子不停地跳舞，直跳到倒在地上死了为止。译文《魔镜》为白雪公主取了一个富有中国特色的名字"雪点"，将《白雪公主》带有暴力和血腥色彩的内容全部删去，没有王后吃肺和肝的情节，最后王后在山上跌死了。这种站在儿童接受角度删减童话情节的方法，与茅盾编译《飞行鞋》的方法相似，但郑振铎的译述已不再有茅盾编译当中译者声音的加入，而是按照童话本身的情节发展来叙述故事，艺术性很强，如郑振铎根据日本民间童话《竹取物语》译述的《竹公主》：

> 这时月亮正升在中天，放射清洁如水的银光在大地上。有一线白光，又如烟，又如云似的，由天上降到地上，好像一座仙桥。
>
> 由这座桥上，下来了无千无万的穿着银白色甲胄的兵士。如一阵风吹起的烟一样。
>
> ……

---

① 郑振铎：《无猫国》。
② 郑振铎：《儿童读物问题》，《大公报》1934年5月20日。

军官拿一件白衣给竹公主穿，她的旧衣裳，掉到地上，不见了。

竹公主随着月宫的军队由白烟似的桥上升上去，渐渐的升过富士山顶。更高，更高的，升到月旁，然后不见了。大概他们是已经进了月宫的银门里了。

到了现在富士山顶还常常有一缕烟云，围绕于上，好像这座仙桥，还竖在那里一样。①

这段叙述由生动的环境描写营造了一个优美神奇的童话境界，蒋风认为郑振铎的译述中，童话的艺术要素明显增强，"艺术童话这种从民间童话基础上发展起来的作家创作，经由沈雁冰开创，到了郑振铎笔下，已经基本上形成特色。郑振铎对童话的贡献，正是使童话的艺术形式进一步得到了完善"②。

还有一种方法是节译，译者在翻译过程中适当删减部分字句、调整章节，甚至对原文本进行故事内容的缩写。1929 年戴望舒翻译了《鹅妈妈的故事》，在《序引》中说明："这些故事虽然是从法文原本极忠实地译出来的，但贝洛尔先生在每一故事终了的地方，总给加上几句韵文教训式的格言，这一种比较的沉闷而又不合现代的字句，我实在不愿意让那里面所包含的道德观念来束缚了小朋友们活泼的灵魂，竟自大胆地节去了。"③1932 年赖恒信、萧潞峰翻译的《水孩》则改动了原文本的章节，卷首有顾均正所写《付印题记》，介绍了本书的创作缘由，指出"《水孩》原书共八章，惟每章篇幅过长，不适于儿童阅读，本书特依据一个节略本重述，改短不重要的篇幅，增加段落，分为二十七章。深信这样的改动，要比直接翻译更为适宜"④。另有童话故事重述的方式，但不多见，徐应昶对童话剧《彼得·潘》的故事做了重述，编者在《导言》中指出："《彼得·潘》的剧本并没有印行过，可是有许多人把这出戏的事实，重述做一个故事，所以，你们现在看的

---

① 郑振铎、高君箴：《天鹅》，第 57—61 页。
② 蒋风主编：《中国现代儿童文学史》，第 54 页。
③ [法] 贝洛尔：《鹅妈妈的故事》，戴望舒译，开明书店 1929 年版，第 xiii 页。
④ [英] 金斯莱：《水孩》，赖恒信、萧潞峰译，生海社 1932 年版，第 vi 页。

这一本《彼得·潘》，也是一篇重述的故事，不是剧本。"①

在 20 世纪 40 年代后期，永祥印书馆出版了"少年文学故事丛书"，其中包括出版于 1948 年由范泉缩写的域外童话译本，如参考"万人丛书"的英译本、徐调孚中译本缩写的《木偶奇遇记》，参考赵元任中译本缩写的《爱丽思梦游奇境记》，参考了英国伦敦哈拉泼书局出版的英译本选辑缩写的《格林童话集》，参考了美国的英译本缩写的《安徒生童话集》。以《爱丽思梦游奇境记》为例，范泉对其缩写作了说明，"这个缩写本的长度约占原著的五分之一"②。赵元任译本中有十二章，分别为：第一章"钻进兔子洞"、第二章"眼泪池"、第三章"合家欢赛跑和委屈的历史"、第四章"兔子的毕二爷"、第五章"请教毛毛虫"、第六章"胡椒厨房和猪孩子"、第七章"疯茶会"、第八章"皇后的槌球场"、第九章"素甲鱼的苦衷"、第十章"龙虾的跳舞"、第十一章"饼是谁偷的"和第十二章"阿丽思大闹公堂"。范泉的缩写本分为十章：第一章"钻进了兔子洞"、第二章"眼泪池"、第三章"委屈的历史"、第四章"在白兔子的家里"、第五章"请教毛毛虫"、第六章"胡椒厨房和猪孩子"、第七章"疯茶会"、第八章"皇后的槌球场"、第九章"审问"和第十章"大闹公堂"。范泉的缩写本一方面改动了章节，另一方面删减了描述性的语句，以下分别为赵元任译本和范泉缩写本开头的一段叙述：

> 所以她就无精打采地自己在心里盘算——（她亦不过勉强地醒着，因为这热天热得她昏昏地要睡）——到底还是做一枝野菊花圈儿好呢？还是为着这种玩意儿不值得站起来去找花的麻烦呢？她正在纳闷的时候，忽然来了一只淡红眼睛的白兔子，在她旁边跑过。③

> 天气那么热，热得爱丽思几乎要睡着了。爱丽思无精打采地在自己心里想：到底做一枝野菊花的圈儿呢？还是应当怎么样？正在纳闷的时

---

① ［英］巴栗爵士：《彼得潘》，徐应昶重述，商务印书馆 1931 年版，第 2 页。
② ［英］L·加乐尔：《爱丽思梦游奇境记》，范泉译，第 84 页。
③ ［英］刘易斯·卡洛尔：《阿丽思漫游奇境记》，赵元任译，商务印书馆 1922 年版，第 1 页。

候，忽然来了一只淡红眼睛的白兔子，打她的身边走过。①

与赵元任的译本相比，范泉的缩写本中删去了一些人物的心理描写和动作描写，尽管也转达了故事情节，但语言不够生动，少了一些艺术上的审美意蕴。

三、特殊型个性化翻译——改编

改编属于特殊型个性化翻译，是在篇章层面改变了原文本的文体形式。前文已提及，在"童话丛书"中，茅盾将童话剧本《求幸福》改编为童话《寻快乐》，童话将主人公从老年改为一个十四五岁的少年，内容比剧本更简练，人物更集中，也更中国化。

1925 年，《小说月报》刊登了赵景深将安徒生的《野天鹅》改编的童话剧《天鹅》，在题头指出"这篇剧取材于安徒生的《天鹅》(The Wild Swan)，自己改正了几次，又蒙友人何呈錡改正了几次。友人邱文藻并为谱曲。此剧调子不多，极便实演。尚希读者再为指正"②。1928 年，商务印书馆出版了单行本《天鹅歌剧》，为六幕歌剧，剧本附钢琴伴奏谱。将第一幕引出如下：

第一幕　被逐

布景——王官的内殿。

（五王子手携手的联成一圈舞蹈并唱歌。）

（五王子唱）：我们同胞多么欢欣，结围跳舞复高吟；我们同胞多么快欣，并肩携手互相亲。腰间挂着长剑，胸前带着金星。金刚笔头草字，金质板上写生。我们还有一个妹妹，她比我们还聪明。她有小凳玻璃做成，她有图画值千金。我们同胞多么欢欣，结围跳舞复高吟；我们同胞多么快欣，并肩携手互相亲。

（他们的妹妹伊尼斯上场）：妹妹。

（新王后暗上）

① ［英］L·加乐尔：《爱丽思梦游奇境记》，范泉译，第 1 页。
② 赵景深：《天鹅》，《小说月报》1925 年第 16 卷第 8 号。

妹妹！快来，快来！/ 我们一齐高声吟。

（伊尼斯上，蹙眉而唱）：谢谢哥哥们，不要太高兴！难道忘记了，后母心毒狠？她要打我们，还要骂我们，常想把我们，一齐赶出门。

（五王子惊慌散圈唱）：天涯遍地是荆榛，可怜我们孱弱身。果然被她逐出门，大家将向何处奔？

（伊尼斯唱）：唉！我们死去的母亲，夕阳照着的孤坟！唉！我们亲爱的母亲，可怜你的儿女们！

（五王子唱）：妹妹呀，不要哭，你哭我们都伤心。想起亲爱的母亲，幽魂一定泪不禁。

（新王后忸忸怩怩的执杖走出）（新王后唱）：倘听见，儿们哽咽音！哎呦，你们这些（五王子及伊尼斯惶恐万状，低头不语。）小畜生，搬弄什么是非经！哼，哼！冤枉老娘。（乱打。老王偕宫侍匆匆同上，汗流如雨。）

（老王唱）：狠就狠，定赶你们出宫门。不要吵，不要闹，你吵你闹我心恼。他们虽然非你生，却是我的小宝宝，你要打。

（新王后放杖下怒极唱）：还是打我好。好呀，只让畜生偷骂我，我说他们你斗硬。哎呦，你们都是骨肉亲，（假哭忽然又不哭了，重拿起杖。）剩我一个好苦命！定要赶走小畜生，不赶我就出宫廷。内侍呀，把她送到农家去，不愿再见女妖精，女妖精！（宫侍欲带伊尼斯下，老王和五王子拉着不放。新王后分开他们的手，指着五王子。）还有五个眼中钉，老娘一见便生憎。眼中钉，给我变成怪鸟形，快飞海外莫留停，莫留停！

（电灯灭。复燃时五王子已披羽毛变成天鹅，作飞的样子，内侍追着大哭的伊尼斯同时分头下。老王大哭，新王后狞笑，作得意状。）

[幕急闭]①

安徒生《野天鹅》中有 11 位王子和一位妹妹，赵景深改成了五王子和

---

① 赵景深：《天鹅歌剧》，商务印书馆 1928 年版，第 1—12 页。

一位妹妹，在改编的剧本中加入了大量的动作和语言描写，以达到更好的舞台表演效果。

1924年，《小说月报》还刊登过由童话改编的歌曲，是由落华生（许地山）翻译的一篇别致的童话——《可交的蝙蝠和伶俐的金丝鸟》，这是一个带音乐的故事：

> 旧时，在绿兰地方（音乐），正在罗霍令小川边（音乐），有只可交的蝙蝠（音乐）飞，一时高，一时低，那时黑云集于夏天（音乐）。
>
> "要起风了，"可交的蝙蝠细说完（音乐），飞入农家（音乐），那里大人（音乐）正在开窗。
>
> 可交的蝙蝠（音乐）挤入那最后一个未曾开的窗。正在大人（音乐）未关严以前。他藏在一张椅后；等他们出去了，他飞出来绕着飞，绕着飞，打击天花板做耍，真是快乐。
>
> 忽然有一道光入来，（音乐）跟着一阵雷（音乐）很大声，把伶俐的金丝鸟吓醒了（音乐），在金笼内（音乐）。
>
> "你是谁？"金丝鸟问。（音乐）
>
> "是朋友，"蝙蝠细声说，（音乐）且飞绕得很快，使金丝鸟（音乐）注神望着他。
>
> 第二道光又来（音乐），第二声雷又发（音乐），但这蝙蝠（音乐）飞得一阵高，一阵低，绕来，绕去。[①]
>
> ……

这则"带音乐的故事"特殊之处在于：叙到蝙蝠、金丝鸟与大人的动作与心理时，以及风、雷、雨出现的场合，文字中间便穿插五线谱标记的音乐，共63个乐段。音乐与故事情节紧密配合，成为文本审美情境的组成部分。译者在篇末加注说："这种'乐的故事'，讲时最好用钢琴和，自能表出各句底象征。很有意思，讲时不弹，讲中插弹。"[②] 以音乐和语言结合的方式，

---

① 落华生：《可交的蝙蝠和伶俐的金丝鸟》，《小说月报》1924年第15卷第6号。
② 落华生：《可交的蝙蝠和伶俐的金丝鸟》。

刻画了蝙蝠的勇敢进取和金丝鸟的怯懦退缩，具有五四时代意义的个性主题隐含其中，这一特殊的艺术样式无疑令读者耳目一新。

域外童话剧或改编剧目在中国也得以演出。冰心回忆 1920 年华北水灾，"我们大学的学生会为要筹款救灾，演了一出比利时作家梅德林克写的《青鸟》，剧本是从英文译出的，我参加了翻译和演出的工作，我们都很喜欢这个剧本，观众也很欣赏这出儿童剧"[1]。1935 年，《音乐教育》杂志连载了由钱光毅编剧，廖辅叔作词，陈田鹤作曲的《皇帝的新衣》，这出学校音乐剧是根据安徒生与叶圣陶的童话《皇帝的新衣》改编而来，在保留安徒生童话故事内核的基础上，结合叶圣陶童话内容，将故事人物与背景设置在中国，最后打倒皇帝，惩罚了骗子织工。在剧作最后注明："本会拟将本剧于最近期间上演，待演。"[2] 在贺宜的《为了下一代》一文中回忆，抗战胜利后，1947 年 3 月在上海成立了中国少年剧团，排演过陆静山根据安徒生童话改编的剧本《卖火柴的女儿》。中国少年剧团是一个演出次数不多的业余剧团，是新中国成立前"国统区"唯一的儿童戏剧团体，在新中国成立前的上海，对推动进步的儿童戏剧运动尽了应尽的责任。[3] 对于改编，陈伯吹做过论述："在国内，儿童文学的'创作'，少于'翻译'。实在说来，翻译的也不多；而且在儿童的观点上，多少具有'时、空'的限制，所以站在小读者的立场上说来，与其'翻译'，毋宁'重述'和'改编'，较易接受，较易消化，较易惹起阅读兴趣，养成阅读习惯。不过重述或改编的重要问题，在于怎样地保持原著的精神与观点；而这样地'割裂'与'损毁'也是'一切儿童第一'，'一切为儿童'的不得已办法罢。"[4] 通过改编和演出，适时地扩大了域外童话在中国的接受范围。

翻译者在翻译过程中会涉及两种话语：源语的话语和目标语的话语，成功的译者能够操纵原作在目标语中的接受和传播。谢天振认为，"文学翻译

---

① 冰心：《我是怎样被推进儿童文学作家队伍里去的》，载叶圣陶等编：《我和儿童文学》，第 17 页。

② 钱光毅等：《学校乐剧：皇帝的新衣》，《音乐教育》1935 年第 3 卷第 6 期。

③ 贺宜：《为了下一代》，载叶圣陶等编：《我和儿童文学》，第 133 页。

④ 陈伯吹：《从欣赏〈仙履奇缘〉想到儿童读物的改编》，《大公报》1948 年 4 月 13 日。

的创造性性质是显而易见的，它使一件作品在一个新的语言、民族、社会、历史环境里获得了新的生命。然而，文学翻译除了创造性一面外，另外还有叛逆性的一面。如果说，文学翻译中的创造性表明了译者以自己的艺术创造才能去接近和再现原作的一种主观努力，那么文学翻译中的叛逆性，在多数情况下就是反映了在翻译过程中译者为了达到某一主观愿望而造成的一种译作对原作的客观背离"①。正是这种创造性和叛逆性，使译作具有了相对独立的文学价值。域外童话在近代中国的翻译更多带有归化策略，译者变换源文本以适应中国的文化语境，源文本的话语规则与中国的文化规则产生了碰撞与融合，中国文化的话语相对较多地呈现于译本中，使中国读者从阅读中获得亲切感，彰显着中国本土话语优势，使得域外童话被中国的民族文学所吸收，童话成了一种广为读者接受的文学样式。

第四节　副文本——近代译介者与域外童话的 "另一种交集"

近代中国对域外童话的接受植根于其所在的中国境遇，译介者们与域外童话之间的交集不仅体现在翻译文本上，也体现在副文本上。热奈特认为副文本"为文本提供了一种（变化的）氛围，有时甚至提供了一种官方或半官方的评论"②。副文本参与域外童话译本的构成与阐释，成为译介者们营构译本意义的特殊策略，也成为读者更加深入地了解域外童话的有效路径。

一、域外童话译本的译者序跋

译者序跋在域外童话译本的副文本中占有重要位置，对研究译本具有重要的参考价值，为读者提供了多方面的信息。依据序跋所附载的对象，分为以下三种类别。

---

① 谢天振：《译介学导论》，北京大学出版社 2018 年版，第 72 页。
② ［法］热拉尔·热奈特：《热奈特论文集》，史忠义译，百花文艺出版社 2000 年版，第 71 页。

　　首先是介绍作家人生和创作历程、包含作家思想变迁的印痕、作家文学观的表达，分析译本的特征及译本来源，有利于读者了解原作，理解译文。

　　以格林童话译本为例，1922 年崇文书局出版了赵景深翻译的《格列姆童话集》，卷首由赵景深写的《格列姆童话集序》较为全面地介绍格林兄弟的生平及其童话在中国的译介情况，引出全文如下：

　　　　格列姆弟兄的故事，是从德国的看护室和炉边搜集拢来的，现已传遍世界，脍炙人口。他们的第一部著作成于一八一二年，名《儿童与家庭的故事》"Children's and Household Tales"，哥哥名杰克白（Jacob）（一七八五——八六三），弟弟名威廉（William）（一七八六——一八五九），他们不但是童话家，亦是学士。他们研究童话；是用人类学来解释的。以后兄弟同在大学当教授；所作就此著名。现在凡是研究文学的，都知有格列姆弟兄（Brothersgrimm）了。

　　　　他们童话的译本，在我国极少：黄洁如的童话集选过几篇，孙毓修亦在《童话》第一集里意译了几册。至于专集的译本，只有时谐，但是书名不标明童话，又是文义深奥，因此儿童每每得不着这书看，这实是件憾事！

　　　　此书系从人民丛书（"Everyman's Library"）里的家庭琐话（"Household Tales"）中译出。原文六十五篇，除去与时谐同的五十五篇，尚存十篇。此十篇中《如意桌》（"Wishing Table"）和《少年》上的《风》相似；《三个纺纱仙》（"Three Spiuning Fairies"）又和《妇女》上《懒惰美人》大同小异；《二兄弟》篇幅太长，儿童的听力易于涣散，《愚孩子》又太短，儿童听时没甚趣味——这四篇都没有译。

　　　　因此，此书选了六篇译出来，都是他家所没有译过的。体裁纯用白话，取其易懂；分量都分配得极匀，无过长过短之弊；短歌插在文里，尚为活泼有趣。不知小朋友对于这书的感想如何？①

---

① ［德］格列姆兄弟：《格列姆童话集》，赵景深译，第 1 页。

序言虽短，却包含了很多信息：格林兄弟的生平及贡献，对其他的译本作出评价，本译本的选材及语体等问题。1925年，王少明在其所译《格尔木童话集》的卷首附有《格氏兄弟小史》，比起赵景深的《格列姆童话集序》，王少明对格林兄弟生平的介绍更加详细，并概括格林童话的特征及其在德国的流传状况："格氏兄弟之童话，虽亦多采自妇孺翁妪之口；然其措辞巧妙，言情有致，全是小说家之真正精神与体意，兴味津津，能使读者不忍释手，故格氏兄弟之童话集，德人几于无家无之；此所以格氏兄弟之名，盛传于德国妇孺之口也。"[①]1930年赵景深在《金雨》的《后记》中，对《盗穴》在各地的流传情况做了介绍，"这篇童话流传的区域极广，我在《挪威民间故事研究》（见拙著《民间故事研究》pp.77—80）里曾提起挪威的《三公主》，此外还有直隶唐山的《小白龙》，满洲的《小英雄》，中国南方的《云中落绣鞋》，江苏灌云的《青松上的毛女》（孙佳讯述，见《民间童话集》之一《换心后》pp.78—82），中国北方的《王大傻的故事》（见《民间童话集》之四《瓜王》pp.62—86）以及山东的《如意葫芦》（见《大黑狼的故事》）"[②]。1931年，顾均正在为章肇钧译《三羽毛》所写的《格林故事集序》中，介绍了格林童话在中国的译介情况，"在中国，首先介绍格林故事的是孙毓修先生，在他所编的《童话丛书》第一集（商务印书馆出版，为中国第一部语体文儿童读物）中，便已收着好几篇格林故事，譬如《飞行鞋》《海斯交运》《大拇指》等，都是二十年前中国儿童的唯一读物。此后商务的《说部丛刊》中又出了一种格林故事集《时谐》，不过这书是用文言译的，它包含的分量虽较《童话丛书》第一集为多，但因其读者并不是儿童，所以对于儿童教育上的影响，倒远在《童话丛书》第一集之下"[③]。1933年，赵景深在《白蛇》的《后记》中，介绍书中所收《狼与狐》的异式见于《列那狐的历史》第十二节。1934年，魏以新翻译的《格林童话全集》出版，卷首有魏以新写的《译者的话》，说明了本书是由德国名著丛书版本译出，卷首

---

① [德]格尔木兄弟：《格尔木童话集》，王少明译，第2—3页。
② [德]格林：《金雨》，赵景深译，第99—100页。
③ [德]格林：《三羽毛》，章肇钧译，第v页。

还有威廉·格林所写《致阿尔宁夫人柏提那的献纳词》，以及倭尔加斯特著《格林兄弟传——论童话及童话之研究》，文中详细介绍了格林兄弟的生平、文学活动以及《儿童和家庭童话》的故事来源、学术和教育价值。此后，林俊千在出版于 1941 年的《格林姆童话》卷首《序》中，介绍了格林兄弟，对格林童话的文学成就做出分析，认为其特色在于：一是不荒唐，二是不恐怖，三是文字通俗而美丽，不粗俗不鄙俚。指出格林童话中使用空想的叙述和离奇的描写，"来不断的启发读者的智慧和思想"①。文中还对奥斯卡·王尔德童话、安徒生童话和格林童话的特征做了概括："如果说王尔德的童话有轻松，幽美的特长，使人引起无限快感；而安徒生是纯朴，庄重，柔和，为他的优点的话，那么，格林姆的童话就可说是兼有这两位童话家之长。所不同的，格林姆的童话，大多是编述，而不是创作的。"②另有译者对格林兄弟的思想做出概括，1949 年张亦朋在其所翻译的《格林童话全集》的《小引》中写道："总括说起来，格林兄弟是两个爱护和发扬祖国文化的伟人，同时也是真正友爱的一对璧人，小朋友读了他们的作品，希望也要能够做到这两点。"③从以上格林童话译本的序跋中可以看出，不同译本的序跋，从不同角度呈现出近代中国译介格林童话的面貌，对于读者了解及研究格林童话具有参考意义。

在序跋中，译者或自己作序跋，或请他人写题记，这些文章站在研究者的角度对童话的主题内容做出评价，使序跋具有了学术价值。比如赵元任为《阿丽思漫游奇境记》写的《译者序》，将《阿丽思漫游奇境记》的特征总结为，它是一部给小孩子看的书，是一部笑话书，又是一本哲学的和论理学的参考书。王维克为《青鸟》所写《译者的话》中，结合剧本内容，解答了以下问题："青鸟是什么？""金刚钻和光是什么？""什么是人生的真幸福？"认为"总之，神秘不等于不能了解，读者能加以思索，则此剧简

---

① ［德］格林姆：《格林姆童话》，林俊千译，第 3 页。
② ［德］格林姆：《格林姆童话》，林俊千译，第 3 页。
③ ［德］格林兄弟：《格林童话全集》，张亦朋译，第 2 页。

直是一个极丰富的宝藏，是一个人生的明灯"。① 赵景深所译《安徒生童话集》卷首的《安徒生的人生观》和《安徒生评传》，对安徒生生平和创作做了细致的评介。梁实秋为其所译《潘彼得》写的《序》中，分析作家的创作意图为："这剧的目的是要表现宇宙间那种永在的儿童精神；所以潘彼得就是'永恒'的象征；他重新提醒我们，这世间的主人还是青春的大地和童儿的幻梦。……这种永恒的生力在我们眼光中就好像是潘彼得的精神——一种永长而不长成的东西。我想，人生唯一最重要的原力就是儿童时代那种放任的顽耍精神；假使人类一旦失去了这种原力，这宇宙间便没有我们人的地位了。"② 顾均正为蒋学楷译《陶立德博士》写的《付印题记》中评价本书，"使动物人格化，也是一件不容易的事情。伊索使动物像人一样的说话做事，但他并不使动物说他们自己的话，和做他们自己的事；自来惟加乐尔的《阿丽思漫游奇境记》，和吉卜林的《丛莽集》能够战胜这个困难，现在本书作者可说是能够把捉这个诀窍的第三人。书中每一个动物，始终都做着适合于他们生活法则的事，一点也没有过分"③。钱歌川在其翻译《缪伦童话集》的《序》中，对至尔·妙伦童话和安徒生童话做了比较，认为前者是"立在实现的方面，将人间的疾苦，奴役的来源，用有趣味的童话体裁，如实地告诉我们。这里不是虚诞的梦境，而是真实的人生。小朋友还未堕入染缸以前，固然不可不读，即麻木的大人读起来，也可得到几分反省"④。张慎伯在他译注的《木偶奇遇记》的《序》中评价本书："它的妙处，在使我们读一句，笑一阵；笑一阵，想一回；由木偶人的可笑，而悟到我们自己的可笑，因此我们就学了些聪明。"⑤ 在域外童话译介之初，读者对很多童话作家作品感到新鲜而陌生，这些带有评介性质的序言成为参考性的文献，有助于读者更好地理解作家作品，也为童话研究者提供了研究资料。

　　其次，域外童话序跋、引言与近代童话史、童话翻译史共生。序跋的产

---

①　[比利时] 梅德林克：《青鸟》，王维克译，泰东图书局 1923 年版，第Ⅳ页。
②　[英] 巴利：《潘彼得》，梁实秋译，第 5 页。
③　[美] 罗夫丁：《陶立德博士》，蒋学楷译，开明书店 1931 年版，第ⅲ页。
④　[奥] 缪伦女士：《缪伦童话集》，钱歌川译，中华书局 1932 年版，第 1 页。
⑤　[意] 柯洛第：《木偶奇遇记》，张慎伯译，中华书局 1934 年版，第 1 页。

生具有即时性和纪实性，在童话译本产生的同时，序跋也就产生了，所以序跋与近代童话史、童话翻译史之间是一种共生关系，在序跋、引言中体现着译介者们对童话文体的思考与界定。

有的序跋中包含着对童话的类别的引介。周作人为《两条腿》写的《序》中，介绍科学童话这一文体："自然的童话妙在不必有什么意思，文学的童话则大抵意思多于趣味，便是安徒生有许多都是如此，不必说王尔德（Oscar Wilde）等人了。所谓意思可以分为两种，一是智慧，一是知识。第一种重在教训，是主观的，自劝诫寄托以至表述人生观都算在内，种类颇多，数量也很不少，古来文学的童话几乎十九都属此类。第二种便是科学故事，是客观的；科学发达本来只是近百年来的事，要把这些枯燥的事实讲成鲜甜的故事也并非容易的工作，所以这类东西非常缺少，差不多是有目无书，和上边的正是一个反面。《两条腿》乃是这科学童话中的一种佳作，不但是讲得好，便是材料也很有戏剧的趣味与教育的价值。"[1]顾均正为张昌祈翻译的《绵羊王》所写《付印题记》中，评价陀尔诺夫人的童话为近代艺术童话的雏形："所以就教育价值看来，陀尔诺的作品当然不及格林兄弟的《家庭故事》；但就文学史的见地而论，则它的确是近代文学童话的雏型，凡是要追溯近代儿童文学的渊源的人，都必须一读。"[2]陈伯吹则在他所翻译的童话《一文奇怪的钱》写的《译序》中，认为这是一篇现代的新型童话："这一篇童话，是一篇不平凡的童话，她有安徒生童话（H.C.Andersen's Fairy Tales）的简洁质朴，但是所想象的事物，比较更为现实。她有格林童话（Grimms' Maerchen）的奇异的情节，但是思想不是古老的，可以说这是一篇现代的新型童话，用形象来摹拟真理的，在童话的园地里别树一帜，开辟出一条新的途径来。"[3]刘辽逸在为《太阳的宝库》写的《译后记》中将这部童话界定为实事童话，因为所述事件本身的单纯化，即题材质朴，

---

① [丹麦] 爱华耳特：《两条腿》，李小峰译，北新书局1927年版，第3—4页。
② [法] 陀尔诺夫人：《绵羊王》，张昌祈译，开明书店1931年版，第 i —ii 页。
③ [苏] 斯提泼涅克：《一文奇怪的钱》，陈伯吹译，第2—3页。

且行文平淡无奇，"在平淡中使人感到淳厚，寄隽永于浅易中"①。

另有译介者通过对所译介作品的介绍，展开对童话这一文体的思考。张友松译《如此如此》属于"世界少年文学丛刊"童话系列，丛刊编者在译本卷首的《付印题记》中由《如此如此》观照童话的特征："吉氏在这些童话中启示了近代童话的一个该走的正途，尤其是《象儿子》一文，恐怕是童话园地中的一篇最有价值的作品罢。它具有一切童话的长处：它是儿童的，文学的，科学的。"②表明评介者认为童话应包含三个层面的内容：儿童的、文学的和科学的。尤炳圻在其所译《杨柳风》的《译者序》中，认为童话应有诗的意境："童心本来是诗国，童话本应似诗境。然而真能将童话化成诗境者，除格莱亨外，能有几人耳？"③汤冶我在为邵霖生编译的《朝鲜现代童话集》写的序言中，对童话的类型做了介绍，"'童话'一词，在英文里叫做Fairy tale，出现在中文中，怕是由日本移入来的。从它的性质上，大概可分为纯粹的和艺术的二类。前者是代表初民的思想和习俗，由传说或神话递演而来的；后者是由童话作者取材于神话传说而自己加以布置雕琢而成的作品"④。

还有部分译介者从译介的角度对"童话"这一译名做出评价。青主（原名廖尚果）在他翻译《豪福童话》的《译者的话》中，认为应将童话译作"幻话"："童话这个译辞，本来是有些不大妥当。我很想把它译作幻话，因为凡它所叙述的事实，都是超出自然界以上的，完全是属于幻想界，并没有地方上或历史上的依据。但是童话这个译辞既经在我们中国得到一个很普遍的使用，所以我亦见得可以不必把它改译。"⑤穆木天在他选译《王尔德童话集》的《王尔德童话小说序》中谈到童话应译为"仙话"："王尔德的童话，与安得生（Hans Anderson）葛立木弟兄（Brothes Grimmy）等的童话比起来，算不得童话，或者可以说是一种特殊的童话吧；所以愿读者不

① [苏]布黎士汶：《太阳的宝库》，刘辽逸译，光华书店1948年版，第82页。
② [英]吉卜林：《如此如此》，张友松，开明书店1930年版，第v页。
③ [英]格莱亨：《杨柳风》，尤炳圻译，第4页。
④ 邵霖生编译：《朝鲜现代童话集》，中华书局1936年版，第1页。
⑤ [德]豪福：《豪福童话》，青主译，商务印书馆1934年版，第1页。

要以此误会童话的意义。王尔德童话自然是一种童话体的小说，然我更愿说者拿他作为散文诗去鉴赏。'童话'二字，系 Fairy Tales 之译语；按 Fairy Tales 本应译作'仙话'——我记得中国有这个名字，什么讲仙话——只以知识阶级的惯用关系，仍译作童话了。"①

再次，序跋也成为考察域外童话译本出现的时代环境的实证依据，译者在写作序跋时向读者提供了一些译本产生的社会历史背景方面的信息，这些史实对译者及译作研究提供了文学史料、文学现场及文学生态等方面的历史细节。

在 20 世纪三四十年代，中华书局推出"世界童话丛书"系列，这套丛书的《译者小序》在介绍译文内容的同时，对所选译文国家的地理位置、风俗人情、历史与现状做了介绍，极富地域和民族特色，并谈到这些国家与中国的关系，意在通过域外他者来反观中国自身，试举几例：

> 法国位于欧洲的西境，全国面积不过我国的四川省那么大，但它现在是世界上五大强国之一，自从欧战以后，拥有强大的海陆空军，做了欧洲各国的盟主；他操纵国际联盟，又俨然成为全世界的霸王。他和我国的关系，原是不很密切的，但自从公历一八八二年中法战争以后，原为我国藩属的安南割让给他们，从此，他们便以安南为根据地，伸展势力于我国西南各省；而广州湾又租给他们，至今还没有收回。因此，单就国防上说来，法国和我国的关系已很密切了。②

> 土耳其被称为"近东病夫"，我国被称为"远东病夫"。这两位难兄难弟，自己虽然不肯承认，全世界人士的心目中，确是把我们这般搭配着。③

> 至于印度和我国的关系，在文化方面我国受他们的影响很大，这是从汉代佛教传入以后才发生的。就是可以给儿童们阅读的寓言，故事等

---

① [英]王尔德：《王尔德童话集》，穆木天译，天下书店 1947 年版，第 1—2 页。
② [日]永桥卓介：《法国童话集》，许达年、许亦非译，中华书局 1933 年版，第 1 页。
③ [日]永桥卓介：《土耳其童话集》，许达年译，中华书局 1933 年版，第 2 页。

类的读物，从那时起，也有不少传播进来。①

亲爱的小朋友，你读完这本书，会展开你无数的微笑，会燃烧着你欢喜的火焰，尤其是作者把意大利的实在的风土人情描写出来，真好像给我们一本绝好的风土志和生活的写真呢。②

我们中华民国过去的情形和西班牙相仿佛，而现在的情形却还远不及西班牙，两两相对，真令人不胜感慨也！……正如西班牙到处多山，山上大多有许多古代遗留下来的城堡，于是关于城堡，就产生了许多奇异的童话一样。这就是西班牙童话富于神怪的意义的原因。③

丹麦不仅在农业方面被人称赞，就是在教育方面说来，也是一个很进步的国家。他们国内，几乎没有一个人不识字。——和我国有五千年的文化，时常自夸开化最早的，全国不识字的人竟占百分之八十以上，真是无可比拟了。④

也许为了朝鲜是一个弱小民族的缘故吧，他们的文学，我们大家都没有注意到过，虽然我国和他们在地理历史上的关系是很深的。其实，因为朝鲜是一个被压迫的弱小民族的缘故，在他们的作品里，很有许多是值得我们一读的。⑤

埃及和我国，在东方同为两大文明古国，不单是开化最早，并且是世界文明的先导。但是，说来也太可怜了！这两个古国，正如暮年的老翁，近百年来，日就衰颓，几乎不能支持了。⑥

在特定的时代背景下，译介者们通过域外童话译本的序言传达着他们基于现实而产生的忧患意识。顾均正在为《玫瑰与指环》所写的《译者的话》中，以书中所讲开服尔福国王征讨帕第拉的事情为例，认为作者威廉·萨克雷如先知般讽刺着中国社会所宣传的内容："起初，在靰靰的《朝报》上说，

---

① [日]丰岛二郎：《印度童话集》，许达年译，中华书局1933年版，第2页。
② [日]马场睦夫：《意大利童话集》，康同衍译，中华书局1934年版，第1页。
③ [日]丰岛次郎：《西班牙童话集》，许达年译，中华书局1934年版，第3—4页。
④ [日]大户喜一郎：《丹麦童话集》，许达年译，中华书局1934年版，第1—2页。
⑤ 邵霖生编译：《朝鲜现代童话集》，第1页。
⑥ [日]永桥卓介：《埃及童话集》，许达年译，中华书局1937年版，第1页。

国王征讨大胆的叛徒，得到非常的胜利；在后又宣传这无耻的帕第拉军队，已经溃退了；然后又说王师所向无敌，歼除叛逆，指日可待；然后，然后真的新闻传到了，声称开服尔福王已经被征服和枭首，最后的胜利还是操之于我们的元首帕第拉国王第一。"① 顾均正引用这段话后做出点评："读者看了这样的一段话，能不闭目想一想自己的身处的那世界吗？"② 同样，陈伯吹在《出卖心的人》的《译序》中，由故事内容联系到了当时中国的社会现实："这大概是英国的一个老故事，不过却写得很新奇可喜，不同于其他'黄金故事'的型式。这，正可以讽刺那如今一般心里正燃烧着'发财热'的人们，他们也像彼得的出卖了心，去发几千万几万万的国难财。但他们是否真的快活？彼得的遭遇，可作他们的不远的殷鉴，揭破了他们的良夜恶梦！"③

另有一些序言则透露出译介者们翻译域外童话资源的诸多深层的考虑，表达他们融通中外文化资源的良苦用心，苏俄童话及其表现出的民族特性成为值得中国借鉴学习的对象。潘麟昌在为唐小圃翻译的《俄国童话集》所写的序言中，将童话的研究与民族特性相联结，俄国民族特性为"强毅卓绝"，中国的民族特性则是"五分钟的热心"，并评价道："用'五分钟热心'的考语，和'强毅卓绝'的'特性'比较，能不令人寒心，能不令人愧死吗？我国同胞，也羡慕俄国的'特性'么？应当注意俄国的童话呀！"④ 康白珊在其翻译《苏俄童话》的《译者序》中谈到，在苏俄儿童的意识中，"凡属儿童同志是不分什么国界，什么有色无色的。他们很同情于被帝国主义压迫的一切弱小民族的儿童。——特别是中国儿童。他们很想帮助这远在异国的小朋友们，从帝国主义者手中，夺回他们的一切"⑤。

译介者们也希望通过译介域外童话来为中国儿童寻找精神食粮，以此塑造中国儿童的现代品格。王实味为《水孩子》写的《序》中，指出人们追寻理想的不同方式，中国人渴望做太平宰相或富贵神仙，而西方人追寻理想偏

---

① [英]萨克莱：《玫瑰与指环》，顾均正译，开明书店 1933 年版，第 xiv 页。
② [英]萨克莱：《玫瑰与指环》，顾均正译，第 xiv 页。
③ [英]尼司蓓蒂：《出卖心的人》，陈伯吹译，中华书局 1944 年版，第 2 页。
④ 唐小圃编译：《俄国童话集》第一册，第 3 页。
⑤ [苏]阿达·秋马先珂：《苏俄童话》，康白珊译，大华书局 1934 年版，第 1 页。

重无限的自由，因此海洋也成了人们追求自由的象征，"然而，无限的自由，也只有从个人的内部改造起，然后才可得到，虽有海阔天空的大洋，如果你本身是个坏蛋，还是得不了幸福。本书便是叙一个顽皮而可爱的小汤姆，在无限自由的境地里，怎样克服他自己的坏处而获到幸福。所以从一方面说，这书又是一个很大的教训。现在我们把它对译出来，希望读者在获得知识之外，同样地能满足自己对于自由的渴望，得到处世的教训"①。陈伯吹在他翻译的科学童话《三儿奇遇记》的《译序》中，表达了对社会现状的强烈不满，并谈到孩子们缺乏精神食粮的问题，"民主国家的'绥靖'政策，终于惹动了法西斯国家的侵略狂，人类给陷在水深火热中了！上海，被称为'孤岛'，这四年来一直沉沦在低气压中，暴风雨不住地袭击着，但孤岛上毕竟尚有不少有心人，喊过'救救我们的国家'之后，接下来还喊着'救救我们的孩子'！米已经从法币十二元一市石涨到一百五十元了，（自然其他物价一般的高涨，举不胜举。）物质的食粮，显然严重到透顶；精神的食粮何尝不如是，而以孩子们为尤甚！"②在为《黑母鸡》写的序中，宋庆龄也切实关注到儿童的精神需求，"侵略者发动的战争，带给人类许多灾难，而带给儿童们以特别多的灾难。他们失去了保护，他们失去了温暖，他们缺少着食粮——物质的和精神的。然而，对于他们的幼小的身体和心灵，他们是多么迫切需要这些东西的培育和滋养啊。我们不能让这新的一代被遗忘，尽管世界还是充满着火药气，若干地方继续在遭受好战者的破坏与蹂躏。我们需要从断垣残壁下，街头巷角里，以至饥饿寒冷的乡村中，把这些被遗忘的孩子们找出来，给他们以他们所迫切需要的东西。……这小小的一本童话，也应当给我们以启示，多多注意被遗忘的儿童，给他们以更丰富的滋养物"③。童话的阅读还与民族、国家的未来命运相联系，陈敬容在《丑小鸭》的《译者序》中谈道："在这种苦难年代，成人们在艰难的生活里挣扎，受尽种种精

① [英]查尔斯·金斯莱：《水孩子》，王实味译注，第2页。
② [美]N.布顿、N.杰可勃孙：《三儿奇遇记》，陈伯吹译，中华书局1944年版，第1页。
③ [苏]帕郭列尔斯基：《黑母鸡》，磊然译，第Ⅰ—Ⅱ页。

神和物质的虐待，但我们还有一个目标，一个信念；我们懂得我们对时代应当担负的艰巨责任。可是孩子们呢，天真活泼的孩子们呢？我们能让他们也像我们一样，只看到人生的阴暗面吗？他们带着坦白纯真的心到世上来，我们就只让他们看到种种凄凉困苦，而不给他们一点快乐的精神粮食，一点美丽的幻想吗？我们这些未来世界的小主人，我们能让他们一入世就有沉重的心情吗？我们能让他们带着这种沉重的心情，去创造未来的快乐世界吗？凡是进步的，或希望进步的国家，莫不重视儿童。重视儿童，就是重视人类的将来。"[1] 并且思考着中国的儿童文学发展路向，认为如果中国剧作家们能够把各国著名童话改编成儿童剧或卡通电影等，便是对中国儿童有益的事情。

安贝托·艾柯认为在对作品的理解中存在着作者意图、诠释者意图和文本意图，"我所提倡的开放性阅读必须从作品文本出发（其目的是对作品进行诠释），因此它会受到文本的制约"[2]。因此，要理解作品，立足点应放在作品上，域外童话译本中包含了文本意图、作者意图，以及作为诠释者的译者所表达的诠释者意图，译者所写的序跋中注入了近代中国的时代精神，这种阐释赋予了作品某种价值和意义，这种意义来自译者出自自身社会文化语境的外在包裹，而非作者的意图，实现了译者的阐释者意图，达到了宣传特定思想的目的。当然，这在某种程度上也会遮蔽文本意图、作者意图而形成阐释的遮蔽。

二、域外童话译本的注释和附记

在域外童话翻译工作中，遇到一些生僻的名物时，译者往往要做一些解释，这些译者所加的注释、附记也成为域外童话译本的副文本。比如赵元任翻译的《阿丽思漫游奇境记》中，卷首有《凡例》《特别词汇》，对读音、读诗的节律、语体、翻译、人称代词、特殊词的用法及标点符号等都做了说明。程鹤西译《镜中世界》的《凡例》中，也包含了注音字母、文体、翻译

---

① [丹麦] 安徒生：《丑小鸭》，陈敬容译，骆驼书店1948年版，第1页。

② [意] 安贝托·艾柯等：《诠释与过度诠释》，王宇根译，生活·读书·新知三联书店2005年版，第24页。

和标点等内容。还有鲁迅翻译爱罗先珂童话剧《桃色的云》，卷末的《记剧中人物的译名》对译作中的译名做了说明，包括：用见于书上的中国名的；用未见于书上的中国名的；中国虽有名称而仍用日本名的；中国无名而袭用日本名的；译西洋名称的意的；译西洋名称的音的。对其他译名如土拨鼠、七草也做了详细说明。鲁迅在为《小约翰》写的《动植物译名小记》中，介绍了"凯白勒""蛾儿""旋花""铃兰""鹡鸰""白颊鸟""白头鸟""鬼菌"和"捕蝇菌"等动植物的译名。尤炳圻在其所翻译的《杨柳风》的《附录》中，对"识得""老阳儿""利落"等书中的54个特别词汇做了解释。在周作人为《杨柳风》写的《题记》中，结合《牛津简明字典》，寺岛良安编《和汉三才图会》，韦门道氏著《百兽图说》等文献对土拨鼠做了介绍。

译者也会根据读者的接受需求，以附记的形式介绍作者，或对译作内容进行评述，帮助读者更加全面深入地了解作品。以安徒生童话为例，周作人辑译的《点滴》收录了安徒生童话《卖火柴的女儿》，在附记中对安徒生创作做了介绍："童话本来是原始社会的文学，也就是儿童的文学；因为在个体发生上，儿童时代正与原人的等级相当。所以历来只有天然的童话，至于人为的文学的童话，未曾有过；有了诗人的笔便已失却小儿的心了。只有安兑尔然是个诗人；活了七十岁，却仍旧是一个孩子。他用了孩子的眼光，观察事物，写出极自然的童话；一面却用诗人的笔去记述，所以又成了文学上的作品。"[1]郑振铎、高君箴译述的《天鹅》中，在安徒生童话《缝针》的译文后简要梳理了安徒生的生平和创作，指出"大概他的童话，都是奇幻而富于兴趣，而所含的意思又是很深沉的；儿童固然读之而喜，而同时却也可以使老人读之而深思"[2]。徐培仁编译的《安徒生童话全集》注重读者的阅读理解能力，在每一篇故事之前先附上译者所写的文本大意。比如概括《银先令》的故事大意为：

先令是英国通用的钱币，正和中国的角子一样，是银制造的。但是

---

[1]　周作人辑译：《点滴》，北京大学出版部1920年版，第242页。

[2]　郑振铎、高君箴：《天鹅》，第298页。

中国的角子，除了银的以外，尚有铅角子，新角子，铜角子等等，想来先令终不至于会和我们的钱币，犯同样的毛病吧？然而，它用到外国去的时候，人家也要当它是假。其实，它确是银制的。所以，到了结局，它被本国人收用去了。它的价值分毫未失。

作者写这篇东西，是有深切用意的；他的用意是：一个真实良善的人，虽糟了人家的侮辱和轻蔑，被视为坏人，但到了水落石出的时候，谁都要说，他毕竟是个真实良善的人。总而言之：真理是不灭的。[1]

这些文字不仅具有知识性，有助于开阔视野，而且使读者获得丰富的审美润泽。童话翻译作品发表的方式也力求有利于阅读，比如徐调孚译《木偶的奇遇》在《小说月报》连载时在正文前有"告新读者"来简述前一段故事，以便让新读者了解故事脉络，老读者接上前文线索。

三、域外童话译本的图像文本和图书书目

域外童话译本的副文本还有封面画、插图、照片等，这些精心设计的图像文本，或再现译者对文本的理解，或传达原作者描摹的图景，或图解正文本，参与了译本意义的生成，造就了童话译本图文并茂的特征，从而为译本提供一种视界。一些译本的扉页有作者的肖像，以便读者对作者有更加直观的认识，比如鲁迅翻译的《桃色的云》扉页有爱罗先珂像，傅东华所译《青鸟》的扉页有莫里斯·梅特林克像，赵景深编译《牧羊儿》的扉页有小川未明和安徒生像，魏以新翻译的《格林童话全集》的扉页有格林兄弟像，巴金所译《快乐王子集》有奥斯卡·王尔德像。

从域外童话译本的封面画和插图来看，丰子恺是重要的图像设计者。丰子恺的书衣"又多用毛笔勾勒，不论是图案还是人物，都笔简意繁，且自题书名，文图合一，浑然一体。浓烈的民族特色和平民风致，使他的书衣更多了一些温馨和平易"[2]。丰子恺绘制的插图也具有这一特色，他认为："描画依

---

① [丹麦] 安徒生：《安徒生童话全集》，徐培仁编译，儿童书局1932年版，第1—2页。
② 高信：《民国书衣掠影》，上海远东出版社2010年版，第68页。

然是为文章的内容作图解！非但无补于文章，反把文章中变化活跃的情景用具象的形状来固定了。"①插画家既要富有绘画才能，还要有文学素养和生活基础，才能丰富文学文本的艺术意境，增添审美特性。丰子恺为开明书店的"世界少年文学丛刊"绘制了不少封面和插图，这些图像使译本的故事情节显得更加生动，带给读者无限的想象空间。

图本与文本的结合，将域外童话译本组成有机的言像系统，使读者能够以图像和文本两种方式并进展开阅读。这些图像往往不直接或有意指向文本的意义阐释，但可以加深读者对译本的理解与感悟，使文本具有更生动的叙述方式。

图书书目是以书的形式印行的，一年一度的图书书目也是域外童话译介副文本中的一种类别。比如列出详细的图书目录供读者选择，1932 年的《世界书局图书目录》中刊有徐傅霖编《世界童话》50 种的图书目录，1941 年的《中华书局图书目录》中有"世界童话丛书"的图书目录。再如列出书目的同时附上广告，1937 年印行的《生活书店图书目录》，在 1937 年 2 月份的新书列表中有再版的鲁迅译《小约翰》《桃色的云》，并附上了广告语。《桃色的云》的广告语为："这是爱罗先珂创作集的一篇童话剧，著者自己觉得这篇更胜于先前的作品。世间本没有别的言说，能比诗人以语言文字画出自己的心和梦，更为明白晓畅的了。"②而《小约翰》的广告语是："这是一篇'象征写实底童话诗'。无韵的诗，成人的童话。因为作者是荷兰最著名的抒情诗人，他的博识和敏感，或者竟已超过了一般成人的童话了。其中如金虫的生平，菌类的言行，火萤的理想，蚂蚁的平和论，都是实际和幻想的混合。荷兰海边的沙冈风景，在本书所描写的，尤足令人神往。"③图书书目对读者了解域外童话译本起到了导引作用。

---

①　张泽贤：《书之五叶：民国版本知见录》，上海远东出版社 2008 年版，第 92 页。

②　《生活书店图书目录》，生活书店 1937 年版，第 53 页。

③　《生活书店图书目录》，第 54 页。

四、域外童话译本的图书广告

　　文学广告往往是对于文学文本的精辟的微型评论，在近代中国域外童话的译介中，经由译者、编辑的共同努力，童话译本的图书广告成为图书销售的一种重要手段，包括广告语的撰写、设计制作以及发布等。广告的载体包括报纸、期刊、图书上的附载广告，作为童话译本的一种延伸，成为近代童话译介活动的有机组成部分，参与和见证了域外童话在近代中国的译介与传播过程。

　　童话译本广告的首要职能是引起读者注意。"读者是消费者，他跟其它各种消费者一样，与其说进行判断，倒不如说受着趣味的摆布，即使事后有能力由果溯因地对自己的趣味加以理性的、头头是道的说明。"[1] 广告要引起读者的注意，需要展现出童话译本的文学性、通俗性和趣味性，以激发读者的阅读兴趣。这类广告主要包含译作的相关信息，意在向读者告知译本内容、特点等。比如 1922 年商务印书馆出版新诗集《将来之花园》，在卷末刊登了"文学研究会丛书"的广告，其中有《爱罗先珂童话集》的广告："鲁迅译。卷首有盲诗人自叙传。著者曾被称为'有童子的心的诗人'，他的童话是用了他所独创的，嫩弱而又鲜明的文体写出他自己的天真的心情，悲哀的情调和梦幻的憧影。不但是孩子的恩物，便是成人读也是很好的。"[2] 还有赵元任译《阿丽思漫游奇境记》的广告，"这书原名叫做 The Adventures of Alice in Wonderland，是顶顶著名的一本儿童文学书，也是顶顶著名的一本笑话书！英美的小孩子差不多没有一个不读的。并且还编成剧本，上过戏台，又做成影片。但戏剧中布景常不自由；这故事并有许多动物，用人扮演，总觉不自在，故还是看原书的好。我们中国有许多不识英文的，那么，只有读这册译本了"[3]。

　　为引起读者注意，有些广告内容强调了译作文体上的特殊性，以便在

---

①　[法] 罗贝尔·埃斯卡皮：《文学社会学》，王美华、于沛译，第 140 页。
②　徐玉诺：《将来之花园》，商务印书馆 1922 年版，第 135 页。
③　徐玉诺：《将来之花园》，第 139 页。

众多图书广告中吸引读者的目光，方便对童话这一文学样式感兴趣的读者对作品进行进一步的阅读与了解。比如鲁迅为《小约翰》写的广告语："荷兰望·霭覃作。是用象征来写实的童话体散文诗。叙约翰原是大自然的朋友，因为求知，终于成为他所憎恶的人类了。"[①] 北新书局为鲁迅译《桃色的云》刊登的广告为："这是一部童话剧，为爱罗先珂得意之作。剧中主人公为土拨鼠，因寻求光明以致被杀。寓意深远，文美如诗。经鲁迅先生译出，更为难得。"[②] 北新书局为《睡美人》刊出的广告语是："这是一本包含几个短篇故事的童话集。巧妙的叙述，神怪离奇；优美的笔调，变幻曲折。里面有天仙般的女郎，有天堂般的皇宫；使人陶醉，使人神往。那种超自然的描写，能使人忘掉现世生活的苦痛。不但能使儿童们读时得到极大的快乐，就是成人拿来读时，也会缥缈得如同在梦里一般呢！"[③] 还有巴金为《快乐王子集》写的广告："英国王尔德所作童话九篇全收在这个集子里面。王尔德的'童话'并非普通的儿童文学，却是童话体的小说。在这九篇童话里，作者仍然保持着他那丰丽的辞藻和精练的机智。英格列比认为：'这些童话表现得精妙绝伦，丰富的想象给每篇故事装饰了珠玉，作者有着驾驭文字的能力，每一句话都是经过熟思后写出来的，但同时却有着自发的动人力量。'"[④]

　　童话译本广告的另一个职能是体现出定位意识，针对性地满足读者的需要，在广告、出版机构和特定读者群之间形成一个相对稳定的"文学场"，使得域外童话翻译的生产与传播得以持续、稳定地进行。比如在 1909 年《教育杂志》刊登孙毓修编译"童话丛书"的广告，所列第一集包括：《无猫国》《大拇指》《夜光璧》《三问答》《人外之友》《小王子》《红线领》《哑口会》《绝岛漂流》，价格为各五分。第二集有《小人国》《大人国》，价格各一角。并对丛书做了介绍："此书以小说体裁叙述寓言历史科学，情节奇诡，宗旨纯正，文字浅显，图画美富，为十岁左右童子所最爱读之书。其识字妇

① 范用：《爱看书的广告》，生活·读书·新知三联书店 2015 年版，第 7 页。
② 范用：《爱看书的广告》，第 79 页。
③ 范用：《爱看书的广告》，第 73 页。
④ 李济生：《巴金与文化生活出版社》，上海文艺出版社 2003 年版，第 95 页。

女亦可藉为谈助，茶余灯下集乳臭之儿，为之讲说事迹，指点图画，兴趣无穷。"[①] 在 1911 年《少年》杂志的创刊号上也刊登了孙毓修编译"童话丛书"的广告："童子略识文字无不喜看小说，惟无稽之说既失之谬妄，而新旧小说或文章高尚，理论精深，非幼年所能领会。故东西各国特编小说为童子之用，欲以启发智识，含养德性，意至善也。是书以浅明之文字叙奇诡之情节，并多附图画，以助兴趣。虽语多滑稽，然寓意所在必轨于正，童子阅之足以增长德智，妇女之识字者亦可藉为谈助。"[②] 另外如《文学旬刊》上"最近出版"栏目刊登的《〈俄国童话集〉广告》中，将童话阅读与儿童教育相联系："俄国人民素具强毅卓绝之特性，而俄国的童话便是构成此种特性的材料。唐先生为有名之童话作家，最近更选译俄国童话二十四篇辑为此集，每篇取材均寓有深意，不仅富有兴趣而已。父兄师长欲培养儿童之高尚的意志与文艺的思想，呕应备置此书供其阅读。"[③]

童话译作广告为了针对性地满足读者需要，往往用富有童趣的语言吸引小读者的关注，或是争取得到家长的认同。比如新月书店为梁实秋译《潘彼得》写的广告语，节选如下：

　　《潘彼得》（一）

　　二十年来，欧美各国的儿童，没有不认识潘彼得的。尤其是在每年圣诞节前后，各国都演潘彼得的戏，所以潘彼得成为圣诞的不可少的一部分了。梁实秋先生现以忠实流利之笔把这段著名的故事译成中文，又经叶公超先生的校序，贡献给国内读者。

　　潘彼得代表的是永恒的精神，青春的喜悦，和人类最宝贵的创造不朽的努力。所以这部书，无论是从故事的趣味上看，或是从含意的深刻上看，都是一本极有价值的小说。

---

① 《〈童话〉广告》，《教育杂志》1909 年第 1 卷第 13 期。
② 《〈童话〉初集广告》。
③ 《〈俄国童话集〉广告》，《文学旬刊》1924 年第 149 期。

《潘彼得》（二）

中国的儿童大概没有不知道孙悟空猪八戒的；同样的，英美的儿童也没有不认识潘彼得和文黛的。潘彼得是英美儿童个个喜欢的精神上的朋友，也是一般成年的人所最感有趣的一个角色。如今我们把这位潘彼得介绍给中国的读者初次相见。

……

中国儿童的文学读品，好的似乎太少，这本《潘彼得》必定是一般有知识的家庭里必备的书。一切文学作品里，素以描写儿童心理为主体的，恐怕这本《潘彼得》又是独一无二的杰作了。儿童的天真烂漫，儿童的喜悦与愤怒，儿童的想象与恶作剧，在这本故事里都有惟妙惟肖近情近理的描写。所以这书不仅是最好的儿童文学，也是成年人看了要起无限憧憬低回之感的文学。[1]

1928 年《开明》创刊号有一则介绍徐调孚译《木偶奇遇记》的广告，语言质朴而有趣：

如果哪位先生或太太嫌你的小孩子在家里胡闹，我们介绍你买一本《木偶奇遇记》给他。他看着了这本书，我们敢写一张保证书，他不会再吵了。因为这书却有这样的能力，凡是小孩子没有不要看的。你不信吗？我们来报告你一件新闻：丰子恺先生曾把这本书的故事讲给他的三位小孩子听，他们听得出神了，连饭都不要吃，肚子饿都忘却了。难道这是我们编造出来的谎话吗？你们有机会去问问丰先生看。[2]

这样的广告，一阅读便吸引了读者，无论是《潘彼得》还是《木偶奇遇记》，看来不仅仅是儿童读物，更是老少咸宜的文学作品。在某种意义上，对做广告的重视程度与对译作本身的重视是相关的，一个好的广告就为一本书打开读者群做了好的开端。比如 1945 年第 1 期《开明少年》刊登了科学

---

① 范用：《爱看书的广告》，第 93—94 页。
② 《〈木偶奇遇记〉广告》，《开明》1928 年第 1 卷第 1 期。

童话《乌拉波拉故事集》的广告，最后两句为："这是一部真正的科学童话，是科学与文艺化合成的结晶体。用包了糖衣的奎宁丸来比它，还嫌不够确切；它是蜜渍的果脯，甜味渗透了一切。"[1] 叶至善认为，"广告辞再好，老是这几句，读者翻来覆去地读，也会感到厌倦的"[2]。于是他在 1945 年第 6 期的《开明少年》上，又做了一次广告：

太阳请假的时候

　　人们都怠于工作了，太阳也就请了假。夜永远继续着。漆黑的天空，只有繁星闪烁着寒光，月亮不再升起来了。地球上一天冷似一天，海洋冻结成整块的冰，地面硬得像钢铁一样，不能再耕种了。植物冻得枯萎了，动物冷死了，它们的血液都凝成冰块。人们跟黑暗寒冷挣扎，最先还用煤来烧汽锅，开动大蒸汽机造成电流，每家人家点起电灯。还把煤放在大囤中加热，把煤气用铅管通到每家人家去用。隔不了多久，煤用完了。人们想到用水力，可是瀑布涓滴不流了。想到用风力，可是空气平静得像冻凝似的了。怎么办呢？只得赶快请太阳复工。

　　上面一段是《乌拉波拉故事集》中的一篇——《太阳请假的时候》的梗概。这样有趣的故事，在这本书里一共有十五个。内容是各种自然科学常识，却是用写童话的笔调写的，很合少年们的口味。

　　《乌拉波拉故事集》的作者是柏吉尔，顾均正先生把它译成中文，由开明书店出版。[3]

　　叶至善谈道："这种举例式的广告有个最大的好处，能让读者窥豹一斑，知道一本书大体讲些什么，怎么个讲法，跟抽象的评介相比，给读者留下的印象可能稍深些。如果他不想买这本书，或者暂时买不着也借不到这本书，读了广告也可以增长点儿见识，或者还能受到点儿启发。"[4] 书店刊登广告是

---

[1] 《〈乌拉波拉故事集〉广告》，《开明少年》1945 年第 1 期。
[2] 范用：《爱看书的广告》，第 183 页。
[3] 《〈乌拉波拉故事集〉广告》，《开明少年》1945 年第 6 期。
[4] 范用：《爱看书的广告》，第 184 页。

"出版社刻意制造文化影响力的一种手段和策略——出版社如何将出版物的内容和影响力，透过文字、图像和符号推广，达到预期的目的"①。文学广告将出版社与读者相联系，为读者增加了选购图书的可能性，广告词反映了广告写作者的文学鉴赏力，也使得文学广告具有研究价值。

域外童话译本的副文本构成了一种历史现场，是译本信息的遗存。副文本与译文共同组成了近代中国域外童话译本的生产、传播的文学场，形成的是一种有关域外童话译本的关系场，是译者与其他译者、画家、评论家、编辑、广告人、出版商和研究者的关系场，也是译作与译者、译作与时代文化背景的关系场，是研究译本的史料来源，是进入正文本的阐释之途，成为推进近代中国域外童话译介的一种积极力量。

---

① 李家驹：《商务印书馆与近代知识文化的传播》，商务印书馆 2005 年版，第 278 页。

第四章　接受与变异——异域参照与本土立场

在世界文学漫长的发展历程中，各民族、各国家的文学都是在互相借鉴和互相影响中得以不断发展，任何一种文学现象、一种文艺思潮、一位作家都不可避免地影响到他人或受到他人的影响。文学影响的流传与接受具有"跨越性"，域外童话在译介到近代中国的过程中，由于跨越了时间、空间、文化或文明，其语言体系的差异产生文本变异，这是域外童话在流传过程中发生的语言层面的译介变异。另一个流传变异是受影响的中国作家的主体选择，在《译者的任务》一文中，瓦尔特·本雅明指出翻译是由原作的可译性召唤出来的后代，"译文缘出于原文——与其说缘自其生命，毋宁说缘自其来世的生命。……所以，它们的翻译便标志着它们持续生命的阶段"①。域外童话译本作为原作在中国的生命延续，为中国作家提供了新的创作资源，作家对域外童话源文本进行筛选、过滤、误读和改造，从中体现着中国作家对域外童话改造后的特异面貌，包含着近代中国特定的时代背景、读者诉求和作家个人的创造性误读。

域外童话作为一种外来文学资源，自传入中国之后，便对中国作家的童话创作产生了影响。对于这种影响的笔述渊源，可以整理出一些资料：

> 我写童话，当然是受了西方的影响。五四前后，格林、安徒生、王尔德的童话陆续介绍过来了。我是个小学教员，对这种适宜给儿童阅读

---

① [德]瓦尔特·本雅明：《本雅明文选》，陈永国、马海良编，中国社会科学出版社1999年版，第281页。

的文学形式当然会注意，于是有了自己来试一试的念头。[1]

——叶圣陶

当我在有意识地学习儿童文学的时候，其蓝本还是不外乎《格林童话》《安徒生童话》《水孩子》《金河王》和《杨柳风》《木偶奇遇记》等洋货。[2]

——陈伯吹

翻译作品也读了夏丏尊译的《爱的教育》、章衣萍译的《苦儿努力记》、日本短篇童话集等。[3]

——金近

后来读到鲁迅先生的作品，思想上受到很大启发。他有关儿童文学的一些杂文，以及《桃色的云》《小约翰》《小彼得》《表》等，也给予我很大的影响，使我尊重起儿童文学来。[4]

——包蕾

我读了《伊索寓言》《天方夜谭》和一些外国童话。最触动我心灵的是安徒生。[5]

——严文井

作家们也谈到了对域外童话的有意模仿。贺宜曾看到过英国约瑟夫·吉卜林的童话集《如此如此》，他说："我认为它比那些讲公主、王子、仙人、巫婆的故事有意思。我的第一篇童话，就是以模仿吉伯林的《如此如此》开始的。我写了一篇名叫《小山羊历险记》的童话，和另外两篇童话。"[6]《小山羊历险记》于1933年发表在《儿童世界》杂志上，小山羊本来都是黑色的，头上不长角，颔下也不长胡子。有一次，小山羊迷路而误入恶狼家中，

---

①　叶圣陶：《我和儿童文学》，叶圣陶等编：《我和儿童文学》，第3页。
②　陈伯吹：《蹩脚的"自画像"》，叶圣陶等编：《我和儿童文学》，第40页。
③　金近：《我喜爱这工作》，叶圣陶等编：《我和儿童文学》，第162页。
④　包蕾：《我的创作历程》，叶圣陶等编：《我和儿童文学》，第180页。
⑤　严文井：《我是怎样开始为孩子们编故事的》，叶圣陶等编：《我和儿童文学》，第215页。
⑥　贺宜：《为了下一代》，叶圣陶等编：《我和儿童文学》，第114页。

在恶狼的追踪下，用面粉将自己全身染成白色，把短树枝插在头上作为两只尖角，从身上拔下染白了的羊毛装在颌下成了胡子，乔装改扮成一个怪老头，躲过了恶狼的魔爪。从此以后，山羊世世代代这样打扮。到了现在，即使最愚蠢的狼也能认出它是山羊了，这部童话赋予小山羊的外貌以一个有趣的来源。叶君健受到安徒生童话的影响进行过创作，他在英国期间有了翻译安徒生童话的想法，从 1947 年开始，每年寒暑假时会去丹麦住一个假期，也由此从翻译进入童话创作的领域，"在翻译安徒生作品的同时，我自己也根据这种体会写了些童话故事。我那时就曾用英文写过一部童话式的长篇小说《它们飞向南方》（*They Fly South*）。这部作品至今还在国外流传"①。此外，任大霖在《春晖寸草心》一文中回忆说自己在少年时期读过一些外国童话，1947 年秋进入浙江省立杭州师范学校学习，在学校附近的一家小书店，"屠格涅夫的《春潮》和斯蒂文生的《金银岛》就是在这儿站着看完的。"②在 1947 年到 1948 年间，任大霖常常和幼稚园的小朋友玩耍，给孩子们讲故事，"一次，我把王尔德的《巨人的花园》'中国化'了一下，把故事搬到我的家乡，把'巨人'和我童年时代一个印象深刻的老头形象'结合'起来，改成了《冯老头儿的园子》，想不到这么一改，很受小朋友的欢迎"③。《冯老头儿的园子》在 1948 年刊载于《大公报》，讲了自私的冯老头儿不让孩子们去他的花园内玩耍，孩子们嘲笑他，他最终由于孤独而哭泣，与奥斯卡·王尔德童话相比，故事情节比较简单，但用讽刺手法说明了人不能过于自私这一道理。

鲁迅认为，"所以翻译和创作，应该一同提倡，决不可压抑了一面……注重翻译，以作借镜，其实也就是催进和鼓励着创作"④。随着域外童话作品在中国的译介和传播，作家们从中汲取了诸多有益的文学资源，推进了中国童话创作的发展。但是对域外童话的效仿和借鉴只是作家们创作初期的一种

---

① 叶君健：《春节杂忆》，叶圣陶等编：《我和儿童文学》，第 314 页。
② 任大霖：《春晖寸草心》，叶圣陶等编：《我和儿童文学》，第 324 页。
③ 任大霖：《春晖寸草心》，叶圣陶等编：《我和儿童文学》，第 314 页。
④ 鲁迅：《关于翻译》，《鲁迅全集》第四卷，第 568 页。

策略，与域外童话的影响相比，固有的民族集体无意识、作家所处的时代生活对作家们的童话创作产生着更为有力的影响。这样一种对域外童话本土化的文化过滤行为，在"童话丛书"的编译中已经有所体现。该丛书中常采取中国古代白话小说的叙述方式，在正篇前面加上一个小故事作为楔子，然后再展开正文内容。此后，作家们以翻译作借镜，融通中外文化资源，创作了一系列全新的童话作品，有着中国本土的精神品格。域外童话经过中国作家有意或无意的文学误读，加以想象与再创作，重构成为一种新的文化变异类型，这是中国作家的理解和想象，符合了本土民族文化的需要，体现了域外童话在中国传播过程中的想象与重构。

因此，域外童话被译介到中国之后，有利于中国文学发展的因素被吸收，完成了文学的他国化过程，最终促进着中国现代儿童文学的发生和转型。具体而论，他国化的过程体现在思想内容、艺术风格和人物形象等诸方面。

第一节 思想内容的接受与变异

作为人类的一种精神产物，童话中同样有着或隐或显的现实内涵，也隐含着作家的价值取向，作家由此造就了其理想读者。可以说，完全抛却思想的童话是不存在的，客观理性的思想的介入对于儿童而言是有裨益的：

> 凡童话文学的形式，最是自由，以此自由形式，而将人生观，或自己理想或讽刺或暗示或哲学等都包含进去，始能有童话文学的真价值。所以童话文学，其思想必甚新鲜活泼，其生命必甚健全充实，其组织必甚自由生动；话虽甚浅，而其中有甚深刻思想甚新列人生存在；题虽甚小，而其中有伟大意义内含。[①]

好的童话作品与现实历史是分不开的。安尼斯·达夫认为："各种类型

[①] 冯飞：《童话与空想》，《妇女杂志》1922 年第 8 卷第 8 号。

的童话以贯穿其中的行动，用客观、连续、强调的方式影射着生活。童话并不'宽恕'那些违背道德基准的行为。它们只是将实际存在的真相展现在人们的眼前。"① 童话能帮助读者从另一个角度感受生活，并获得不同于其他文学样式的新的认知体验，域外童话的题材、思想内涵被中国作家有选择地吸收，产生了变异，在其中包融了近代中国的社会历史状况。

一、题材的接受与变异

在童话创作的题材领域，尽管受到了域外童话题材的影响，但是在五四以及抗战时期的童话中，作家们努力将"中国情境"这样的要素凸显出来，而不是不加辨析地全盘西化。

20 世纪 20 年代是中国现代童话的开辟期，也是译介域外童话的一个热潮期，"凡学习外国文学的，开手不久便选读童话，我以为不能算不对，然而开手就翻译童话，却很有些不相宜的地方"②。本时期童话的一个较为普遍的特点是，诸多中国童话创作者将海外的异域风情带入了中国的童话王国之中，以童话的开篇为例，有直接表明是外国背景的：

> 从前美国某村落，村边有一座很高的山，山中有很多的野兽，每到了夜间，便有什么虎啊，豹啊，狼啊，熊啊，走出山中，遍处寻觅食物。③
>
> 古时希腊国王膝下，有四位王子。④
>
> 古时候，西洋地方，有一个老皮匠，在市上开了一家皮靴铺。⑤
>
> 古时，东方某国，有一国王，既不能够霎眼，又不能够睡觉。⑥
>
> 据说古时朝鲜国里有一个宰相，做人非常好的，所以全国的人，自

---

① [加] 李利安·H. 史密斯：《欢欣岁月》，梅思繁译，第 49 页。
② [奥] 至尔·妙伦：《小彼得》，许霞译，第 I 页。
③ 黄世英：《罐中人》，《少年》1919 年第 9 卷第 6 号。
④ 金世培、金增荫：《小王子》，《少年》1920 年第 10 卷第 6 号。
⑤ 唐小圃：《老皮匠》，唐小圃编译：《家庭童话》第九册，商务印书馆 1923 年版，第 63 页。
⑥ 若华：《不睡的国王》，《儿童世界》1925 年第 13 卷第 10 期。

国王以至家中的奴仆，没有一个不敬重他爱惜他的。①

从前北印度的地方，有一个陶器工人。一天早晨，他遣妻子到山中去取胶泥；所以他的妻子，带了他的小女儿一块儿去了。②

法国有一位化学师，他的名字叫梅克芬。③

尼罗河岸上有一个穷苦的农夫，有一只很忠心的狗。④

有给人物取了外国名字的：

从前某国国王，膝下有三个儿子：长子名奈脱顿，次子名弗纳司，三子名雷克。⑤

从前外国某地方，有三位少年：一名狄克，一名彼得，一名霍泼，他三人结为朋友，非常要好，所以常常结着伴，出外游玩。⑥

离我们中国很远很远，有一个国，那里住着一家人家，只有两夫妇和一个儿子，这儿子名叫马丁。⑦

从比较文学影响类型的角度来说，这是"虚假影响"的例子，是作者有意用虚假的异国题材内容给自己的作品增加审美情趣的现象。因此，尽管故事背景在国外，或是人物取了外国名字，其主题并非只属于异域某一国度，作品表达的主旨往往是全人类普遍推崇的价值：勇敢、自由、冒险等。这样的借鉴是基于中国本土文化的想象越界，是对儿童的共通属性的精神扩张，体现了中国现代童话创作与域外童话的影响进行融通的一个开端。

域外童话的影响是要通过中国文化的内应来起作用的，作家们对于域外童话并非毫无障碍地接受，文化之间的差异会产生"文艺真实"与"生活真实"的矛盾，只有植根于中国语境中的真实才会有"艺术真实"的洞见。郑

① 子真：《大喷嚏》，《儿童世界》1925 年第 14 卷第 3 期。
② 江永年：《山中的鹰女》，《儿童世界》1925 年第 15 卷第 6 期。
③ 子纶：《惊人术》，《儿童世界》1925 年第 16 卷第 13 期。
④ 李博心：《农夫的狗》，《儿童世界》1926 年第 17 卷第 16 期。
⑤ 尹忠：《背心王》，《少年》1920 年第 10 卷第 8 号。
⑥ 郑维均、谭景唐：《三要事》，《少年》1920 年第 10 卷第 10 号。
⑦ 来生：《怪指环》，《儿童世界》1925 年第 14 卷第 8 期。

振铎这样阐释"真实"的问题：

> 但所谓"真实"，并非谓文艺如人间史迹的记述，所述的事迹必须真实的，乃谓所叙写的事迹，不妨为想象的，幻想的，神奇的，而他的叙写却非真实的不可。如安徒生的童话，虽叙写小绿虫、蝴蝶，以及其他动物世界的事，而他的叙述却极为真实，能使读者如身历其境，这就是所谓"叙写的真实"。至于那种写未读过书的农夫的说话，而却用典故与"雅词"，写中国的事，而使人觉得"非中国的"，则即使其所写的事迹完全是真实也非所谓文艺上的"真实"，决不能感动读者。①

郑振铎认为写中国的事，要使人觉得是中国的，这才算文艺上的真实。郑振铎的观点在童话创作中也得以体现，自 20 世纪 20 年代后半期起，域外童话翻译的浪潮逐步被本土童话创作的浪潮所代替，此时，对社会黑暗面的愤激，对日本侵略者的同仇敌忾，使得作家们更多地重视文学的社会批判功能，童话本身的娱乐功能被置于次要地位，甚至完全被忽略。因此尽管作家们明显借鉴了异国题材，却表达着对于当时中国社会现状的反思与批判的主题。

1933 年，苏苏（又名钟望阳）以笔名"白兮"发表了童话《雪人》。写一个八九岁的失去父母的流浪儿童，在一个雪夜回忆往事，想念亲人，遭遇富人的欺凌后在暴风雪中冻死的故事。童话的内容很接近安徒生的《卖火柴的小女孩》，但被植入了当下中国的社会现实，孩子的父亲是在日本人开的大纱厂里做工的工人，要求加工钱而罢工后被日本人打死了，剩下母子二人只能靠工人们的接济度日，母亲死后孩子进了教养院，但不到一年又被送了出来，因为"上海像他这样无家可归终日饿着肚子冻着身体没有衣穿的人不知还有多少呢"②。孩子在寒夜躲进富人家的公馆，饥寒交迫中偷吃了几块肉而遭到富人的殴打和驱逐，在孤独和伤痛中，孩子仿佛看到救了他的仙人，看到了死去的父母，他想道："我一定要去打平世界，使世界没有穷，没有

---

① 西谛：《卷头语》，《小说月报》1924 年第 15 卷第 5 号。
② 白兮：《雪人》，《无名文艺月刊》1933 年第 1 卷第 1 期。

欺侮人的人，如果有，把他捉到地狱里去！"①孩子默默死了，第二天被大雪包裹成了一个雪人，这篇童话为读者展现了动荡的社会、贫富差异和底层人民的生活面貌。

在20世纪30年代末，包蕾为少年出版社写过多幕童话剧《雪夜梦》，这部童话剧写了姐弟二人在炮火中失去母亲，又与父亲失散，成了一对孤儿，他们挨饿受冻、四处流浪，在一个大雪纷飞的晚上，他们做了欢乐的梦，在梦中与亲人团聚，一同奔向新世界。战争造成儿童的苦难和流浪，剥夺了他们生存的权利，作品以流浪儿的经历和梦境，反映出对外来侵略者的痛恨，对天亮后红日照耀大地的期盼，以浪漫主义和现实主义相结合的写作手法，将现实的抗战题材融入童话世界。对于这部剧作的创作和演出情况，包蕾回忆道：

> 《雪夜梦》是受了安徒生《卖火柴的女儿》的影响而写成的（当然故事内容完全不同）。那年的寒夜，夜半梦醒，隐隐听到远处有个女孩子凄凉的哭泣声，使我久久不能成眠，从而构思这一故事，披衣而起，写成这一儿童剧。内容是描写因国难而家破人亡，流落街头儿童的悲惨遭遇。出版社拿去，找了歌辛同志为其中插曲谱曲。曲共五首，由于当时群众音乐运动开展得好，这些歌曲很快地在许多小学里流传开了。当一次全市儿童歌唱比赛，在共舞台（今延安剧场）举行时，合唱了《雪夜梦》组曲。在结尾时，全场儿童同声齐唱《胜利进行曲》（预祝抗日战争的胜利），台上台下，楼上楼下响起一片震撼屋宇的嘹亮歌声，使我自己也不禁热泪盈眶。——并不是因为歌词，而是由于听到儿童们对抗战前途满怀热忱与希望的天真的童音。②

剧中的《胜利进行曲》歌词简短，充满爱国激情："少年们！少年们！向前进，向前进，庆祝胜利大游行，合着脚步向前进。要把敌人都赶净，世

---

① 白兮：《雪人》。
② 包蕾：《我的创作历程》，叶圣陶等编：《我和儿童文学》，第180—181页。

界才能有光明。"① 随着剧作的上演，歌曲很快得以流传，剧中的五首歌曲后来都被编入《少年歌曲》一书，在宣传抗战精神方面起到了积极作用。

《雪人》和《雪夜梦》借鉴了安徒生童话《卖火柴的小女孩》的题材，经过作家们的改造，书写成为富有中国社会历史特色的童话故事。

另一个例子是中国文学界对童话《木偶奇遇记》的接受。卡洛·科洛狄一开始为小型杂志《儿童报》写连载童话《一个木偶的故事》，1881 年长篇童话《木偶奇遇记》（原名为《匹诺曹》）发表，作家将教育主题蕴含于一个会说话木偶的成长故事当中，匹诺曹要为自己的不听话而不断付出代价：烧掉他的木腿，因为说谎鼻子变长，被强盗倒挂在橡树上，四个月的监禁，农夫把他当看门狗看待，差点被渔夫当成鱼烤来吃，变成一只驴子被迫在马戏团里表演，差点被剥皮做成鼓，逃跑又差点淹死，落入鲨鱼腹中……会说话的蟋蟀一再告诫匹诺曹不听话孩子的结局，"他们在世界上永不会再得着幸运，迟早总要有一天悲痛地悔恨他们的过去的"②。评论者们认为童话的主题是"要端正行为唯有透过严格的教育。……也有人认为，如果要说有主题的话，就是浪子回头最可贵"③。作品译入中国后，其教育题材备受关注。1928 年杜春葆的短评认为"就以本书的内容来立论，也处处含有极普通的教训和警戒，对于尚有稚气的少年们，不消说有着莫大的效力"④。1929 年赵景深撰文《木偶奇遇记》，对这部童话的体裁做了界定："《木偶奇遇记》是一部教育童话，其实也可说是教育小说。"⑤1931 年沈百英在《〈木偶奇遇记〉之优点》一文中，总结本书的优点包括了"能寓教训于不知不觉中"，"能适合教育的条件"。⑥ 陈伯吹在 1933 年发表《童话研究》一文，将《木偶奇遇记》归入"教育童话"一类。1940 年，兰芳介绍《木偶奇遇记》的电影改编版本时谈道："《木偶奇遇记》为童话中之最富教育意义者，兴趣浓厚，寓意深

---

① 张锦贻：《包蕾评传》，希望出版社 2005 年版，第 83 页。
② [意] 科罗狄：《木偶奇遇记》，徐调孚译，第 28 页。
③ 廖卓成：《儿童文学——批评导论》，第 54 页。
④ 杜春葆、杨熙光：《短评：〈木偶奇遇记〉》，《开明》1928 年第 1 卷第 5 期。
⑤ 赵景深：《木偶奇遇记》，《开明》1929 年第 1 卷第 8 期。
⑥ 沈百英：《〈木偶奇遇记〉之优点》，《开明》1931 年第 31 期。

切。"①1944 年，谭惟翰将《木偶奇遇记》改编为五幕木偶剧，匹诺曹换上了极具中国文化特征的名字——小秋儿，逃课不听话的木偶小秋儿在蓝海仙子的教育和帮助之下成了一个知恩图报的好孩子。到了 1946 年，维新撰文《〈木偶奇遇记〉与〈新木偶奇遇记〉》意在介绍阿·托尔斯泰的《金钥匙》，指出《木偶奇遇记》"把一个人的坏习气改过来有多少麻烦，那童话就有多少曲折"。作品的教育意义彰显其中："我们要做个好人，我们要给所有的人创造一个自由的新天地。"②

　　匹诺曹是老木匠由一块会讲话的木头粗粗刻削而成的一个木偶，他是典型的"不听话的孩子"，自己出去闯世界，经历了去木偶剧院、种金币、偷葡萄等事件，经历几番教训后，悔悟要用功读书了，却又被引诱到海滨逗鲨鱼，结果掉进了海里，被捕鱼人捞上来当作一条怪鱼，差点儿被扔进了油锅。匹诺曹总是想着如何玩得开心，经不住小灯芯的引诱和怂恿，去了"玩儿国"，结果被变成了一头驴，卖给马戏团，整天被驱斥着去表演跳圈，结果摔断了腿，再次被卖掉，拉到海边去要剥他的皮做鼓面。匹诺曹情急中跳了海，又被鲨鱼吞进了肚，在鲨鱼肚子里同父亲见了面，他带着父亲趁鲨鱼张嘴之际逃出鲨鱼口，化险为夷，木偶历险才告结束。《木偶奇遇记》是一部教育童话，却用欢快幽默、热闹诙谐的童话想象方式完成了教育使命。作品中这样告诉孩子们撒谎的后果：

　　　　一说这第三个谎，他的鼻子真长得不得了，可怜的匹诺曹一动也不能动了。如果他要向这边转过来，他的鼻子会触在床上，或玻璃窗上，如果他要向那边转过去，那么鼻子会触在墙壁上，或门上，如果他要略为仰起些头来，那么仙子的眼睛险些儿给他戳破。③

　　从青发仙女与匹诺曹的对话中可以见出教育的成效：

①　兰芳：《木偶奇遇记》，《永安月刊》1940 年第 12 期。
②　维新：《〈木偶奇遇记〉与〈新木偶奇遇记〉》，《开明少年》1946 年第 13 期。
③　[意]科罗狄：《木偶奇遇记》，徐调孚译，第 143 页。

"如果你应得变的，那你便将变做人了……"

"真的吗？我怎样做，可以有变人的资格？"

"这是一件极容易的事，只要学做一个好小子就是了。"

"那么，难道我不是一个好小子吗？"

"你恰恰相反，好小子是肯听从的，而你……"

"我从不曾听从过。"

"好小子是喜欢读书和做工的，而你……"

"我喜欢玩耍和东跑西跑。"

"好小子是常常说真话的。……"

"我常常说假话。"

"好小子是很愿意到学校里去的。……"

"我见了学校，就觉得怕。但是从今天起，我将改变我的生活了。"

"你肯照我的话做吗？"

"我肯依照你的，我要变做一个好小子，我要做我爸爸的心头肉。……我的可怜的爸爸现在哪里？"①

对于匹诺曹这样的孩子，他人的训导和规劝没用，能给他教训的是磨难、贫困、饥饿和各种脏累的工作。

在近代中国童话创作的园地，时处香港的作家谢加因的《李荣生游星期国》借用了《木偶奇遇记》中的情节来展现教育主题，这部童话于 1949 年发表在《中国儿童时报》上。《木偶奇遇记》中匹诺曹被小灯芯拉去玩具国，只顾玩乐而忘了学习，变成了小驴子，睡鼠曾教育匹诺曹："凡是懒惰的孩子，不喜欢书籍、学校、先生的孩子，和一天到晚寻开心、游戏、玩耍的孩子，结果终究要变成小驴子的。"② 谢加因借用了这一情节，李荣生是一个不爱学习的孩子，他在课堂上睡觉梦见一只白胡子老鼠驾着一辆南瓜做的车子，李荣生和同学小蛇王陈丙生一起乘车到了星期国，这里是懒人的世界：

---

① ［意］科罗狄：《木偶奇遇记》，徐调孚译，第 217—219 页。

② ［意］科罗狄：《木偶奇遇记》，徐调孚译，第 304 页。

天天是星期天，人人都贪玩，饭店叫"懒人饭店"，吃的是"懒人餐"，他们住在"懒人宿舍"，两个孩子在吃喝玩闹中过了三天就变成了小老头。李荣生想学习却被抓去坐牢，小蛇王发"驴子热"变成了小驴子。梦醒以后李荣生大哭起来，知道了不学习的坏处，故事从反面教育了儿童要认真学习。尤其是变成小驴子的情节，更能看出对《木偶奇遇记》模仿的痕迹。在儿童文学批评界，范泉的《如何写作儿童文学：作家要有真切感情》一文提到了《木偶奇遇记》的教育价值：

> 作家的感情要真实。在写作时，要具有儿童的感情。《阿丽思漫游奇境记》之所以为好书，就是因为作者感情真切，英国小孩子都要读它。又如《木偶奇遇记》，那是作者把儿童的各种性格感情都集中在木偶身上表现出来，从木偶的坏变到好，感情的转变也异常真切，因此它成为小朋友爱读的书。[1]

在这段评介中，范泉突出了故事的主体——儿童，《李荣生游星期国》便是以儿童为主体，具有儿童文学本应有的童心童趣，通过对"星期国"的描绘，从反面教育了少年儿童要好好学习，颇有意义。

从五四以后的中国童话创作来看，作家们在引入域外童话题材时有意的文化选择和过滤，说明了童话创作中包含着对中国社会历史现实的关注和表达，是作家们的中国情怀和世界意识的一种精神融合。

二、思想蕴含的接受与变异

从思想内容层面来看，近代中国译介的域外童话中有一类是强调儿童生命力和想象力的催发，不附加过于沉重的社会内涵，比如《阿丽思漫游奇境记》。然而在五四到抗战时期，童话创作与近代中国的社会历史条件密切相关，并非远离此时此地、从属于彼岸的东西，而是与时代语境、作家的思想情感紧密结合在一起的，因此注重现实题材的域外童话得到中国作家的重

---

[1] 范泉：《如何写作儿童文学：作家要有真切感情》，《大公报》1948 年 4 月 5 日。

视，巴金的童话创作就受到了爱罗先珂童话的影响。

1937 年巴金出版童话集《长生塔》，收有《长生塔》《塔的秘密》《隐身珠》《能言树》4 篇作品。巴金在《序》中说："现实的生活常常闷得我透不过气来。我的手脚上都戴着无形的镣铐。然而在梦里我却是有充分自由的。没有什么东西可以拘束我。我不能让我的梦景被遗忘，所以把它们记下一些来。这些全是小孩的梦。我勉强称它们为童话，其实把它们叫做'梦话'到更适当。……然而梦话却常常是大胆的，没有拘束的。那些快被现实生活闷煞的人倒不妨在这些小孩的梦景里呼吸一点新鲜空气。"[1] 和鲁迅选译爱罗先珂作品相似，巴金以梦为马，借助于童话，用"梦话"来阐明自己的见解和主张，目的是使现实生活里感到憋闷的人们，能在童话境界里呼吸到一点新鲜空气，使他们在苦难的生活与寂寥的征途中得到些许慰藉。

在 1931 年秋天，巴金在福建泉州为世界语学会编辑完由鲁迅等人翻译的爱罗先珂童话集《幸福的船》所写的《序》中，这样追忆爱罗先珂："这是我们大家所敬爱的友人。他以人类的悲哀为自己底悲哀，他爱人类更甚于爱自身。他像一个琴师，他把他'对于人类的爱和对于社会的悲'谱入了琴弦，带上一个美妙而凄哀的形式，弹奏出来打动了人们底心坎。"[2] 爱罗先珂对于人类"爱"的思想成为巴金日后童话创作的关注点。在《关于〈长生塔〉》一文中，巴金谈到《长生塔》的创作缘起。当时住在日本横滨本牧町小山上一个高等商业学校副教授的家里，在短篇小说《神》写成寄出后，"我翻阅《现代日本小说集》消遣，读了森鸥外的《沉默之塔》（鲁迅先生译），忽然想起苏联盲诗人爱罗先珂（一八九九——一九五二）的童话《为跌下而造的塔》（胡愈之译），我对自己说：'写篇童话试试吧。'我的眼前出现了一座摇摇晃晃的高塔，只摇晃了几下，塔就崩塌下来了！长生塔的故事我也想好了"[3]。

---

① 巴金：《长生塔》，文化生活出版社 1937 年版，第 ii 页。

② ［俄］爱罗先珂：《幸福的船》，鲁迅等译，第 iv 页。

③ 巴金：《关于〈长生塔〉》，张耀辉编：《巴金和儿童文学》，少年儿童出版社 1990 年版，第 383 页。

《长生塔》原刊于 1935 年的《中学生》杂志，塑造了一个倨傲的统治者：

> 国王素来就不喜欢贱民，因为大臣们曾对他说过那般人的种种的坏话，而且国王自己也偶尔看见过那种衣服污秽相貌悲戚的人，他尤其不高兴的是他们不知道礼貌，不会对他跪着欢呼万岁。①

这种倨傲也是爱罗先珂的《为跌下而造的塔》中着力描绘的，故事开篇就交代互相仇恨的两位富翁高贵而又倨傲，而他们各自的孩子，一位是阔少爷，另一位是阔小姐，从小被教育成为和父辈同样倨傲又自大的人：

> 从在摇篮里的时候起，他们早就学会：只爱着他们自己，贱视着贫民，仇恨着劳动和劳动者，使唤着统领着一切的人和一切的事。咳，他们真是倨傲而又尊大的贵人呵，他们真是人民中的荣华呵。②

两位富翁父亲死后，阔少爷和阔小姐继承了大笔遗产，为了吸引对方，各自建了高塔：

> 于是南园的花小姐向着自己说："现在我要造一座一百米突高的塔；从这塔上我可以瞭望我的庄子，从这塔上我也可以赏鉴那'北方世界的仙境'"，不久塔便造好了，足足有一百米突的高，人家给它取了个名字，叫"到北方的星斗去的路"。
>
> 北天的俊官人见了这座塔又想道："她不会到我这里来了，除非我建造一座比这更高的塔，她才会来哩。"于是他又建了一座二百米突高的塔；人家给它取了个名字，叫作"到南方的星斗去的路"。③

巴金的《长生塔》中，建塔是国王为了追求长生不老：

---

① 巴金：《长生塔》，第 11 页。
② ［俄］爱罗先珂：《爱罗先珂童话集》，鲁迅等译，第 218 页。
③ ［俄］爱罗先珂：《爱罗先珂童话集》，鲁迅等译，第 224 页。

把那传说倒塌了的伟大的长生宝塔重建起来，让国王住在里面修道，在这里面国王不仅可以免除一切人间的诅咒，并且还可以接触天空的神圣的灵气。这座塔里面一切布置应该全是最圣洁，最精妙，最庄严的，而且全是年代久远的供神的东西。在长生塔里面唯一的修行的人一定可以长生。①

《为跌下而造的塔》中男女主人公由于倨傲，相互攀比而建塔，最后跌下了塔。《长生塔》中，国王为了追求长生而建塔，塔修成后他登上最高的一层，整座塔就崩塌下来，国王的尸首被埋在乱石下面。故事包含了一个主题：即使身为国王，拥有金钱和权力，同样无法超越生死。与《为跌下而造的塔》相比，《长生塔》突出了对建塔过程的描写，国王只顾建塔不顾民工的死活，视人民为蝼蚁，任意践踏，巴金由此将故事与社会现实相联系，指出国王就是指蒋介石，"我通过这篇童话咒骂蒋介石。我说，他的统治就像长生塔那样一定要垮下来"②。表达了对反动政府的痛恨。在叙事方式上，《长生塔》采用父子对话的方式写成，巴金借父亲之口说自己的看法："沙上建筑的楼台从来就是立不稳的。"③意味着反动统治也像沙上建筑的楼台，最终是会垮下来的。

1935 年冬，巴金在上海写成《塔的秘密》，原刊于 1936 年的《中学生》杂志，刊载时便标明了这是《长生塔》的续篇。作品用第一人称的手法，描写一个孩童"我"的梦境。这个孩子走进长生塔，目睹了住在塔里的皇帝荒淫无度的生活，他吃不同人的肉，有妃子的、武士的、孩子的、贱民的、老人的。由七百多个妃子伺候着，他专横而残暴，不停地杀人，凡是不服从他的人都有罪，他说："我的意志就是法律，就是一切！"④在重压之下，百姓并没有屈服，孩子的父亲藏着塔的秘密，这个秘密需要放在活人肚子里暖一下再取出烧毁，那座长生塔就会倒塌，长生的仙药也就失去效用。如果皇帝

---

① 巴金：《长生塔》，第 12 页。
② 巴金：《关于〈长生塔〉》，张耀辉编：《巴金和儿童文学》，第 384 页。
③ 巴金：《长生塔》，第 20 页。
④ 巴金：《长生塔》，第 39 页。

知道了塔的秘密，这座塔就真的成了长生塔，无数建塔的贱民的血也就白流了，关于塔的秘密，父子俩有这样一段对话：

> 父亲忽然站起来，按着我的头，严厉地说："孩子，你是我的孩子，你的血管里有我的血。你老实地对我说：你愿意我死，还是愿意长生塔永远存在下去？"
>
> 我抬起头，觉得父亲的眼光像针一般刺进我的身上，我不觉战抖起来。我忘了一切，我疯狂似地恳求说："父亲，告诉我，告诉我那个秘密。我来做，我来替你做！"①

为了保住长生塔的秘密，孩子甘愿做任何事情，因此集体利益、家族使命高于个体，而个体价值也在为集体利益、家族使命的奉献中得以实现。《塔的秘密》与《长生塔》最大的不同，在于面对暴政时被压迫人们的态度，《长生塔》中贱民被动无言的悲痛化为《塔的秘密》中主动的反抗，人们为了推翻皇帝，到处寻找塔的秘密，即使被皇帝关起来，也在与看守的武士打斗，而且不管受到武士怎样的欺凌，他们伤痕累累却没有一个人死去，皇帝想吃这些人的肉，厨师说他们的骨头太硬，这里歌颂了反抗暴政者的勇气与志气。在孩子不知情的时候，父亲已将孩子纳入反抗者的队伍，他给孩子吃下的糖便是塔的秘密，孩子知道秘密在自己肚子里时，表现出了大无畏的牺牲精神：

> 我听了父亲的话，看看他的脸色，看看他手里的刀，我马上明白了一切，我知道再没有犹豫的必要了。我就拉开衣服露出胸膛，勇敢地对他说："父亲，你来罢，我是你的孩子。"我闭了眼睛不顾一切地向着他手里的刀迎上去。②

读者由此看到了被压迫人民对反动统治阶级的复仇情绪，也体会到勇敢的孩子为推翻皇帝残暴的统治而表现出来的英雄气概。对于这篇童话的故事

---

① 巴金：《长生塔》，第52页。
② 巴金：《长生塔》，第53页。

来源，巴金做过说明，"那些细节是从什么地方来的呢？一定是从我小时候听到的故事和读到的童话书里搬来的。……这是一篇爱罗先珂式的童话。……我的童话中的叙述和爱罗先珂童话里那个要造'全人类都可以乘的幸福的船'的'哥哥'的愿望不是一样的吗？今天我重读它，我还看到《幸福的船》的影响"①。这是爱罗先珂式的"以人类的悲哀为自己底悲哀"，"爱人类更甚于爱自身"的精神写照。爱罗先珂的《为跌下而造的塔》中的"塔"象征了个人的情感与欲望，巴金在《长生塔》与《塔的秘密》这两篇童话中，对爱罗先珂童话做了中国背景下的转换，故事中有国王、皇帝、妃子、大臣和武士等经典童话中的常见人物，却表达了反抗专制统治的主题，"塔"成为国家暴政的象征，由此而影射着当时中国的社会现实。

《塔的秘密》中小男孩同情他人，甘于奉献自我的精神在《能言树》中得到强调。《能言树》原刊于1937年的《新少年》杂志，于1936年冬写成，巴金回忆道："我发了狂似地奋笔写了两个晚上，每晚都写到两点钟。屋子里升着火，我心里燃烧着火，头上冒着汗，一边念，一边写，我在控诉国民党军警镇压学生、摧残青年的罪行。我写到'为什么那些同情别人、帮助别人、爱别人的年轻孩子就该戴镣铐、挨皮鞭、坐地牢、给夺去眼睛、给摧残到死？'我丢下笔在屋子里走了好几转。我感到窒息，真想大叫几声，我快要给憋死了。"②这篇童话描写了一棵生长在大路旁边的年轻的树，见过许多人世间不平的事情，也见到武士押着年轻人们走过，他们戴着脚镣手铐被带往堡垒，垂死时便被投往深渊。树也为兄妹二人的不幸遭遇而深表同情，哥哥为受苦的人们鸣不平，被武士们弄瞎了双眼，小女孩的追问便是对社会现状的控诉：

　　难道年青的孩子都是有罪的吗？难道人就只是为着自己一个人而活着的吗？难道人就不应该同情别人吗？难道看见同类的人被打、被辱、被虐待，就不应该出来帮助那个可怜的人吗？为什么会有那许多镣铐，

---

① 巴金：《关于〈长生塔〉》，张耀辉编：《巴金和儿童文学》，第384页。
② 巴金：《关于〈长生塔〉》，张耀辉编：《巴金和儿童文学》，第386页。

那许多皮鞭，那许多地牢？为什么他们会把我哥哥的眼睛夺去了？①

但能言树既不能说话，也不能向任何不幸的人们提供帮助。可后来当它吸收了小女孩痛苦的眼泪后，这棵阅尽人间悲苦的大树终于开口了：

> 在这地上一切的人都是没有差别的。并没有谁应该受着特殊的待遇。凡是把自己的幸福建筑在别人的苦痛上，用镣铐、皮鞭、地牢等等来维持自己的幸福，这样的人是不会长久的，他们终于会失掉幸福。连那二十二层的长生塔也会在一个早晨的功夫完全倒掉。只有年青的孩子的心才能够永远存在。没有一件东西能够毁坏它。②

这段话中再次呼应了长生塔的倒塌，小女孩以为这是神在向他们说话，兄妹俩受到鼓舞，变得乐观和勇敢，小女孩做了哥哥的眼睛，他们带着希望重新上路了，至于这棵树，它只是偶然得到说话的能力，又失去了这个能力，但当它望着兄妹二人远去的背影，依然为他们感到高兴，寄托着巴金为盲者寻求光明的愿望。《能言树》中的"树"意象与爱罗先珂的《街之树》有相似之处，它们站在路边，阅尽了人间的疾苦，《街之树》中的树能言而不欲言，"在这都市的大街里，我认识一棵大树。这树静悄悄的矗立着，如今它不说什么了，它什么也不想说了"③。因为它见过帝王的尊荣与衰败，看到百姓如奴隶般的生活，它要求砍木工匠砍了它："我不愿意再见黄种的恶魔，也不愿意再见白种的厉鬼；我不愿意再见奴性的百姓，更不愿意再见奴性更深的官员了！"④相比而言，《能言树》中的树尽管看到国王、大臣、卫士，以及面黄肌瘦的贱民，依然在最后给了兄妹二人渺茫的生的希望。《能言树》中兄妹的可悲境遇又与爱罗先珂的《一个小女孩子的命运》有所关联，《一个小女孩子的命运》中兄妹二人相依为命，都患了重病，小女孩的

---

① 巴金：《长生塔》，第 90 页。

② 巴金：《长生塔》，第 92 页。

③ ［俄］爱罗先珂：《枯叶杂记及其他》，丏尊、愈之译，商务印书馆 1924 年版，第 5 页。

④ ［俄］爱罗先珂：《枯叶杂记及其他》，丏尊、愈之译，第 6 页。

苦难无处倾吐，树成了她诉说的对象，故事的结局很悲惨，"那树不作声，那树知道后来他们把那顶绿色的冠戴在死人的头上当作了殓物，但是它不愿意说。树也知道他们把小女孩子卖了去葬她哥哥，但是他不愿意说。树只是不作声，他什么也不想说了"。① 这棵树与《街之树》中的树同样能言而不欲言，故事的感情基调比较灰暗，但巴金的《能言树》不但让树给了人一丝希望，还否定了神的存在：

　　"普照一切的天上的大神啊，请您垂听我这个小女孩的哀告罢。告诉我，这一切都是您允许了的吗？难道这一切都是合理的，而且必需的吗？……我哥哥说，没有眼睛他就不能够活下去；我没有哥哥我也不能够活了。伟大的万能的神呵，请您垂听我这个小女孩的哀求罢。"依旧没有回答，神是听不见这个小女孩的哀求的，因为天上根本就没有神。②

　　童话中用树取代了神，告诉人们一个朴素深刻的道理：凡是把自己的幸福建立在别人苦痛上的人终会失掉幸福。能言树对小女孩说："去罢，去帮助别人，同情别人，爱别人。帮助，同情，爱，这都是没有罪的。"③ 这句话与巴金为爱罗先珂的《幸福的船》所写的《序》相呼应："何况我们底心中有着更多的同情，更多的爱，更多的欢乐，更多的眼泪，比我们底自己保存所需要的不知多过若干倍，我们把它们拿来分与他人，也是很自然的事。所以为万人乘坐的幸福的船是有的，而且会来的。只要人类如今不是正向着灭亡之路走去，那么我们终有一日会见着那样的幸福的船航行在人间之海里。"④ 只有同情和爱，才是人类走向幸福的途径。《能言树》的叙事同样采用了父子对话的方式，包含叙述者"我"和父亲的故事，以及父亲所讲述的能言树和兄妹二人的故事，形成故事套故事的框架式结构。在童话的最后，叙述者"我"与故事中的兄妹处在了同一个时空中，"我的眼前仿佛出现了两

---

① ［俄］爱罗先珂：《枯叶杂记及其他》，丐尊、愈之译，第 20 页。
② 巴金：《长生塔》，第 91 页。
③ 巴金：《长生塔》，第 93 页。
④ ［俄］爱罗先珂：《幸福的船》，鲁迅等译，第 vi 页。

个孩子的背影。他们从那几株桦树中间走出来，两兄妹紧紧偎倚着慢慢地向前走去，好像我们就在后面跟着他们一般"①。"我们"跟着"他们"，也许正是对同情与爱的分享。

关于童话创作，巴金谈到自己受到爱罗先珂童话的影响："说实话，我是爱罗先珂的童话的爱读者。二十年代爱罗先珂的童话通过鲁迅先生、夏丏尊先生和胡愈之同志的翻译在我的思想上留下了很深的烙印。上个月（一九七八年八月）以德田六郎先生为首的十多位懂世界语的日本旅游者在上海见到我，其中一位女作家向我问起对爱罗先珂的看法，我说我喜欢他的童话，受过他的影响。现在回想起来，我的'人类爱'的思想的一半，甚至大半都是从他那里来的。我的四篇童话中至少有三篇是在爱罗先珂的影响下面写出来的。"②在巴金的童话中，将爱罗先珂的"人类爱"的思想落实到爱人民的立场上去，爱罗先珂童话影响着巴金作品的思想内蕴，使其具有了较深刻的典型意义和教育意义。巴金的童话，意境优美，满含激情，兼具浓郁的浪漫主义色彩和对历史的现实主义观照，语言平易亲切，但是从儿童的接受能力来看，稍显深奥，他自己也解释道："至于孩子不懂，更不能怪孩子，因为他实在不知道三十年前中国的事情。"③从童话的接受主体角度，巴金童话的理想读者应是儿童与成人兼而有之。

第二节　艺术风格的接受与变异

乌尔利希·韦斯坦因认为："在大多数情况下，影响都不是直接的借出或借入，逐字逐句模仿的例子可以说是少而又少，绝大多数影响在某种程度上都表现为创造性的转变。"④影响是一种创造性的转变，古斯塔夫·朗松在《试论"影响"的概念》一文中也提到"真正的影响，较之于题材选择而

---

① 巴金：《长生塔》，第96页。
② 巴金：《关于〈长生塔〉》，张耀辉编：《巴金和儿童文学》，第384—385页。
③ 巴金：《关于〈长生塔〉》，张耀辉编：《巴金和儿童文学》，第387页。
④ ［美］乌尔利希·韦斯坦因：《比较文学与文学理论》，刘象愚译，辽宁人民出版社1987年版，第29页。

言，更是一种精神存在"①。域外童话作品在穿越文化或语言边界时要经历思想、风格、主题、情节等元素的变化，与题材和主题的接受相比，中国作家对域外童话艺术风格的接受往往是得以意会而无可实指的，是一种精神存在的表征。

一、浪漫与象征——郭沫若的《黎明》对域外童话剧的接受

郭沫若在《儿童文学之管见》一文中谈到儿童文学的建设问题，包括三种方法：收集、创造和翻译，在谈到"创造"时，他以自己的童话写作为例："梅特林底《青鸟》、浩普特曼之《沉钟》最称杰作。此种形式的作品，在前年九月间《时事新报·学灯》上曾发表过一篇《黎明》，是我最初的一个小小的尝试。"②郭沫若的这段话是其童话剧创作受到域外影响的笔述渊源。《青鸟》采用民间童话的主题和手法，富有优美的诗意，很受观众喜爱。剧中出场的有人、狗、猫，以及糖果、面包、夜、水、火等，砍柴人的两个孩子——贴贴儿和弥贴儿经历了种种冒险，到处去为生病的女孩寻找象征幸福的"青鸟"，孩子们在记忆之土、夜之宫、幸福之宫、未来之国等处寻找，没有找到。贴贴儿把自己养在笼子里的小灰鸽送给了病女孩，这时灰鸽的颜色变青了，成了一只青鸟。青鸟从女孩手中飞走时，贴贴儿打算将鸟儿捉回来，并走到台前向观众说道："列位之中若有人寻着它，可否把它还给我们？……这是我们为着我们将来的幸福所必须要的。……"③青鸟成了幸福的象征。《沉钟》写的是铸钟师海因里希为了铸钟而历尽艰辛，在妻子、牧师为代表的世俗社会与女妖、尼克尔曼等为代表的新生世界间徘徊，铸钟是艺术的象征，救了海因里希并与他相恋的女妖是爱的化身，表达了崇高理想与世俗追求之间的矛盾，剧本具有神秘和奇幻的艺术色彩。

相比于《青鸟》和《沉钟》，《黎明》的故事情节较为简单。《黎明》的

---

① [日]大塚幸男：《比较文学原理》，陈秋峰、杨国华译，陕西人民出版社1985年版，第32页。

② 郭沫若：《儿童文学之管见》。

③ [比利时]梅脱灵：《青鸟》，傅东华译，商务印书馆1923年版，第181页。

帷幕拉开，狂涛中出现了一座孤岛，当曙光照临时，朝霞染红了大海，观众看到岛岸上有无数海蚌，在这些海蚌中有较大的两蚌渐渐开放，随即从中跳出一个男孩和一个女孩，这一人物设置与《青鸟》相似，都将两个孩子作为全剧的中心人物，而且同样采用了拟人化手法。蚌中跳出的孩子携手而舞，随舞随歌，他们歌唱自己的解放：

女：你好像脱了壳的蝉虫！

儿：你好像出了笼的飞鸟！

女：你好像才出胎的羔羊！

儿：你好像才发芽的春草！

女：你好像喷出了土的火山！

儿：你好像见了太阳的冰岛！

女：我要涤荡去一些尘垢秕糠。

儿：我要制造出一些明耀辉光。[1]

他们解放了，还要唤醒其余的海蚌：

女：你们快出幽宫！

儿：你们快出囚笼！

女：快来同我们舞蹈春风！

儿：快来同我们歌笑春风！[2]

于是其他海蚌一起开放了，跳出无数对儿女来，大家同唱：

我们醒了！

我们来了！

我们来祝天地的新生。

---

[1]　郭沫若：《黎明》，任德耀编：《中国儿童文学大系·儿童剧》一，希望出版社 2009 年版，第 2 页。

[2]　郭沫若：《黎明》，任德耀编：《中国儿童文学大系·儿童剧》一，第 3 页。

我们来祝海日的新造。

哥哥！你们醒得早。

姐姐！你们醒得早。

我们也要来同你们舞蹈。

我们也要来同你们歌笑。[1]

随后，是最先出蚌的两位孩子带领后出蚌的孩子们向着太阳祈祷。全剧以孩子们投弃蚌壳入海，大家唱歌走入林中收场。《黎明》主要借鉴了《青鸟》《沉钟》将象征主义与浪漫主义相结合的艺术构思，却一改《青鸟》的神秘色彩和《沉钟》的压抑氛围，形成其独特的艺术风格。《黎明》的象征手法是明显的，幕启时的孤岛象征着黑暗中的旧中国，太阳带来了黎明，象征着光明和力量，朝霞漫天象征了新时代的来临，而最先跳出蚌壳的孩子象征着新时代的先驱者，他们首先抛弃了象征旧时代囚笼与幽宫的蚌壳，在他们的召唤之下，众多儿女应声而起，向旧世界告别："请了！请了！囚笼幽宫！我们永远同你断线。"[2]这部作品想象新奇、夸张大胆，将歌、舞、剧融为一体，用象征手法概括了五四精神，由歌颂光明、欢庆新生的场景反映了人们摆脱腐朽的旧时代的渴望，以及迎接新世代的欣喜，表达着郭沫若对少年儿童追求自由与解放，努力创造新生活的希冀。作品主题与五四时期反对旧社会、向往新时代的呼求相符，也和郭沫若《女神》中的理想主义、乐观主义思想是一致的。

二、诗性与哲思——严文井对安徒生童话的接受

严文井步入童话创作之路是在抗战爆发后，他于 1938 年赴延安，20 世纪 40 年代初创作的童话有：《风机》《胆小的青蛙》《小松鼠》《四季的风》《红嘴鸭和小鹿》《大雁和鸭子》《皇帝说的话》《希望和奴隶们》《南南同胡子伯伯》等，1943 年由桂林美学出版社出版了严文井的童话集《南南同胡

---

① 郭沫若：《黎明》，任德耀编：《中国儿童文学大系·儿童剧》一，第 3 页。
② 郭沫若：《黎明》，任德耀编：《中国儿童文学大系·儿童剧》一，第 5 页。

子伯伯》。与同时期贺宜、苏苏等创作宣扬抗战精神的童话作品不同，严文井的童话别具一格，赞美同情、爱、勇敢、助人为乐等美好的情感和品质，注重儿童品德教育，富有诗情和哲理。严文井回忆自己童话创作的缘起时，提到了安徒生童话：

> 我的年岁又大了一些，阅读的书慢慢就扩大到翻译作品的范围了。我读了《伊索寓言》《天方夜谭》和一些外国童话。最触动我心灵的是安徒生。我最早读的他的两篇作品是《夜莺》和《无画的画帖》（当时我读的那个译本，书名译作《月的话》）。这两篇作品，虽然富于幻想性，却没有特别离奇古怪的故事，它们以一种强烈的、优美的诗意感动了我，引起我思索。童话，这是多么奇妙的一种文学形式啊，它竟能表达出那么多美和崇高的东西。然而，当时我还是没有想到以后我也要写一些童话的。①
>
> 少年时期我接触了安徒生。他对很多人都是给与者。他比许多童话家都高明，他引导人去经历的不只是什么奇异的世界。尽管他书里仍然写到一些奇特的事物，但他主要告诉我们的是离我们更近的，和我们熟悉的生活相类似而又显得比较高的一种境界。他自己倒像一个魔法师，一些平常的生活，经过他用手杖一指，马上就放出光彩来。我被他的人道主义精神感动，从他的如画的散文里感到一种比有些分行的诗还是诗的东西。我对他只有赞美，而不能进行任何批判分析。我从他的童话里认识到文学所能发挥的力量。我开始有了一种朦朦胧胧的创作愿望。我要用自己的笔来补足自己从前所没得到的东西。②

严文井对安徒生童话特征的理解包含了"诗意""美和崇高的东西""熟悉的生活""人道主义精神"以及"文学所能发挥的力量"这些要素，他在童话创作中对安徒生有所借鉴。比如《四季的风》是用接近散文诗的形式写

---

① 严文井：《我是怎样开始为孩子们编故事的》，《严文井选集》下，人民文学出版社2004年版，第397页。

② 严文井：《〈南南和胡子伯伯〉一书后记》，《严文井选集》下，第505页。

成，艺术构思受到安徒生《天国花园》故事的启发，东、南、西、北四种风，都有着与人一致的内在性情。在《天国花园》中，北风带着一股冰冷的寒气，穿着熊皮做的上衣和裤子，海豹皮做的帽子一直盖到耳朵上，胡子上挂着长长的冰柱，雹子不停地从上衣领子上滚下来。西风有海的气息和一种愉快的清凉味，样子像一个野人。南风的头上裹着一块头巾，身上披着一件游牧人的宽斗篷。东风穿着一套中国人的衣服，带着王子寻找天国花园。严文井《四季的风》也选取了"风"这一意象，风也被赋予了人的情感，苦孩子生病了，他只有一个朋友，就是风。春天，风为他带来各种花的香味，青草的气息以及各种小鸟歌唱的声音。夏天苦孩子想要一个水果，风只能带来一个又小又酸的杏子，但是苦孩子病情加重，已经吃不下了，这时风感到难过，飞出苦孩子的茅屋时，它哭了起来。秋天到了，苦孩子更加虚弱，风带着红叶为苦孩子跳舞。冬天到了，苦孩子没有木炭取暖，没有棉衣御寒，风为苦孩子找到棉花时，他已经永远地睡着了。风怒吼着向四方飞去。故事的结尾又能看到安徒生《一星期的日子》《一年的故事》和《乘邮车来的十二位旅客》等童话的影响，在安徒生笔下，一星期的七个日子、一年中的四个季节、一年中的 12 个月都处处有来历，且有着人格化的特征，如一星期的七个日子聚在每隔四年二月的最后一天里开联欢会，这便是每四年的二月多出一天的原因，这样的故事充满了童心童趣，赋予自然现象以拟人化特征。而严文井通过想象，将四季的风的来源与苦孩子的命运相联系，在对自然现象的解释中寄寓着作家对社会现实的理性思考：

　　现在，我们就懂得四季的风为什么有些不同了；那就是因为世界上曾经有过一个苦孩子的缘故。春天的风带来花的香味同小鸟的歌唱，使我们觉得愉快，那是因为风在想使苦孩子变得愉快。夏天的风总是带来了雨水，那是风在哭，哭苦孩子的不幸，没有吃着他弄来的野杏子。到秋天，我们见到风常常和落叶在一起旋舞着，而且尖声地歌唱着。到冬天，我们就见到风是狂暴的，他愤怒地吹呵，吹呵，要把这个世界上所有的罪恶都扫荡得干干净净。我们还可以看见那个小使女的棉花在风里飘滚。但是那棉花没有什么人可以利用它来做一件棉衣，我们叫那棉花做"雪"。①

　　安徒生童话具有诗情与哲理结合的特点，保罗·阿扎尔对此评价道："安徒生，他用他那浸润着诗意和对一个更美好未来的不懈信念，同孩子们的心灵站在一起，与属于他们的性格站在一起，参与着儿童在人类世界里的行动与任务。"②对于童话的诗性，严文井认为："童话虽然很多都是用散文写作的，而我却想把它算做一种诗体，一种献给儿童的特殊的诗体。"③严文井对于诗的追求并未使他走向虚幻的玄想，而是与关切生活的现实精神相联系，这与他对安徒生童话的理解是紧密相关的，"好的童话都是一些'无画的画帖'，或者又是一些没有诗的形式的诗篇。这些奇异的画帖或诗篇具有一种魔力，尽管它们描绘的常常是不存在的事物和荒诞的境界，然而却能帮助人们看清和理解真实的生活，使人们想起前进和向上，不甘心沉没在平庸和丑恶的事物之中"④。严文井创作了不少充满诗情与哲理的故事，用童话的方式回答生活中的问题：《风机》以小面人和三只老鼠的结局说明不知感恩的后果；《胆小的青蛙》写青蛙如何锻炼意志、学会成长；《小松鼠》讲的是小松鼠知错就改的经历，又阐明松鼠有一身美丽的茸毛和一条大的花尾巴的来历；《大雁和鸭子》解释大雁和鸭子为什么变成了两种不同的鸟；《皇帝说的话》以皇帝的荒唐行为讲述了人和动物怎么会变成石头和沙粒……在《南南同胡子伯伯》中，以一个带有超人的特征又不同于传统神仙的胡子伯伯为中心，用故事套故事的方式呈现了两个故事：一个是南南和胡子伯伯在一起玩的故事，一个是胡子伯伯向南南讲述自己变为胡子伯伯的故事，既赞美儿童的游戏精神，又有生活的哲理：快乐、幸福来源于对别人的帮助。

　　可以说，安徒生童话对严文井创作的影响更多的是一种精神气质的渗透，严文井一方面接受了安徒生童话的精神气质，另一方面结合自身审美积

---

① 严文井：《四季的风》，《严文井选集》上，人民文学出版社 2004 年版，第 28 页。
② [法] 保罗·阿扎尔：《书，儿童与成人》，梅思繁译，第 131 页。
③ 严文井：《泛论童话》，《严文井选集》下，第 379 页。
④ 严文井：《英文版〈严文井童话选〉前言》，《严文井选集》下，第 520 页。

淀，形成了独到的创作风格，比如《四季的风》中对社会现实的思考，《风机》《胆小的青蛙》《小松鼠》中包含的教育意义。20 世纪 40 年代的创作奠定了严文井童话的基调，对于诗意与哲理性的艺术追求在他后来的童话中得以强化，如《丁丁的一次奇怪旅行》《蚯蚓和蜜蜂的故事》《小溪流的歌》《"下次开船"港》等。

三、"童趣"世界的建构——《阿丽思漫游奇境记》对老舍和张天翼的影响

童话的重要特征之一是幻想性，在童话故事中，所有有趣的事情都有可能发生，因此它是非写实的，有着神奇瑰丽的艺术境界，摆脱拘束的自由精神和表现形式上的怪诞，《阿丽思漫游奇境记》便是这一类童话的代表，赵元任解释为"不通"，"所谓没有意思，就是英文的 Nonsense"[1]。周作人在评介《阿丽思漫游奇境记》时，指出这是"有意味的'没有意思'"[2]，在《儿童的书》一文里，周作人再次解释了其含义：

> 其实艺术里未尝不可寓意，不过须得如做果汁冰酪一样，要把果子味混透在酪里，决不可只把一块果子皮放在上面就算了事。但是这种作品在儿童文学里，据我想来本来还不能算是最上乘，因为我觉得最有趣的是有那无意思之意思的作品。安徒生的《丑小鸭》，大家承认它是一篇佳作，但《小伊达的花》似乎更佳：这并不因为他讲花的跳舞会，灌输泛神的思想，实在只因它那非教训的无意思，空灵的幻想与快活的嬉笑，比那些老成的文字更与儿童的世界接近了。[3]

艺术里未尝不可寓意，但思想不能破坏故事的完整，"要把果子味混透在酪里"，但更佳的是"无意思"，比如《阿丽思漫游奇境记》与《小伊达的花》这一类的作品。《阿丽思漫游奇境记》描绘的是以纯幻想建构起来的异

---

① [英] 刘易斯·卡洛尔：《阿丽思漫游奇境记》，赵元任译，第 4 页。
② 仲密：《自己的园地·〈阿丽思漫游奇境记〉》，《晨报副刊》1922 年 3 月 12 日。
③ 周作人：《儿童的书》，《文学旬刊》1923 年第 3 号。

质世界，"在卡罗尔的世界里，怪异的事物无处不在"①。故事的荒诞离奇与奇妙狂想能够无限地给予孩子甚至成人阅读的欣喜与快乐。赵元任的译本中形象地呈现了会讲最干巴故事的老鼠，有吃了一边能使人长高，吃了另一边使人变矮的圆蘑菇，婴儿只会像猪哼哼，放在地上变成小猪跑，有扑克牌国王和兵士，活刺猬做槌球，火烈鸟做球杆，还有能够时隐时现，永远面带微笑的柴郡猫……正因富有非教训的无意思，空灵的幻想与风趣等艺术特质，阿丽思的故事得到读者的喜爱。周作人在《阿丽思漫游奇境记》一文的开端写道："世上太多的大人虽然都亲自做过小孩子，却早失了'赤子之心'，好像'毛毛虫'的变了蝴蝶，前后完全是两种情状：这是很不幸的。"② 在近代中国的童话创作中，富有"赤子之心"的，建构荒诞风趣的童话艺术世界的作品，具有代表性的是老舍和张天翼的童话。

老舍的长篇童话《小坡的生日》于1931年在《小说月报》连载，1934年由生活书店出版单行本。批评界给予很高的评价："从《稻草人》问世以来，封神榜式的小说吓得倒退，童话界焕然一新；但是《稻草人》的笔调终嫌枯僻，不很合于孩子们的口味，现在好了，老舍的《小坡的生日》更能进一层，给童话界放光芒。"③ 在《我怎样写〈小坡的生日〉》一文中，老舍回顾创作这部童话的经过：

> 以小孩为主人翁，不能算作童话，可是这本书的后半又全是描写小孩的梦境，让猫狗们也会说话，仿佛又是个童话。……这是幻想与写实夹杂在一处，而成了个四不像了。这个毛病是因为我是脚踩两只船：既舍不得小孩的天真，又舍不得我心中那点不属于儿童世界的思想。……大概此书中最可喜的一些地方就是这当我忘了我是成人的时候。……可是我对这本小书仍然最满意，不是因为别的，是因为我深喜自己还未全

① [美]塞思·勒若：《儿童文学史——从〈伊索寓言〉到〈哈利·波特〉，启蒙编译所译，华东师范大学出版社2020年版，第234页。
② 仲密：《自己的园地：〈阿丽思漫游奇境记〉》。
③ 朴园：《书报评介：〈小坡的生日〉》，《清华周刊》1935年第43卷第7、8期。

失赤子之心。①

《小坡的生日》获得成功的原因正在于"当我忘了我是成人的时候"，"未全失赤子之心"。这部童话共 18 章，前 11 章写实，后 7 章是梦境，以小坡的生日作为过渡，为庆祝生日，小坡白天去和家人看电影，晚上就做梦到影儿国游历：

> 作梦吧！小朋友们！在梦里你可以长上小翅膀，和蜻蜓一样的飞上飞下。你可以到海里看鲸鱼们怎样游戏。多么有趣！多么有趣！②

《阿丽思漫游奇境记》正是一个以梦境为核心情节的故事，"以梦为媒介，一切都在梦中发生，奇幻世界其实只是梦，不是她真正的经历"③。老舍曾谈起："及至我读了《艾丽司漫游奇境记》等作品之后，我才明白了用儿童的语言，只要运用得好，也可以成为文艺佳作。"④1943 年 3 月 4 日老舍在文化会堂的讲演《读与写》中，也提到《阿丽丝漫游奇境记》，一位英国教授曾问老舍读了哪些英文书，"他又问我《阿丽丝梦游奇境记》念过没有？这本书是著名的童话，在英国无人不读"⑤。老舍的房东也向他推荐了这本书，说明老舍的童话创作应对《阿丽思漫游奇境记》有所借鉴。在《小坡的生日》中，正如掉进兔子洞的阿丽思，小坡进入了一个神奇的幻境——影儿国，影儿国的人一着急或生气，脸上就发绿；影儿国的街道随时都在变动，甲马路会变成乙马路，"有时候可以看得明明白白的，由远处来了条大街，连马路连铺子等等，全晃晃悠悠的，忽高忽低忽左忽右的摆动，好像在大海中的小船，看着有些眼晕"⑥。这里不是拿钱买票，而是拿票买钱，买东西时

---

① 老舍：《我怎样写〈小坡的生日〉》，《老舍全集》第 16 卷：文论一集，人民文学出版社 1999 年版，第 179 页。

② 老舍：《小坡的生日》，生活书店 1934 年版，第 199 页。

③ 廖卓成：《儿童文学——批评导论》，第 31 页。

④ 老舍：《我的"话"》，《老舍全集》第 16 卷：文论一集，第 726 页。

⑤ 老舍：《读与写》，《老舍全集》第 17 卷：文论二集，人民文学出版社 1999 年版，第 65 页。

⑥ 老舍：《小坡的生日》，第 217 页。

只要从口袋中摸一摸，掏树叶、香烟画片，或一把空气就好。小坡在影儿国遇见电影中的人物大脑袋骨拉巴唧，两人结伴去寻找被老虎夺走的电影中的人物钩钩。小坡在狼山遇到了自己的好友张秃子，张秃子却已变成了猴子，当了狼山的猴王，指挥一场狼猴大战。为了上虎山，小坡找了自己的妹妹、好朋友，大家变成大猫混上虎山，和老虎学校的小虎们交上朋友，救出了钩钩。小坡在影儿国的经历是荒诞而奇妙的，但因为都发生在影儿国，这些经历又符合了童话的逻辑。《小坡的生日》在场景描写上与《阿丽思漫游奇境记》有相似之处，比如《阿丽思漫游奇境记》中竞选式赛跑中，阿丽思发奖的场景：

> 阿丽思急得没有主意，慌忙地把手伸到衣兜里摸摸，居然摸出来一匣干糖果来（幸亏那盐水倒还没有湿进去），她就一个一个地分给它们当奖赏，恰好够一"人"一块。
>
> 但是那老鼠道，"她自己不是亦应当有个奖赏吗？"
>
> 那鸵鸵答道，"不错，那个自然。"它就转过头来问阿丽思道："你衣兜里还有些什么？"
>
> 阿丽思愁声说道，"我就剩了个针箍儿。"
>
> 那鸵鸵道，"你交给我来。"
>
> 它们大家又过来围着阿丽思，那鸵鸵就很正经地把那个针箍献给阿丽思，口里说道，"我们请您笑收这件甚雅致的针箍。"它说完了这篇短演说，大家就都喝起彩来。①

《小坡的生日》中有坐火车的一段：

> 大家全拔了一根兔儿草当买票的钱。
>
> "等一等！人太多，太乱，我来当巡警！"小坡当了巡警，上前维持秩序："女的先买！"
>
> 小妞儿们全拿着兔儿草过来，交给两个小印度。他们给大家每人一

---

① ［英］刘易斯·卡洛尔：《阿丽思漫游奇境记》，赵元任译，第36页。

个树叶当作车票。

　　大家都有了车票，两个卖票的小印度也自己买了票——他们自己的左手递给右手一根草，右手给左手一个树叶。

　　他们全在南星背后排成两行。他扯着脖子喊了一声："门！——"然后两腿弯弯着，一手托着火车，一手在身旁前后的抡动，脚擦着地皮，嘴中"七蔡七蔡"的响。①

　　发奖品和买票，都是儿童对于成人行为的模仿，用荒诞的笔触描绘出来时，自有一种儿童特有的仪式感却又不显突兀，达到了一种陌生化效果，读来新鲜有趣。

　　在艺术风格上，《小坡的生日》借鉴《阿丽思漫游奇境记》的写法，其中有梦幻的境界，奇特的幻想，幽默的色彩，用儿童的话写出儿童的事，使得这部童话处处散发着童稚的情趣。与此同时，《小坡的生日》也产生了思想蕴含上的变异，作品中包含着老舍立足于现实的思索，他谈到创作动机是"我想写南洋，写中国人的伟大"②，作品中还提道："联合世界上弱小民族共同奋斗。此书中有中国小孩，马来小孩，印度小孩，而没有一个白色民族的小孩。……所以我愿把东方小孩全拉到一处去玩，将来也许立在同一战线上去争战！"③小坡与马来小孩、印度小孩一同玩耍，这是国际主义精神的体现，而在"狼猴大战"一节，小坡与其他孩子共同御敌，寓示了老舍"联合世界上弱小民族共同奋斗"的主旨，因此不具有《阿丽思漫游奇境记》中充满幻想的奇异且完整的故事结构。总之，这是一部为中国现代童话赢得声誉的力作，曾被东南亚作家誉为"中国的《阿丽思漫游奇境记》"④，在南洋一带较有影响。

　　张天翼在长篇童话创作方面取得了突出成就。1932年，张天翼在《北斗》连载长篇童话《大林和小林》，这部童话被评论者评价为"一本好的儿

---

① 老舍：《小坡的生日》，第49页。
② 老舍：《我怎样写〈小坡的生日〉》，《老舍全集》第16卷：文论一集，第177页。
③ 老舍：《我怎样写〈小坡的生日〉》，《老舍全集》第16卷：文论一集，第179页。
④ 蒋风主编：《中国现代儿童文学史》，第176页。

童读物，因为有活泼的描写，奇趣的穿插，丰富的常识，正确的意义"①。张天翼于 1933 年在《现代儿童》连载了长篇童话《秃秃大王》，在《中国童话史》中，金燕玉评价这两部作品："它们以杰出的艺术成就宣布现代长篇童话在中国获得成功，用现代化的大胆、奇特的幻想开拓了童话的艺术思维空间。它们那荒诞、夸张的艺术手法，那奇特不凡的童话形象，那幽默热闹的风格，标志着长篇童话奇才的产生，童话大家的产生。"② 张天翼很早就受到童话的熏陶，他在《我的幼年生活》一文中回忆道："在初小有一次开全城小学运动会，我去参加五十码赛跑，得第二，给了我许多奖品：十几册商务印书馆的童话，孙毓修先生编的。有许多字不认识，母亲就读给我听。于是渐渐地自己看，买了一些，借了一些。商务、中华那时所出的童话都看全了。"③ 从这段话可以看出张天翼对童话的熟悉，商务印书馆和中华书局出版的童话"都看全了"，由此可以推知张天翼应读过商务印书馆出版的《阿丽思漫游奇境记》。张天翼童话创作成功的一个重要方面，就是对于《阿丽思漫游奇境记》中"童趣"色彩的延续，以《大林和小林》为例分析这一特征。

在讲述故事内容时，本身并不有趣的事件被勾勒成有趣的事情。《大林和小林》中写到"哭"：

> 天也晚了，太阳躲到山后面去睡觉了，月亮带着星星出来向他们霎眼。
>
> 大林和小林还哭着。哭呀哭的太阳睡了一觉醒来了，又从东边笑嘻嘻地爬起来。
>
> 小林揩揩眼泪说：
>
> "你还哭不哭？我想不哭了。"
>
> "好，我也打算不哭了。走罢。"④

---

① 余田：《〈大林和小林〉述评》，《益世报》1934 年 3 月 18 日。
② 金燕玉：《中国童话史》，第 318 页。
③ 张天翼：《我的幼年生活》。
④ 张天翼：《大林和小林》，《北斗》1932 年第 2 卷第 1 期。

《阿丽思漫游奇境记》中，阿丽思在变大后坐下哭了起来：

> 哭着自己又说道，"像你这么大的孩子，"（可不是吗？）"还这样的哭个不休，怎么害羞都不怕？你给我立刻就住声。你听见吗？住声！立刻就住声！"但是她哭的越哭越苦，越苦越哭，一盆一盆的眼泪哭个不住。①

孩子对于"哭"的本质的理解是简单的，阿丽思是对自己说"住声"但还是哭，而大林两兄弟的对话，只有在两个不谙世事的孩子身上才会出现，"你还哭不哭"所展现的语境就像日常对话中的"你还吃不吃"，"你还去不去"，完全没有了"哭"本身所具有的情感特质。

再如同样写到跑步，《阿丽思漫游奇境记》中，鸵鸵先画出一条跑道，像是个圆圈，形状圆不圆倒无所谓，然后让大家沿跑道站好：

> 并没有叫："一、二、三，去！"随便谁随便什么时候可以起首跑，随便谁爱几时停就几时停，所以这样子要看这场赛跑几时算跑完，倒不大容易看得出来，然而跑了差不多半点钟光景，大家跑得都跑干了，那鸵鸵就忽然叫道"赛跑完了！"它们大家就气喘喘地挤过来，围着它问道，"那么是谁赢的呢？"……到末了那鸵鸵说道，"有勒，个个人都赢的，而且个个人都要得奖的。"②

在《大林和小林》中写小林被抓：

> 等皮皮手一放，小林就飞跑了。
>
> ……皮皮先生跑得比小林还快，要是开运动会赛跑起来小林就一定得不到第一的。果然，皮皮先生的前脚离小林只有一尺远了。
>
> ……小林，快呀，快呀，快跑呀！……最后，皮皮的手拍在小林的肩上了。再最后，皮皮先生一把抓住小林。

---

① ［英］刘易斯·卡洛尔：《阿丽思漫游奇境记》，赵元任译，第17页。
② ［英］刘易斯·卡洛尔：《阿丽思漫游奇境记》，赵元任译，第35页。

小林就说：

"算你跑第一罢。"①

阿丽思的故事中大家在赛跑，结果是每个人都赢了，而小林在为了自由而逃跑，但他跑不过被抓后又设置了一个比赛的情境："算你跑第一罢。"这样的场景只有通过儿童视角和儿童语言呈现出来时，才符合生活情状，体现着儿童的思维，儿童的逻辑。

再比如皮皮拍卖小林的场面：

皮皮先生对他们叫道：

"各位，现在皮皮商店要拍卖这许多货，货色都很好。喂，注意！现在要卖第一桶了。第一桶里，有小林一只，墨水一瓶，火柴一盒，饼干一片，画片一张，铁球一个，都是好货色。看各位肯出什么价钱。"

买东西的人便哇啦哇啦叫起来。

"我出一分钱！"

"我出两分钱！"

"十个铜子！"

"十二个！"

"五分钱！"

"六分！"

"六分半！"

"六分七厘五！"

"七分！"

有一个满脸绿胡子的男子站起来说：

"我出一毛，一毛钱！"②

这段描述与前文提及的阿丽思发奖品的情景有异曲同工之妙，成人世

---

① 张天翼：《大林和小林》。
② 张天翼：《大林和小林》。

界的活动被儿童以滑稽的方式展现出来。这是一场模仿大人的煞有介事的拍卖，但读来又像儿童的游戏，只有儿童，才会有墨水、火柴、饼干、画片这样的收藏，而孩子们加钱的言语，非常符合儿童眼界有限的特征。

张天翼童话的独到之处在于，他对《阿丽思漫游奇境记》的接受是总体性的，所用的手法能让人悟出某种联系，既相似又处处体现着不似。从作品主题上来讲，张天翼童话具有政治童话的特征，《大林和小林》展示的是贫富对立，概括了人压迫人的社会现实，《秃秃大王》则塑造了暴虐者的典型秃秃大王。但张天翼将对于社会人生的思考融于童话所营造的儿童世界当中，坏人可以像孩子一样傻愣受骗、狼狈跌倒，这样的情节才是更易为孩子所接受的，也更合乎孩子的天性。范泉在《新儿童文学的起点》一文中强调了张天翼童话的"儿童心理"："张天翼《秃秃大王》和《大林和小林》，可以说是中国儿童文学的里程碑，他以崭新的形式，从儿童心理的路线，发掘了新的题材，灌输了新的知识。"[①] 张天翼童话对于人物的塑造，对于故事主题的呈现，都是要在儿童能够理解的充满乐趣的游戏情境中去体察和认识，而非实用的、工具式的展示。

张梓生在《论童话》一文中对于童话的教育功能做过这样的论述：

> 就是我们要利用童话去教育儿童，必须单纯的讲述他的本事，切不可于本事外面，妄自加上着诫训的话头；因为童话中怪诞不经的事实里面的道理，只可使儿童自己无意中去领会出来，倘若有人勉强加上一番大道理，儿童非但不易懂得，或者还要为此发生厌倦心，全功因此尽弃哩！[②]

从儿童接受的角度，张天翼的童话创作实践是对张梓生观点的回应，张天翼笔下的童话世界充满童趣，其中包含着荒诞不经，也包含了现实中的道理，但这种道理来自作品构造的儿童世界本身，由儿童自己去领悟。张梓生

---

① 范泉：《新儿童文学的起点》，《大公报》1947年4月6日。
② 张梓生：《论童话》，《妇女杂志》1921年第7卷第7号。

在文章最后谈道："但中国的安特生，不知生在哪里呢？"[1] 从张天翼对中国现代童话发展的独特贡献来讲，应是中国的一个"安特生"。

第三节　人物形象的接受与变异

洪汛涛在《童话学》中谈到了陈伯吹写《阿丽思小姐》的缘起：

> 那时是"五四"运动十年以后了。中国文学经过这次新思潮的大洗礼，外国的优秀文学作品大量被介绍进中国来。
>
> 童话自然也不例外，那时的商务印书馆、中华书局，已经陆续出版了上百种童话丛书。法国的贝洛尔、德国的格林兄弟和豪夫、丹麦的安徒生、英国的王尔德等，这些重要的童话作家的童话，先后被介绍到中国来。
>
> 其中，也有一部商务印书馆出版的作品，叫《阿丽思漫游奇境记》。这是一本幻想色彩很浓厚的童话作品，写一个天真烂漫，但变化无常，却又聪明、机智、勇敢的小女孩阿丽思的有趣生活。
>
> 因为当时的童话创作，大家都在作各种各样的探索。有很多童话作家，读到了一些优秀的外国童话作品后，醉心于这些作品的美妙，由此引起种种联想，便在这些外国童话的基础上，沿用其中的人物，加上自己的生活素材，进行了再创作。[2]

从洪汛涛的论述中，可以看到中国在五四之后对域外童话的接受特征，大量域外童话得以译介，中国作家"便在这些外国童话的基础上，沿用其中的人物，加上自己的生活素材，进行了再创作"。本节以《阿丽思漫游奇境记》和《木偶奇遇记》为例，分析域外童话人物形象在中国被"再创作"的现象，通过对域外童话的仿写与改编，作家们演绎了不同体裁、不同主题和风格的故事。

---

① 张梓生：《论童话》。
② 洪汛涛：《童话学》，第 436 页。

一、阿丽思的中国旅行

在《阿丽思漫游奇境记》的《译者序》中，赵元任谈起了阿丽思故事的影响："又有许多人仿着这个故事做些本地情形的笑话书。例如美国康桥哈佛大学的滑稽报在一九一三年出了一本《阿丽思漫游康桥记》，勃克力加洲大学在一九一九年又出了一本《阿丽思漫游勃克力记》，以后也说不定还会有《阿丽思漫游北京记》呢。"[①] 这段期待在不久之后就成了现实，阿丽思的确在近代中国展开了一番漫游，据目前所收集到的文献来看，阿丽思故事在中国的仿写本有：沈从文的《阿丽思中国游记》、陈伯吹的《阿丽思小姐》，还有子綦的《阿丽思漫游中国记》，上海木偶剧社的木偶戏《阿丽思的梦》，以及包蕾创作的童话剧《阿丽丝梦游奇境》。

沈从文的童话《阿丽思中国游记》于 1928 年在《新月》杂志连载，1928 年底由新月书店出版，新月书店的广告语评价甚高："中国的文艺，若说渐可进而与世界的文学比肩，这不求世所知的沈先生，这第一个长篇，已给了我们中国一个光明的希望了。"[②] 童话的第一卷是阿丽思在中国都市的见闻，12 岁的阿丽思与 45 岁的兔子傩喜带着《中国旅行指南》，要到"矮房子，脏身上，赤膊赤脚，抽鸦片烟，推牌九过日子的中国地方去玩玩！"[③] 二人经历了一系列事件：出门遇到一个打劫不成又求死的乞丐瘦汉子，参加了八哥博士的欢迎会，随后去拜访在欢迎会上认识的灰鹳，阿丽思回到旅馆后给姑妈写了信，梦醒时发现自己还在姑妈身边。第二卷中阿丽思在仪彬兄妹的介绍下前往神奇蛮荒的苗乡，见到了苗乡的种种风俗人情：人人赌博，有七百多个儿女的干妈，奴隶市场上卖儿鬻女……最后阿丽思带着对中国的种种不解回了国。

夏志清谈到沈从文"对西方小说本来不熟，可是看了《阿丽思漫游奇境记》后，就模仿了路易·喀罗的笔法，写了一本名为《爱丽斯中国游记》的

① [英] 刘易斯·卡洛尔：《阿丽思漫游奇境记》，赵元任译，第 9 页。
② 范用：《爱看书的广告》，第 84 页。
③ 沈从文：《阿丽思中国游记》第一卷，新月书店 1928 年版，第 98 页。

讽刺性作品"①。《阿丽思中国游记》是《阿丽思漫游奇境记》的仿作，子綦则对沈从文的作品进行了模仿，子綦的《阿丽思漫游中国记》连载于 1935 年的《海王》杂志，故事中阿丽思已长成了少女，她和朋友在海边过暑假晒太阳时遇到了当年的兔子，兔子正在赶路登船，即将前往出产"瓷器、丝绸、茶叶"的中国，阿丽思随着兔子登了船，到了据说是和纽约、伦敦一样的中国第一大商埠上海。他们去了城隍庙，看到矮小的板屋和处处乞讨的乞丐。之后去了杭州，参观了丝绸制造厂，不幸的是大部分丝厂已倒闭了。又去了苏州、无锡等地，学着嗑瓜子、品茶，终究没有学出嗑瓜子的样子，也喝不出茶叶的味道。游过江南又准备北上避暑，在途中见识了公正的青天老爷断案的过程，正当阿丽思对其不公平的断案感到愤怒时惊醒了，原来还是在沙滩上做梦。

　　除两部阿丽思的中国游记外，陈伯吹在 1931 年写了童话《阿丽思小姐》，他回忆说："早年我读过《阿丽思漫游奇境记》。一个喜欢幻想，有点想象力的青年人，完全给这书的艺术感染力感染了，也在这篇童话作品的本身得到了启发。"②1931 年《小学生》杂志陆续刊出了《阿丽思小姐》，1933 年初由北新书局出版单行本。讲的是三年级小学生阿丽思独自出门玩耍，遇见了袋鼠子孙太太一家，阿丽思与袋鼠一家同去参加昆虫国昆虫音乐大会，路上遇到了萤博士、造谣的金钱蛙、螳螂大刀队、瞌睡虫法官、偷吃粮食的米蛀虫……之后阿丽思和杨柳蝉儿诗人对诗，又遇到算命骗钱的虻虫，在音乐会上大蟒皇帝派了军队要夺取音乐会的会场。阿丽思誓死保卫会场……这时她一觉醒来，原来是做了一场梦。

　　到了 20 世纪 40 年代，《阿丽思漫游奇境记》被搬上了舞台。1945 年，上海木偶剧社的虞哲光编著了七幕木偶戏《阿丽思的梦》。在一个风雪交加的冬夜，阿丽思梦见圣诞老公公带她坐雪车去游玩美丽快乐的春天的世界，突然阿丽思从半空跌入一个荒僻的园中，春之神从天而降将周围变成了春天的模样，阿丽思不顾蚂蚁工人的忠告，受了蝴蝶姑娘的诱骗，离家逃学去糖

①　夏志清：《中国现代小说史》，刘绍铭等译，浙江人民出版社 2016 年版，第 218 页。
②　陈伯吹：《蹩脚的"自画像"》，叶圣陶等编：《我和儿童文学》，第 31 页。

果国玩逛。糖大王请水果人为阿丽思开了一个盛大热闹的欢迎会，表演了唱歌、跳舞、讲故事、舞台剧……阿丽思看着满地的糖果，不禁食指大动说了"想吃"二字，吓跑了所有的糖果人，阿丽思偷吃了许多美味可口的食物，后被贪吃之魔和懒惰之魔捉去，阿丽思被痛打一顿后关了起来，要受魔鬼的酷刑。正当夜深人静绝望悔恨之时，蚂蚁提灯前来带着阿丽思脱离险地。兔子弟弟请来铅兵将军，把魔鬼打倒，大家拥着阿丽思高唱凯歌回了家。这时梦醒，原来魔鬼是同学吓唬阿丽思的怪面具，所有的玩具都成了梦中救助她的好朋友，圣诞老公公的礼物已变成了爸爸寄来的贺年片，上面写着："劝学！慎交！节约！救难！"[1] 阿丽思从此记住了爸爸的教导。

1948 年，在儿童文学杂志《童话连丛》第一辑第六册《星期日的童话》中，刊登了包蕾的 16 幕剧本《阿丽丝梦游奇境》。在一个春天的早晨，阿丽丝因为头天晚上贪玩没有做好功课而不愿上学，萤火虫提醒阿丽丝上学却遭到拒绝。这时狼和狐狸博士邀请阿丽丝玩"猜手游戏"，输家要为赢家提供面包，阿丽丝被捉弄并输了游戏，可是她没有面包，狡猾的狐狸"指点"阿丽丝去蚂蚁洞里偷面包，她被蚂蚁们捉住关了起来。深夜萤火虫教阿丽丝向蚂蚁承认错误，得到原谅后离开蚂蚁国打算去上学时，又遇到了一只猪，猪邀请她去主人家里吃巧克力糖，她禁不住诱惑跟着猪走了，阿丽丝只顾着吃喝，再也想不起上学的事情。这时狼和狐狸找到阿丽丝捉住了她，预备第二天把她卖掉。正在阿丽丝悔恨自己不该贪吃的时候，萤火虫又出现了，它教阿丽丝用书包里的裁纸刀锯断木头门逃了出去，最后发现萤火虫是由仙女变的。上课的铃声响了，阿丽丝的梦也醒了。

从人物塑造上看，《阿丽思漫游奇境记》的故事建立在儿童的叙事视角和经验世界的基础上，以一个小女孩对世界的认知叙述故事，阿丽思看到的一切都是新鲜有趣的，这类通过儿童的眼睛折射出来的叙事"意味着儿童的心智和描述这些观点的成人叙事者同时存在"[2]。当活泼可爱的孩童阿丽思到

---

[1] 虞哲光：《阿丽思的梦》，上海木偶剧社 1945 年版，第 36 页。

[2] ［加拿大］培利·诺德曼、梅维丝·莱莫：《阅读儿童文学的乐趣》，刘凤芯、吴宜洁译，台北天卫文化图书股份有限公司 2014 年版，第 251 页。

了中国，其形象特征发生了变化。沈从文塑造的阿丽思是希望游历中国的异国女孩，她的身上有无知而表现出来的天真，她希望见到中国人磕头作揖的风俗，想看看中国有多少鬼仙菩萨上帝，好回家讲给家人听，还希望去热闹的戏院看戏，她"心中顶要紧的事是玩"①。阿丽思也很善良，拿出自带的朱古力糖送给饿肚子的乞丐，同情灰鹤一家的遭遇。但阿丽思又有成人的谨慎，灰鸥纠正她的发音时，她腼腆地说："我很惭愧我说话不经心，感谢得是为我纠正的先生！"②在游历中，阿丽思始终用冷静的态度观察中国社会，被赋予了超乎儿童的理性。子綦笔下的阿丽思同样不谙世事，叙述者认为她"美玉在璞，天真未鉴"③。阿丽思一路带着疑惑游历完了中国，她不明白中国怎么还有英法的地界，不知为何骡马拉的车子要专门让人去拉，不理解为什么中国的商铺里要卖力推销外国货……正如兔子所言"中国是世界的谜，有许多事情是费人思索的"④。因此在两部阿丽思中国游记中，故事层和话语层分离，与其说是阿丽思游中国，不如说是借纯朴善良的异国少女阿丽思之眼，讽刺当时中国统治阶层崇洋媚外、百姓民不聊生的社会现状，由此建构一个积贫积弱的旧中国形象。

　　比起两部阿丽思的中国游记，儿童文学作家们塑造的阿丽思形象更贴近儿童的特质。陈伯吹笔下的阿丽思是三年级的小学生，她正义善良，知道大蟒皇帝、蜈蚣将军、蛇夫人、蟹元帅、龟二郎，以及蚊子、苍蝇、臭虫和跳蚤都是要消灭的社会蛀虫，而酿蜜的蜂、织丝的蚕、掘土的蚯蚓、运粮的蚂蚁是应该得到尊重的劳动者。在与大蟒皇帝的军队战斗时维护尊严，表现出了足够的勇敢，决心抗战到底。阿丽思又很粗心，记性不好，她将袋鼠太太称作子孙太太，将"券"念作"拳"，将飞机认作"机飞"，背诗的时候将"老母亲"背作"老母牛""老母羊""老母马"，还将池塘认作妈妈梳妆的大镜子，又粗心将金钟儿的分数 89 分加成 59 分……最后面对大蟒皇帝的入

---

① 沈从文：《阿丽思中国游记》第二卷，新月书店 1928 年版，第 16 页。
② 沈从文：《阿丽思中国游记》第一卷，第 161 页。
③ 子綦：《阿丽思漫游中国记》，《海王》1935 年第 8 卷第 2 期。
④ 子綦：《阿丽思漫游中国记》，《海王》1935 年第 7 卷第 27 期。

侵，聪明、善良又粗心的阿丽思毅然肩负起了保卫家园的重任。而在木偶戏《阿丽思的梦》和童话剧《阿丽丝梦游奇境》中，主人公身上有儿童共有的缺点：贪吃、贪玩、懒惰，害怕做功课，容易受人诱骗，但真诚善良，知错能改。她们最初不听大人的劝告，一心想着离家玩耍，在遭遇险境后又能及时认识到自己的过失，并且在精神上进一步升华为广大儿童效仿的典范，如木偶剧中的阿丽思就打算"做个勤学的好孩子，让妈妈欢喜，让老师赞我，让同学模仿我"①。最后决定不再结交坏同学，尊敬老师，还要省下糖果钱去救济街头穷苦的孩子，教育思想彰显其中。源文本之所以吸引人，是因为作品塑造了一个天真可爱的孩子形象，读者通过她的经历去感知一个充满童趣的世界，赵元任译本《阿丽思漫游奇境记》很好地还原了源文本的艺术特质，而在仿写文本中，阿丽思形象或者成为社会现实的批判者，或者成为杀敌小英雄，或者是灌注成人教育思想的工具，与源文本的主旨相去甚远。

《阿丽思漫游奇境记》经由中国作家的仿写，在人物形象塑造方面产生了变异现象。《阿丽思漫游奇境记》诞生于英国维多利亚时期，工业大发展加速了社会进步，以达尔文进化论为代表的新观念动摇了人们宗教信仰的根基，因此怀旧和重返童年成了艺术家们的追求，《阿丽思漫游奇境记》汲取了新时代的新科学、新思想和新的叙事方法，成为幻想故事的经典。这个梦中漫游奇境的故事被广为接受，主要原因在于它是想象力发芽所开出的一朵奇异的花：远离现代文明，让小女孩阿丽思跟着白兔进了兔子洞，洞中一切以神奇的样子存在着，有着人们一直想寻找的、与自己所处的现实截然不同的风貌。由是，《阿丽思漫游奇境记》的问世无疑让读者看到了一个美好有趣的异质世界，融象征性、哲理性、荒诞性和审美性，是开放性和对话性的文本。阿丽思形象也成为一个轻松欢快的文化符号超越了时空限制，至今仍然散发着余温。诚然，近代中国的作家们也尝试延续《阿丽思漫游奇境记》的艺术风格，沈从文用了拟人手法塑造形象，如兔子傩喜先生、拉粪车的蜣螂、欢迎会上百鸟争辩、和阿丽思对话的河水、会说话的蚱蜢、讨论生存哲

---

① 虞哲光：《阿丽思的梦》，第 34 页。

理的水车……陈伯吹用拟人手法描绘类似于人类社会的昆虫国，还营造荒诞氛围，瞌睡虫法官说"笑等于哭，所以笑一笑，就是哭一哭"。阿丽思回答"笑等于哭，那么关等于放"①。令读者印象深刻的还有《阿丽思的梦》创造了奇妙世界"糖果国"，有蛋糕屋、饼干地、蜜糕石阶、面包山、水果树上长着数不清的水果，还有糕饼做的卫兵，水果人的头是苹果、身体是西瓜、手是甘蔗、腿是香蕉和糖藕……这里"只有快乐，没有痛苦，只有喜欢，没有烦恼，人人都生得香甜可爱，装扮得美丽有趣"②。这些足以见出作家们建构幻想性艺术风格的努力，但在 20 世纪三四十年代儿童文学发展的路向上，反对侵略战争、争取独立是核心主题。1930 年 3 月"左联"在上海举行的一次建设儿童文学的专题讨论会上，提出竭力配合"一切革命的斗争"的口号。当时影响极大的《小朋友》杂志在 1931 年第 481 期和第 482 期分别推出了"抗日救国特刊""讨论小朋友们救国的方法"专题，要求小朋友们应尽到爱国的责任，今后努力建设强盛的国家，这便要求儿童文学为配合时代需要而注入"革命""阶级"与"救亡"的内容，这是"将文学与当时中国社会历史进程和民族解放、民族生存紧密结合在了一起"③。在文学的现实功用性被强调的背景下，《阿丽思漫游奇境记》无疑会经历被选择、改造和移植的文化过滤过程，作家们主要保留的是阿丽思这个广为人知的人物和梦游的情节结构，作品则被赋予了爱国爱民、做优秀儿童等主题。

通过译作，近代中国的作家对阿丽思故事的接受是切合各自的审美趣味和创作风格有所选择、有所发挥、有所创造的。沈从文认为："阿丽思小姐的天真在我笔下也失去了不少……我不能把深一点的社会沉痛情形，融化到一种纯天真滑稽里。""也许那个兔子同那个牧师女儿到中国来的所见到的就实在只有这些东西，所以仍然就写下来了。"④ 读者在沈从文的笔下看到的是灾荒、战乱、民间的迷信蒙昧……子燊的现实意味更加浓厚，《海王》杂

---

① 陈伯吹：《阿丽思小姐》，四川少年儿童出版社 2010 年版，第 89 页。

② 虞哲光：《阿丽思的梦》，第 21 页。

③ 王泉根：《论儿童观与百年中国儿童文学的三次转型》，朱自强、罗贻荣编：《中美儿童文学的儿童观》，中国社会科学出版社 2015 年版，第 6 页。

④ 沈从文：《阿丽思中国游记》第一卷，第 2 页。

志的编者指出阿丽思游历的目的便是要发现"未渗西洋成分的中国本位"①。
两部阿丽思的中国游记借由异邦人的视角来描绘是非混淆、价值颠倒的本
邦，《阿丽思漫游奇境记》的非理性世界充满荒诞与怪异，沈从文与子薆书
写的非理性世界则是对社会现实的一种夸张的折射。陈伯吹在阿丽思的故事
中寄寓了童心，也展示了他的现实观察：与警察法官串通一气的米蛀虫、写
着"童叟无欺"又乱要价的糖果商店、耀武扬威的大螳皇帝……由于采用
了"香肠体"的写法，写到第 12 章时"九一八"事变爆发，作品突出了主
题：讽刺国民党不抵抗主义。阿丽思从天真活泼、聪明能干的小姑娘变成了
勇猛抗敌的无畏小战士。1948 年陈伯吹在《儿童读物的检讨与展望》一文
中认为"未能溶铸趣味与教育在一炉，烹煮成一种上等的精神食粮，去哺育
儿童，不使他们尝到一种枯燥的焦味。这一点直到现在还没有能够做到"②。
在"溶铸趣味与教育"这一理论宗旨下，《阿丽思小姐》的说教意味便在所
难免。而两部剧作同样通过主人公的成长传达教育意图，木偶戏《阿丽思的
梦》的剧本封面便印着"公民训育故事"，编导后语也指出作品是"教育故
事，编者完全以适合儿童心理的材料而创作，剧情拿'劝学''慎交''节
约''救难'四个训育目标来编排"③。《阿丽丝梦游奇境》的前言中也点明本
剧"'五彩幻影'是正在实验中的一种教育戏剧"④。比起小说和童话，童话剧
的受众更加有针对性——为广大儿童演出，因此引导儿童树立健康向上的思
想是编导者的目标之一。

　　总体而言，中国作家对《阿丽思漫游奇境记》的再度创作，通过在人
物形象塑造方面的改写重构，一方面吸收与活用源文本中主人公"梦中漫
游"这一核心结构，另一方面又呈现出与近代中国的时代精神、儿童文学创
作的主潮和作家个人风格等因素之间的复杂联系。小说《阿丽思中国游记》
和《阿丽思漫游中国记》塑造了冷静理性的阿丽思形象，在作品中融入了感

---

① 子薆：《阿丽思漫游中国记》，《海王》1935 年第 7 卷第 25 期。
② 陈伯吹：《儿童读物的检讨与展望》，《大公报》1948 年 4 月 1 日。
③ 虞哲光：《阿丽思的梦》，第 37 页。
④ 包蕾：《阿丽丝梦游奇境》，贺宜编：《星期日的童话》，华华书店 1948 年版，第 38 页。

时忧国的现实主义精神，借用阿丽思的"他者"眼光来反观中国社会。在童话《阿丽思小姐》和童话剧《阿丽思的梦》《阿丽丝梦游奇境》中，再造了善良、有趣、贪玩的阿丽思形象，但作品蕴含着明确的教育主题。因此，仿写的目的并不在于追求相似，而在于变形，源文本与仿写文本之间呈现出一种连锁的、动态的关系，从而延续和扩展了源文本的生命力。

二、木偶匹诺曹的多重镜像

《木偶奇遇记》自 1928 年被译介至中国后成为备受欢迎的儿童读物，事实也证明了这一点。1932 年徐亚倩译出《续木偶奇遇记》，在《译者序》中回忆了当小学教师时的经历，"《木偶奇遇记》中的人物和情节，简直成为孩子们日常谈话中的资料，无论在操场上，教室里，树荫下，随时可以听见孩子们在热烈地谈论着木偶匹诺曹"[1]。1933 年 3 月国民政府教育部选出《儿童读物目录》，其选择标准为"力求不背党义，适合国情，事理正确，思想进步，兴趣浓厚，文字图画，浅显优美，切合儿童经验，适应社会需要，注重科学常识，发扬民族精神，凡神怪、虚伪、凶恶、残忍、侥幸、颓废、诡诈、刻薄、陈腐、陋习以及含有封建帝王以为富贵迷信色彩者，均所不取"[2]。徐调孚译《木偶奇遇记》和徐亚倩译《续木偶奇遇记》由于其思想进步，富有教育意味被选入小学五六年级学生的阅读书目。在童话创作的园地，中国作家们创作出了一系列仿写作品，木偶形象多被作为反面案例加以塑造来反映现实社会问题，以教育广大少年儿童。

"八一三"事变后不久，贺宜创作了长篇童话《木头人》，作品以木偶为主人公，显然受到《木偶奇遇记》的影响。《木头人》以漫画式的夸张笔法勾画了木头人哈巴先生，他本是垃圾桶里的一块烂木头，由魔法师木匠改造为木头人，他不择手段从平民一步步变成大臣、国王，最后成了祸国殃民的卖国贼。这部童话主要是对于木头人"物性"的简单借鉴，意在抨击假恶丑的傀儡，除开头三节写哈巴先生出世的故事较为精彩，之后的内容过于明

---

① ［美］安吉洛·帕特里：《续木偶奇遇记》，徐亚倩译，儿童书局 1932 年版，第 1 页。
② 中华民国政府教育部：《儿童读物目录》，1933 年版，第 1 页。

显地影射现实，说教色彩极为浓厚，"人们不但要警惕大大小小的哈巴先生，而且一定要团结在一起，齐心协力地反对他们，打倒他们"①。这些内容不容易引起小读者的兴趣。

苏苏在 1940 年以笔名柯狄出版的《新木偶奇遇记》则对原作《木偶奇遇记》进行续写。这部长篇童话基本沿用了《木偶奇遇记》的人物，匹诺曹已成年并在国外留学，他一开始并未忘记父亲的期许："你要做一个民族的英雄，革命的先锋！"②但匹诺曹遇到罗斯姑娘，受到她的引诱一再堕落，变成了卖国贼，最后被青衣仙子宣判死刑，让黑老鼠们装进棺材抬走了。这一结局模仿了科洛狄原作中第 17 章匹诺曹因不愿吃药差点被四只黑兔子用棺材扛走的情节。《木偶奇遇记》中木偶听话变成了人，完成从物到人的转变，而在苏苏的新作中有了一个预设："要是你不学好，那末，你还是要变成一个木偶的！"③匹诺曹果然经历了一个从人到物的故事，他从受到罗斯姑娘引诱时就变回了先前木偶的样子，但他却感到快乐，因为他已经没有了良心。在《木偶奇遇记》中一再提到人要有良心，青发仙女教育匹诺曹"小孩子有良心的话，即使他们的脾气不好，而且习惯也不好，但是终究有望的"④。苏苏则强调了人失去良心的后果，粟米蛋糕爸爸哭诉："因为你没有良心，所以你做出了滔天的大罪恶来！"⑤没有良心暗示着匹诺曹人性的丧失，"人"变成了"物"，成了被人控制的木偶："匹诺曹是不能救了！因为，他是个木偶，他的良心已经被'大总统'和'大洋钿'压死了！"⑥从主题看，《新木偶奇遇记》是以抨击汉奸卖国贼为主要内容的作品，"现在这个世界，只有'木偶'才配做皇帝，才配做大总统，才配做委员，或是部长的！"⑦作品意在揭露卖国贼的种种丑行，在人物塑造上与《木头人》有相似之处，原作中淘气的顽童匹诺曹成了祸国殃民的卖国贼，象征着木偶似的傀儡。可见贺

---

① 贺宜：《木头人》，延边大学出版社 2018 年版，第 160 页。

② 柯狄：《新木偶奇遇记》，玩具商店出版社 1940 年版，第 18 页。

③ 柯狄：《新木偶奇遇记》，第 15 页。

④ [意]科罗狄：《木偶奇遇记》，徐调孚译，第 220 页。

⑤ 柯狄：《新木偶奇遇记》，第 105 页。

⑥ 柯狄：《新木偶奇遇记》，第 121 页。

⑦ 柯狄：《新木偶奇遇记》，第 40 页。

宜、苏苏二人用童话这种文学形式来反映现实的愿望之强烈，将广受儿童喜爱的匹诺曹形象进行了一番改头换面。

杰克·齐普斯这样评价《木偶奇遇记》："没有一个章节是结束的，……皮诺丘已度过童年阶段，文明化的他已经可以迈入下一个成人阶段，但是并不确定这个阶段将通往何处。"[①]苏苏的《新木偶奇遇记》就利用科洛狄原作的未完成性，续写了一个成年匹诺曹的故事。续写故事的还有左健的《匹诺曹游大街》，刊登在 1948 年的《中国儿童时报》上，匹诺曹已经成了一个真正的男孩，爸爸变得年轻健壮，抗战后父子俩变成了富翁。匹诺曹上街买了各种好吃的，准备去玩具店里买小火车。在大街上相继遇到了乞讨的小女孩和她鬼样的妈妈、偷了馒头被大人殴打的脏小孩、被汽车碰伤的卖报小孩……在回家路上，匹诺曹看到乞讨女孩的妈妈已经死去，他再也没心思玩小火车了，晚上匹诺曹幡然醒悟："把我们一家弄得有钱，那是不对的，而且这幸福也是不稳的。只有我们把大家弄好了，我们才会真的快活和幸福。"[②]作品通过匹诺曹游大街贯穿情节，意在使读者看到抗战之后社会的众生相，尤其是底层人民的苦难，作品图解政治的倾向极为明显，匹诺曹故事已经全然成为政治观念的文学表达。

《木偶奇遇记》的故事主体是儿童，但在前文提及的作品中，作家们往往急于表现社会生活而忽略了儿童文学本应有的童心童趣。从这一点上看，在一系列匹诺曹式故事中，老舍的《小木头人》值得关注。

对于《木偶奇遇记》，卡尔洛·科洛狄文学基金会主席罗兰多·安齐洛蒂谈到，"这本书反映了一个儿童初次窥探世界时一个农村市镇的风土人情。……也许是因为匹诺曹生活在一个贫穷的环境中，老是梦想着美好的生活，因此世界上的穷人能够用他来对照自己"[③]。这部童话的独到之处在于不仅关注了儿童的成长，同时极富平民色彩。老舍深得其中要领，他在 1943

---

①　[美]杰克·齐普斯:《童话·儿童·文化产业》，张子樟校译，台湾东方出版社 2006 年版，第 135 页。

②　左健:《匹诺曹游大街》，浦漫汀:《中国儿童文学大系·童话二》，希望出版社 1989 年版，第 635 页。

③　陈建国:《木偶奇遇记发表一百周年纪念》，《文化译丛》1982 年第 3 期。

年发表了中篇童话《小木头人》，小木人是抗战时期参战的中国孩子的一个典型，他在泥人舅舅被日本飞机炸死以后就发誓报仇，瞒着母亲，告别布人哥哥，离家北行去投打日本。路上遇到空袭，爬上城墙，跳上飞机到了飞机场，伺机炸掉飞机，最后找到抗日部队当了兵。从木头人形象的塑造中，不难见出与《木偶奇遇记》的相似之处。

匹诺曹是一个顽童似的木偶，缺点是贪玩、撒谎、想不劳而获、意志不坚定，但他的本性很好，不愿别的木偶代替自己被烧，当看门狗时忠于职守智擒盗贼。同样，老舍也用了轻快幽默的笔调对小木人作平面的渲染和概括的描写，木头人自然有木头的物性，他很瘦很干，全身的肌肉都是枣木的。小木人的衣服脏了要用刨子一年刨四次，刨完刷上漆还要在胸前挂上纸条"油漆未干"，他哭起来眼泪都是圆圆的小木球，可以当弹弓的子弹用。小木人淘气好动，不爱读书，会故意制造恶作剧，如在家中的水缸里游泳，拔掉母亲花园里的花草，睡觉时掀开蚊帐故意让哥哥挨蚊子叮……但他勇敢干练，好打抱不平，决不故意欺侮人。与匹诺曹从鲨鱼腹中勇敢救父亲一样，小木人在面对敌人时也表现出足够的勇气和智慧，敢于跳飞机、从敌营逃跑时独自与追兵周旋……二者有诸多相似之处，而老舍对小木人的眼泪是小木球，吊在飞机上还吊不死等描绘，似乎更符合木头人的物性。

可见，老舍充分借鉴了《木偶奇遇记》在人物设置方面的特征，使得《小木头人》比同时期中国的匹诺曹式故事更有可读性，金燕玉评价老舍："倾注全力写活人物，活生生的人物为作品带来了奇、险、趣的色彩。对木头人的刻画由外到内，层层着色，紧扣物性，突出个性，使他血肉丰满，形神具活。在小木头人身上，时代精神与个性完全融合在一起。"[①] 时代精神是解读小木人与匹诺曹形象差异的关键。小木人是一个淘气的孩子，也是童子军成员。作为特定历史时期的产物，"童子军"是有明确军事任务的组织，1926 年国民党设中国国民党童子军委员会，1937 年又在原有童子军团内组成"战时服务团"，对童子军的公民训练结合了道德培养、政治灌输、军事

---

① 金燕玉：《中国童话史》，第 360 页。

操练与礼仪、卫生、生活技能等课程。国民党意图通过这一制度"培养新一代一心一意服务国家与党的青年"①。小木人身穿木头童子军服，凡是童子军会的他都会，在战争中表现出足够的沉着冷静，最后参了军还立了功，他把童子军的职责内化为自己的行为指针，应当是童子军当中的优秀一员，也必将成为能够一心为国的有为青年。这一身份的设定使《小木头人》的情节结构和故事主题产生了与《木偶奇遇记》不同的指向。

在情节结构层面，匹诺曹的奇遇开始于因为贪玩而不去上学，后来在木偶剧院差点被当柴烧、几乎被强盗吊死、种金币却受到牢狱之灾、偷葡萄被主人当作看门狗、掉进海里差点被渔夫当怪鱼吃掉、变成驴子被卖、落入鲨鱼腹中救了父亲，最后与父亲回家成了真正的男孩，显然这是一个孩子先离家，经历种种磨难后归家的故事。而小木人尽管也很贪玩，但他"在办正经事的时候，也就好好地去做，决不贪玩误事"②。他离开家的目的很明确，为了给被敌人炸死的舅舅报仇，他瞒着母亲出征去打仗，在成功炸了飞机逃出敌营后，找到了自己的部队，师长问他"是回家，还是当兵呢？"小木人回答："我必得当兵，因为我还不会打机关枪和放手榴弹，应当好好学一学呀！"③这在结构上是一个孩子在家／离家的故事。对于两部作品在情节结构上的差异，佩里·诺德曼的观点值得借鉴，诺德曼总结"在家／离家／返家（home/away/home）的形式是儿童文学最普遍的情节"④。回顾儿童文学史，如《金银岛》中的吉姆、《野兽国》中的马克斯、《绿野仙踪》中的陶乐丝等，往往在失去家又找到家后领悟到了家的真谛，匹诺曹的故事结构也是如此，他经历磨难后在与父亲的新生活中找到了自身存在的意义。但小木人的故事是在家／离家，最后在另一个家——抗日部队中有了返家之情，他抱住同志的腿，"好像是见了布人哥哥似的那么亲热"⑤。面对个人成长问题，离

---

① 徐兰君：《儿童与战争：国族、教育及大众文化》，北京大学出版社2015年版，第12页。
② 老舍：《小木头人》，《抗战文艺》1943年第8卷第4期。
③ 老舍：《小木头人》。
④ [加拿大]培利·诺德曼、梅维丝·莱莫：《阅读儿童文学的乐趣》，刘凤芯、吴宜洁译，第238页。
⑤ 老舍：《小木头人》。

家是成年人的故事普遍采用的方式，在 20 世纪三四十年代的中国，离家往往与参加战斗联系在一起，《小木头人》用成年人小说的结构处理了儿童的成长。

再看故事的成长主题，杰克·齐普斯指出，如果把《木偶奇遇记》当作教养小说或成长童话小说来读，"一方面，皮诺丘想要且也被社会化的取悦父亲；另一方面，他无法控制自己探索世界和找寻乐趣的天性。这使他陷入困境——取悦父亲意味必须牺牲自己的乐趣"①。这就说明匹诺曹必须压抑天性去做"应该做的事"，直到儿童的天性得到抑制，他才能成为一个真正的人。如果说匹诺曹成长的代价是被迫压抑天性，那么小木人的成长是自我的主动选择。同样面对亲情，当匹诺曹以为自己失去了父亲而无助大哭时，小木人更加理性，故事一开端就点题："他爱他的舅舅，也更爱国家。……他要给舅舅报仇，为国家雪耻！"②当亲情被升华为对国家的热爱和维护时，小木人便义无反顾地踏上了出征为亲人报仇的道路，故事结尾母亲的态度强化了这种爱国之情，母亲听到小木人在部队立了功，不但不责怪他擅自离家的行为，还认为小木人身强力壮，应该去当兵杀敌。战争给人们带来了苦难，战争也使人得到教育和锻炼，人在战争当中会面临这样的选择：坐以待毙，还是奋然惊起？童子军成员小木人选择后者并成为一个出色的战斗者，他个人的报仇行为与爱国爱家的集体意识相融合，也与时代精神紧密联系。在 1938 年的《青年向导》刊出"青年问题专号"，老舍回答青年问题"身强力壮，愿赴前线杀敌或服务，祈即前去；对学问有趣味，也有聪明，即当勤苦读书"③。《小木头人》中"一文一武"的小布人和小木人形象的设定似乎是对这段忠告青年的呼应，作品发表之后便成为抗战童话的领衔之作，在宣传抗战的主旋律上，《小木头人》是成功的。

作家们对《木偶奇遇记》的接受，尽管明显地得益于源文本的刺激和启发，但不是对主题、人物等的简单位移，而是切合各自的审美趣味和创作

---

① [美]杰克·齐普斯：《童话·儿童·文化产业》，张子樟译，第 137 页。

② 老舍：《小木头人》。

③ 老舍：《老舍的话》，《青年向导》1938 年第 18 期。

风格有所选择、有所发挥、有所创造。在儿童文学发展的路向上，张天翼的《大林和小林》确立了一种范式，这类张扬现实主义精神的儿童文学作品在 20 世纪三四十年代成为一种创作主潮。作家们将阶级矛盾与斗争、民族的生存危机与救亡、现代中国社会的历史变革与生活场景融入创作，激荡着浓郁的现实主义精神。贺宜和苏苏都是其中的代表，抗战时期，苏苏一直在"孤岛"上海，是中国共产党领导下的少年出版社的发起人和领导者之一，贺宜的《木头人》和苏苏的《新木偶奇遇记》都经该社出版。范泉曾评价"贺宜和钟望阳，是把战争和血泪的现实，表现在儿童文学作品里的勇敢的尝试者"①。黄庆云、胡明树等也指出，"以现实生活做题材，勇敢地推翻欧美童话的传统的有少年出版社，张天翼、苏苏、贺宜等是其中最有名的"②。《木偶奇遇记》在作家们的笔下呈现出了不同的面相，贺宜和苏苏将现实生活与创作紧密联系，充分利用了木头人的物性，将其作为木偶傀儡的代名词。左健的《匹诺曹游大街》选取匹诺曹这样一个为人熟知的儿童形象作为时代传声筒表达政治主题，更易被人所接受。老舍出身平民，又身为中华全国文艺界抗敌协会的重要成员，是"国统区中最为积极地推动新文艺通俗化、大众化以至于民族化的人"③。他幽默的语言风格延续了《木偶奇遇记》荒诞和轻松的氛围，又摒弃了其他抗战时期儿童文学作家简单的图解政治，而着重突出了孩童本能中的贪玩、淘气等种种特质，在描绘童真童趣的同时展示了反帝爱国的思想。

　　童话文本为儿童再现世界，也再现儿童自处于世界的位置。20 世纪三四十年代正是中国社会剧烈动荡转变的时期。面临外敌入侵，社会需要的不再是远离尘世的异质世界，而是救亡图存，抵御外辱，于是作家们尽管已经建构了儿童文学艺术的乐园，但仍坚定地驻留现实世界中。译作《阿丽思漫游奇境记》《木偶奇遇记》丰富了中国儿童文学的资源，也以其鲜明的个

---

　　①　范泉：《新儿童文学的起点》。
　　②　黄庆云等：《华南儿童文学运动及其方向》，蒋风主编：《中国儿童文学大系·理论·1》，希望出版社 2009 年版，第 197 页。
　　③　解志熙：《文学史的"诗与真"：中国现代文学文献校读论集》，北京大学出版社 2013年版，第 298 页。

性为中国儿童文学的发展和创新提供了动力和支撑，这是赋予源文本以新的生命和文化含义的过程。《阿丽思漫游奇境记》《木偶奇遇记》在译介、传播与仿写的过程中产生了新的意义，一系列新的仿写故事自觉传递着新的文艺观念，形塑着新时代的儿童，促进了中国儿童文学的多元化发展，成为中国儿童文学的重要组成部分。

第四节　聚合流传的个案研究

从世界文学的视野来看，影响是不同国家文学交流的一种状态，但接受者对域外文学影响的吸收往往是一种主动借鉴，中国作家在接受域外童话影响的过程中，也在自觉地寻求自身特色与多元的价值观。比如叶圣陶的童话创作，并非只受一两位童话作家的影响，而是集合了不同作家的创作才得以形成其特色，因此从域外童话在中国的流传角度来说，可以将叶圣陶童话作为影响研究聚合流传的个案。

叶圣陶的第一篇童话《小白船》写于1921年11月间。从此以后，叶圣陶一发而不止，从1921年11月到1922年6月创作了23篇童话，结集成《稻草人》，1923年作为"文学研究会丛书"之一种，由商务印书馆出版。1931年，叶圣陶的童话集《古代英雄的石像》由开明书店出版，此后还写过《鸟言兽语》（1936年）、《火车头的经历》（1936年）等童话。关于叶圣陶童话创作中的外来影响，他在《我和儿童文学》一文中谈道：

> 我写童话，当然是受了西方的影响。五四前后，格林、安徒生、王尔德的童话陆续介绍过来了。我是个小学教员，对这种适宜给儿童阅读的文学形式当然会注意，于是有了自己来试一试的念头。[1]

陈伯吹曾探讨过外国儿童文学作品在中国这一问题，在论及叶圣陶童话时猜测其创作是否受到爱罗先珂和奥斯卡·王尔德童话的影响，并与叶圣陶

---

[1]　叶圣陶：《我和儿童文学》，叶圣陶等编：《我和儿童文学》，第3页。

谈起这个问题：

> 他回答得好："当然说不出有什么直接的影响，在执笔的时候也没有想到过它们；可是既然看过，不能就说绝对没有影响。正象厨子调味儿，即使调的是单纯的某一种味儿，也多少会有些旁的吧。"[1]

统观叶圣陶的童话作品，在接受域外童话影响的同时，进行了多种向度的创作实验，使得其创作具有高度的思想和艺术成就，并具有鲜明的时代性和民族性，叶圣陶对域外童话的接受体现在题材选取、主题表达和艺术形式等层面。

在题材选取上，安徒生童话的有些材料取自民间文学，比如《白雪皇后》《天国花园》《接骨木妈妈》等，这些来自民间文学的材料经安徒生改造形成了新的主题。安徒生的大部分童话取材于现实，关注与生活有关的问题，这些作品融幻想于现实，暴露世间黑暗与丑恶，比如《卖火柴的小女孩》《安琪儿》《红鞋》《钟声》《一位母亲的故事》等。安徒生童话中的主角或为儿童，或为温良单纯的动植物、日用品，在平凡的生活场景中讲述普通的故事。

叶圣陶站在教育工作者的立场，对儿童需要什么样的文艺作品做出了思考，他以老太太和老佣妇为小孩子讲故事为例，认为这些故事不应视作儿童文艺，因为这些故事的目的在于借神怪为教训来驯服儿童，因此"创作儿童文艺的文艺家当然着眼于儿童，要给他们精美的营养料。从上面一些简单的意思看来，已可知真的儿童文艺决不该含有神怪和教训的质素"[2]。排除了神怪和教训，儿童文艺需要儿童的感情，"对准儿童内发的感情而为之响应，使益丰富而纯美。请略为申说：感情的熏染，其活力雄于智慧的辩解"[3]。因此，叶圣陶这样概括儿童文艺的特征："儿童文艺里须含有儿童的想象和感

---

[1]　陈伯吹：《儿童文学简论》，长江文艺出版社1982年版，第71页。
[2]　叶圣陶：《文艺谈·八》，韦商编：《叶圣陶和儿童文学》，少年儿童出版社1990年版，第441页。
[3]　叶圣陶：《文艺谈·七》，韦商编：《叶圣陶和儿童文学》，第439页。

情。而有神怪和教训的质素的，决不是真的儿童文艺。"[①] 可见，叶圣陶所肯定的儿童文学是不掺杂迷信观念和腐朽思想的，是与儿童的情感契合的文学，并且认为"儿童初入世界，一切于他们都是新鲜而奇异，他们必定有种种想象，和成人绝对不同的想象"，"文艺家于此等处若能深深体会，写入篇章，这是何等地美妙"。[②] 这与安徒生融幻想于现实的创作思想产生了契合。在叶圣陶童话中，书写的是工人、农民、商人、学生、艺人、乞丐、富翁、傻子等社会生活中人的思想和情感，以及燕子、种子、梧桐子、鲤鱼、画眉、玫瑰、小黄猫、野牛、小草等常见的动植物，由世间万物的情状展示人间百态。但比起安徒生，叶圣陶的童话往往通过个体纯真美好的品性反衬其所处环境的丑恶，《祥哥的胡琴》中祥儿奏起的美妙音乐让农夫、磨坊工人和小铁匠感到甜美和舒适，却得不到大理石音乐厅里的听众的认可；《瞎子和聋子》讲的是瞎子和聋子相对调，瞎子有了视觉，聋子有了听觉，可当他们拥有这些之后，发现世界上尽是不幸和悲伤；《克宜的经历》中克宜从魔镜中看到的不是幸福与快乐的未来，而是人间惨景。

在主题表达上，安徒生童话中充满爱、同情与童心的世界，为叶圣陶的早期创作提供了借鉴的范例。安徒生认为，"爱和同情———这是每个人心里应该具有的最重要的感情"[③]，在他的作品中始终贯穿着爱与同情的主线，充溢着温暖的人道主义思想，面对现世的苍凉与人间的不幸，将人们引向人性的高贵与美好，"对人类存在的认识让他明白，我们身处在一种过渡的生命状态，只有意愿、信仰和爱才能令人找到出口"[④]。这种观念影响了叶圣陶，郑振铎说他在编辑《儿童世界》时，叶圣陶还"梦想着一个美丽的童话的人生，一个儿童的天真的国土"，"努力的想把自己沉浸在孩提的梦境里，又想把这种美丽的梦境表现在纸上"。[⑤] 体现在童话创作中，是对真诚纯洁的儿童世界的描述，对爱与美的歌颂。

---

① 叶圣陶：《文艺谈·八》，韦商编：《叶圣陶和儿童文学》，第 442 页。
② 叶圣陶：《文艺谈·八》，韦商编：《叶圣陶和儿童文学》，第 441 页。
③ 韦苇：《外国童话史》，第 43 页。
④ ［法］保罗·阿扎尔：《书，儿童与成人》，梅思繁译，第 129 页。
⑤ 郑振铎：《〈稻草人〉序》，《文学》1923 年第 92 期。

叶圣陶童话如《小白船》《傻子》《燕子》《芳儿的梦》《梧桐子》等描绘的是儿童世界的纯真浪漫和梦幻般优美的大自然，表达的是温馨的爱的主题。在这样一类童话里，"故事"本身并不是最重要的，重要的是叙述和接受这些故事的充满童心与爱的氛围。《小白船》写的是一条美丽的小溪上泊着一条可爱的小白船，走来了一对纯洁而友爱的小孩，开开心心坐到船上，他们张开船帆玩，这时起风了，船被吹得很远，再放下帆来时已不知漂到了哪里，小女孩哭了，她怕回不了家，男孩安慰她，他们一起来到陌生的旷野。在这里遇见了一个样子有点凶的大人，他们有点怕他，但又想让他送自己回去，那人提出了三个问题，要回答得好才送他们。第一个问题是："鸟为什么要歌唱？"女孩回答："要唱给爱他们的听。"第二个问题是："花为什么芳香？"男孩回答说："芳香就是善，花是善的符号呢。"第三个问题是："为什么小白船是你们所乘的？"女孩回答说："因为我们的纯洁，惟有小白船合配装载。"随后：

> 那人大笑，道："我送你们回去了！"
>
> 两个孩子乐极，互相抱着，亲了一亲，便奔回小白船。仍旧是女孩子把舵。男孩子和那人各划一柄桨。她看看两岸的红树，草屋，平田，都像神仙的境界。
>
> ……
>
> 当小白船回到原泊的溪上的时候，小红花和绿草已停止了舞蹈；萍花萍叶盖着鱼儿睡了；独有青蛙儿还在那里歌唱。[1]

对阅读故事的儿童而言，更关心的是两个孩子能不能回家，是回答问题后产生的结果而不是答案本身，童话没有曲折的故事情节，因此讲述故事的氛围很重要，叶圣陶显然深谙此类童话的真谛，往往在诗一般的氛围中，歌颂世间美好的情感。比如《傻子》歌颂了美好的人性，傻子时时处处为他人着想，拾金不昧，还帮助难民，当他认为国王打了败仗后要杀一个人才能解

---

[1]　叶绍钧：《小白船》，《儿童世界》1922年第1卷第9期。

气时，要求国王杀了他，国王被他无私的精神所感动："你教训了我了！我要打胜仇敌，你却要代替仇敌死，这是我不如你的地方。以后我再也不愿打仗了！"① 傻子因此而为人们换回和平的生活。在《燕子》中，小燕子受伤找不到妈妈，有绿杨树、池水、蜜蜂、棠棣花对燕子的安慰，有青子和玉儿的悉心照料。小燕子在大家的帮助下找到妈妈后，与两个孩子结下了深厚的友谊："他每天来望青子和玉儿，唱一回歌，又飞舞一回。每年春天，他从南方回来时，总带些红的白的珊瑚，美丽的贝壳，给他们玩。"② 《芳儿的梦》中，芳儿要给妈妈送生日礼物，她在月亮姊姊的帮助下摘了星星做成项链送给母亲，这是对亲情的赞美，"他心急得很，要教母亲有梦中也想不到的欢喜，要表示自己对于母亲比海还深的爱。他就带了星环，匆匆跑到家里"③。《梧桐子》中表达着梧桐子与家人之间的相互牵挂，它渴望自由，独自离开母亲和兄弟们之后又因为思念家人而感到沮丧，梧桐子落地长大后保护着小草，它也得到燕子的帮助，燕子充当信使，为它带来了家人的问候。这些童话描写儿童的天真快乐，基调明快，表达丰富而纯美的情感，充满着对爱与善的向往，是对童心世界的热情歌颂和守护。

郑振铎在《〈稻草人〉序》中说："我们试看他后来的作品，虽然他依旧想以同样的笔调来写近于儿童的文字，而同时却不自禁的融凝了许多'成人的悲哀'在里面。"④ 对于这一点，叶圣陶也谈道："我只管这样一篇接一篇地写，有的朋友却来提醒我了，说我一连有好些篇，写的都是实际的社会生活，越来越不像童话了，那么凄凄惨惨的，离开美丽的童话境界太远了。经朋友一说，我自己也觉察到了。但是有什么办法呢？生活在那个时代，我感受到的就是这些嘛。"⑤ 通过童话，叶圣陶用沉重的笔调描绘不幸的人生，而不是用理想主义编织奇幻的梦。

叶圣陶童话主题的现实性，也受到奥斯卡·王尔德童话的影响。奥斯

---

① 叶绍钧：《傻子》，《儿童世界》1922年第1卷第11期。
② 叶绍钧：《燕子》，《儿童世界》1922年第2卷第1期。
③ 叶绍钧：《芳儿的梦》，《儿童世界》1922年第1卷第13期。
④ 郑振铎：《〈稻草人〉序》。
⑤ 叶圣陶：《我和儿童文学》，叶圣陶等编：《我和儿童文学》，第5页。

卡·王尔德童话在华美的艺术外表下，掩映着指向社会不公、人间不平、自私、卑鄙、残暴等人性弊端的批判锋芒，这方面与安徒生童话颇有相似之处。奥斯卡·王尔德在谈到自己的童话集时就曾表示，他创作童话是"试图以一种远离现实的方式反映当代生活"①。在《自私的巨人》《快乐王子》《少年国王》等童话中，奥斯卡·王尔德将美与丑、善与恶、真与伪、大度与狭隘、同情与冷漠、苦难与享乐等加以互补与对比，在真善美的追求中表达对假恶丑的鞭挞。叶圣陶的后期作品，相比于早期天真纯洁的童心世界，更多的是现实生活的苦涩与无奈，这种现实性与奥斯卡·王尔德童话的影响有着不可分割的联系。比如《画眉鸟》如同《快乐王子》，用俯瞰的视角表现充满压迫与不幸的社会：

> 可是，工厂里做倦了工的工人，田亩中耕倦了田的农夫，织得红了眼的女子，跑得折了腿的车夫，褪尽了毛的老黄牛，露出了骨的瘦骡子，牵上场演戏的猢狲，放出去传信的鸽子，……听了画眉的歌唱，都得到心底的安慰，忘记了所遭的不幸；一齐仰起了头，露出微笑，柔语道："可爱的歌声，可爱的画眉鸟！"②

再如《一粒种子》《地球》《富翁》等童话在歌颂劳动者的同时，讽刺了不劳而获的剥削阶层；《旅行家》由遥远的星球来到地球的旅行家的视角，揭露社会中贫富悬殊的不合理现象；《眼泪》由一个人寻找眼泪的过程铺陈故事，意在说明世上之所以会有诸多不合理现象，是因为人们丧失了同情心；《大喉咙》让读者看到大机械工业生产条件下人们的艰难处境；《快乐的人》中展现的是日夜辛劳的蚕农与终年纺纱的织女过着饥寒交迫的生活；《古代英雄的石像》体现平等的理想；《皇帝的新衣》由皇帝的恶行揭露了独裁统治；《含羞草》中，小草替无知和庸俗羞愧，替不合理的世间羞愧，从这些作品中可以看到，叶圣陶的童话从描画美妙的梦境转向了揭露现实世界的丑恶和黑暗。

---

① 韦苇：《外国童话史》，第 78 页。
② 叶绍钧：《画眉鸟》，《儿童世界》1922 年第 2 卷第 11 期。

《稻草人》借鉴了《快乐王子》的主题与写法，都用静态物的视角观照世界。高高在上的快乐王子塑像看尽城里的丑陋和凄凉，目睹世人的苦难而终日泪流满面。而稻草人整日整夜地站在田野中，它既不能为病弱的主人驱赶害虫，又不能救人于危难之中，只能眼睁睁地看着眼前的一幕幕人间惨剧，能够做的只有绝望哭泣。在《快乐王子》中，快乐王子塑像通过燕子帮助了经受苦难的人们，作品蕴含着深厚的人道主义理想，通过对快乐王子和燕子形象的塑造，"颂扬了崇高的自我牺牲精神；同时告诉人们：美，并非是华丽的外表，而是善良的爱心！"[1] 与安徒生童话相似，奥斯卡·王尔德童话中带有基督教的情怀，这体现在童话中，是以信仰为满目悲怆的人间带来幽淡的慰藉与希望，因此在《快乐王子》的结尾，快乐王子和小燕子被带到了上帝身边。而在 20 世纪 20 年代的中国进行童话创作的叶圣陶，只能用稻草人的倒掉结束所有的人间欢乐，因为他体验到："在成人的灰色云雾里，想重现儿童的天真，写儿童的超越一切的心理，似乎是不可能的企图！"[2] 写出了现实生活的不公平、不合理，但又把黑暗融入完整的故事中，让儿童在审美体验中自然地感受生活中的沉重与苦难。

因此，在童话的思想内容方面，叶圣陶童话是诗意的幻想和社会批判内容的交织，这一方面源于他的教师职业，使他深透地理解儿童的精神需求，同时保持了儿童对待事物的敏感性和丰富的想象力；另一方面源自作家接近广大人民，从而扩大了生活知识面，观察人生、认识社会，感受到人民生活的疾苦。

在艺术形式上，域外童话对叶圣陶童话的影响体现为以下方面：

一是三段式的童话结构。三段式童话结构是童话的传统手法之一，源于民间童话。它最初为适应民间童话讲述和流传的需要，将性质相同而具体内容相异的三个或三个以上的事件连贯在一起，形成反复的结构。三段式的反复不是重复，是为了更加突出、完整地表现人物的性格。这是西方童话常见的一种结构方式，比如安徒生的《打火匣》中士兵一次次地打开打火匣，

---

① 张美妮：《英国儿童文学概略》，湖南少年儿童出版社 1999 年版，第 121 页。

② 郑振铎：《〈稻草人〉序》。

《卖火柴的小女孩》中的小女孩一根根地擦燃火柴。奥斯卡·王尔德的《快乐王子》中叙述了准备去往埃及的小燕子的四次飞行使命,《少年国王》中则讲到了少年国王的三个梦。受到域外童话的影响,叶圣陶的童话也多处用到这一结构:《小白船》中的成年人向孩子们提了三个问题;《傻子》中的傻子做了四件高尚的傻事;《燕子》中的小燕子受伤后,分别得到了绿杨树、池水、蜜蜂、棠棣花的安慰;《一粒种子》中,一粒种子曾经落入国王、富翁、商人和军士的手中,但都不发芽,直到第五次落入农夫手中才发芽开花了;《大喉咙》中叙述婴儿、梦仙、瞎眼老妇等三人去寻找大喉咙;《画眉鸟》中画眉鸟飞出笼子后,看到了三种奇异的景象;《稻草人》中,稻草人在夜间目睹了三件悲惨的事情;《眼泪》中有爱恋的泪、幼稚的泪、虚假的泪,最后才找到同情的泪;《花园之外》中长儿有三次仿佛感到自己走进了花园;《克宜的经历》中克宜四次用神奇的镜子照见了未来。可见在叶圣陶童话中,三段式结构得到了完整和纯熟的运用。

二是叙述风格的抒情色彩,具有诗意的幻想,诗化的意境。安徒生的童话灌注着诗意,奥斯卡·王尔德童话同样"诗意地提炼生活、诗意地捕捉形象、诗意地进行幻象营构"[1]。在安徒生与奥斯卡·王尔德的童话中,景物描写、场景安排和人物语言中都融入了情感因素。叶圣陶从事过小学教师的职业,他深谙儿童心理,认为儿童更喜欢诗,"儿童心里无不有一种浓厚的感情燃烧似地倾露"[2]。叶圣陶汲取了安徒生、奥斯卡·王尔德童话诗味隽永的风格,文字优美,意境幽渺:

一条小溪,是各种可爱东西的家。小红花站在那里,只是微笑,有时做很好看的舞蹈。绿草上滴了露珠,好象仙人的衣服,耀人眼睛。溪面铺着萍叶,矗起些桂黄的萍花,仿佛热带地方的睡莲——可以说是小人国里的睡莲。小鱼儿成群来往,针一般地微细;独有两颗眼珠,大而

---

① 韦苇:《外国童话史》,第78页。
② 叶圣陶:《文艺谈·七》,韦商:《叶圣陶和儿童文学》,第438页。

发光。青蛙儿老是睁着两眼，像看守的样子，大约等待他的好伴。①

温柔而清静的河，是鲤鱼们的家乡。日里头太阳光像金子一般，照在河面上；又细又软的波纹，仿佛印度的细沙。到晚上银色的月光，宝石似的星光，盖着河面的一切；一切都稳稳地睡去了，连梦也十分甜蜜。大的小的鲤鱼们，自然也被盖在细沙和月光星光底下，生活十分安逸，梦儿十分甜蜜。②

这样的描写笔调优美雅致，情景交融，将读者带入如诗如梦的境界。此外，安徒生童话注重儿童式语言的运用，"用随意交谈中无拘无束的语言来替换公认的书面语言，用孩子所使用和能够理解的表现形式来替换成年人比较僵硬的形式"③。叶圣陶童话汲取了这一点，运用比喻、拟人等手法，语言富有儿童情趣：

白帆盛满了风，像弥勒佛的肚皮。④

一丛棠棣花在柳树下开得多美丽呀，仿佛天空的繁星放出闪闪的光。⑤

白而浓的胡子包住他的嘴，仿佛一个树林，现在树林开了个深深的洞——因为笑得合不拢嘴。⑥

在月亮的旁边，浮着些轻淡的云儿。他们穿了洁白的衣裳，衣角和带子飘起来，仿佛跳舞的女郎。他们恐怕月亮寂寞，所以陪着她；恐怕月亮力乏，所以扶着她。⑦

叶圣陶主张儿童文艺应包含儿童的想象和感情，因此用柔和的语调，清新的语句，描摹出一幅幅灵动和谐的图画。他善于以儿童的眼光、口吻以及

---

① 叶绍钧：《小白船》。
② 叶绍钧：《鲤鱼的遇险》，《儿童世界》1922 年第 2 卷第 6 期。
③ 韦苇：《外国童话史》，第 45 页。
④ 叶绍钧：《小白船》。
⑤ 叶绍钧：《燕子》。
⑥ 叶绍钧：《一粒种子》，《儿童世界》1922 年第 1 卷第 8 期。
⑦ 叶绍钧：《芳儿的梦》。

儿童的幻想描绘事物，比如《燕子》中，青子为受伤的小燕子在报上刊登寻妈妈的广告，小燕子的妈妈果真赶来看望小燕子；《芳儿的梦》中，芳儿飘升上天，摘取星星编成星环，送给母亲做生日礼物；《梧桐子》中，梧桐子飞到异乡后，经燕子传递信息与家人互通了消息。但抒情性的段落在叶圣陶童话中只是一个有机组成部分，作为现实主义作家，叶圣陶的童话依然无法脱离现实，违弃生活，因此在童话创作后期，孩提式的对幻美境界的憧憬被成人式的现实人生的悲哀所掩盖，这彰显了作家的艺术良知："他不向黑暗妥协，憧憬美好，但决不在丑恶面前闭上眼睛；他尊重儿童爱美的天性，但更注重让中国的孩子们从小就养成正视现实苦难的正直和勇气。"[1]

从对域外童话接受的角度，只有将域外作品与本国民族传统和作家个人创作个性相融合，才能创作出符合本国文学传统和审美趣味的作品，叶圣陶的童话对外来影响进行了中国化的改造，这也是他对中国艺术童话的贡献。

叶圣陶的童话人物脱离了王子公主、精灵仙子的窠臼，童话环境也不再是奇国异国，都是中国大地上常见的人和事。叶圣陶《皇帝的新衣》由安徒生的《皇帝的新衣》生发而来。安徒生描写的是一个极端爱慕虚荣的国王的故事，在童话的结尾，让孩子来最先说出国王什么衣服也没有穿，体现了安徒生的这样一种思想观念：还没有被假恶丑的思想所污染的只有孩子了，唯有从孩子身上能看到这个世界的希望。叶圣陶将安徒生具有人文关怀的主题，改写为反专制反暴政的主题，他讽刺了统治者的凶残，皇帝规定了一条法律："当皇帝经过的时候，民众一律不准开口发声；不问说的什么，只开口发声就错，就要拿住杀你。"[2] 以后皇帝变本加厉发动更加残酷的杀戮，引起了百姓的反抗，大家扑到皇帝跟前撕他的肉，皇帝最终瘫在了地上。作品歌颂了人民的反抗精神："请皇帝容许我们言论自由，嘻笑自由。""撕掉你的虚空的衣裳。"[3] 将安徒生童话中的故事背景置换到中国，童话中的皇帝祭天、大阅兵、巡行京城等叙述都是中国读者所熟悉的。在这一点上，《稻草

---

① 刘增人：《叶圣陶传》，东方出版社 2009 年版，第 76 页。
② 叶圣陶：《皇帝的新衣》，《儿童世界》1930 年第 22 卷第 1 期。
③ 叶圣陶：《皇帝的新衣》。

人》也是一个突出的例子，作品在主题和写法上对《快乐王子》有所借鉴，但也显示了改造的成分。《稻草人》中衣冠楚楚的王子变成了中国农村的稻田、麦田里最常见最普通的稻草人，形象上的变异已经有了浓郁的中国风味，稻草人自然只能站立在作者熟悉的江南水乡的稻田里，所能望见的是亡夫丧子的农妇、困乏的渔妇和投河自尽的女人，凡此种种，都是当时中国农村凋敝的缩影。快乐王子还能够依靠小燕子的力量为困苦当中的人们施与一些帮助，稻草人则只能站在田里，安安静静地看着周围的人和事，在看到投河自尽的女人之后，它只留下一个直僵僵的光杆儿，阅尽世间的悲苦却无力改变，表达的是近代中国知识分子所特有的情感：

> 请你饶恕我，我是个柔弱无能的人呵！我的心不但愿意救你，并且愿意救捕你的那个妇人和她的孩子，更愿意救在你和他们以外的。可是我同植物一样，栽定在这里，不能自由地移动半步。我怎能如我的心愿做呢？请你饶恕我，我是个柔弱无能的人呵！[1]

看到投河自尽的女人时，稻草人祈祷："天快亮罢！"[2] 这是对光明的呼唤，但是在无边的黑暗中是如此的幽微与无力。作品因此而带有现实的沉重的内容，在《稻草人》出版之后，叶圣陶还写过《冥世别》，当时的中国，"无数革命青年被屠杀了，有些名流竟然为屠夫辩护，说这些青年是受人利用，做了别人的工具，因而罪有应得。我想让这些受屈的青年出来申辩几句。可是他们已经死了，怎么办呢？于是想到用童话的形式，让他们在阴间向阎王表白"[3]。可见叶圣陶的童话已经超出儿童文学本质的内涵，更多的是借用童话这一文学样式来抒发内心郁结的悲愤之情。

在景物描写上，正如安徒生的许多童话都以丹麦为背景，叶圣陶童话基本上以中国为背景，具有浓郁的民族色彩和乡土色彩。如：

---

① 叶绍钧：《稻草人》，《儿童世界》1923 年第 5 卷第 1 期。
② 叶绍钧：《稻草人》。
③ 叶圣陶：《我和儿童文学》，叶圣陶等编：《我和儿童文学》，第 5 页。

一丛棠棣花，在绿杨树的底下。开得多美丽呀！①

他忘记了鸟笼了；直到想离开屋顶时，便张翅而飞，开始为长途的空中旅行。他飞过了绿的平原，壮阔的长江，铺着黄砂的大野，浊流滚滚的黄河，才想要休息。②

一条碧清的溪旁，有一所小小的破屋。墙壁穿了，风和太阳光月亮光在那里自由出进。③

在人物形象的选取上，叶圣陶童话中也是典型的中国人：育婴堂长大的木匠徒弟、乡村拉胡琴的人、邮差、农夫等；拟人原型也是中国传统意象，有燕子、画眉、鲤鱼、金鱼、小黄猫和稻草人等。还有人物的生活环境、乡土风光、民间风俗、民族建筑、服饰饮食等，也带有中国特色。《旅行家》中旅行家买了中国出产的蚕丝织就的汗衫；《画眉鸟》中曲折幽静的胡同、三弦琴的声音；《祥哥的胡琴》中祥哥的青布衫和胡琴；《克宜的经历》中克宜所见到的学校、医院、戏院的场景；《蚕儿和蚂蚁》中像秋天的细雨声似的蚕食桑叶的声音；《慈儿》中老乞丐对慈儿"小官人"的称呼；《月姑娘的亲事》中专替人做媒的月下老人……无不体现着鲜明的民族色彩和浓郁的乡土气息。总之，叶圣陶童话以优美的语言、富有诗意的幻想，真实地反映现实生活，开创了一个新的艺术天地。

叶圣陶谈到对于外国文学的态度："摹仿或袭取是自堕魔道。但感受而消化之，却是极关重要。我不是说这个是最终点，感受而消化便是满足，我的意思是必如此才有对于文学的觉悟。这仿佛一条水平线，由此上升，乃有无穷的汹涌灿烂之观。"④叶圣陶的童话既不同于以编译为主的茅盾童话，也不同于以译述为主的郑振铎童话，而是在思想内容上反映了中国社会现实生活，艺术风格上具有民族特色的崭新的艺术创造。因此，叶圣陶童话对域外童话有所吸收和借鉴，但他能够将这种吸收和借鉴融汇于创作个性之中，形

---

① 叶绍钧：《燕子》。
② 叶绍钧：《画眉鸟》。
③ 叶绍钧：《祥哥的胡琴》，《儿童世界》1922 年第 3 卷第 3 期。
④ 叶至善等编：《叶圣陶集》第九卷，江苏教育出版社 1990 年版，第 56 页。

成其独特风格。自五四至今，对叶圣陶《稻草人》的评价是研究中国现代童话必不可少的部分，透过不同历史时期理论家们的评价，也可以一窥知识界对"童话"的理解过程：

> 十来年前，叶绍钧先生的《稻草人》是给中国的童话开了一条自己创作的路的。①

> 叶圣陶的《稻草人》，是开了中国儿童文学的门户。②

> 叶圣陶童话创作不仅在我国文学童话方面有着首创意义，成为中国儿童文学具有特色的现象之一。要是联系当时反动的儿童文学理论广泛传播的情况看，且还有它巨大的战斗作用。③

> 可以说，这是一个童话的艺术珍品，它的问世，为童话创造了好声誉，在人们的心目中立起一块童话丰碑。后人的童话，应该说，都是《稻草人》的继续和发展。④

> 从《稻草人》开始，中国才有了真正的现代创作童话。《稻草人》以其高度的思想艺术成就为叶圣陶赢得了现代创作童话奠基者的地位。从此，中国童话不仅结束了附丽于其他体裁而存在的时代，而且结束模仿、改制外国童话的时代。《稻草人》完全是中国式的童话，具有时代的特征和民族的特征。《稻草人》开创了自觉地为少年儿童创作童话的时代，开创了从中国的自然乡土和社会现实创作童话的时代，是中国现代童话的起点、标志和典范。⑤

由于《稻草人》的杰出成就，它在现代中国童话发展中产生巨大而深远的影响。其一，如鲁迅先生所说，它"给中国童话开辟了一条自己创作的道路"。虽然童话作为一种艺术形式不始于叶圣陶，《稻草人》之前创作童话已有出现（如蒲松龄的《促织》，郭沫若的《黎明》《广寒

---

① [苏]L.班台莱耶夫：《表》，鲁迅译，生活书店1935年版，第Ⅲ页。
② 范泉：《新儿童文学的起点》。
③ 蒋风：《试论叶圣陶的童话创作》，《杭州大学学报》1959年第3期。
④ 洪汛涛：《童话学》，第358页。
⑤ 金燕玉：《中国童话史》，第242页。

官》），但真正意识到童话是一种文学形式，自觉为儿童写作并取得很高成就的，叶圣陶是第一人。其二，把自觉后中国童话迅速现代化的可能性变为现实性，使中国童话大大向前迈进一步，跨越整整一个时代汇进20世纪世界童话的潮流。特别是由于《稻草人》的杰出成就、使起步很迟的中国现代童话有一个很高的起点，为中国童话立于世界童话之林奠定了基础。其三，开辟了中国诗意童话的源头。童话作为儿童非写实性故事，在发展中有许多流派，诗意童话是最重要的一支。在西方，这类童话以安徒生、王尔德为代表；在中国，则是《稻草人》和叶圣陶。总之，随着《稻草人》的出现，现代意义上的中国童话史真正开始了。[①]

在儿童的时代已经出现的条件下，仍然将非"儿童本位"的《稻草人》奉为中国儿童文学创作的圭臬，定为"整个儿童文学创作"的典范，则是后人对儿童文学的艺术本质的无识和对中国儿童文学现代化进程方向的迷失。[②]

读《画眉鸟》时的隐隐的担心，到读《稻草人》时，就变得十分突出了。说心里话，我感到整本集子里，真正失败的，恰恰是这一篇。而这一篇被用作书名，当时和后来大受好评。[③]

对以上评价做一梳理可以见出，鲁迅肯定了叶圣陶童话的奠基性地位，蒋风总结道："鲁迅先生的这一赞语包含了这样三种含义：第一，叶圣陶的童话是真正意义上的作家创作的艺术童话；第二，叶圣陶的童话为中国现代童话创作奠定了基础，提供了新鲜经验；第三，也是最重要的——叶圣陶童话开辟了中国童话创作的现实主义道路。"[④]这样的观点延续到了20世纪80年代，洪汛涛关注到的是《稻草人》富有时代精神，深刻揭示社会矛盾，和时代、社会、人民紧密相连，这是对叶圣陶童话的思想性和进步性的强调。

---

① 吴其南：《中国童话发展史》，少年儿童出版社2007年版，第166页。
② 朱自强：《中国儿童文学与现代化进程》，第193页。
③ 刘绪源：《中国儿童文学史略（一九一六—一九七七）》，少年儿童出版社2013年版，第23页。
④ 蒋风主编：《中国现代儿童文学史》，第78页。

到了 20 世纪 90 年代，金燕玉、吴其南从童话这一文体出发，谈到叶圣陶童话创作的独特贡献在于其创作是自觉的儿童文学，目标读者是儿童而非成人，并且重申了其时代性、民族性及其艺术特质，并且认同鲁迅的评价，将叶圣陶童话作为中国现代童话的起点或源头。新世纪以来，理论家们对既往评价做出了反思，朱自强与刘绪源指出了叶圣陶自觉的儿童文学创作意识，朱自强站在"儿童本位"的立场重估了鲁迅的评价，鲁迅提到在《稻草人》为中国童话开了一条自己创作的路之后，"不料此后不但并无蜕变，而且也没有人追踪，倒是拼命的在向后转"[1]。朱自强认为，鲁迅希望中国儿童文学从《稻草人》式的童话中蜕变出来，创作 L. 班台莱耶夫的《表》这样的新童话。朱自强结合叶圣陶童话创作的历史语境，认为"稻草人"式的童话，"不仅其社会思想与儿童的利益和要求在本质上是方向一致的，而且艺术表现也含有传统文学所没有的新文学精神，可给儿童文学创作提供一份宝贵的艺术经验"[2]，但不应将《稻草人》视作儿童文学创作的典范。刘绪源则在分析《稻草人》的主题与形象之后，认为其图解政治的意图伦理违背了文学认识的本义。总之，对《稻草人》评价路向的演变，体现着知识界对包括童话在内的中国儿童文学的特征及发展进程更加深入的认识。

---

① ［苏］L. 班台莱耶夫：《表》，鲁迅译，第Ⅲ页。
② 朱自强：《中国儿童文学与现代化进程》，第 193 页。

第五章　域外童话在近代中国译介的传播效应

域外童话在近代中国的影响产生于接受之上，对影响的接受会导致源文本的改变，"当某种文化希望超越自身时，也常常会诉诸变异，从截然不同的文化语境中寻找支持，中国现代文学的形成就是一个典型的例证。由此不难看出，流传变异在文学与文化的交往中推动了其更新发展"[①]。域外童话作为一种外来文学资源，在近代中国的译介过程中，被改写、变异，影响到了中国现代童话的发生和发展。从文学传播的角度来讲，产生了相应的文学效应和文化效应。

第一节　文学效应：新的文学样式与文学研究对象

在国际文学交往过程中，影响是一种双向互动交流，一方面包括影响源文学向他国文学的输入，另一方面也有作为文学接受者的一方对他国文学的选择、过滤、改造和转化，域外童话在近代中国经历了被选择、过滤、改造和转化，从而生成为新的文学样式和新的文学研究对象。

一、童话——一种新文学样式

中国现代童话文体是在域外童话作品和童话理论的影响下形成的，金燕玉在《中国童话史》中做了概括，"对童话的独立起最直接作用的是童话翻

---

① 曹顺庆等：《比较文学变异学》，商务印书馆 2021 年版，第 128 页。

译"①。域外童话经由知识界的翻译与介绍，使童话作为一种新的文学概念也逐渐被引入中国文化当中，其对儿童的教育价值为新文化精神所肯定，也为当时许多作家创作所借鉴和模仿。

随着域外童话在中国的译介，近代知识界在域外童话概念的启发下，开始建构中国的童话概念，主要是从民俗学和文学的角度来理解童话的内涵。

从民间叙事的角度理解童话是一种现代知识传统。中国民俗学者很早就尝试从民间叙事的角度理解童话。比如张梓生在《论童话》一文中认为，童话是"根据原始思维和礼俗所成的文学"：

> 童话和"神话""传说"都有相连的关系。原来元始人类，不懂物理，他看一切物类和所谓天神、地祇、鬼魅等等，都有动作生气，和人类一样，这便是拜物教的起因，从此所演成的故事便是"神话"。进了一步，传讲这类事实，使人虽信而不畏，便变成"传说"。再进一步，把这些事实，弄成文学化，就是"童话"了。所以童话的界说是："根据原始思维和礼俗所成的文学。"世人往往误会，以为童话但供儿童的需求，合儿的心理，可以随意造作，那便弄错了。童话的效用，在教育上很有价值；但他的研究，非用民俗学和儿童学去比较不可。不明白民俗学，便不能明白童话的真义；不明白儿童学，便不能定童话应用的范围。②

张梓生还谈到了童话的分类、教育价值，以及格林童话的研究价值。中国学者对民间童话的理解，受到了近代西方人类学派的影响。周作人早年受到了西方人类学派理论的启发，成为他研究童话的理论来源。周作人回忆自己走上童话研究道路的因缘时，肯定了西方人类学理论对他的影响：

> 这里边，于我影响最多的是神话学类中之《习俗与神话》、《神话仪式与宗教》这两部书，因为我由此知道神话的正当解释，传说与童话的

---

① 金燕玉：《中国童话史》，第175页。
② 张梓生：《论童话》。

研究，也于是有了门路了。①

　　以前因为涉猎英国安特路朗的著作，略为懂得一点人类学派的神话解释法，开始对于"民间故事"感到兴趣，觉得神话传说，童话儿歌，都是古代没有文字以前的文学，正如麦卡洛克的一本书名所说，是《小说之童年》。②

　　周作人发表于1913年的《童话研究》《童话略论》等文章，或对人类学派有关神话、传说、童话的解释加以转述，或直接引用人类学派的相关理论，说明了人类学派理论对周作人的影响。在《童话研究》中，周作人认为童话的起源与神话、传说有着密切的关系，"故今言童话，不能不兼及世说，而其本原解释则当于比较神话学求之"③。童话与神话、世说为一体，"上古之时，宗教初萌，民皆拜物，其教以为天下万物各有生气，故天神地祇，物魅人鬼，皆有动作，不异生人，本其时之信仰，演为故事，而神话兴焉。其次亦述神人之事，为众所信，但尊而不威，敬而不畏者，则为世说。童话者，与此同物，但意主传奇，其时代人地皆无定名，以供娱乐为主，是其区别。盖约言之，神话者原人之宗教，世说者其历史，而童话则其文学也"④。周作人在此对神话、传说和童话做了说明和区别，并且肯定了童话的文学性，阐明了童话的特征及其在儿童文学中的地位，童话是"幼稚时代之文学，故原人所好，幼儿亦好之，以其思想感情同其准也"，"故童话者亦谓儿童之文学"。⑤"今以童话语儿童，既足以厌其喜闻故事之要求，且得顺应自然，助长发达，使各期之儿童得保其自然之本相，按程而进，正蒙养之最要义也"⑥。这些论述有助于增进人们对童话的认识和理解。

　　周作人在与赵景深的通信讨论中，指出了童话与神话、传说之间的相互关联性，认为原始社会的故事分作神话、传说及童话三种：

----

① 周作人：《苦茶——周作人回想录》，敦煌文艺出版社1995年版，第533页。
② 周作人：《苦茶——周作人回想录》，第221页。
③ 周作人：《童话研究》。
④ 周作人：《童话略论》。
⑤ 周作人：《童话研究》。
⑥ 周作人：《童话略论》。

神话是创世以及神的故事，可以说是宗教的；传说是英雄的战争与冒险的故事，可以说是历史的。这两类故事在实质上没有什么差异，只是所依记的人物为区分。童话的实质也有许多与神话传说共通，但是有一个不同点：便是童话没有时与地的明确的指示，又其重心不在人物而在事件，因此可以说是文学的。①

赵景深在写给周作人的讨论信中，也认为"从童话里去研究原始社会的风俗习惯，才是极正当的方法"②。赵景深从人类学角度解释童话：

> 童话这件东西，既不太与现实相近，又不太与神秘相触，他实是一种快乐儿童的人生叙述，含有神秘而不恐怖的分子的文字。这种快乐儿童的人生，犹之初民的人生；因为人事愈繁，苦恼就愈多。这种神秘而不恐怖的分子，也就是初民心理中共有的分子；他们——初民和儿童——不觉得神是可怕的，只觉得神是可爱的。因之简单说来，童话就是初民心理的表现。③

赵景深也指出了童话的其他文化价值：

> 但是有许多人却要想利用童话的材料去研究其他。如：借各地的童话去研究方言，童话便可供语言学者的参考；选童话去做寓言和讽刺，又可供辩士的采取；由童话中找出原始的思想去和现今的非美两洲以及各处的野蛮民族比较，以便行政，又成了政治家的辅助品；从童话中的原始思想去和儿童的思想比较，去掉太背谬现代心理的，选童话以供儿童的阅读，又成了教育家的辅导品。④

这些形成了中国学者从民俗学，特别是民间叙事的角度理解童话的路径。后来的学者大都沿着这样的思路将民间童话的概念和知识加以深化和系

---

① 赵景深、周作人：《童话的讨论》，《晨报副刊》1922年1月25日。
② 赵景深：《童话的讨论三》。
③ 赵景深、周作人：《童话的讨论》。
④ 赵景深：《童话的讨论三》。

统化。比如谭达先在《中国民间童话研究》一书中，认为民间童话是"具有幻想、怪异、虚构占优势的民间故事"①。

在民俗学视角之外，从文学特别是从儿童文学的角度理解童话，也形成了一种研究传统。周作人在与赵景深关于童话的讨论中，认为有必要从民间童话之中单立一个面向儿童的童话概念分类，即教育童话：

> 儿童心理既然与原人相似，供给他们普通的童话，本来没有什么不可，只是他们的环境不同了。须得在二十年里经过一番人文进化的路程，不能像原人的从小到老优游于一个世界里，因此在普通童话上边不得不加以斟酌。②

赵景深认为"童话不是神怪小说"，"童话不是儿童小说"：

> 据我看，神怪小说里所说的事是成人的人生，里面所表现的是恐怖，决不能和童话相提并论。再就童话的一方面说，自然他所表现的是儿童的人生，里面装了快乐呀！③
>
> 所以童话和儿童小说的分别极明显，前者是含有神秘色彩的，后者不含有神秘色彩的。④

冯飞在《童话与空想》一文中，对"什么是童话文学"也做出了解释：

> 凡童话文学的形式，最是自由，以此自由形式，而将人生观，或自己理想或讽刺或暗示或哲学等都包含进去，始能有童话文学的真价值。所以童话文学，其思想必甚新鲜活泼，其生命必甚健全充实，其组织必甚自由生动；话虽甚浅，而其中有甚深刻思想甚新列人生存在；题虽甚小，而其中有伟大意义内含：如此始能说是观照上有价值，意义最深的

---

① 谭达先：《中国民间童话研究》，台湾商务印书馆1988年版，第2页。
② 赵景深、周作人：《童话的讨论》。
③ 赵景深、周作人：《童话的讨论》。
④ 赵景深、周作人：《童话的讨论》。

童话文学。①

陈伯吹的《童话研究》对童话作了定义，他列举一部分研究者给童话的定义："童话原始人信以为真，而现代人视为娱乐的故事。它是神话最后的形式；却又是小说最初的形式。它根据原始社会的思想与礼俗所成的文学；它又是借想象的揣拟来表示真理的。"② 为了厘清童话的定义，陈伯吹将之与其他文学样式加以比较：

（一）童话与神话

1. 神话有神名及地名的；童话什么都没有。

2. 神话是比较严肃的故事；童话是游戏的故事。

（二）童话与寓言

1. 寓言是简短的；童话是比较的要曲折些长些。

2. 寓言的教训分子非常明显；童话并不如此。

（三）童话与故事

1. 故事的情节平凡些，童话较为奇特。

2. 故事有真实性，童话较少。

（四）童话与小说

1. 小说是个人的创作，童话有一部分是民族的创作。

2. 小说是写实的，童话的想象分子非常丰富。③

陈伯吹为了说明童话的文体特征，将童话与神话、寓言、故事及小说加以对比，从而对"童话"概念作出了清晰的界定，改变了孙毓修等学者将"童话"与"儿童文学"模糊看待的观点。1947 年，贺宜为华华书店主编《童话连丛》，这是中国第二次用童话命名的刊物，刊物发表的作品大部分是童话。贺宜的《童话的研究》一文，也对童话与其他文学样式做了区分：

---

① 冯飞：《童话与空想》。

② 陈伯吹：《童话研究》，《儿童教育》1933 年第 5 卷第 10 期。

③ 陈伯吹：《童话研究》。

"它不像寓言那样有明显露骨的教训或讽刺；它不像神仙故事或神话那样专以描写记述神仙的活动为主体；它不像民间故事或传说那样是人民的集体创作。"① 经过知识界的探讨，从理论层面分析了童话作为新的文学样式的特征。

从现代童话文体的确立来讲，自清末开始了域外童话在中国译介的历程，到五四时期达到了翻译的一个高潮，理论家们由翻译域外童话思考中国童话的确立及发展问题。陈伯吹在《儿童读物的检讨与展望》一文中，回顾1919 年至1925 年间"欧美的文学名著，大批被欢迎输入，翻译出版，盛极一时"②。域外童话翻译之盛也引起了知识界的反思，郭沫若直接表达了对于大量翻译域外童话的建议，在儿童文学发展的起步阶段，翻译是建设儿童文学的一个比较便利的方法，"一方面更能指示具体的体例以供作家的观摩。但是不可太偏重了。太偏重翻译，启迪少年崇拜偶像的劣根性，而减杀作家自由创造的真精神。翻译时也不可太滥，欧洲人的儿童文学不能说篇篇都好，部部都好，总宜加以慎重的选择。举凡儿童文学，地方色彩大抵浓厚，译品之于儿童，能否生出良好效果，未经实验，尚难断言"③。过于偏重翻译，会减弱作家的创作热情，对翻译的作品要有所甄别，有所选择，因此在建设儿童文学的三种办法：收集、创造和翻译中，应更加侧重前两种。陈独秀强调中国儿童文学应该走自己的道路，他"不很赞成'儿童文学运动'的人们仅仅直译格林童话或安徒生童话而忘记了'儿童文学'应该是'儿童问题'之一"④。茅盾在回顾这段历史时，总结道："'五四'时代的'儿童文学运动'，大体说来，就是把从前孙毓修先生（他是中国编辑儿童读物的第一人）所已经改编（Retold）过的或者他未曾用过的西洋的现成'童话'再来一次所谓'直译'。我们有真正翻译的西洋'童话'是从那时候起的。"⑤ 域外童话的大量翻译，一方面开拓了读者的视野，另一方面也对比出本土童话创作力量的相对弱势，五四以后，中国的创作童话得以迅速发展，但域外童

---

① 贺宜：《童话的研究》，《活教育》1948 年第 5 卷第 3、4 期。
② 陈伯吹：《儿童读物的检讨与展望》。
③ 郭沫若：《儿童文学之管见》。
④ 江：《关于"儿童文学"》。
⑤ 江：《关于"儿童文学"》。

话的译介仍占重要地位，在 20 世纪 20 年代初，童话领域还保持着译介为主的状况。在 1936 年的《文学青年》上，梦野的文章《饥饿的儿童文学》依旧是对"中国的童话"的期待："《安徒生童话》，《爱的教育》，《阿丽思漫游奇境记》，《木偶人奇遇记》，《贫儿苦狗记》……我们自己的孩子的书呢？'中国的童话'呢？小先生们能给我们么？小学教师和聪明的父母们能给孩子们么？文学作家们能为孩子们创作么？"[1]

　　需要指出的是，郭沫若提出的"创造"一法，一直也是知识界努力的方向。自 20 世纪初起，中国学人一边翻译域外童话，一边酝酿自己的童话作品。孙毓修应该是中国近代艺术童话的开路人，尽管他的童话概念较为宽泛，但"童话丛书"应是中国艺术童话的雏形了，而且绝大部分作品改写翻译自域外童话。之后，茅盾、郑振铎等人继续编撰"童话丛书"。茅盾一方面编译国内外传统的童话故事，另一方面尝试进行童话创作。茅盾的编译域外童话本身就具有再创作的性质，他将《格林童话》中的《布来梅市的乐师》改写成了《驴大哥》，编译的《蛙公主》的教育意义和曲折有趣的情节远远胜过原作《青蛙王子或名铁胸亨利》，还创作了童话《书呆子》。虽然茅盾的尝试整体上还处在模仿域外童话的阶段，在叙述风格上还没有摆脱传统话本小说的影响，有时教育色彩过于浓厚，但他改写和创作的童话故事是中国艺术童话发展的基础。此后，郑振铎的童话译述和创作进一步推动艺术童话走向独立和成熟，他不仅翻译了安徒生、奥斯卡·王尔德童话，而且自己创作了不少童话，与茅盾相比，郑振铎的创作出现了一些重要的变化，如形成了特定的童话叙述风格，中间不再出现茅盾编译中出现的点评；童话文体意识加强，不再包含各种神话和小说等；语言畅达流利，艺术色彩更浓，初步形成了中国艺术童话的基本面貌。从茅盾的编译到郑振铎的译述，尽管依然停留在"编"和"述"的框架之中，但创作成分在逐步增加，为作家的童话创作积累了有益的经验。

　　到 20 世纪 20 年代，叶圣陶、黎锦晖、郭沫若、赵景深、严既澄及夏

---

[1]　梦野：《饥饿的儿童文学》，《文学青年》1936 年第 1 卷第 2 号。

丐尊等都进行过童话创作。其中，叶圣陶的童话是中国艺术童话走向成熟的标志，虽然叶圣陶的童话在思想内涵、人物形象和艺术风格方面都开创了具有中国风格和中国气派的艺术童话，但我们不能忽视域外童话对其创作的影响，中国的童话创作在吸收和借鉴域外童话特色的基础上走向了独立和成熟的阶段。王泉根总结道，"可以这样说，中国现代童话作家几乎很少有人不受外国童话影响的。学习外国童话是他们的童话文学修养的一个重要方面，他们的创作实践直接间接地从外国童话中吸取过养料，或思想，或形式，或技巧，或兼而有之"[①]。

二、童话——一种新的文学研究对象

域外童话的传入引发了现代意义上的学术讨论，促进了中国现代童话学的形成。随着童话翻译和创作的繁荣，关注童话研究和儿童教育的知识分子们开始了对于童话的研究和讨论。

知识界对童话的定义和特征，童话的教育意义，童话的翻译和收集，以及经典童话作家作品等问题展开讨论，童话研究取得了丰硕的成果。关于童话问题讨论的有张梓生与赵景深发表于 1922 年《妇女杂志》上关于《儿童文学的讨论》，还有《晨报副刊》在 1922 年刊登的周作人与赵景深的通信《童话的讨论》。赵景深发表于 1924 年的《研究童话的途径》一文从儿童文学发展史的角度从理论层面阐释五四时期的童话研究状况。关于童话文体研究的文章较具代表性的有周作人的《童话研究》（1913 年）、《童话略论》（1913 年）、《古童话释义》（1914 年），张梓生的《论童话》（1921 年），冯飞的《童话与空想》（1922 年），徐如泰的《童话之研究》（1926 年），顾均正的《童话的起源》（1927 年）、《童话与短篇小说——就小说的观点论童话》（1928 年），夏文运的《艺术童话的研究》（1928 年），钟子岩的《童话在教育上的价值之研究》（1930 年），朱文印的《童话作法之研究》（1931年），陈伯吹的《童话研究》（1933 年），徐子蓉的《从表演法上研究童话的

---

① 王泉根：《现代中国儿童文学主潮》，第 111 页。

特殊性》（1936 年），贾葆琏的《童话的研究》（1939 年），贺宜的《童话的研究》（1948 年）等。关于域外童话作家作品，有代表性的评介文章有周作人的《随感录（二四）》（1918 年）、《阿丽思漫游奇境记》（1922 年）、《王尔德童话》（1922 年），夏丏尊翻译的《俄国底童话文学》（1921 年），赵景深的《童话家之王尔德》（1922 年）、《童话家格林兄弟传略》（1924 年）、《安徒生评传》（1924 年）、《中西童话的比较——〈广东民间文艺集〉付印题记》（1927 年），以及其论著《童话概要》（1927 年）、《童话论集》（1927 年）和《童话学 ABC》（1929 年），鲁迅的《〈爱罗先珂童话集〉序》（1922 年）、《翻译童话的目的》（1925 年），郑振铎的《安徒生童话在中国》（1925 年），顾均正的《托尔斯泰童话论》（1928 年）、《论童话》（1936 年），巴金的《〈幸福的船〉编者序》（1931 年）、《〈快乐王子集〉译后记》（1948 年），陈伯吹的《王尔德和他的童话集》（1944 年）等。这些开拓性的研究成果奠定了中国现代童话学的基础。在这场启蒙式的学术讨论中，近代童话研究的先行者们就童话的起源、分类、特征、解释、流传等问题展开讨论，就童话与神话、传说、故事、寓言、儿童教育的关系做了深入辨析。

理论家们为中国现代童话学确立了一些基本概念。例如童话的名称问题，周作人做了如下解释：

> 童话这个名词，据我知道，是从日本来的。中国唐朝的《诺皋记》里虽然记录着很好的童话，却没有什么特别的名称。十八世纪中日本小说家山东京传在《骨董集》里才用童话这两个字，曲亭马琴在《燕石杂志》及《玄同放言》中又发表许多童话的考证，于是这名称可以说完全确定了。[①]

但并不是说中国历史上没有存在过童话，周作人在《古童话释义》中指出，"中国虽古无童话之名，然实固有成文之童话，见晋唐小说，特多归诸

---

① 赵景深、周作人：《童话的讨论》。

志怪之中"①。为此，周作人整理出了几个经典的中国古代童话，如《吴洞》《女雀》等。

理论家们从不同的角度定义童话，逐步建构起童话与其他文学研究领域的关系。如张梓生认为童话和神话、传说，都有相联的关系，童话是"根据原始思想和礼俗所成的文学"②。周作人认为，"童话的实质也有许多与神话传说共通。但是有一个不同点：便是童话没有时与地的明确的指示，又其重心不在人物而在事件，因此可以说是文学的"③。赵景深认为童话"实是一种快乐儿童的人生叙述，含有神秘而不恐怖的分子的文学"④。

对于童话的分类问题，学者们依据不同的分类标准提出了各自的观点。周作人介绍道，"原来童话纯是原始社会的产物。宗教的神话，变为历史的世说，又转为艺术的童话：这是传说变迁的大略。所以要是'作'真的童话，须得原始社会的人民，才能胜任。但这原始云云，并不限定时代，单是论知识程度，拜物思想的乡人和小儿，也就具这样资格"⑤。童话中经学者编集的是格林兄弟的童话，而艺术童话的代表是安徒生童话。张梓生的《论童话》一文也依据创作主体分类，认为童话分为两大类："纯正的"和"游戏的"，其中"纯正的"又分为代表思想的和代表习俗的，多由原始人类流传而来，或从世说转变而成；"游戏的"则分为重复故事、趣话和物语，这类童话大多是后世文人意度原人而作。陈伯吹主要依据童话所反映的内容，将童话分为以下五类：民族童话，如格林童话；文学童话，如安徒生童话、奥斯卡·王尔德童话、贝洛尔（今译夏尔·贝洛）童话、列夫·托尔斯泰童话、约翰·罗斯金童话、爱罗先珂童话；教育童话，如《孩子的心》；科学童话，如《两条腿》《十二姊妹》；新兴童话，如至尔·妙伦的《真理的城》等。并对五种童话类型的特征做了总结："假使说民族童话是历史的（或者

① 周作人：《古童话释义》，《周作人论儿童文学》，刘绪源辑笺，海豚出版社 2012 年版，第 69 页。
② 张梓生：《论童话》。
③ 赵景深、周作人：《童话的讨论》。
④ 赵景深、周作人：《童话的讨论》。
⑤ 作人：《随感录（二四）》。

说民俗学的），文学童话是艺术的，教育童话是唯心的，科学童话是唯物的，那么可以说新兴童话是社会的。"①徐子蓉在《从表演法上研究童话的特殊性》一文中，根据童话在具体创作中与神话、儿童小说关系的疏密程度，将童话分为"神话式的童话"，即超人体、远离人世；"中间层"的童话，即拟人体、反映生活；"现实主义的童话"，即常人体、直面人生这三种类型，并充分肯定了"现实主义的童话"对读者的认识和教化作用。

　　另外探讨了童话的特征及价值问题。比如冯飞在《童话与空想》中提炼出了童话中的几种空想类型：小神仙的空想、巨人的空想、异常动物的空想、自然人格化的空想等，认为想象是艺术的生命，也是童话文学的生命，没有空想就没有童话，从而强调了童话的幻想性艺术特征。并且认为童话文学应与少年儿童的心理发展步调一致，"在他们空想澎湃时代，便告诉他以空想的故事；在他们渐进现实时代，便告诉他们以近于现实的故事；在他们思想完全入于现实的时代，即告诉以一切现实的事物；如此始是客观的教育，如此始能收教育的功效"②。这种观点对于童话文学迎合接受主体心理发展阶段性的特点具有启发意义。顾均正也从接受主体的角度总结童话的特征："童话是文学的，是要给儿童以趣味和快乐的。"③徐子蓉的《从表演法上研究童话的特殊性》从比较文学的研究视角，通过考察童话与神话、儿童小说在题材、表现手法等方面的差异，来挖掘童话的艺术规律。童话与神话相比，童话注重表现生活和抒写情感，篇幅短小、结构简洁且多采取生活的横断面；童话和儿童小说相比，童话有着善于运用拟人手法、想象大胆丰富，不受事实羁绊等特点。对于童话的教育价值问题，钟子岩在《童话在教育上的价值之研究》一文中，分析了童话与道德的关系、童话与地理学的关系、童话与历史的关系、童话与自然科学的关系、童话与文学的关系，由此探讨童话的价值以及发挥价值的方法。比如在道德教育中，童话的价值能唤起儿童的情绪，进行道德教育的童话应当适应儿童身心发展各阶段、自然不做

---

① 陈伯吹：《童话研究》。
② 冯飞：《童话与空想》。
③ 顾均正：《论童话》，《中国学生》1936 年第 2 卷第 1—4 期。

作、说教成分不能太重。另外如文学教育中，童话能使人获得美的快感，让儿童领解文学的意味。本文从教育的角度论述童话的价值，将童话的特征与教育作用相结合，对儿童文学的阅读推广与教育应用有一定的启发意义。

理论家们结合创作经验，对童话创作问题也适时作出审视和总结。徐如泰的《童话之研究》中就童话创作问题提出了 30 条意见，尤其是在文中提出了"关于人生行为动作之描写，要不背时代的精神"，"要能使儿童确定人生观的根基"①，概括而言就是童话创作应切合时代精神，以及帮助儿童读者认识人生，这两点尤其富有启迪意义。但徐如泰对童话概念的界定包括了神话、故事、滑稽话、寓言、传说、历史谈、实事谈等，基本上涵盖的是儿童文学的类别。夏文运的《艺术童话的研究》对艺术童话的创作提出三点见解：第一是作家应熟悉与理解儿童，"要钻入儿童的精神"②；第二，应遵循心理学的原理，按照儿童心理发展的规律，来创作"自然的使儿童起兴味，活泼自由的发展儿童的想象力，随着儿童的成长，而提高其程度，同时要含有教训性的纯童话的作旨"③；第三，应从民间童话中汲取营养，可引用"野蛮人"（即"未开化"民族）的文学，并对"野蛮人"的动物小说、天上小说、运命小说作了详细探讨，本文对于艺术童话的创作有一定启发。顾均正从小说创作的视角探讨了童话艺术，他的《童话与短篇小说——就小说的观点论童话》一文开篇就指出："童话是一种特别的文学形式——短篇小说——所以就文学这一方面说，它应该依照短篇小说的标准。"④ 文章从小说创作的角度探讨了童话创作三要素——人物、情节结构、生活环境的内涵及三者之间的辩证关系，这在现代儿童文学史上尚属首次，对促进中国艺术童话的创作具有启发意义。朱文印则具体探讨了童话创作问题，在《童话作法之研究》中认为童话创作可以分为两种途径：对于现代人已无法创作的传统童话即民间童话，可采用艺术的再表现、模拟与改作；对于现代人有条件创作的现代

①　徐如泰：《童话之研究》，《中华教育界》1926 年第 16 卷第 5 期。
②　夏文运：《艺术童话的研究》，《中华教育界》1928 年第 17 卷第 1 期。
③　夏文运：《艺术童话的研究》。
④　顾均正：《童话与短篇小说——就小说的观点论童话》，《文学周报》1928 年第 318 期。

童话即艺术童话，则应努力遵循童话的艺术规律，紧贴儿童心智，尤其应做到"对于儿童们必须有纯真的爱"①。随后对童话的发端、本干、大团圆部分和结论等创作技巧问题一一作出阐述，作者认为，童话的开头应能唤起儿童读者的兴趣与好奇心；主体结构应具有悬念，逐层推进，人物性格与事件发展保持有机的统一；整篇童话应有使儿童读者情绪紧张的兴奋点即大团圆，结尾要给人满足和美的享受，不应含有教训的提示，这篇文章对丰富童话创作理论有所建树。陈伯吹则在《童话研究》中对童话创作的思想内容做出要求，呼吁"现代的童话作家应把握文学的目的，认清儿童将来的职任，要启发，暗示，鼓励他们以将来的职责，使他们深深地了解人间的阴暗与悲惨，激发他们对于革命的信心"②。

总体来看，近代童话理论家们在进行童话研究时具有宏阔的世界文学视野，大量引用古今中外的童话作品作为例证展开论述。比如周作人与赵景深的童话讨论中谈到安徒生、岩谷小波、爱罗先珂等作家；张梓生的《论童话》中谈及格林童话；冯飞的《童话与空想》中引用希腊神话、北欧神话及大量的欧洲、东方的传说、童话故事；顾均正的《童话与短篇小说——就小说的观点论童话》中谈到了格林童话、安徒生童话以及欧洲的民间童话；顾均正的《童话的起源》中，列举了希腊神话和欧洲的民间传说故事；朱文印的《童话作法之研究》以列夫·托尔斯泰、安徒生、奥斯卡·王尔德、格林童话为例进行讨论；陈伯吹的《童话研究》列举了格林童话、安徒生童话、爱罗先珂童话，以及《孩子的心》《两条腿》《十二姊妹》《真理之城》等童话作家作品；徐子蓉的《从表演法上研究童话的特殊性》从比较文学的视野对中外的童话做出分类，谈到安徒生童话、奥斯卡·王尔德童话、刘易斯·卡洛尔童话、爱罗先珂童话，还有叶圣陶和张天翼的童话。另外，理论家们运用比较文学主题学和题材学的理论和方法，对中外童话进行比较研究。周作人在《古童话释义》中将《酉阳杂俎》中记载的《吴洞》与欧洲的《玻璃鞋》，《玄中记》中记载的《女雀》与欧洲的《鹄女》等进行比较。张

---

① 朱文印：《童话作法之研究》。
② 陈伯吹：《童话研究》。

梓生在《论童话》中解释了几个世界著名的童话类型，有物婚式、季女式、灰娘式、故妻式等。冯飞的《童话与空想》中比较分析了东西方童话的五种幻想形式及其不同的国民性对于幻想差异性的影响。顾均正的《童话的起源》一文，介绍了 20 世纪 20 年代有关童话起源问题的四种观点：神话渣滓说、自然现象记述说、兴味欲求说与印度起源说，这对于研究民间童话的来源与演变具有一定参考价值。

以上研究，对童话的性质、来源、分类、艺术特色、教育价值和童话创作等问题作了不同程度的探讨，拓展了童话研究的领域，为儿童文学理论的进一步发展奠定基础。

第二节 文化效应：新儿童读物与民间文学运动

文学文本的译介和流传背后，实质上是不同文化之间的碰撞与交流，由于不同的文化背景、哲学观念、价值取向和意识形态等方面的差异，会出现文学交往中的变异现象，这是不同文化相互碰撞、相互冲突之后被创造性吸收和转化的结果，蕴含着异质文化的文学文本的传入为文本输入国带来的冲击给予文本输入国一次文化扩容的机会，使其吸纳了异质文化成分从而得以变革自身，实现了不同国家文学文化的交融互补。从这个角度看，域外童话在近代中国的译介也产生了文化效应，童话成为新的儿童读物，并与民间文学运动紧密相关。

一、童话作为新儿童读物

在现代儿童文学兴起之前，中国缺乏真正的儿童读物，虽然历史上也有过属于儿童读物的作品，如元代虞韶的《日记故事》，明代吕坤的《演小儿语》、清代程允升的《幼学故事琼林》，但数量甚微，更多的是为封建正统服务的，充满圣贤大道理的《三字经》《百家姓》《千字文》《神童诗》《千家诗》等。对于儿童读物问题，郑振铎在《中国儿童读物的分析》一文中列举了古代童蒙读物《三字经》《千字文》《千家诗》等，他认为旧式的儿童读物给予人的读书目的是："（一）为了求富贵利禄，（二）为了要做圣贤。"[1] 这些读物训练儿童长大后要当丧失了自己、丧失了人性的顺民，根本不考虑儿童的心理需求。郑振铎还指出，在中国废除科举制度之前，不存在真正的儿童教育。儿童从来都被当作"小大人"去管教，儿童是缩小的成人，没有区分儿童教育与成人教育有何不同。

郑振铎是站在 20 世纪 20 年代"儿童文学运动"的立场上进行论述，事实上在康有为、梁启超等学人的努力之下，儿童和儿童文学已得到初步的重视，他们呼吁为儿童提供真正的儿童读物。1908 年徐念慈在《小说今后之改良》中提出应创作适应儿童阅读能力的读物：

> 余谓今后著译家所当留意，宜专出一种小说，足备学生之观摩。其形式，则华而近朴，冠以木刻套印之花面，面积较寻常者稍小。其体裁，则若笔记，或短篇小说，或记一事，或兼数事。其文字，则用浅近之官话；倘有难字，则加音释；偶有艰语，则加意释；全体不逾万字，辅之以木刻之图画。其旨趣，则取积极的，毋取消极的，以足鼓舞儿童之兴趣，启发儿童之智识，培养儿童之德性为主。[2]

周作人也在《儿童的书》中指出选择新儿童读物的重要性：

> 中国向来以为儿童只应该念那经书的，以外并不给预备一点东西，让他们自己去挣扎，止那精神上的饥饿；机会好一点的，偶然从文字堆中——正如在积土堆中捡煤核的一样——掘出一点什么来，聊以充腹，实在是很可怜的。这儿童所需要的是什么呢？我从经验上代答一句，便是故事与画本。[3]

在重视儿童和儿童文学的思潮中，童话得到重视。以商务印书馆的出版工作为例，1909 年在其创办的《教育杂志》创刊号上介绍孙毓修编译的

---

① 郑振铎：《中国儿童读物的分析》，《文学》1936 年第 7 卷第 1 号。
② 觉我：《余之小说观》。
③ 周作人：《儿童的书》。

"童话丛书"第一集，将"童话丛书"作为校外读物进行介绍："我国儿童功课之外，无书可读，非为不规则之嬉戏，即溺于神鬼淫盗之小说。校中之训练，与小说之渐渍，其收效不可同日语。然则欲教育进步，民德高尚，不能不有待于校外读物矣。孙氏此书，为我国校外读物之嚆矢。已出二编，第一编《无猫国》，第二编《三问答》。浅显易解，趣味盎然。"①商务印书馆积极出版、评介、宣传儿童文学作品，客观上确立了儿童文学读物与教科书相辅相成的地位。"童话丛书"受到了儿童读者的广泛欢迎，这可以由再版发行数来证实，以下故事再版均在十次以上：

　　　　第一集第二册《三问答》，1908 年 12 月初版，1922 年 9 月再版，十三版。

　　　　第一集第三册《大拇指》，1909 年 2 月初版，1922 年 9 月再版，十四版。

　　　　第一集第五册《小王子》，1909 年 3 月初版，1922 年 9 月再版，十三版。

　　　　第一集第六册《夜光璧》，1909 年 6 月初版，1922 年 9 月再版，十二版。

　　　　第一集第八册《哑口会》，1909 年 6 月初版，1922 年 9 月再版，十三版。

　　　　第一集第九册《人外之友》，1909 年 10 月初版，1924 年 9 月再版，十二版。

　　　　第二集第二册《大人国》，1910 年 2 月初版，1923 年 9 月再版，十版。

　　　　第一集第十册《女军人》，1910 年 10 月初版，1922 年 6 月再版，十版。

　　　　第一集第十一册《义狗传》，1910 年 10 月初版，1922 年 9 月再版，十版。

----

　　① 《绍介批评》。

1913 年，鲁迅在《拟播布美术意见书》中提议"国民文术当立国民文术研究会，以理各地歌谣，俚谚，传说，童话等；详其意谊，辨其特性，又发挥而光大之，并以辅翼教育"[①]。鲁迅将歌谣、童话、传说作为国民文术研究会的工作内容，以充分发挥儿童文学的教育作用。1921 年，《教育杂志》发表了余尚同以《国语教育的新使命——养成文学趣味》为题的文章，认为灌输各种职业的知识是国语教材的失策，因为知识范围太广而教科书不能揽括无遗，每个人所需要的适合未来职业发展的知识各不相同，教科书不能兼顾全体，因此要将教科书变为文学的，"总而言之，国语读本上，采用了文学的教材，自能增进儿童读书的实力，发达儿童文学的趣味，也就能养成儿童读书的习惯，所以采用文学的教材，确是国语教育上一个重大的使命呢"[②]。同年，严既澄在《儿童文学在儿童教育上之价值》中将小学的语文教育明确化为儿童文学教育。他认为，现代教育既然是儿童本位的教育，那么用来教儿童的必须是"切于儿童的生活，适应儿童的要求，能唤起儿童的兴趣的东西"[③]，而小学校里的课本或偏于庄严，或偏于现实，而不用想象方面的材料，这也不利于培养儿童想象力，所以真正的儿童教育应当首先着重儿童文学。1921 年 12 月 31 日，胡适在教育部国语讲习所同乐会上作题为《国语运动与文学》的演讲时说：

> 近来已有一种趋势，就是"儿童文学"——童话，神话，故事——的提倡。……例如"一只猫和一只狗"讲话这些给儿童看，究有什么用？其实，教儿童不比成人，不必顾及实用不实用，不要给得他越多以为越好。新教育发明家法人卢梭有几句话说："教儿童，不要节省时间；要糟蹋时间。"你们看！种萝卜的，越把萝卜拔长起来，越是不行；应使他慢慢地长大，才是正当的法子。儿童也是如此，任他去看那童话，神话，故事，讲那"一只猫和一只狗"，过了一个时候，他们自会领悟

---

① 鲁迅：《拟播布美术意见书》，《鲁迅论儿童文学》，徐妍辑笺，海豚出版社 2013 年版，第 3 页。

② 余尚同：《国语教育的新使命——养成文学趣味》，《教育杂志》1921 年第 13 卷第 2 号。

③ 严既澄：《儿童文学在儿童教育上之价值》，《教育杂志》1921 年第 13 卷第 11 号。

的，思想自会改变自会进步的——这不是我个人的私意，是一般教育家的公论。[①]

胡适明确小学所教的文学应该是儿童文学，而且不必像从前那样把成人社会所需要的实用知识灌输给儿童，这无异于拔苗助长，有害而无益。周邦道也主张儿童文学要"占小学校的国文之主要的位置"[②]，因为儿童文学具有引发儿童读书的兴趣，培养儿童的想象和思考能力，以及培养儿童的情感等功能。判断教材是否满足儿童需要的标准，就是看其是否具有文学趣味。

在提倡儿童文学的背景下，童话逐步进入小学国语课本，比如 1923 年商务印书馆出版《新学制国语教科书》，取材更加适宜于儿童生活，将童话故事和寓言故事作为教材主体，"积极探索适合儿童心理、智力水平，并且在实践中逐步加以修正，商务首创的这种编辑特色使此后中国教育界受益匪浅"[③]。吴研因在《清末以来我国小学教科书概观》一文中回顾了这一状况，1921 年以前有少量的童话、寓言故事被采入教科书，随着知识界对儿童文学的提倡，儿童文学进入到新学制的小学国语课程中，"各书坊的国语教科书，例如商务的《新学制》，中华的《新教材》《新教育》，世界的《新学制》……就也以儿童文学做标榜，采入了童话、寓言、笑话、自然故事、生活故事、传说历史故事、儿歌民歌等等"[④]。

对于童话作为一种儿童读物所具有的教育价值，知识界的意见并不完全一致，一些人认为，童话中有太多恐怖、迷信、暴力和色情因素，有损儿童的身心健康，因此反对将童话作为儿童读物。另一些人认为，童话是一种最佳的儿童教育读物，它不仅能满足儿童心理需求，而且能熏陶儿童思想德性，启发儿童想象力。1921 年，郑振铎在《〈儿童世界〉宣言》中谈到了这一点，"近来有许多人对于儿童文学很是怀疑，以为故事、童话中多荒唐怪异之言，于儿童无益而有害。有几个人并且写信来同我说，童话中多言及皇

---

① 胡适、郭后觉：《国语运动与文学》，《绍兴教育界》1922 年第 1 卷第 2 号。
② 周邦道：《儿童的文学之研究》，《中华教育界》1922 年第 11 卷第 6 期。
③ 史春风：《商务印书馆与中国近代文化》，第 163 页。
④ 吴研因：《清末以来我国小学教科书概观》，《教与学》1936 年第 1 卷第 10 期。

帝、公主之事，恐与现在生活在共和国里的儿童不相宜。这都是过虑"①。关于童话教育价值的讨论，在 1931 年出现了"鸟言兽语"的论争。这场论争关乎童话价值、要不要童话的问题。首先向童话发难的是当时的国民党湖南省政府主席何键，《申报》于 1931 年 3 月 5 日发表何键的《咨请教部改良学校课程》一文，何氏要求打破鸟言兽语的童话读物，采取中外先哲格言作为教材，指责童话"禽兽能作人言，尊称加诸兽类，鄙俚怪诞，莫可言状"②，又建议学行兼优者办理教育。面对何氏咨文，鲁迅予以反击，在《〈勇敢的约翰〉校后记》中写道：

> 对于童话，近来是连文武官员都有高见了，有的说是猫狗不应该会说话，称作先生，失了人类的体统；有的说是故事不应该讲成王作帝，违背共和的精神。但我以为这似乎是"杞天之虑"，其实倒并没有什么要紧的。孩子的心，和文武官员的不同，它会进化，决不至于永远停留在一点上，到得胡子老长了，还在想骑了巨人到仙人岛去做皇帝。因为他后来就要懂得一点科学了，知道世上并没有所谓巨人和仙人岛。倘还想，那是生来的低能儿，即使终生不读一篇童话，也还是毫无出息的。③

此后，1931 年 4 月在上海"中华儿童教育社"的年会上，初等教育专家尚仲衣作了《选择儿童读物的标准》的发言，总结童话等儿童读物的消极标准为：（一）违反自然现象；（二）违反社会价值与曲解人生关系；（三）曲解人生理想；（四）信任幸运；（五）妨害儿童心理卫生；（六）玩弄残废者；（七）引起迷信；（八）颓废、无病呻吟。④尚仲衣认为鸟言兽语的童话为神仙读物，应在排斥之列。此篇发言在 1931 年 4 月 20 日由上海的报纸报道，刊于 1931 年第 3 卷第 8 期的《儿童教育》，在教育界、文学界，点燃了关于"鸟言兽语"的讨论。

---

① 郑振铎：《〈儿童世界〉宣言》，《东方杂志》1921 年第 18 卷第 23 号。
② 《何键咨请教部改良学校课程》，王泉根编著：《民国儿童文学文论辑评》上，第 250 页。
③ [匈]裴多菲·山大：《勇敢的约翰》，孙用译，湖风书店 1931 年版，第 112—113 页。
④ 尚仲衣：《选择儿童读物的标准》，《儿童教育》1931 年第 3 卷第 8 期。

　　1931 年 4 月 29 日的《申报》刊出了吴研因的《致儿童教育社社员讨论儿童读物的一封信——应否用鸟言兽语的故事》，文章反对尚仲衣的观点，并要求讨论下列问题：（一）何谓神怪故事？（二）神怪故事是否应该以合情理不合情理为取舍？（三）鸟言兽语，是否神怪而至于不合情理？（四）此类故事教学之结果，究竟有何种流弊，或竟毫无关系？（五）尚先生所说鸟兽不言而专述动物生活的故事，又是什么？① 尚仲衣的回答是《再论儿童读物》一文，刊于 1931 年第 3 卷第 8 期的《儿童教育》。1931 年 5 月 19 日《申报》发表了吴研因的《读尚仲衣君〈再论儿童读物〉乃知"鸟言兽语"确实不必打破》。1931 年第 3 卷第 8 期的《儿童教育》除刊载尚仲衣的文章外，还有陈鹤琴的《"鸟言兽语的读物"应当打破吗?》，以及儿童文艺研究社的《童话与儿童读物》。另外，1931 年第 2 卷第 2 期的《世界杂志》刊登了魏冰心的《童话教材的商榷》和张匡的《儿童读物的探讨》，这些文章都倾向于吴研因的观点，肯定了童话的价值。1932 年，福州第四小学开展了"低级儿童读物用鸟言兽语与不用鸟言兽语效果孰大"的实验，在 1933 年第 175 期的《教育周刊》刊出了实验报告，实验结果为：读过鸟言兽语教材的一组学生成绩高于不读鸟言兽语教材的一组学生。这场论战中，何键与尚仲衣的观点遭到反对，肯定童话的见解得到普遍的赞同，从而维护了童话的生存权利及其在儿童文学和儿童教育中的地位与价值。叶圣陶虽然没有直接参与论战，却于 1936 年发表了一篇童话《鸟言兽语》，作品以松鼠和麻雀的对话开始，麻雀向松鼠报告了一段新闻：

　　"你这新闻从那里得来的?"

　　"我从一位教育家那里得来的。昨天我出去游散，飞到那位教育家的檐前，看见他正在低着头写文章。看他的题目，中间有'鸟言兽语'几个字，就引起了我的注意。他怎么说起了我们的事情呢? 不由得把他的文章看下去，原来他在议论人类的小学教科书，说一般小学教科书往

_____

① 吴研因:《致儿童教育社社员讨论儿童读物的一封信——应否用鸟言兽语的故事》，《儿童教育》1931 年第 3 卷第 8 期。

往记载着鸟言兽语，让小学生和鸟兽作伴，这怎么行！他又说许多教育家都认为这是人类的堕落，小学生只管把鸟言兽语读下去，必然弄得思想不清楚，行为不正当，同鸟兽没有分别。最后他说小学教科书应该完全排斥鸟言兽语，人类的教育才有转向光明的希望。"

　　松鼠举起右前足搔搔下巴，说："我们说我们的话，原不预备请人类记载到小学教科书里去。既然记载进去了，却又说我们的说话没有这个资格。一班小学生的将来如果真个思想不清楚，行为不正当，还要把这责任上在我们的账上呢。人类真是又糊涂又傲慢的东西！"[①]

　　叶圣陶以创作实践发声，用童话的形式驳斥了"鸟言兽语"的谬论，对童话的价值作了更有力的肯定。但"鸟言兽语"的论战一方是"文武官员"，其社会效果已超出知识界，1938年1月陈立夫就任国民政府教育部长后，在小学教师的集会上讲话时谈道"鸟言兽语"不合科学，应该废止。于是运用审定教科书的行政权力，把国语教科书中的童话尽量删去。从此，童话等"鸟言兽语"一类的教材便在商务印书馆、中华书局、世界书局等发行的各类国语教材书中绝迹了。1947年，陈伯吹在《陈旧的"旧瓶盛新酒"》一文中对此事作了隐晦的描述："那次论争虽然没有结果，后来教育部对于小学国语教材的编辑，就有不采用鸟言兽语的默契。"[②]作为"鸟言兽语"论战的余波，知识界依然明确强调了童话的教育价值，陈伯吹在他翻译的科学童话《三儿奇遇记》的《译序》中谈道，"原作者把'潮水'、'画夜'、'阳光'、'雨'、'风'、'火'、'雪'等，作'人格化'的叙述，似乎涉及'鸟言兽语'之嫌，但是这样可喜的动人描写，究不失为'艺术的制作'！不然，安徒生（H.Andersen）的童话（Fairy Tales）价值何在呢？况且这样美妙的象征的写法，完全与自然现象吻合"[③]。在《开明少年》刊登的《乌拉波拉故事集》广告中，也谈到"鸟言兽语"的话题，"听厌了公主王子故事的少年们，如

---

① 叶圣陶：《鸟言兽语》，《新少年》1936年第1卷第1期。

② 陈伯吹：《陈旧的"旧瓶盛新酒"——关于儿童读物形式问题》，《大公报》1947年4月6日。

③ [美]N.布顿、N.杰可勃孙：《三儿奇遇记》，陈伯吹译，第2页。

果你想读新奇有趣而富于现代风味的童话，我们就把这本书推荐给你。反对鸟语兽言的教育家们，如果你要选没有迷信，没有毒素的童话介绍给学生，我们就把这本书推荐给你"①。总之，通过这场论战，澄清了当时存在于儿童文学界和儿童教育界对于童话的一些模糊观念，加深了人们对童话艺术价值和教育价值的理解，促进了中国童话研究和创作。

关于童话作为儿童读物的价值与功能问题，一直都在被关注，被探讨。在洪汛涛的《童话艺术思考》一书中，谈到了 20 世纪 80 年代在湘西进行的名为"童话引路"的童话和教育相结合的实验，这项实验"就是在统编语文教材的基础上，在不增加语文课时的前提下，让孩子们多听童话，多说童话，多读童话，多写童话"②。洪汛涛认为这项实验的意义在于："童话是儿童最喜爱的文学样式。它除了教育功能、冶情功能、审美功能、增加功能、娱乐功能以外，还具有很重要的开拓幻想智力的功能。童话应该进入学校，进入教育，进入课堂内外。过去认为童话只是一种'课外阅读'的文学作品，是不全面的。"③由此可见，童话的特质使得它成为儿童读物不可或缺的资源，童话应该进入学校，进入教育，"鸟言兽语"论战中关注的问题在新时代得到了最恰当的解答。

二、域外童话在中国的译介与民间文学运动的关联

民间文学运动于 1918 年由北京大学的刘复、周作人和顾颉刚等学人发起。他们成立了学术机构"歌谣征集处"，向全国各地征集歌谣，1922 年12 月，《北京大学日刊》发展成为《歌谣》周刊，发表所收集到的民间文学作品，很快吸引了知识界的广泛关注，北京大学"风俗调查会"在 1923 年5 月成立，很快其他报刊开辟专栏和专号，刊登民间文学资料，这场民间文学运动是在新文化运动走向民间，寻找新的文化资源的历史背景下进行的。洪长泰在《到民间去：中国知识分子与民间文学，1918—1937》一书中指

---

① 《〈乌拉波拉故事集〉广告》，《开明少年》1945 年第 1 期。
② 洪汛涛：《童话艺术思考》，希望出版社 1988 年版，第 240 页。
③ 洪汛涛：《童话艺术思考》，第 243 页。

出民间文学运动受到外来影响的两个渠道："一是 19、20 世纪之交旅居中国的外国人编写的有关民间文学的著作所带来的影响，二是西方民俗学著述被译介到中国所产生的影响。"① 洪长泰认为在这场民间文学运动中，中国的民俗学者关注到儿童文学，尤其是童话与儿歌。应该说，民间文学运动与域外童话的译介与研究活动是紧密交织的。

周作人是这场民间文学运动的主将之一，受格林兄弟收集民间童话的启示，周作人很早就意识到民间童话作为一种民族文化遗产，具有较高的文化研究价值。因此他在《古童话释义》中认为："用童话者，当上采古籍之遗留，下集口碑所传道，次更远求异文，补其缺少，庶为富足，然而非所可望于并代矣。"② 为了挽救这些极富研究价值的文化遗产并发挥它的作用，周作人呼吁民间童话的收集和整理工作，他谈道：

> 中国童话自昔有之，越中人家皆以是娱小儿，乡村之间尤多存者，第未尝有人采录，任之散逸。近世俗化流行，古风衰歇，长者希复言之，稚子亦遂鲜有知之者。循是以往，不及一世，渐没将尽，收拾之功，能无急急也。格林之功绩，茀勒贝尔之学说，出世既六十年，影响遍于全宇，而独遗于华土，抑何相见之晚与。③

周作人不仅鼓励知识分子到民间去，寻找新的文化资源，而且很快就将童话收集之事付诸实践。1914 年在绍兴县教育会月刊 1 月号上刊出启示：

> 作人今欲采集儿歌童话。录为一编，以存越国土风之特色，为民俗研究儿童教育之资材。即大人读之。如闻天籁，起怀旧之思，儿时钓游故地，风雨异时，朋侪之嬉戏，母姊之话言，犹景象宛在，颜色可亲，亦一乐也。第兹事体繁重，非一人才力所能及，尚希当世方闻之士，举

---

① [美] 洪长泰：《到民间去：中国知识分子与民间文学，1918—1937》，董晓萍译，中国人民大学出版社 2015 年版，第 24 页。
② 周作人：《古童话释义》，《周作人论儿童文学》，第 69 页。
③ 周作人：《童话研究》。

其所知，曲赐教益，得以有成，实为大幸。①

这样的童话征集活动在中国民间童话的收集史上具有开创性意义，它向近代中国知识分子吹响了收集民间童话故事的号角。1920 年 10 月 26 日周作人在北京孔德学校作题为《儿童的文学》的演讲，在论及建设儿童文学的具体途径时，他强调民间采风的作用，"希望有热心的人，结合一个小团体，起手研究，逐渐收集各地歌谣故事；修订古书里的材料，翻译外国的著作，编成几部书，供家庭学校的用"②。

周作人的热心呼吁得到了回应，郭沫若在《儿童文学之管见》一文中提出建设儿童文学的三种方法，第一便是"收集"：

> 童话、童谣我国古所素有，其中必不乏真有艺术价值的作品。仿德国《格吕谟童话》之例，由有志者征求、审判而裒集成书，想当能得一良好之结果。③

张梓生也在《论童话》一文中提出收集、整理和出版中国民间童话集：

> 作者的意见，以为他国流传的童话，多有专集搜罗进去，像《格林童话集》的出版，很可供我们研究。我们中国也该有人出来，将自己国内流传的大大的研究一下，把有关本民族特性的发挥一番，集成一种专书才好。④

民间文学运动中的一些知识分子开展了一系列相关的工作。胡愈之在发表于 1921 年的《论民间文学》一文中将童话纳入民间文学系统的故事类，说明了收集和整理民间童话的重要性。他认为民间文学是一种由全体民众共同创造的口头的文艺形式，它是民族文化心理的结晶。研究民间文学应分为两个阶段，首先把各地的民间故事、民间传说、民间歌谣采集下来，编

---

① 周作人：《征求绍兴儿歌童话启》，《周作人论儿童文学》，第 43 页。
② 周作人：《儿童的文学》，《民国日报·觉悟》1920 年 12 月 10 日。
③ 郭沫若：《儿童文学之管见》。
④ 张梓生：《论童话》。

成民间故事集、歌谣集等；随后将这些资料用归纳分类的方法，编成总合的著作，探讨其价值。1922 年出版的《歌谣》周刊创刊号，编者在《发刊词》中谈到歌谣研究会征集歌谣的目的："本会搜集歌谣的目的共有两种：一是学术的，一是文艺的。"[①] 本期特辟专栏"儿歌选录"，刊登了如《麻雀仔》《采篮姊》《摇塘摇》《小姑娘》《月亮晃晃》《天上有个月》《背时媒人》《斑竹枒》等流传于广东、浙江、江苏及四川等地的童谣。1923 年第 26 号《歌谣》刊登了北大歌谣研究会与伊凤阁关于歌谣搜集讨论的通信，歌谣研究会说明了其工作任务："本会事业目下虽只以歌谣为限，但因连带关系觉得民间的传说故事亦有搜集之必要，不久拟即开始工作。至于文艺的研究将来或只以本国为限，即选录代表的故事，一方面足以为民间文学之标本，一方面用以考见诗赋小说发达之迹。"[②] 歌谣研究会已拟将收集民间故事作为工作任务，在 1924 年第 62 号的《歌谣》又刊出编辑部的启示："扩充采集范围，每期内容，分载：论文、选录、专集、杂件，征题各门。除谣、谚、谜语外；对于风俗、方言、故事、童话等材料，亦广事搜求，随时发表。"[③] 可见《歌谣》周刊所刊登的内容范围已有所扩大，包含了民间文学的不同类型。此后，许多杂志都以刊登儿歌和童话为风气，比如《妇女杂志》自 1921 年第 7 卷第 1 号开辟"民间文学"一栏，征集各地的民间故事与歌谣。《小朋友》杂志在 1925 年第 176 期上发起了征集歌谣活动，"小朋友们，你们平常在家乡唱些甚么歌谣？你们如果将所爱唱的儿歌或是童谣抄出来，投到《小朋友》编辑部，一定可以得到可爱的奖品"[④]。除了期刊杂志上的号召，1927 年 11 月，中山大学成立民俗学会，继北京大学之后成为新的学术中心，先后编印了刊物《民间文艺》《民俗》，出版民俗学会丛书如《孟姜女故事研究集》《谜史》和《广州儿歌甲集》等，推广了民俗学的研究方法。1930 年，杭州中国民俗学会成立，并先后出版刊物《民俗》周刊、《民间月

① 《歌谣》编辑部：《发刊词》，《歌谣》1922 年第 1 号。
② 北大歌谣研究会、伊凤阁：《讨论》，《歌谣》1923 年第 26 号。
③ 《歌谣》编辑部：《本刊的今后》，《歌谣》1924 年第 62 号。
④ 王人路：《征集歌谣》，《小朋友》1925 年第 176 期。

刊》及《民俗学集镌》，出版民俗学丛书。采集、刊登、研究和讨论民间文学的热潮波及全国，民间文学研究机构和专栏报纸杂志也逐渐增多。

民间童话故事的收集出版工作逐步展开，其中标志性的成果有《民俗》周刊登载的系列民间童话故事，《民俗》开辟了三个童话故事专号，第一个是 1929 年第 47 期的"传说专号"，刊登了河北、四川、福建和广西等地的传说，还刊发了容肇祖的文章《传说的分析》，本文将传说分为"有依据的"和"没依据的"两大类，其中"没依据的"一类中包括"小说或寓言中的传说"和"地方上的传说"，神鬼话、趣谈和童话属于"地方上的传说"。第二个是 1929 年第 51 期的"故事专号"，刊登了《熊姨母》《猪哥精的故事》《柳天王的故事》《红花女》等民间故事。第三个是 1930 年第 93、94、95 期的"祝英台故事专号"，刊发了《清水县志中的祝英台故事》《祝英台的歌》《词曲中的祝英台牌名》等文章。1926 年至 1933 年，北新书局发行了署名"林兰"编辑的系列童话故事丛书，这套丛书近 40 种，分为"民间趣事""民间童话"和"民间传说"三类，可以说是中国第一部民间故事集成。长期被忽视的民间童话、故事以及童谣、儿歌等都被发掘了出来，并很快作为儿童读物印行出版。长期流传在民间的老虎外婆、熊家婆、蛇郎、十兄弟等童话故事都被收录整理出来，成为儿童读者喜闻乐见的乡土读物。据 1935 年生活书店印行的《全国总书目》统计，各地出版的中国民间故事多达 91 种。不少热心儿童文学的作家曾从民间童话故事中汲取养料，有的还直接参加过采风编写的工作。如刘大白编写过中国民间童话故事，赵景深用民间文学素材编写了图画故事小册子，黎锦晖根据民间流传的"十兄弟型"童话，编写了《十姊妹》《十弟兄》《十个顽童》等作品。

在域外民间童话的翻译方面，比如开明书店的"世界少年文学丛刊"就将译介民间童话作为民俗学研究的重要组成部分，丛刊包括童话、故事、小说、神话、传说、寓言、儿歌、儿童剧、名著述略等，徐调孚为"世界少年文学丛刊"写的介绍语中，说明了其编辑目的："我们编译这丛刊的目的，固然是给孩子阅读。然而还得着两个附带的效用：一个是文学的欣赏，一个是民俗学的研究。"① 民俗学研究包括故事、神话、传说和部分儿歌，丛刊的"故事"部分指的是民间童话，"乃是'原始社会的文学'，'口述的文学'，保存在民间妇孺们的口头，藉人类交话本能而辗转相传说着，必须经了文人的记录，才写在书本上的，与上一类适成相反。格列姆和阿司皮龙生等便是它们的最好的记录者"②。丛刊中的"故事"部分包括 1929 年至 1930 年陆续出版的由顾均正翻译的挪威民间故事集《三公主》，戴望舒翻译夏尔·贝洛的《鹅妈妈的故事》，胡仲持翻译 A.西尔顿的《西藏故事集》，顾均正译述的印度古代童话集《公正的裁判》等。在报纸杂志方面，《文学周报》较为关注域外民间故事的译介与研究，在 1928 年分别刊登了徐调孚译《喜马拉雅民间故事》、顾均正译挪威民间故事《反常的妇人》《狐狸做牧童》《自己的子女最美丽》、唐锡光译阿拉伯民间故事《鞋匠变成星命家》、姜书丹译丹麦民间故事《奇罐》、徐蔚南译塞尔维亚民间故事《神奇的头发》、郑振铎译高加索民间故事《先生与他的学生》。《文学周报》还在 1928 年第 299 期开设"世界民间故事专号"，分别刊登了徐调孚译喜马拉雅民间故事《白璧尔的儿子》，郑振铎译高加索民间故事《巴谷奇汗》，赵景深译意大利民间故事《盖留梭》，顾均正译挪威民间故事《富农的妻子》，徐蔚南译塞尔维亚民间故事《神奇的头发》，徐蔚南译法国南部民间故事《青鸟》，黎烈文译俄罗斯民间故事《狐医生》。《文学周报》刊登的民间童话研究文章有赵景深的《童话的印度来源说》（1926 年）、《夏芝的民间故事的分类法》（1926 年）、翻译麦苟劳克的《民间故事的探讨》（1928 年）、《中西童话的比较——〈广东民间故事集〉付印题记》（1927 年）、《俄国民间故事研究》（1929 年）、《民间故事杂钞》（1929 年）、《中西民间故事的进化——序刘万章的〈广州民间故事〉》（1929 年），以及钟敬文的《中国印欧民间故事之相似》（1928 年）等。

此外，在译介域外民间童话理论成果方面，1928 年国立中山大学语言历史学研究所出版杨成志、钟敬文翻译的《印欧民间故事型式表》。《歌谣》

---

① [意]科罗狄:《木偶奇遇记》，徐调孚译，附录第 5 页。
② [意]科罗狄:《木偶奇遇记》，徐调孚译，附录第 5 页。

周刊自1936年第2卷第24期起刊登了清华大学外国语文系的西洋文学教授翟孟生原著，于道源翻译的童话型式表，译者提出："译者以为现在中国一般研究民俗的人，往往还是在搜求材料上面用力，而不知道利用这些已得的材料去作比较分析等整理的工作；因之费力虽勤但是没有系统，这也许是由于没有适当的标准的缘故。因此，这一些表格是值得译出来介绍给大家的。……因此我们在研究民间故事的时候，就可以用它来作为一个标准，这对于研究民间故事的同志们或者多少有点帮助吧。"① 童话型式表分别为：（一）忠心的约翰型；（二）灰女（Cinderlla）型（《格林童话》第二十一）、汉塞尔和格莱泰尔型（《格林童话》第十五）；（三）三蛇叶型（《格林童话》第十六）、勇敢的小缝衣匠型（《格林童话》第二十）；（四）七只老鸦型（《格林童话》第二十五）、长着三根金头发的魔鬼型（《格林童话》第二十六）、没有手的女郎型（《格林童话》第三十一）；（五）睡美人型（《格林童话》第五十）；（六）汤姆指型（《格林童话》第四十五）、雪白女型（《格林童话》第五十三）；（七）聪明的艾耳赛（《格林童话》第三十四）、死神干爹（《格林童话》第四十四）、蓝胡子（《格林童话》第四十六）、寻得鸟（《格林童话》第五十一）；（八）两兄弟（《格林童话》第六十）、铁罕斯（《格林童话》第一百三十六）。

总之，近代中国知识界将域外童话的译介与民间文学运动相结合，一方面推进了民间文学研究的发展，另一方面也体现着知识界对域外童话的更加深入的理解。

---

① 翟孟生、于道源：《童话型式表》，《歌谣》1936年第2卷第24期。

结语　儿童观与域外童话在近代中国的译介

　　域外童话作为文学经典的一种，具有世界普遍性的内涵，而域外经典童话在中国的翻译与介绍过程具有多波次流传的特征，自清末被作为"小说"这一体裁介绍到中国，在五四时期达到译介的高潮，并在近代中国的知识界逐步确立了童话这一文学样式，随着域外童话新作品的不断出现，在20世纪80年代后又形成了新的译介高潮，域外童话在当下依旧是各类出版机构重视的出版对象。乐黛云认为："接受者必然根据自身的文化背景和时代精神的要求，对外来因素进行重新改造与重新解读和利用，一切外来文化都是被本土文化所过滤后而发挥作用的。"① 域外童话在近代中国的译介历程，突出体现了外国文学跨国流传与旅行过程当中，中国本土的文化过滤问题。域外童话在清末的新民大潮中被介绍到中国，对于中国这样一个在古代童话文体意识不明确的接受国来讲，域外童话让人们看到了一个奇趣的新世界，并迅速成为知识界关注的对象，形成了五四时期的童话译介高潮，并直接引发了中国现代童话的诞生，产生文学他国化的变异现象，因为"一种文化对他种文化的接受也不大可能原封不动地移植。一种文化被引进后，往往不会再按原来轨道发展，而是与当地文化相结合产生出新的，甚至更加辉煌的结果。……这种文化异地发展，滋生出新文化的现象，在历史上屡屡发生。实际上，两种文化的相互影响和吸收不是一个'同化''合一'的过程，而是一个在不同环境中转化为新物的过程"②。这一"转化"即他国化，域外童话

---

① 乐黛云等编：《比较文学原理新编》，北京大学出版社2014年版，第76页。
② 乐黛云：《多元文化发展与跨文化对话》，《民间文化论坛》2016年第5期。

在近代中国的翻译与接受暗合了文化形成与文化创新的他国化规律。

童话作为一种特殊的文学样式，具有纯真、诗意和荒诞的特征。"童话故事之所以特别，在于它可以表达孩子的心灵及热情，童话告诉了孩子许多家长和老师想向孩子隐瞒的事情，童话教孩子了解一个事实，那就是世界有冷酷及残忍的一面，孩子将必须亲自面对。……童话也同时告诉孩子什么是勇气及冒险。它建议孩子拿出勇气去面对世界的挑战。根据布鲁诺·贝托汉的说法，童话给了孩子一个希望，也就是，只要你有勇气并坚持下去，就可以克服万难，并征服敌人，甚至可以实现心中的愿望。另外，甚至有人将童话所能带给人们的好处与基督教的教义相比，可见童话的存在对人类生活具有重大意义。"① 研究童话，终究无法回避"儿童文学"和与之相关的问题。在近代中国知识界对域外童话"为何译""译什么"和"如何译"等文化过滤的背后，折射出的是中国的儿童观和儿童文学观的问题。

从清末到五四时期，在康有为、梁启超和徐念慈等思想家的推动与号召之下，1908 年孙毓修主编的"童话丛书"诞生，在《〈童话〉序》和《〈童话〉初集广告》中阐明了对童话的认识，这是童话观念诞生之初认识童话早期风貌与理论见解的重要文献，从中也折射出其儿童观问题，兹录《〈童话〉序》全文如下：

> 儿童七八岁，渐有欲周知世故、练达人事之心。故各国教育令，皆定此时为入学之期，以习普通之智识。吾国旧俗，以为世故人事，非儿童所急，当俟诸成人之后；学堂所课，专主识字。自新教育兴，此弊稍稍衰歇，而盛作教科书，以应学校之需。顾教科书之体，宜作庄语，谐语则不典；宜作文言，俚言则不雅。典与雅，非儿童之所喜也。故以明师在前，保母在后，且又鳃鳃焉。虞其不学，欲其家居之日，游戏之余，仍与庄严之教科书相对。固已难矣。即复于校外强之，亦恐非儿童之脑力所能任。至于荒唐无稽之小说，固父兄之所深戒，达人之所痛恶

---

① ［美］吉姆·崔利斯：《朗读手册——大声为孩子读书吧》，沙永玲等译，南海出版公司 2009 年版，第 95 页。

者，识字之儿童，则甘之如寝食，祕之于箧笥。从威以夏楚，亦仍阳奉
而阴违之，决勿甘弃其鸿宝焉。盖小说之所言者，皆本于人情，中于世
故，又往往故作奇诡，以耸听闻。其辞也，浅而不文，率而不迂。固不
特儿童喜之，而儿童为尤甚。西哲有言：儿童之爱听故事，自天性而
然。诚知言哉！欧美人之研究此事者，知理想过高、卷帙过繁之说部
书，不尽合儿童之程度也。乃推本其心理之所宜，而盛作儿童小说以迎
之。说事虽多怪诞，而要执于正则，使闻者不懈而几于道，其感人之
速，行世之远，反倍于教科书。"附庸之部，蔚为大国"，此之谓欤。即
未尝问字之儿童，其父母亦乐购此书，灯前茶后，儿女团坐，为之照本
风诵。听者已如坐狙邱而议稷下，诚家庭之乐事也。吾国之旧小说，既
不足为学问之助，乃刺取旧事，与欧美诸国之所流行者，成童话若干
集，集分若干编。意欲假此以为群学之先导，后生之良友，不仅小道，
可观而已。书中所述，以寓言、述事、科学三类为多。假物托事，言近
旨远，其辞则妇孺知之，其理则圣人有所不能尽，此寓言之用也。里巷
琐事，而或史策陈言，传信传疑，事皆可观，闻者足戒，此述事之用
也。鸟兽草木之奇，风雨水火之用，亦假伊索之体，以为稗官之料，此
科学之用也。神话幽怪之谈，易启人疑，今皆不录。文字之浅深，卷帙
之多寡，随集而异。盖随儿童之进步，以为吾书之进步焉。并加图画，
以益其趣。每成一编，辄质诸长乐高子，高子持归，召诸儿而语之，诸
儿听之皆乐，则复使之自读之。其事之不为儿童所喜，或句调之晦涩
者，则更改之。昔云亭作《桃花扇词》，不遑文笔，而第求合于管弦。
吾与高子之用心，殆亦若是耳。今复以此，质诸世之贤父兄，其将如一
切新旧小说之深恶而痛绝之也耶？小学生之爱读此者，其亦将甘之如寝
食，祕之为鸿宝也耶？①

　　孙毓修是较早翻译域外童话的学者之一，他从 1908 年开始编辑的 77
种"童话丛书"明显受到新民思想影响下的翻译理念的影响。孙毓修把神

---

① 孙毓修：《〈童话〉序》。

话、传说、历史故事等都笼统地收入其中，用文白结合的语言进行翻译，在翻译过程中，根据个人的思想增删改编的地方比较多，有时甚至面目全非，与原来的童话内容相去甚远。在编撰中，孙毓修仿照宋元平话格式，在每篇童话故事的正文前写一个"评语"的楔子，以此强化这些童话的教育价值，并表达译者的思想见解，这一格式在他后来编辑的《少年》杂志和"少年丛书"中得以沿袭。虽然如此，孙毓修的童话翻译是立足儿童本位的，编撰"童话丛书"的初衷就是希望编辑一套新的适应儿童心理和阅读能力的儿童读物。七八岁的儿童正是入学接受教育之时，但中国的传统观念"以为世故人事，非儿童所急，当俟诸成人之后"[1]。当时的新兴教科书也认为"顾教科书之体，宜作庄语，谐语则不典；宜作文言，俚言则不雅"，而"典与雅，非儿童之所喜也"[2]。孙毓修认为当时缺乏好的儿童教育读本，因此编撰"童话丛书"，在编撰过程中，坚持以儿童为接受主体，为了不危害儿童的思想，将神话志怪故事排除在外，重点收录寓言、述事、科学三大类，希望以此补益儿童的心智，尽量适应儿童的趣味和需要，并配以适当的儿童图画，按照儿童年龄将"童话丛书"编辑为两种读本，一种约五千字，适应七八岁的孩子阅读，一种约一万字，供十至十一岁儿童阅读，为了真正适应儿童心理和阅读能力，每编完一册，就请高梦旦将文稿带回家，由他的子女们加以评判。孙毓修的编译工作也是希望用富有西方文化特质的童话达到"开民智""新民德"的启蒙效果，体现着早期童话翻译者的文化诉求。正是在这种文化翻译政治里，反映着近代童话翻译史上儿童本位意识的萌芽。

到了五四时期，童话翻译的热潮与儿童观的变化紧密结合在了一起，在王泉根的《论儿童观与百年中国儿童文学的三次转型》一文中，谈到了中国儿童观的三次转型：第一次是五四时期，第二次是 20 世纪 30 年代，第三次是新时期。五四时期对儿童文学、儿童读物的重视发生了根本的变革和转型。有两篇文章是重要的切入点，即鲁迅写于 1919 年的《我们现在怎样做父亲》和周作人写于 1920 年的《儿童的文学》。鲁迅的文章堪称中国人儿童

---

① 孙毓修：《〈童话〉序》。
② 孙毓修：《〈童话〉序》。

观转变的宣言书，发出建设新儿童观的呼吁："所以一切设施，都应该以孩子为本位。"① 王泉根指出："《我们现在怎样做父亲》，代表了觉醒一代的中国人完全崭新的儿童观，他们在孩子身上寄予了创造未来的希望。这篇具有宣言书性质的文章，不但对五四新文化运动'人的发现——儿童的发现——儿童文学的发现'产生了深刻的影响作用，而且对整个 20 世纪中国的儿童观也起着规范的建设性的作用。"② 周作人的《儿童的文学》是一篇关于创建中国现代意义的儿童文学的宣言书，周作人强调首先要把儿童作为一个正当的独立的人来看待，还提出了儿童文学的创作要遵从少年儿童发展的年龄差异性，探讨了幼儿前期、幼儿后期与少年期的不同心理特征，以及对诗歌、童话、寓言、故事、戏剧等各类文体的不同接受需求，"这对于促进中国儿童文学的现代转型、创建现代性的与世界接轨的儿童文学，起了积极的建设性的作用"③。儿童与妇女是五四新文化运动"人的发现"的两大主题，自此形成了"儿童本位"的儿童观和儿童文学观。文学研究会在 20 世纪 20 年代发起了"儿童文学运动"，郭沫若在讨论五四时期的儿童文学建设问题时，提出了建设儿童文学的三个方法，一是收集，二是创作，三是翻译。他认为在五四这样一个童话创作青黄不接的时期，翻译是"便法"，翻译"能指示具体的体例以启作家底观摩"④。在这样的背景下，掀起了译介域外童话的热潮，尤其是在 1925 年安徒生诞辰一百周年之际，《小说月报》推出了两期"安徒生号"，《文学周报》也推出系列文章介绍安徒生，将世界童话大师全方位地介绍给中国，这对现代儿童观的确立产生了极为广泛的影响。同时在安徒生、奥斯卡·王尔德、爱罗先珂等作家的影响之下，以叶圣陶为代表的作家开始了中国本土童话的创作。

　　进入 20 世纪 30 年代后，出现儿童观的第二次变化，随之影响到了儿童

---

① 唐俟:《我们现在怎样做父亲》,《新青年》1919 年第 6 卷第 6 号。
② 朱自强:《论儿童观与百年中国儿童文学的三次转型》,朱自强、罗贻荣编:《中美儿童文学的儿童观》,第 4 页。
③ 朱自强:《论儿童观与百年中国儿童文学的三次转型》,朱自强、罗贻荣编:《中美儿童文学的儿童观》,第 4 页。
④ 郭沫若:《儿童文学之管见》。

文学观的变化。从 1927 年无产阶级革命运动逐渐兴起时，儿童文学日趋走向政治化。1930 年 3 月，中国左翼作家联盟在上海举行了一次有关儿童文学的建设以及《少年大众》编辑方针的专题讨论会，提出了这样一个命题："竭力和一切革命的斗争配合起来。"① 这实际上是对五四时期儿童本位观的一次重大调整，这次调整的意义深远，影响到了 20 世纪五六十年代，"30 年代，在中国第二次国内革命战争与面临民族危亡进入全民抗战之际，儿童文学不得不把儿童本位的需要放到一边，为配合时代的需要，而输入'革命'、'阶级'与'救亡'的内容"②。而在域外童话的译介领域，译介对象也发生了变化，五四时期广受欢迎的安徒生童话被质疑，1935 年狄福的文章《丹麦童话作家安徒生》一开篇就概括安徒生的童话特色："逃避了现实，躲向'天鹅''人鱼'等的'乐园'里去，这是安徒生童话的特色。现代的儿童，不客气地说，已经不需要这些麻醉品了。把安徒生的童话加以精细的定性分析，所得的结果，多少总有一些毒质的。就今日的眼光来评价安徒生，我们的结论是如此。"③ 这一观点在 20 世纪 40 年代依然得到认同，范泉认为："像丹麦安徒生那样的童话创作法，尤其是那些用封建外衣来娱乐儿童感情的童话，是不需要的。因为处于苦难的中国，我们不能让孩子们忘记了现实，一味飘飘然的钻向神仙贵族的世界里，尤其是儿童小说的写作，应当把血淋淋的现实带还给孩子们，应当跟政治和社会密切地联系起来。"④ 域外童话的译介对象随之发生变化，译介的内容重心以民族解放、民族生存、阶级斗争为主，这可以从对至尔·妙伦的作品翻译中体现出来。在世界童话史上地位并不突出的至尔·妙伦童话，在 20 世纪 30 年代的中国成为一个颇受主流意识和革命斗争需要的符号。中国知识界自 1928 年起翻译至尔·妙伦的童话，译介出版的单行本有 1928 年出版的王艺钟译《玫瑰花》，1929 年出版许霞译《小彼得》，1932 年出版钱歌川译《缪伦童话集》，1939 年出版

---

① 《〈大众文艺〉第二次座谈会》。
② 朱自强：《论儿童观与百年中国儿童文学的三次转型》，朱自强、罗贻荣编：《中美儿童文学的儿童观》，第 6 页。
③ 狄福：《丹麦童话家安徒生》，《文学》1935 年第 4 卷第 1 期。
④ 范泉：《新儿童文学的起点》。

了赵纶时译《真理的城》。至尔·妙伦的童话文本多写下层人民的悲惨生活经历，阶级对立鲜明，表达了对下层人民命运的怜悯。1929 年在《白露月刊》刊载了王任叔翻译的《夜之幻象》，在刊物编者所写的《编后》中评述《夜之幻象》："这篇虽然是一篇童话，但也颇有一读的价值。尤其是普罗文艺提倡已来有了三年历史的今日中国，却还没有看到有一个普罗童话作品出现。……这也是编者很希望国内同情于普罗文艺的人要注意的一点。"[①] 编者希望将至尔·妙伦的童话作为借鉴，以推进中国无产阶级革命儿童文学的发展。至尔·妙伦的童话文本世界与当时中国的现实切合，正是进行斗争需要的革命文本。如王艺钟翻译《玫瑰花》的《英译原序》中说："我们大家劳动的人们，一定要明白，要是我们彼此帮助，我们定能够把世界造成一个给劳动者及其孩子们居住的好地方的。她指示我们那些不作工而只是抑制我们于奴隶地位的富人是我们的敌人；我们世界上的工人，必须联合拢来，消灭这些敌人才好。"[②] 至尔·妙伦的童话翻译体现着政治上的吁求，在"革命""阶级"与"救亡"的时代背景下，域外童话翻译与政治紧密联系在了一起，比如在《中华书局对于儿童们的贡献》一文中，提到了中华书局所编的"世界童话丛书"，其中这样介绍《日本童话集》："日本，现在正是我们的敌人；我们要了解日本的民族性，在这些童话上也可见一斑。"[③] 翻译域外童话是出于战争的需要，为了知己知彼之用。童话的译介把民族生存与民族解放问题放在首位，实际上这种观念的背后是中国社会的儿童观发生了变化，即只有先解决民族的生存问题，而后才能够解决有关儿童的审美、趣味等其他问题。

　　从中国童话作家在创作上对域外童话的接受来讲，体现着域外童话中国化的过程。在接受过程中对域外童话进行了中国式的"置换"，生成了具有中国本土特色的现代童话。作家们没有完全照搬域外童话资源，他们取法外来资源的思想内容、艺术风格，以及儿童形象，把这些因素融贯于自身创作中，用中国的情境和形象重新演绎和书写，创作出具有中国风貌的现代童

---

①　《编后》，《白露月刊》1929 年第 1 卷第 6 期。

②　胡从经：《至尔·妙伦在中国——翻译文学史话》，《世界文学》1962 年第 4 期。

③　翰云等：《中华书局对于儿童们的贡献》，《小朋友》1933 年第 560 期。

话。正是由于儿童观的变化，域外童话中有利于中国童话发展的因素被改造吸收，因此域外童话的话语方式会发生某些改变。1922 年，在中国儿童文学史和童话发展史上，是一个不寻常的年份，郑振铎主编的《儿童世界》杂志在 1922 年 1 月创刊，叶圣陶的童话在《儿童世界》问世后得以陆续发表，之后结集成他的第一本（也是近代中国的第一本）童话集——《稻草人》。而《稻草人》的发表，规定了现代童话发展的现实主义路向。1922 年在域外童话译介方面也是重要的一年，赵元任翻译出版了《阿丽思漫游奇境记》并写了译序，周作人随后写了书评，提出了"有意味的'没有意思'"的文学观：

> 这部书的特色，正如译者序里所说，是在于他的有意味的"没有意思"。……欧洲大陆的作家，如丹麦的安兑尔生在《伊达的花》与《阿来锁眼》里，荷兰的霭覃在他的《小约翰》里，也有这类的写法，不过他们较为有点意思，所以在"没有意思"这一点上，似乎很少有人能够赶得上加乐尔的了。……但就儿童本身上说，在他想象力发展的时代确有这种空想作品的需要，我们大人无论凭了什么神呀皇帝呀国家呀的神圣之名，都没有剥夺他们的这需要的权利，正如我们没有剥夺他们衣食的权利一样。[1]

周作人对赵元任的观点加以肯定，并联系文学史以及儿童期心理发展的需要来加以论证。但是在 20 世纪 20 年代的历史背景之下，"有意味的'没有意思'"的作品很难出现，叶圣陶《稻草人》中的作品，前期有对安徒生"小儿语"的追求，但是很快就转向奥斯卡·王尔德以诗人般的眼光针对社会现实问题的童话写作。作为"为人生而艺术"的文学研究会的主要成员，叶圣陶走的是"爱国""启蒙"的现实主义创作道路，《稻草人》中可以见出人生百态，比如《稻草人》中反映农民的破产与不幸，《大喉咙》中体现的资本家对工人的剥削与压迫，《画眉鸟》中展露的城市下层人民生活的血泪……在叶圣陶看来，反映现实应是作家应有的社会担当，1935 年叶圣陶

---

[1]　仲密：《自己的园地：〈阿丽思漫游奇记〉》。

在给风沙的《给年少者》所写的序中指出："我很怕看见一些儿童读物，把世间描写得十分简单，非常太平。这是一种诳骗，其效果足能叫儿童当发觉原来不是这么一回事的时候，喊一声'上当！'"① 这反映了叶圣陶坚持儿童文学应当反映社会人生、帮助儿童读者认识现实的儿童文学观。郑振铎在《〈稻草人〉序》中也说："把成人的悲哀，显示给儿童，可以说是应该的。他们需要知道人间社会的现状，正如需要知道地理和博物的知识一样，我们不必，也不能有意的去防阻他。"② 这便出现了朱自强提出的"以叶圣陶为代表的具有中国主体性的儿童文学创作与以周作人为代表的西方式的'儿童本位'的儿童文学理论（它也具有主体性，但只停留于观念的层面）之间的错位"③。尽管周作人的儿童文学理论已经达到了欧洲童话发展史上以《阿丽思漫游奇境记》《木偶奇遇记》为代表的"童话走上轻松欢快之路"的阶段，但在创作领域，通过童话反映现实人生，成为本时期作家们有意的文化选择。除叶圣陶外，巴金接受了爱罗先珂现实主义观念和人道主义情怀的影响，创作出了《长生塔》《塔的秘密》《能言树》等"爱罗先珂式"的童话，郭沫若、严文井在汲取域外童话艺术营养的同时在作品中灌注了现实主义精神。而"有意味的'没有意思'"的经典之作《阿丽思漫游奇境记》，在沈从文、陈伯吹、子燕等作家的改写之下成为表达爱国观念的作品，《木偶奇遇记》中的匹诺曹在贺宜、苏苏笔下成为卖国贼，或者成了《匹诺曹游大街》当中歌颂新生活，关注下层人民这一政治观念的传声筒。"有意味的'没有意思'"强调了对于儿童固有的童真、童趣特征的重视，老舍的《小坡的生日》《小木头人》、张天翼的《大林和小林》《秃秃大王》等作品，用富有荒诞夸张的手法和幽默热闹的艺术风格建构了一个不同于其他童话作品的艺术世界，如果说老舍的童话是对《阿丽思漫游奇境记》《木偶奇遇记》的仿写之作，那么在张天翼的笔下，《阿丽思漫游奇境记》等域外童话的影响已经完全转变为中国式的表达与书写。大林和小林作为童话形象，既是完

---

① 风沙：《给年少者》，上海现实出版社1935年版，第2页。
② 郑振铎：《〈稻草人〉序》。
③ 朱自强：《中国儿童文学与现代化进程》，第187页。

全虚构的人物，又有现实生活的基础。张天翼创作之前，作家们的童话作品大都掺杂着成人的声音，而张天翼的童话跳出了"成人的灰色云雾"，用儿童化的文学笔墨绘制出符合儿童心性的天真烂漫的画面，这是当时少见的，这样的写法不是成人对儿童的俯就，而是让自己回归为孩子，他在《为孩子们写作是幸福的》一文中谈到，"关键在于要非常熟悉、了解孩子，在深刻了解的基础上写出为他们所需要、所喜爱的东西。而要熟悉、了解孩子，首先要热爱孩子，与孩子们交朋友，与孩子们建立深厚的、真挚的感情"①。"为儿童"的写作与社会意义、教育目的结合，渗透到儿童情趣之中，这是张天翼童话的独到之处。

事实上，从域外童话在近代中国"他国化"的问题中，可以一窥中国现代童话不断自我修正，寻求自我发展的过程。周作人认为儿童文学的"上乘之作"是《小伊达的花》《阿丽思漫游奇境记》一类非教训的无意思，结合了空灵的幻想与快活的嬉笑的作品。而从童话创作本身来看，从叶圣陶到张天翼，都没有放弃童话作为一种文学样式，其所应当承载的社会意义。从周作人的理论到叶圣陶、张天翼等的创作，关注的也是儿童文学究竟是否需要教育性的问题。自孙毓修的"童话丛书"起，对儿童读物教育性的重视并未中断过，孙毓修指出"神话幽怪之谈，易启人疑，今皆不录"，"盖随儿童之进步，以为吾书之进步焉。并加图画，以益其趣"②。对儿童读物的编辑要在题材、内容上有所选择和取舍，这是五四前具有代表性的儿童文学编辑思想和教育思想。茅盾针对其童话《书呆子》时谈道："编这本《书呆子》童话，希望小学生看了，不用功的变为用功，用功的更加用功。"③ 胡从经认为："这种崇尚勤俭、鼓励学习的童话，开辟了我国儿童文学创作的新蹊径；中国儿童将从此摆脱那些封王拜相之类充满封建意识的故事的笼罩，开始领受具有新的思想观念的作家所创作的作品了。"④ 郑振铎创办《儿童世界》杂志，

① 张天翼：《为孩子们写作是幸福的》，载叶圣陶等编：《我和儿童文学》，第81页。
② 孙毓修：《〈童话〉序》。
③ 胡从经：《晚清儿童文学钩沉》，第233页。
④ 胡从经：《晚清儿童文学钩沉》，第233页。

就是为了弥补儿童除教科书之外的读物太少的缺憾，"我们虽然反对教训主义，对于那种养成儿童劣等嗜好及残忍的性情的东西却要极力的排斥"①。郑振铎也努力尝试将先进的教育思想融入编辑理念当中。在1930年"左联"的《大众文艺》座谈会上，讨论《少年大众》时对儿童文学的教育性提出了新的观点。钱杏邨认为儿童文学应该特别注意"给少年们以阶级的认识，并且要鼓动他们，使他们了解，并参加斗争之必要，组织之必要"②。田汉提出："不妨把过去的英雄意识化起来以使他们了解，指示他们新的世界观，并改编他们日常所接近的故事以转移他们的认识，抵抗他们的封建思想。"③知识界普遍认识到儿童文学在教育上的重要性，冯乃超认为："少年在儿童期所受的教育的影响特别来得深，所以很希望在这个时期加紧我们的教育。"④坚持儿童文学的教育性是近代中国儿童文学观的一个组成部分，张天翼的成功在于，他将域外童话童趣世界的建构与中国"文以载道"的传统观念相结合，让儿童读者在阅读中得到教育和启发。在这一点上，张天翼的创作比周作人的理论更加可取，"优秀的书籍，哪怕仅仅是一本，对于儿童的心灵也存在着重要影响。它是一种有效的经验，帮助儿童在他对一切事物和印象最为敏感的阶段，建立起判断力和良好的品味"⑤。

克劳迪娅·卡斯塔涅达认为，儿童概念的形成，是众多价值系统发生作用的场所：作为一个永远处于"正在形成"（becoming）状态中的存在，"儿童是正在形成过程中的成人"，还没完成却有潜力成为"成人"，正是这种中间性、可变性和潜力性，成为"儿童"这个概念的文化价值来源。⑥阅读童话的过程，也是儿童寻求自我认同感的过程，他们会不自觉地认为自己同故事中的人物一样，童话正是这样向儿童传达好与坏、对与错，让儿童辨别是非，在成长过程中学会一定的人生道理。儿童文学的引导价值依然

① 郑振铎：《第三卷的本志》，《儿童世界》1922年第2卷第13期。
② 《〈大众文艺〉第二次座谈会》。
③ 《〈大众文艺〉第二次座谈会》。
④ 《〈大众文艺〉第二次座谈会》。
⑤ [加拿大]李利安·H.史密斯：《欢欣岁月》，梅思繁译，第9页。
⑥ 徐兰君：《儿童与战争：国族、教育及大众文化》，第2页。

是 21 世纪以来作家们关注的内容，郑春华认为"好的儿童文学作品，是引导儿童而不是迎合儿童"①。张之路谈到对少年儿童的引领"包括智慧的启迪、艺术和人文的熏陶"②。李学斌指出优秀的儿童文学"不仅仅有游戏性、趣味性，而且还有思想性、艺术性"③。王巨成也认为要"用我们纯净的文字，滋养孩子纯真的心灵"④。曹文轩强调："儿童是这个世界上最好的读者，但却是需要引导的"⑤。在 20 世纪 30 年代，郑振铎对儿童读物的界定已关注到了儿童的"正在形成"的状态，儿童读物因此而具有引导价值："凡是儿童读物，必须以儿童为本位。要顺应了儿童的智慧和情绪的发展的程序而给他以最适当的读物。"⑥关于如何将道德内容包含于儿童文学中从而具有引导价值，郭沫若给出了解答，他认为儿童文学作品都是具有道德教育功能的，但这种功能的表现应该"如像藏在白雪里面的一些刺手的草芽，决不是如像一些张牙舞爪的狮子"。⑦儿童文学必然要面对教育性这一话题，关键在于如何将教育内涵融入作品当中。张天翼的童话创作，郑振铎、郭沫若的观点都回应了对儿童进行观念浸润和价值引导方面的问题，这应是近代中国童话创作和理论给予我们的当代启示。

从五四时期"儿童本位"的儿童观，到 20 世纪 30 年代"配合一切革命斗争"而形成的儿童观，社会文化产生了变革，儿童观随之发生变化，从而影响到了域外童话译介的格局和童话作家对域外童话的接受。在不同时期儿童观的引导之下，完成了域外童话的中国化过程。向域外童话学习是中国现代童话脱离原先传统的封闭性体系走向成熟，走向现代化的重要因素。译介者们的译介活动，适时地把握世界童话发展的历史与现状，从全局的角度提出和思考中国的童话发展问题；另一方面，翻译和创作互为影响，互相促

---

① 张贵勇：《儿童情感的发展过程不该被忽略——对话儿童文学作者郑春华》，《未来教育家》2017 年第 11 期。
② 张之路：《走向世界的中国儿童文学》，《文艺报》2016 年 4 月 15 日。
③ 周敏：《李学斌：我与儿童文学的不解之缘》，《东方少年》2013 年第 7 期。
④ 王巨成：《王巨成：用文字感动心灵》，《文学少年》2011 年第 3 期。
⑤ 曹文轩：《关于儿童文学的几点看法》，《文艺报》2018 年 7 月 18 日。
⑥ 郑振铎：《儿童读物问题》。
⑦ 郭沫若：《儿童文学之管见》。

进，使得作家们的创作直接受到域外童话在思想内涵、艺术风格和人物形象塑造上的影响，汲取异域营养，通过借鉴，将自身的创作汇入到世界范围的现代童话潮流当中。外来影响与时代精神、民族特色相融合，铸成中国现代童话特有的风貌。

李利安·史密斯这样描述童话之于人的成长的意义，"儿童在阅读中会经历不同的阶段，正如他们生理上的成长一样。一个小孩也许会经过从起初读童话，到阅读关于维京人的书籍，再到对火星感兴趣这样的转变。但是，他永远也不会丧失从童话故事中获得的想象力"[1]。童话不仅是一种文学样式，也具有特殊的文化属性，是一代代人传递行为方式的模子，是引导儿童适应社会的语言。"世界文学是在异质文明的交流和相互影响中，不断地生长出文化的新枝。文化新枝不是在相同的文化观念中生长起来的，更多的是通过不同文化、不同语言的杂交变异中诞生出来的。"[2]世界文学的发展正是在跨越异质文明、文化的碰撞与交汇中实现其意义的继承与革新，域外童话在中国的译介与接受，正是异质文明交流所结出的文化新枝。中国对异域童话的接受，是在延续源文本的意义之上，和本土文化相结合进行了创造性转化，从而赋予域外童话文本以新的面貌，并促成了中国童话的发展，这种文学交往和交流的过程，也是童话更新意义、动态生成的过程。

"经典童话让我们所有人仿佛成了一个普遍共同体的一部分，拥有共同的价值观念和标准规范，共同追求同一种幸福；它使这个世界看似存在着某些永远合理的愿望和梦想，而一种特定的行为方式就能够保证确定的结果，比如伴着万贯家财在一座金碧辉煌的城堡里永远幸福地生活下去，而我们的这座城堡和堡垒将永远保护我们免遭有敌意和不可测的力量的侵害。"[3]应该说，经典童话在各国各民族文学中的流传与变异本身，也是这个"普遍共同体"得以存留的一种最好的方式。

---

[1]　[加拿大]李利安·H.史密斯：《欢欣岁月》，梅思繁译，第6页。

[2]　曹顺庆：《南橘北枳》，中央编译出版社2014年版，第46页。

[3]　[美]杰克·齐普斯：《作为神话的童话/作为童话的神话》，赵霞译，少年儿童出版社2008年版，第5页。

主要参考文献

[法] 保罗·阿扎尔：《书，儿童与成人》，梅思繁译，湖南少年儿童出版社 2014 年版。

[丹麦] 爱华耳特：《两条腿》，李小峰译，北新书局 1927 年版。

[意] 安贝托·艾柯等：《诠释与过度诠释》，王宇根译，生活·读书·新知三联书店 2005 年版。

[俄] 爱罗先珂：《池边》，鲁迅译，《民国日报》1921 年 10 月 3 日。

[俄] 爱罗先珂：《春夜的梦》，鲁迅译，《晨报副刊》1921 年 10 月 22 日。

[俄] 爱罗先珂：《爱罗先珂童话集》，鲁迅等译，商务印书馆 1922 年版。

[俄] 爱罗先珂：《桃色的云》，鲁迅译，新潮社 1923 年版。

[俄] 爱罗先珂：《枯叶杂记及其他》，丏尊、愈之译，商务印书馆 1924 年版。

[俄] 爱罗先珂：《幸福的船》，鲁迅等译，开明书店 1931 年版。

[法] 罗贝尔·埃斯卡皮：《文学社会学》，王美华、于沛译，安徽文艺出版社 1987 年版。

[荷] F. 望·蔼覃：《小约翰》，鲁迅译，未名社 1929 年版。

[美] 本尼迪克·安德森：《想象的共同体：民族主义的起源与散布》，吴叡人译，上海人民出版社 2011 年版。

[丹麦] H. C. Andersen：《卖火柴的女儿》，周作人译，《新青年》1919 年第 6 卷第 1 号。

[丹麦] 安徒生：《安徒生童话集》，赵景深译，新文化书社 1924 年版。

[丹麦] 安徒生：《火绒箱》，徐调孚译，《小说月报》1925 年第 16 卷第 8 号。

［丹麦］安徒生：《安徒生童话新集》，赵景深译，亚细亚书局 1929 年版。

［丹麦］安徒生：《皇帝的新衣》，赵景深译，开明书店 1930 年版。

［丹麦］安徒生：《安徒生童话全集》，徐培仁编译，儿童书局 1932 年版。

［丹麦］安徒生：《安徒生童话全集》上册，张家凤译，启明书局 1939 年版。

［丹麦］安徒生：《丑小鸭》，陈敬容译，骆驼书店 1948 年版。

［丹麦］安徒生：《安徒生童话全集》卷三，叶君健译，清华大学出版社 2010
年版。

［匈］尤利·巴基：《秋天里的春天》，巴金译，浙江文艺出版社 2019 年版。

巴金：《家》，开明书店 1933 年版。

巴金：《长生塔》，文化生活出版社 1937 年版。

［英］巴利：《潘彼得》，梁实秋译，新月书店 1929 年版。

［英］巴栗爵士：《彼得潘》，徐应昶重述，商务印书馆 1931 年版。

［英］巴雷：《仙童潘彼得》，张匡译，世界书局 1933 年版。

［英］勃蕾：《潘彼得》，夏莱蒂译，启明书局 1938 年版。

白兮：《雪人》，《无名文艺月刊》1933 年第 1 卷第 1 期。

［苏］L. 班台莱耶夫：《表》，鲁迅译，生活书店 1935 年版。

北大歌谣研究会、伊凤阁：《讨论》，《歌谣》1923 年第 26 号。

［法］贝洛尔：《鹅妈妈的故事》，戴望舒译，开明书店 1929 年版。

［德］瓦尔特·本雅明：《本雅明文选》，陈永国、马海良编，中国社会科学出版
社 1999 年版。

《编后》，《白露月刊》1929 年第 1 卷第 6 期。

［法］柏乐尔：《青鸟》，罗玉君译，济东印书社 1948 年版。

［美］N. 布顿、N. 杰可勃孙：《三儿奇遇记》，陈伯吹译，中华书局 1944 年版。

［苏］布黎士汶：《太阳的宝库》，刘辽逸译，光华书店 1948 年版。

曹顺庆：《南橘北枳》，中央编译出版社 2014 年版。

曹顺庆等：《比较文学变异学》，商务印书馆 2021 年版。

曹文轩：《关于儿童文学的几点看法》，《文艺报》2018 年 7 月 18 日。

陈伯吹：《童话研究》，《儿童教育》1933 年第 5 卷第 10 期。

陈伯吹:《陈旧的"旧瓶盛新酒"——关于儿童读物形式问题》,《大公报》1947年4月6日。

陈伯吹:《儿童读物的检讨与展望》,《大公报》1948年4月1日。

陈伯吹:《从欣赏〈仙履奇缘〉想到儿童读物的改编》,《大公报》1948年4月13日。

陈伯吹:《儿童文学简论》,长江文艺出版社1982年版。

陈伯吹:《阿丽思小姐》,四川少年儿童出版社2010年版。

陈建国:《木偶奇遇记发表一百周年纪念》,《文化译丛》1982年第3期。

陈平原、夏晓虹编:《二十世纪中国小说理论资料》第一卷,北京大学出版社1997年版。

陈蒲清:《中国古代童话小史》,岳麓书社2014年版。

[美]吉姆·崔利斯:《朗读手册——大声为孩子读书吧》,沙永玲等译,南海出版公司2009年版。

[日]大户喜一郎:《丹麦童话集》,许达年译,中华书局1934年版。

[日]大塚幸男:《比较文学原理》,陈秋峰、杨国华译,陕西人民出版社1985年版。

《〈大众文艺〉第二次座谈会》,《大众文艺》1930年第2卷第4期。

狄福:《丹麦童话家安徒生》,《文学》1935年第4卷第1期。

杜春葆、杨熙光:《短评:〈木偶奇遇记〉》,《开明》1928年第1卷第5期。

《〈俄国童话集〉广告》,《文学旬刊》1924年第149期。

范泉:《新儿童文学的起点》,《大公报》1947年4月6日。

范泉:《如何写作儿童文学:作家要有真切感情》,《大公报》1948年4月5日。

范用:《爱看书的广告》,生活·读书·新知三联书店2015年版。

方汉奇:《中国近代报刊史》上,山西教育出版社2012年版。

方卫平:《中国儿童文学理论发展史》,少年儿童出版社2007年版。

冯飞:《童话与空想》,《妇女杂志》1922年第8卷第8号。

[日]丰岛次郎:《西班牙童话集》,许达年译,中华书局1934年版。

[日]丰岛二郎:《印度童话集》,许达年译,中华书局1933年版。

风沙：《给年少者》，上海现实出版社 1935 年版。

付品晶：《格林童话在中国》，四川文艺出版社 2010 年版。

[苏] 高尔基：《俄罗斯的童话》，鲁迅译，文化生活出版社 1935 年版。

高信：《民国书衣掠影》，上海远东出版社 2010 年版。

[英] 格莱亨：《杨柳风》，尤炳圻译，开明书店 1936 年版。

[德] 格列姆兄弟：《格列姆童话集》，赵景深译，崇文书局 1922 年版。

[德] 格尔木兄弟：《格尔木童话集》，王少明译，河南教育厅编译处 1925 年版。

[德] 格林：《三羽毛》，章肇钧译，开明书店 1931 年版。

[德] 格林：《金雨》，赵景深译，北新书局 1933 年版。

[德] 格林：《格林童话全集》，魏以新译，商务印书馆 1934 年版。

[德] 格林：《雪姑娘》，王少明译，正中书局 1936 年版。

[德] 格林兄弟：《白蛇》，赵景深译，北新书局 1937 年版。

[德] 格林姆：《格林姆童话》，林俊千译，鸿文书局 1941 年版。

[德] 格林兄弟：《格林童话集》，范泉译，永祥印书馆 1948 年版。

[德] 格林：《格林童话全集》，张亦朋译，启明书局 1949 年版。

《歌谣》编辑部：《发刊词》，《歌谣》1922 年第 1 号。

《歌谣》编辑部：《本刊的今后》，《歌谣》1924 年第 62 号。

郭沫若：《儿童文学之管见》，《民铎杂志》1921 年第 2 卷第 4 号。

郭延礼：《中国近代翻译文学概论》，湖北教育出版社 2005 年版。

顾均正：《童话与短篇小说——就小说的观点论童话》，《文学周报》1928 年第 318 期。

顾均正译：《白猫》，开明书店 1930 年版。

顾均正：《论童话》，《中国学生》1936 年第 2 卷第 1—4 期。

汉斯：《读〈世界的火灾〉》，《暨南周刊》1925 年第 12 期。

翰云等：《中华书局对于儿童们的贡献》，《小朋友》1933 年第 560 期。

[德] 豪福：《豪福童话》，青主译，商务印书馆 1934 年版。

贺宜：《童话的研究》，《活教育》1948 年第 5 卷第 3、4 期。

贺宜编：《星期日的童话》，华华书店 1948 年版。

贺宜:《木头人》,延边大学出版社 2018 年版。

何一民主编:《近代中国城市发展与社会变迁:1840—1949 年》,科学出版社 2004 年版。

蘅:《童话与儿童的研究》,《读书之友》1937 年第 1 卷第 4 期。

[美]洪长泰:《到民间去:中国知识分子与民间文学,1918—1937》,董晓萍译,中国人民大学出版社 2015 年版。

洪汛涛:《童话学》,安徽少年儿童出版社 1986 年版。

洪汛涛:《童话艺术思考》,希望出版社 1988 年版。

胡从经:《至尔·妙伦在中国——翻译文学史话》,《世界文学》1962 年第 4 期。

胡从经:《晚清儿童文学钩沉》,少年儿童出版社 1982 年版。

胡适、郭后觉:《国语运动与文学》,《绍兴教育界》1922 年第 1 卷第 2 号。

《胡适文存二集》卷二,亚东图书馆 1924 年版。

黄世英:《罐中人》,《少年》1919 年第 9 卷第 6 号。

[英]吉卜林:《如此如此》,张友松译,开明书店 1930 年版。

纪光碧等编:《儿童文学辞典》,四川少年儿童出版社 1991 年版。

季羡林:《梵文〈五卷书〉:一部征服了世界的寓言童话集》,《文学杂志》1947 年第 2 卷第 1 期。

简平:《上海少年儿童报刊简史》,少年儿童出版社 2010 年版。

江:《关于"儿童文学"》,《文学》1935 年第 4 卷第 2 号。

蒋风:《试论叶圣陶的童话创作》,《杭州大学学报》1959 年第 3 期。

蒋风主编:《中国现代儿童文学史》,河北少年儿童出版社 1986 年版。

蒋风主编:《中国儿童文学大系·理论·1》,希望出版社 2009 年版。

蒋风:《新编儿童文学教程》,浙江大学出版社 2013 年版。

江永年:《山中的鹰女》,《儿童世界》1925 年第 15 卷第 6 期。

金世培、金增荫:《小王子》,《少年》1920 年第 10 卷第 6 号。

[英]金斯莱:《水孩》,赖恒信、萧潞峰译,生海社 1932 年版。

[英]金斯黎:《水孩子》,严既澄译,《儿童世界》1935 年第 34 卷第 1 期。

[英]查尔斯·金斯莱:《水孩子》,王实味译注,中华书局 1935 年版。

［英］金斯莱：《水婴孩》，应瑛译，启明书局 1936 年版。

［英］金斯黎：《水孩子》上，严既澄译，商务印书馆 1947 年版。

金燕玉：《中国童话史》，江苏少年儿童出版社 1992 年版。

觉我：《余之小说观》，《小说林》1908 年第 10 期。

［英］刘易斯·卡洛尔：《阿丽思漫游奇境记》，赵元任译，商务印书馆 1922 年版。

［英］刘易斯·卡洛尔：《爱丽思漫游奇境记》，何君莲译，启明书局 1936 年版。

［英］L·加乐尔：《爱丽思梦游奇境记》，范泉译，永祥印书馆 1948 年版。

柯狄：《新木偶奇遇记》，玩具商店出版社 1940 年版。

［意］科罗狄：《木偶奇遇记》，徐调孚译，开明书店 1930 年版。

［意］柯洛第：《木偶奇遇记》，张慎伯译，中华书局 1934 年版。

［意］卡洛·科洛迪：《木偶奇遇记》，任溶溶译，浙江少年儿童出版社 2011 年版。

［意］C·戈洛笛：《木偶奇遇记》，范泉译，永祥印书馆 1948 年版。

孔海珠编：《茅盾和儿童文学》，少年儿童出版社 1984 年版。

来生：《怪指环》，《儿童世界》1925 年第 14 卷第 8 期。

兰芳：《木偶奇遇记》，《永安月刊》1940 年第 12 期。

老棣：《学堂宜推广以小说为教书》，《中外小说林》1907 年第 18 期。

老舍：《小坡的生日》，生活书店 1934 年版。

老舍：《老舍的话》，《青年向导》1938 年第 18 期。

老舍：《小木头人》，《抗战文艺》1943 年第 8 卷第 4 期。

《老舍全集》第 16 卷：文论一集，人民文学出版社 1999 年版。

《老舍全集》第 17 卷：文论二集，人民文学出版社 1999 年版。

［美］塞思·勒若：《儿童文学史——从〈伊索寓言〉到〈哈利·波特〉》，启蒙编译所译，华东师范大学出版社 2020 年版。

李博心：《农夫的狗》，《儿童世界》1926 年第 17 卷第 16 期。

李济生：《巴金与文化生活出版社》，上海文艺出版社 2003 年版。

李家驹：《商务印书馆与近代知识文化的传播》，商务印书馆 2005 年版。

李欧梵：《中国现代文学与现代性十讲》，复旦大学出版社 2002 年版。

李杏保、顾黄初：《中国现代语文教育史》，四川教育出版社 2004 年版。

《梁启超诗文选译》，马金科译注，巴蜀书社 1997 年版。

廖卓成：《儿童文学——批评导论》，台北五南图书出版股份有限公司 2011 年版。

林文宝：《试论我国近代童话观念的演变——兼论丰子恺的童话》，台北万卷楼图书公司 2000 年版。

林文宝等：《儿童文学》，台北五南图书出版股份有限公司 2015 年版。

刘绪源：《中国儿童文学史略（一九一六——一九七七）》，少年儿童出版社 2013 年版。

刘增人：《叶圣陶传》，东方出版社 2009 年版。

柳和城：《孙毓修评传》，上海人民出版社 2011 年版。

［英］路斯金：《金河王》，王慎之译，启明书局 1936 年版。

《鲁迅全集》第四卷，人民文学出版社 2005 年版。

《鲁迅全集》第六卷，人民文学出版社 2005 年版。

《鲁迅论儿童文学》，徐妍辑笺，海豚出版社 2013 年版。

［英］杰奎琳·罗丝：《〈彼得·潘〉案例研究：论虚构儿童文学的不可能性》，闵锐武、闵月译，明天出版社 2022 年版。

［日］芦谷重常：《世界童话研究》，黄源译，华通书局 1930 年版。

［美］罗夫丁：《陶立德博士》，蒋学楷译，开明书店 1931 年版。

落华生：《可交的蝙蝠和伶俐的金丝鸟》，《小说月报》1924 年第 15 卷第 6 号。

［日］马场睦夫：《意大利童话集》，康同衍译，中华书局 1934 年版。

茅盾：《我走过的道路》上，人民文学出版社 1997 年版。

［比利时］梅德林克：《青鸟》，王维克译，泰东图书局 1923 年版。

［比利时］梅脱灵：《青鸟》，傅东华译，商务印书馆 1923 年版。

［法］孟代：《纺轮的故事》，CF 女士译，北新书局 1924 年版。

梦野：《饥饿的儿童文学》，《文学青年》1936 年第 1 卷第 2 号。

［奥］至尔·妙伦：《小彼得》，许霞译，春潮书局 1929 年版。

[奥]缪伦女士：《缪伦童话集》，钱歌川译，中华书局1932年版。

[法]保罗·缪塞：《风先生和雨太太》，顾均正译，开明书店1927年版。

[法]保罗·缪塞：《风先生和雨太太》，董枢译，世界书局1932年版。

[美]罗兹·墨菲：《上海——现代中国的钥匙》，上海社会科学院历史研究所编译，上海人民出版社1986年版。

《〈木偶奇遇记〉广告》，《开明》1928年第1卷第1期。

[英]尼司蓓蒂：《出卖心的人》，陈伯吹译，中华书局1944年版。

[加拿大]培利·诺德曼、梅维丝·莱莫：《阅读儿童文学的乐趣》，刘凤芯、吴宜洁译，台北天卫文化图书股份有限公司2014年版。

[苏]帕郭列尔斯基：《黑母鸡》，磊然译，时代书报出版社1947年版。

[美]安吉洛·帕特里：《续木偶奇遇记》，徐亚倩译，儿童书局1932年版。

潘公展、钱玄同：《关于新文学的三件要事》，《新青年》1919年第6卷第6号。

浦漫汀：《中国儿童文学大系·童话二》，希望出版社1989年版。

朴园：《书报评介：〈小坡的生日〉》，《清华周刊》1935年第43卷第7、8期。

[美]杰克·齐普斯：《童话·儿童·文化产业》，张子樟校译，台湾东方出版社2006年版。

[美]杰克·齐普斯：《作为神话的童话／作为童话的神话》，赵霞译，少年儿童出版社2008年版。

[美]杰克·齐普斯：《童话与儿童文学新探：杰克·齐普斯文集》，张举文编译，中国社会科学出版社2022年版。

齐天授：《读爱罗先珂的童话（一）》，《晨报副刊》1922年12月14日。

钱光毅等：《学校乐剧：皇帝的新衣》，《音乐教育》1935年第3卷第6期。

钱子衿编译：《日本少年文学集》，儿童书局1934年版。

[苏]阿达·秋马先珂：《苏俄童话》，康白珊译，大华书局1934年版。

[日]秋田雨雀：《佛陀的战争》，晓天译，《小说月报》1924年第15卷第7号。

[法]热拉尔·热奈特：《热奈特论文集》，史忠义译，百花文艺出版社2000年版。

任德耀编：《中国儿童文学大系·儿童剧》一，希望出版社2009年版。

若华:《不睡的国王》,《儿童世界》1925 年第 13 卷第 10 期。

[英] 萨克莱:《玫瑰与指环》,顾均正译,开明书店 1933 年版。

[美] 爱德华·W. 萨义德:《世界·文本·批评家》,李自修译,生活·读书·新知三联书店 2009 年版。

[俄]M. 筛特林:《兔和狼的故事》,徐昌霖编,建国书店 1944 年版。

[匈] 裴多菲·山大:《勇敢的约翰》,孙用译,湖风书店 1931 年版。

尚仲衣:《选择儿童读物的标准》,《儿童教育》1931 年第 3 卷第 8 期。

《绍介批评》,《教育杂志》1909 年第 1 卷第 1 期。

邵霖生编译:《朝鲜现代童话集》,中华书局 1936 年版。

沈百英:《〈木偶奇遇记〉之优点》,《开明》1931 年第 31 期。

沈从文:《阿丽思中国游记》第一卷,新月书店 1928 年版。

沈从文:《阿丽思中国游记》第二卷,新月书店 1928 年版。

《生活书店图书目录》,生活书店 1937 年版。

史春风:《商务印书馆与中国近代文化》,北京大学出版社 2006 年版。

[加拿大] 李利安·H. 史密斯:《欢欣岁月》,梅思繁译,湖南少年儿童出版社 2014 年版。

施蛰存:《中国近代文学大系(1840—1919)》第 11 集·第 26 卷·翻译文学集一,上海书店 1990 年版。

施蛰存:《中国近代文学大系(1840—1919)》第 11 集·第 28 卷·翻译文学集三,上海书店 1991 年版。

十洲:《读了〈时光老人〉的感想》,《晨报副刊》1922 年 12 月 8 日。

舒伟:《走进童话奇境——中西童话文学新论》,外语教学与研究出版社 2011 年版。

[苏] 斯提泼涅克:《一文奇怪的钱》,陈伯吹译,中华书局 1944 年版。

[日] 松村武雄:《童话与儿童的研究》,钟子岩译,开明书店 1935 年版。

孙毓修:《〈童话〉序》,《教育杂志》1909 年第 1 卷第 2 期。

孙毓修:《万年龟》,商务印书馆 1922 年版。

孙毓修:《海公主》,商务印书馆 1922 年版。

[俄]梭罗古勃：《童子 Lin 之奇迹》，周作人译，《新青年》1918 年第 4 卷第 3 号。

谭达先：《中国民间童话研究》，台湾商务印书馆 1988 年版。

唐俟：《我们现在怎样做父亲》，《新青年》1919 年第 6 卷第 6 号。

唐弢主编：《中国现代文学史》1，人民文学出版社 2005 年版。

唐小圃编译：《俄国童话集》第一册，商务印书馆 1924 年版。

唐小圃编译：《家庭童话》第九册，商务印书馆 1923 年版。

《〈童话〉初集广告》，《少年》1911 年第 1 册。

《〈童话〉广告》，《教育杂志》1909 年第 1 卷第 13 期。

《童话与儿童的研究》，《图书展望》1936 年第 6 期。

[法]陀尔诺夫人：《绵羊王》，张昌祈译，开明书店 1931 年版。

[英]王尔德：《驰名的起花》，赵景深译，《晨报副刊》1922 年 7 月 9 日。

[英]王尔德：《王尔德童话集》，穆木天译，天下书店 1947 年版。

[英]王尔德：《快乐王子集》，巴金译，文化生活出版社 1948 年版。

王巨成：《王巨成：用文字感动心灵》，《文学少年》2011 年第 3 期。

王宁：《翻译研究的文化转向》，清华大学出版社 2009 年版。

王泉根：《现代中国儿童文学主潮》，重庆出版社 2000 年版。

王泉根主编：《儿童文学名著导读》，东北师范大学出版社 2002 年版。

王泉根主编：《中国安徒生研究一百年》，中国和平出版社 2005 年版。

王泉根编著：《民国儿童文学文论辑评》上，希望出版社 2015 年版。

王泉根编著：《民国儿童文学文论辑评》下，希望出版社 2015 年版。

王人路：《征集歌谣》，《小朋友》1925 年第 176 期。

王人路：《儿童读物的研究》，中华书局 1933 年版。

韦商编：《叶圣陶和儿童文学》，少年儿童出版社 1990 年版。

魏寿镛、周侯予：《儿童文学概论》，商务印书馆 1923 年版。

[美]乌尔利希·韦斯坦因：《比较文学与文学理论》，刘象愚译，辽宁人民出版社 1987 年版。

韦苇：《外国童话史》，清华大学出版社 2013 年版。

韦苇：《世界儿童文学史》，安徽教育出版社 2015 年版。

维新：《〈木偶奇遇记〉与〈新木偶奇遇记〉》，《开明少年》1946 年第 13 期。

《〈乌拉波拉故事集〉广告》，《开明少年》1945 年第 1 期。

《〈乌拉波拉故事集〉广告》，《开明少年》1945 年第 6 期。

吴其南：《中国童话发展史》，少年儿童出版社 2007 年版。

《吴趼人全集·点评集》，北方文艺出版社 2019 年版。

吴研因：《致儿童教育社社员讨论儿童读物的一封信——应否用鸟言兽语的故事》，《儿童教育》1931 年第 3 卷第 8 期。

吴研因：《清末以来我国小学教科书概观》，《教与学》1936 年第 1 卷第 10 期。

西谛：《卷头语》，《小说月报》1924 年第 15 卷第 5 号。

西谛：《卷头语》，《小说月报》1925 年第 16 卷第 8 号。

夏文运：《艺术童话的研究》，《中华教育界》1928 年第 17 卷第 1 期。

夏志清：《中国现代小说史》，刘绍铭等译，浙江人民出版社 2016 年版。

[日] 小川未明：《种种的花》，晓天译，《小说月报》1924 年第 15 卷第 6 号。

《小朋友》编辑部编：《长长的列车——〈小朋友〉七十年》，少年儿童出版社 1992 年版。

谢菊曾：《十里洋场的侧影——虹居随笔》，花城出版社 1983 年版。

谢天振：《译介学导论》，北京大学出版社 2018 年版。

《新书介绍》，《中华图书馆协会会报》1932 年第 7 卷第 5 期。

解志熙：《文学史的“诗与真”：中国现代文学文献校读论集》，北京大学出版社 2013 年版。

徐兰君：《儿童与战争：国族、教育及大众文化》，北京大学出版社 2015 年版。

徐如泰：《童话之研究》，《中华教育界》1926 年第 16 卷第 5 期。

徐玉诺：《将来之花园》，商务印书馆 1922 年版。

许达年译：《日本童话集》，中华书局 1931 年版。

许纪霖、田建业编：《一溪集：杜亚泉的生平与思想》，生活·读书·新知三联书店 1999 年版。

严既澄：《儿童文学在儿童教育上之价值》，《教育杂志》1921 年第 13 卷第

11 号。

《严文井选集》上，人民文学出版社 2004 年版。

《严文井选集》下，人民文学出版社 2004 年版。

杨忆：《读〈爱罗先珂童话集〉》，《益世报》1948 年 9 月 24 日。

姚公鹤：《上海闲话》，上海古籍出版社 1989 年版。

叶绍钧：《一粒种子》，《儿童世界》1922 年第 1 卷第 8 期。

叶绍钧：《小白船》，《儿童世界》1922 年第 1 卷第 9 期。

叶绍钧：《傻子》，《儿童世界》1922 年第 1 卷第 11 期。

叶绍钧：《芳儿的梦》，《儿童世界》1922 年第 1 卷第 13 期。

叶绍钧：《燕子》，《儿童世界》1922 年第 2 卷第 1 期。

叶绍钧：《鲤鱼的遇险》，《儿童世界》1922 年第 2 卷第 6 期。

叶绍钧：《画眉鸟》，《儿童世界》1922 年第 2 卷第 11 期。

叶绍钧：《祥哥的胡琴》，《儿童世界》1922 年第 3 卷第 3 期。

叶绍钧：《稻草人》，《儿童世界》1923 年第 5 卷第 1 期。

叶圣陶：《皇帝的新衣》，《儿童世界》1930 年第 22 卷第 1 期。

叶圣陶：《鸟言兽语》，《新少年》1936 年第 1 卷第 1 期。

叶圣陶等编：《我和儿童文学》，少年儿童出版社 1980 年版。

叶至善等编：《叶圣陶集》第九卷，江苏教育出版社 1990 年版。

尹忠：《背心王》，《少年》1920 年第 10 卷第 8 号。

[日] 永桥卓介：《法国童话集》，许达年、许亦非译，中华书局 1933 年版。

[日] 永桥卓介：《土耳其童话集》，许达年译，中华书局 1933 年版。

[日] 永桥卓介：《埃及童话集》，许达年译，中华书局 1937 年版。

余尚同：《国语教育的新使命——养成文学趣味》，《教育杂志》1921 年第 13 卷第 2 号。

余田：《〈大林和小林〉述评》，《益世报》1934 年 3 月 18 日。

虞哲光：《阿丽思的梦》，上海木偶剧社 1945 年版。

乐黛云等编：《比较文学原理新编》，北京大学出版社 2014 年版。

乐黛云：《多元文化发展与跨文化对话》，《民间文化论坛》2016 年第 5 期。

翟孟生、于道源:《童话型式表》,《歌谣》1936 年第 2 卷第 24 期。

张贵勇:《儿童情感的发展过程不该被忽略——对话儿童文学作者郑春华》,《未来教育家》2017 年第 11 期。

张锦贻:《包蕾评传》,希望出版社 2005 年版。

张美妮:《英国儿童文学概略》,湖南少年儿童出版社 1999 年版。

张寿朋、周作人等:《文学改良与孔教》,《新青年》1918 年第 5 卷第 6 号。

张天翼:《大林和小林》,《北斗》1932 年第 2 卷第 1 期。

张天翼:《我的幼年生活》,《文学杂志》1933 年第 1 卷第 2 号。

张我军编:《日本童话集》上卷,新民印书馆 1942 年版。

张耀辉编:《巴金和儿童文学》,少年儿童出版社 1990 年版。

张之路:《走向世界的中国儿童文学》,《文艺报》2016 年 4 月 15 日。

张泽贤:《书之五叶:民国版本知见录》,上海远东出版社 2008 年版。

张梓生:《论童话》,《妇女杂志》1921 年第 7 卷第 7 号。

赵光荣:《钟渊》,《儿童世界》1922 年第 1 卷第 13 期。

赵景深、周作人:《童话的讨论》,《晨报副刊》1922 年 1 月 25 日。

赵景深:《童话的讨论三》,《晨报副刊》1922 年 3 月 28 日。

赵景深、周作人:《童话的讨论四》,《晨报副刊》1922 年 4 月 9 日。

赵景深:《童话家之王尔德》,《晨报副刊》1922 年 7 月 16 日。

赵景深:《童话评论》,新文化书社 1924 年版。

赵景深:《安徒生童话里的思想》,《文学周报》1925 年第 186 期。

赵景深:《天鹅》,《小说月报》1925 年第 16 卷第 8 号。

赵景深:《天鹅歌剧》,商务印书馆 1928 年版。

赵景深:《孙毓修童话的来源》,《大江月刊》1928 年 11 月号。

赵景深:《童话学 ABC》,世界书局 1929 年版。

赵景深:《木偶奇遇记》,《开明》1929 年第 1 卷第 8 期。

赵景深:《郑振铎与童话》,《儿童文学研究》1961 年 12 月。

[日] 槙本楠郎:《日本童话界之现状》,胡明树译,《文艺科学》1937 年第 1 期。

郑维均、谭景唐：《三要事》，《少年》1920 年第 10 卷第 10 号。

郑振铎：《〈儿童世界〉宣言》，《东方杂志》1921 年第 18 卷第 23 号。

郑振铎：《〈儿童世界〉宣言》，《晨报副刊》1921 年 12 月 30 日。

郑振铎：《第三卷的本志》，《儿童世界》1922 年第 2 卷第 13 期。

郑振铎：《无猫国》，《儿童世界》1922 年第 3 卷第 1 期。

郑振铎：《〈稻草人〉序》，《文学》1923 年第 92 期。

郑振铎、高君箴：《天鹅》，商务印书馆 1925 年版。

郑振铎：《儿童读物问题》，《大公报》1934 年 5 月 20 日。

郑振铎：《中国儿童读物的分析》，《文学》1936 年第 7 卷第 1 号。

中国现代文学研究会编：《在东西古今的碰撞中——对"五四"新文学的文化反思》，中国城市经济社会出版社 1989 年版。

中华民国政府教育部：《儿童读物目录》，1933 年版。

仲密：《自己的园地：〈阿丽思漫游奇境记〉》，《晨报副刊》1922 年 3 月 12 日。

周邦道：《儿童的文学之研究》，《中华教育界》1922 年第 11 卷第 6 期。

周桂笙：《译书交通公会试办简章》，《月月小说》1906 年第 1 卷第 1 号。

周敏：《李学斌：我与儿童文学的不解之缘》，《东方少年》2013 年第 7 期。

周作人：《童话研究》，《教育部编纂处月刊》1913 年第 1 卷第 7 册。

周作人：《童话略论》，《教育部编纂处月刊》1913 年第 1 卷第 8 册。

周作人：《儿童的文学》，《民国日报·觉悟》1920 年 12 月 10 日。

周作人辑译：《点滴》，北京大学出版部 1920 年版。

周作人：《域外小说集》，群益书社 1921 年版。

周作人：《童话的讨论三》，《晨报副刊》1922 年 3 月 29 日。

周作人：《儿童的书》，《晨报副刊：文学旬刊》1923 年第 3 号。

周作人：《周作人讲演：死文学与活文学》，《大公报》1927 年 4 月 16 日。

周作人：《苦茶——周作人回想录》，敦煌文艺出版社 1995 年版。

《周作人论儿童文学》，刘绪源辑笺，海豚出版社 2012 年版。

朱嘉春：《为儿童而译：孙毓修编译〈童话〉系列丛书研究》，《外语与外语教学》2019 年第 6 期。

朱文印:《童话作法之研究》,《妇女杂志》1931 年第 17 卷第 10 号。

朱自强:《中国儿童文学与现代化进程》, 浙江少年儿童出版社 2000 年版。

朱自强、罗贻荣编:《中美儿童文学的儿童观》, 中国社会科学出版社 2015 年版。

祝均宙:《晚清民国年间期刊源流特点探究》, 台湾华艺学术出版社 2012 年版。

子綦:《阿丽思漫游中国记》,《海王》1935 年第 7 卷第 25 期。

子綦:《阿丽思漫游中国记》,《海王》1935 年第 7 卷第 27 期。

子綦:《阿丽思漫游中国记》,《海王》1935 年第 8 卷第 2 期。

子纶:《惊人术》,《儿童世界》1925 年第 16 卷第 13 期。

子渔:《几本儿童杂志》,《文学》1935 年第 4 卷第 3 号。

子真:《大喷嚏》,《儿童世界》1925 年第 14 卷第 3 期。

[日] 樽本照雄编:《新编增补清末民初小说目录》, 贺伟译, 齐鲁书社 2002 年版。

作人:《随感录(二四)》,《新青年》1918 年第 5 卷第 3 号。

Humphrey Carpenter, Mari Prichard (eds.), *The Oxford Companion to Children's Literature*, Oxford and New York: Oxford University Press, 1984.

Oscar Wilde, *The Happy Prince and other Tales*, Auckland: The Floating Press, 2008.

附录 "童话丛书"目录

	书名	编者/译者	出版社	出版时间	备注
第一集	无猫国	孙毓修	商务印书馆	1908 年	据《泰西五十轶事》创作
	三问答	孙毓修	商务印书馆	1908 年	希腊神话,泰西五十轶事
	大拇指	孙毓修	商务印书馆	1909 年	格林童话
	绝岛漂流	孙毓修	商务印书馆		笛福小说
	小王子	孙毓修	商务印书馆	1909 年	TRANSLATED FROM KRILOE'S FABLE
	夜光璧	孙毓修	商务印书馆	1909 年	改编自《史记》蔺相如入秦献璧故事
	红线领	孙毓修	商务印书馆		
	哑口会	孙毓修	商务印书馆	1909 年	AN ABRIDGES EDITION OF "HEART CULTURE"
	人外之友	孙毓修	商务印书馆		
	女军人	孙毓修	商务印书馆	1910 年	见于《乐府诗》中《木兰辞》
	义狗传	孙毓修	商务印书馆	1910 年	TRANSLATED FROM "FRIENDS AND HELPERS"
	非力子	孙毓修	商务印书馆		
	驴史	孙毓修	商务印书馆	1911 年	TRANSLATED FROM A RETOLD ENGLISH EDITION
	玻璃鞋	孙毓修	商务印书馆		贝洛尔童话

续表

	书名	编者/译者	出版社	出版时间	备注
第一集	笨哥哥	孙毓修	商务印书馆		
	狮子报恩	孙毓修	商务印书馆	1913 年	泰西五十轶事
	有眼与无眼	孙毓修	商务印书馆		
	风箱狗	孙毓修	商务印书馆	1913 年	
	秘密儿	孙毓修	商务印书馆	1913 年	改编自《史记》程婴救孤故事
	木马兵	孙毓修	商务印书馆		希腊神话
	十年归	孙毓修	商务印书馆		希腊神话
	俄国寓言（上、下）	孙毓修	商务印书馆		
	中山狼	孙毓修	商务印书馆		
	怪石洞	高真长	商务印书馆	1914 年	阿拉伯民间故事
	鹦鹉螺	孙毓修	商务印书馆	1914 年	JULES VERNE 著
	鸡黍约	孙毓修	商务印书馆	1914 年	
	赛皋陶	孙毓修	商务印书馆		
	气英布	孙毓修	商务印书馆	1914 年	
	湛卢剑	孙毓修	商务印书馆	1914 年	
	好少年	孙毓修	商务印书馆	1914 年	
	快乐种子	孙毓修	商务印书馆	1914 年	
	火牛阵	孙毓修	商务印书馆		改编自《史记》齐将田单破燕复国故事
	铜柱劫	孙毓修	商务印书馆	1915 年	改编自《史记》荆轲刺秦王故事
	点金术	孙毓修	商务印书馆	1915 年	希腊神话
	三王子	孙毓修	商务印书馆	1915 年	格林童话
	教子杯	孙毓修	商务印书馆		
	风尘三达	孙毓修	商务印书馆	1915 年	
	兰亭会	孙毓修	商务印书馆	1915 年	见于《唐人小说》
	马上谈	孙毓修	商务印书馆	1915 年	
	云雪争竞	孙毓修	商务印书馆		
	麻雀认母	孙毓修	商务印书馆	1915 年	
	麻雀劝和	孙毓修	商务印书馆		
	献西施	孙毓修	商务印书馆	1915 年	
	能言鸟	孙毓修	商务印书馆	1915 年	天方夜谭
	橄榄案	孙毓修	商务印书馆		天方夜谭

续表

	书名	编者／译者	出版社	出版时间	备注
第一集	山中人	谢寿长、孙毓修	商务印书馆	1916 年	
	河梁怨	孙毓修	商务印书馆	1916 年	
	三姊妹	谢寿长、孙毓修	商务印书馆	1917 年	格林童话
	勇王子	孙毓修	商务印书馆		希腊神话
	睡王	孙毓修	商务印书馆	1917 年	
	救季布	孙毓修	商务印书馆		
	风波亭	孙毓修	商务印书馆	1917 年	见于《说岳全传》
	万年龟	孙毓修	商务印书馆	1917 年	
	红帽儿	孙毓修	商务印书馆	1917 年	贝洛尔童话
	海公主	孙毓修	商务印书馆	1917 年	安徒生童话
	丈人女婿	孙毓修	商务印书馆	1917 年	
	睡公主	孙毓修	商务印书馆		贝洛尔童话
	哥哥弟弟	孙毓修	商务印书馆		
	如意灯（上、下）	孙毓修	商务印书馆	1918 年	天方夜谭
	傻男爵游记	孙毓修	商务印书馆		
	皮匠奇遇	孙毓修	商务印书馆		格林童话
	小铅兵	孙毓修	商务印书馆	1918 年	安徒生童话
	扶余王	孙毓修	商务印书馆	1918 年	见于《唐人小说》
			商务印书馆		
	西藏寓言（上、下）	孙毓修	商务印书馆	1918 年	
	姊弟捉妖	孙毓修	商务印书馆	1918 年	格林童话
	大槐国	沈德鸿（雁冰）	商务印书馆	1918 年	改编自《唐人传奇》南柯太守故事
	千匹绢	沈德鸿（雁冰）、孙毓修	商务印书馆	1921 年	改编自《太平广记》第 166 卷
	负骨报恩	沈德鸿（雁冰）、孙毓修	商务印书馆	1918 年	改编自《古今小说》吴保安弃家赎友故事
	我知道	孙毓修	商务印书馆		
	伯牙琴	孙毓修	商务印书馆	1918 年	见于冯梦龙《今古奇观》
	狮骡访猪	沈德鸿（雁冰）	商务印书馆	1918 年	

	书名	编者/译者	出版社	出版时间	备注
第一集	平和会议	沈德鸿(雁冰)、孙毓修	商务印书馆	1918年	
	寻快乐	沈德鸿(雁冰)	商务印书馆	1918年	
	除三害	孙毓修	商务印书馆	1918年	
	河伯娶妇	孙毓修	商务印书馆	1918年	改编自《史记》西门豹治邺故事
	驴大哥	沈德鸿(雁冰)	商务印书馆	1918年	
	蛙公主	孙毓修、沈德鸿(雁冰)	商务印书馆	1919年	格林童话
	兔娶妇	沈德鸿(雁冰)、孙毓修	商务印书馆	1919年	
	怪花园	沈德鸿(雁冰)、孙毓修	商务印书馆	1919年	
	书呆子	沈德鸿(雁冰)、孙毓修	商务印书馆	1919年	
	一段麻	孙毓修、沈德鸿(雁冰)	商务印书馆	1919年	
	树中饿	沈德鸿(雁冰)、孙毓修	商务印书馆	1919年	改编自《古今小说》羊角哀舍命全交故事
	牧羊郎官	沈德鸿(雁冰)、孙毓修	商务印书馆	1919年	改编自《史记》平准书故事
	海斯交运	沈德鸿(雁冰)、孙毓修	商务印书馆	1919年	
	金龟	沈德鸿(雁冰)、孙毓修	商务印书馆	1919年	
	飞行鞋	孙毓修、沈德鸿(雁冰)	商务印书馆	1920年	
第二集	小人国	孙毓修	商务印书馆		SWIFT 著
	大人国	孙毓修	商务印书馆	1910年	
	梦游地球(上)	孙毓修	商务印书馆	1911年	
	梦游地球(下)	孙毓修	商务印书馆	1913年	
	无瑕璧	孙毓修	商务印书馆	1918年	

续表

	书名	编者／译者	出版社	出版时间	备注
第二集	芦中人	孙毓修	商务印书馆	1918 年	改编自《史记》伍子胥为父兄复仇故事
	巨人岛	孙毓修	商务印书馆		
	风雪英雄	孙毓修	商务印书馆		
	审狐狸	孙毓修	商务印书馆		
第三集	猴儿的故事	郑振铎	商务印书馆	1923 年	
	十二个月	沈德鸿（茅盾）	商务印书馆	1923 年	
	白发小儿	郑振铎	商务印书馆	1923 年	
	长鼻矮子	郑振铎	商务印书馆	1923 年	

后　记

　　阿瑟·奎勒·库奇谈道："真正的经典作品是具有世界普遍性的，它呼唤着人们宽广宏大的心灵。它同时又是永恒的，无论诞生了多少年，无论是在哪一种环境下创作出来的，它始终具有意义，甚至拥有了新的内涵；它依然完好无损，如同刚刚被铸造出来一般，保持着当时烙于其上的高贵的印记。或者可以这么说，虽然一代又一代的人们不时敲打那枚硬币，它却依然能够发出最初灵魂的回响。"在经典童话中，夏尔·贝洛、安徒生、格林兄弟、奥斯卡·王尔德、刘易斯·卡洛尔、卡洛·科洛狄等的童话一直是读者所熟知和喜爱的文学作品，经历岁月的变迁，依旧发出着"最初灵魂的回响"。也许这正是童话的魅力所在，童话具有一种奇特的影响力，一代一代的儿童和成人，都能感受到它的力量，当人类还处在童年时期时，童话就已经被人们保存和讲述，在学者们依据人们的口述进行记录，并以印刷书籍的形式长久地保存下来以前，童话以其初始的面貌存在于民间。浪漫派认为童话是诗性的，弗里德里希·诺瓦利斯说："一切诗性的东西必定是童话般的。我相信我用童话才能最好地表达我的心情。一切都是童话。"好的作品，能够给予人们对普世生命的尊重，好的作品，使人在十岁阅读它时显得有价值，在五十岁重读它的时候，仍然能够读出同样甚至更多的意义，童话便是拥有这一特质的文学类型，童话脱胎于人类永恒的童年经验，它的自然与真实永远留存于岁月之中。关注童话，始于女儿幼年时为她讲故事，在与她共享这些神奇故事的同时，深深体会到童话不仅能激起孩子的好奇心、想象力，还能使我们感受它的美感与诗性，因此童话也渐渐成为了我近些年的研究对象。

　　本书是教育部人文社科青年基金项目"清末民国时期外国童话在中国的译介与影响研究"的最终成果，对域外童话在近代中国的译介、接受与传播问题做了探讨，近代知识界对域外童话的翻译、评价以及作家们受到域外童话影响进行的童话创作，裹挟着近代中国特定的话语体系，记载了一段辉煌、复杂又令人频频回首的历史。结合域外童话的译介观照 20 世纪前半期的中国文学史，或者能带给我们不一样的视角，这也是我思考本书的初衷所在。虽然几经修改，依然深觉惶恐，书中对于文献的梳理、文本的解读方面还有诸多不足，犹如上交了一份不够完美但又竭尽所能完成的答卷，恳请得到包涵并给予斧正，以便今后改善。

　　感谢复旦大学徐志啸先生为本书作序，感谢西北师范大学文学院的各位师长、同人，我何其幸运，自从教至今，我始终在这个温暖的环境里工作、生活。感谢我的父母家人，家人的支持与爱是我不断前行的最大动力。

周小娟

2023 年夏于西北师范大学

责任编辑：贺　畅
封面设计：武守友

图书在版编目（CIP）数据

域外童话在近代中国的译介与传播（1840—1949）/周小娟著. — 北京：
人民出版社，2024.3
ISBN 978 - 7 - 01 - 026195 - 9

Ⅰ.①域… Ⅱ.①周… Ⅲ.①童话－文学研究－中国－近代Ⅳ.① I207.8

中国国家版本馆 CIP 数据核字（2024）第 006894 号

域外童话在近代中国的译介与传播（1840—1949）
YUWAI TONGHUA ZAI JINDAI ZHONGGUO DE YIJIE YU CHUANBO（1840—1949）

周小娟　著

人民出版社 出版发行
（100706　北京市东城区隆福寺街 99 号）

中煤（北京）印务有限公司印刷　新华书店经销

2024 年 3 月第 1 版　2024 年 3 月北京第 1 次印刷
开本：710 毫米 × 1000 毫米 1/16　印张：18.25
字数：270 千字

ISBN 978 - 7 - 01 - 026195 - 9　定价：79.00 元

邮购地址 100706　北京市东城区隆福寺街 99 号
人民东方图书销售中心　电话（010）65250042　65289539